Gunnar Staalesen

Les chiens enterrés ne mordent pas

Une enquête de Varg Veum, le privé norvégien

Traduit du norvégien
par Alex Fouillet

Gallimard

Ouvrage traduit avec l'aide
du Norvegian Literature Abroad, Oslo.

Titre original :

BEGRAVDE HUNDEN BITER IKKE

FOLIO POLICIER

Gunnar Staalesen est né à Bergen, Norvège, en 1947. Il fait des études de philologie avant de créer en 1975 le personnage de Varg Veum qu'il suivra dans une douzaine de romans policiers. Ses thèmes de prédilection *via* son personnage de privé, chaque fois impliqué plus qu'il ne le voudrait dans des affaires qui le burinent et le blessent sans jamais le blinder, demeurent l'effondrement du rêve social-démocrate, les désillusions du mariage et la pression criminogène qui en découle, l'enfance et, de fait, le conflit des générations. L'amour n'est jamais loin. Le ton est profondément humaniste et cache, dans un humour désabusé parfois cynique, une violente tendresse pour les personnages servis par des enquêtes merveilleusement ficelées, réalistes et pourtant bien souvent surprenantes. Les premiers volets de cette série ont été publiés en France par Gaïa Éditions.

Gunnar Staalesen est par ailleurs l'auteur d'une saga en six volumes, *Le roman de Bergen,* dédiée à sa ville natale.

Chapitre 1

La mort a de nombreux déguisements. Elle est venue me voir un jour de début septembre, sous le nom de Mons Vassenden.

Debout à la porte de mon bureau, il faisait penser à un messager d'une espèce disparue. Il avait une expression particulière sur le visage, comme s'il demandait à ce qu'on lui pardonne d'exister. Ce n'était d'ailleurs peut-être pas injustifié.

Il se présenta.

« Est-ce vous… ? » Il indiqua la porte d'un mouvement de tête.

« Varg Veum. » Je me levai et tendis la main. « C'est moi. »

Je n'avais pas serré de main aussi moite depuis que j'avais fréquenté l'école de danse[1], et lui-même en avait conscience, car il la retira immédiatement.

« J'ai un problème, bredouilla-t-il.

1. Il fait partie des traditions norvégiennes, bien que cela ait peut-être tendance à disparaître à l'heure actuelle, d'envoyer les jeunes enfants (vers quatre ou cinq ans) apprendre à danser dans des structures qui leur sont réservées, pendant une partie de leur temps libre. *[Toutes les notes sont du traducteur.]*

— C'est le cas de la plupart de mes visiteurs. Asseyez-vous… Une tasse de café ?

— Non, merci. Je… je ne suis pas dans mon assiette. Je me sens… un peu barbouillé. »

J'essayai de le situer. Il avait cinquante et quelques années, ses cheveux étaient clairsemés, blond foncé, et il était légèrement corpulent. Sous son manteau bleu nuit, il portait un pantalon brun foncé, une veste en tweed grise, une cravate bleue ornée de petites têtes de chevaux, et sous la veste, un gilet de laine rayé de différentes nuances de brun. Même pour un mois de septembre, il semblait trop chaudement habillé. Mais Vassenden sonnait comme un nom du Vestland. Chez ces gens-là, il fait toujours un temps pourri et il pleut sans arrêt, y compris en plein été. Il avait aussi l'air de ne pas être sorti depuis le mois de juin. Son visage était livide, et une fine couche de sueur s'était formée sur son front, sous son nez et dans sa courte barbe clairsemée.

« Quel est-il, ce problème ? demandai-je aussi aimablement que possible.

— Je dois de l'argent.

— Qui n'en doit pas, de nos jours ?

— Beaucoup d'argent.

— Ça non plus, ce n'est pas exceptionnel.

— À un taux beaucoup trop élevé.

— Si c'est un conseiller financier dont vous avez besoin, j'ai peur que…

— Ce dont j'ai besoin, c'est un garde du corps », m'interrompit-il en se tournant légèrement vers la porte.

Je ressentis une impression désagréable, comme si

quelqu'un me tirait par la manche pour m'avertir de rester à l'écart de tout ça.

« Ce n'est pas le genre de service que je propose, d'habitude…

— Je paierai !

— Et vos dettes ? »

Il sortit un mouchoir de sa poche, s'épongea le front et le nez.

« C'est que… Je n'ose pas y aller tout seul.

— Aller où ?

— À Oslo.

— À Oslo ? ! »

Il me regarda gravement.

« Oui. J'ai obtenu un délai jusqu'à demain matin. Ils m'ont accordé un jour de plus. Mais je ne leur fais pas confiance. Maintenant que le délai est passé… En fait, je devrais payer cinquante pour cent d'intérêt — par jour — à partir de maintenant.

— Dites-moi, à qui devez-vous de l'argent ? Au Fonds Monétaire International ?

— C'est… une dette d'honneur.

— D'honneur… »

Je me levai, fis le tour du bureau et allai au lavabo. Il y avait deux verres sur l'étagère sous le miroir.

« Puisque vous ne voulez pas de café… Que diriez-vous d'un petit remontant ? »

Il me regarda avec de grands yeux humides. « Vous avez ? »

Je rapportai les deux verres, ouvris le tiroir inférieur gauche et en sortis la bouteille d'aquavit. Elle n'était pas entamée, et ça faisait un bon moment qu'elle était là. Mais j'étais à peu près sûr que c'était une occasion comme celle-ci qu'elle avait attendue.

Je dévissai le bouchon et remplis les deux verres de cuisine jusqu'à mi-hauteur, avant d'en pousser un vers lui. Il le saisit avidement, le porta à sa bouche et en vida la moitié en une gorgée. Je sirotai le mien un peu plus prudemment.

« Servez-vous, murmurai-je. La bouteille n'est pas encore vide. »

Il eut un sourire reconnaissant, vida son verre et le repoussa discrètement de mon côté de la table. « Comprenez ce que vous voudrez, mais ne me prenez pas au pied de la lettre », grommelai-je pour moi en remplissant de nouveau son verre. Avec un certain soulagement, je constatai que cette fois, il le laissait tranquille, au moins provisoirement.

« À la vôtre, Veum, ça fait du bien.

— On peut peut-être reprendre du début ?

— Je ne sais pas vraiment où commencer. En fait… au champ de courses.

— Ah ha. Vous avez joué trop gros ?

— Trop gros… et trop longtemps.

— Combien de temps ? »

Il toussota.

« Je suis fou des chevaux depuis tout gamin. J'ai grandi pas très loin de l'ancien champ de courses de Skjold. On était un groupe de copains à traîner du côté des écuries dès que nous avions un moment de libre. Le propriétaire a fini par nous connaître et nous a confié de petits boulots : nourrir les chevaux, balayer la merde par terre, couvrir les bêtes, les mener sur la piste — quand nous avons été assez grands. »

Son visage se fit plus chaleureux.

« On grandissait au paradis, Veum ! »

Puis s'assombrit de nouveau.

« Mais quand ça vous tient, c'est l'enfer !

— Et quand… la dépendance est-elle née ? »

Il s'agita nerveusement.

« Ça va prendre trop de temps de vous raconter toute ma vie.

— Ça…

— Il y aurait beaucoup à dire, m'interrompit-il. Deux mariages ratés, des enfants qui se sont enfuis, une maison perdue inconsidérément au jeu, dans des beuveries… Et aujourd'hui, je me retrouve devant vous, Veum, en pécheur repentant, les mains vides et un pied dans la tombe. »

Il attrapa le verre. Pas vide, lui. Pas encore.

« Et quelle est, exactement, votre situation à ce jour ? »

Il se lécha les lèvres, comme pour s'assurer qu'aucune goutte d'aquavit ne lui échappait.

« Le nom de Birger Bjelland, ça vous dit quelque chose ? »

De nouveau ce tiraillement dans le ventre.

« Oui, répondis-je en parcourant la pièce du regard. En fait, je l'ai eu ici une fois. Sans l'avoir invité. » Je hochai la tête, en regardant le verre. « Il m'a payé un coup. Un sacré coup. »

Mons Vassenden me regarda sans comprendre. Puis il continua :

« Vous savez donc… qu'il est derrière une grande partie de… de l'économie parallèle locale ?

— C'est ce que j'ai entendu dire. Mais j'ai cru comprendre que c'était à Oslo que vous deviez de l'argent… »

Le mouchoir réapparut. Il s'essuya prudemment le

front, comme un sculpteur occupé à fignoler sa nouvelle œuvre.

« Là-bas aussi.

— On peut avoir la version courte, pour aller tout de suite à l'essentiel ?

— Oui. La v... La version courte. J'ai joué trop gros et trop longtemps. Naturellement, j'ai gagné un peu, mais... Je ne sais pas si vous connaissez bien le milieu des sports équestres, Veum...

— Assez pour ne jamais mettre les pieds sur un champ de courses.

— Pa... parfait. En tout cas, c'est une vie à part entière. Une société à part entière. Avec ses lois et ses règles, très différentes de celles que suit le reste du pays... J'ai gagné, et pour continuer sur la voie du succès, j'ai rejoué ce que j'avais gagné ; j'ai emprunté davantage, mis maison et possessions en jeu... et j'ai perdu. Alors j'ai dû emprunter encore plus, pour éponger les pertes. Et le manège s'est emballé. Ça va de plus en plus vite, jusqu'à ce que vous ne contrôliez plus rien, et que vous vous retrouviez entraîné... vers le gouffre. Quand tout a été mis en gage, il n'y avait plus rien à attendre des organismes de crédit ordinaires.

— Et Birger Bjelland vous ouvrait grande sa porte en vous souhaitant la bienvenue ?

— Oui... Birger Bjelland m'a accueilli, et ç'a été chouette qu'il soit là. Un temps. Mais il n'a pas arrêté le manège, lui non plus. Il en a simplement réduit la vitesse, pour un moment. J'ai fini par lui devoir tellement d'argent, que je... C'est alors qu'il s'est pointé avec la bonne affaire du cheval.

— Quel cheval ?

— Un super trotteur français. Un étalon arabe, avec une renommée comme celle du premier amant de Marie-Antoinette.

— Ah oui ? Comment était-il ?

— Super, Veum. Super.

— Et ce super amant, qu'étiez-vous censé en faire ?

— En acheter une partie.

— Quelle partie ?

— Une partie. Si j'y mettais le paquet, ça pouvait être la fin de ma dette. Il m'a garanti — garanti, Veum — qu'en deux ou trois ans, je récupérerais ma mise, avec les intérêts et les intérêts des intérêts, rien qu'à travers les courses qu'il gagnerait. Et quand sa carrière serait terminée, un étalon avec ses qualifications... Nous toucherions le double pour lui, quand il entrerait dans un élevage.

— Mais cette garantie, elle n'a pas fonctionné, si j'ai bien compris...

— Vous avez tout pigé, Veum ! D'abord parce qu'il y a eu cette dépense supplémentaire inattendue. Le coût du transport et les droits de douane, qui selon Bjelland auraient dû être couverts par le vendeur. Et puis le cheval a été blessé lors de sa première réunion. Au début, on a dit que c'était juste musculaire, une élongation. Puis ç'a été quelque chose au genou. Mais on a découvert que c'est une fêlure du fémur. Pas sûr qu'il puisse recourir un jour.

— Il est donc toujours à la campagne ?

— Au tarif quotidien d'un cinq étoiles ! Vous allez voir les factures que j'ai reçues, mois après mois. Bjelland dit que si on a du bol, on pourra le revendre à un Suédois. Mais même les Suédois ne sont pas bêtes à ce point, hein, Veum ?

— Si vous voulez mon avis, je ne crois pas que les Suédois soient beaucoup plus bêtes que certaines personnes qu'on rencontre dans nos campagnes », répondis-je sans le regarder en face.

Chacun de son côté de la table, nous tendîmes la main vers nos verres d'aquavit, les levâmes et bûmes, sans trinquer. Il reposa son verre.

« Jusque-là, tout allait bien.

— Mais d'où vient votre argent, maintenant ? Pour les dépenses supplémentaires ? »

Il fit la grimace de quelqu'un à qui l'alcool n'a pas plu.

« Birger Bjelland m'a déniché un contact… Dans l'Østland. »

Il prononça « Østland » comme le fait l'habitant moyen de Bergen : comme si ça se trouvait au fin fond de la Mongolie.

« D'accord. Et vous en êtes là ?

— J'en suis là. Juste sur les genoux de Grorud Inkasso A/S. Je sens leur souffle dans ma nuque. Et il ne va pas tarder à devenir brûlant…

— Mais vous avez trouvé de l'argent, avez-vous dit… »

Il hocha la tête d'un air maussade.

« J'ai vendu la voiture, la télé, tout ! J'ai un acheteur pour l'appartement… Très en dessous de sa valeur, bien sûr, mais il paiera comptant. La banque a été assez sympa pour m'accorder une avance.

— La même banque ?

— Une nouvelle banque. En bref, j'ai réuni les fonds. Mais avec un jour de retard.

— Mieux vaut tard que…

— Et quand je rentrerai chez moi, il ne me restera

rien. Sans argent, sans maison, sans travail, sans rien ! Si je rentre chez moi...

— Vous avez obtenu un jour de plus, avez-vous dit...

— En théorie, oui ; mais j'ai transgressé l'une des règles les plus importantes. En fait, j'aurais dû payer cinquante pour cent de plus pour chaque journée supplémentaire, et je n'ai pas pu réunir autant d'argent. Et vous vous rappelez ce que je viens de dire ? Cette société suit ses propres règles. Vous connaissez la sanction pour un remboursement non honoré ?

— J'en ai une vague idée.

— Ils peuvent vous casser un genou, par exemple, détailla-t-il en désignant les siens. Ou les deux. Je n'ai vraiment aucune envie de rentrer chez moi en fauteuil roulant, Veum ! »

Il prit son verre et le vida d'une main tremblante. On ne peut pas nier que la mienne tremblait aussi, pendant que je lui versais une nouvelle rasade. Cette fois-là, je remplis le verre à ras bord. Je sentais qu'il l'avait mérité.

« Et pour cela, vous avez donc besoin d'un garde du corps...

— Je paierai, Veum !

— Je croyais vous avoir entendu dire que...

— J'ai prévu, j'ai mis de côté, à partir de la dette totale... Si on peut aller à Oslo de la façon la plus économique.

— Vous avez un tandem ?

— On prend le train de nuit ce soir, en places assises.

— C'est exotique. La dernière fois que j'ai fait ça, j'étais militaire, il y a trente ans.

— Je vais demander…

— Écrivez vos promesses au dos de votre prochain relevé de comptes, Vassenden.

— Je m'acquitte toujours d'une dette d'honneur.

— Ça, j'avais compris.

— Vous acceptez ?

— J'ai… un fils qui étudie à Oslo. Je pourrais vous aider et passer le voir en même temps.

— Oui ? insista-t-il avec des yeux suppliants.

— Oui, même si ce n'est pas trop…

— Alors je vais tout de suite à la gare prendre les billets. On se voit donc… ce soir ?

— Ce soir. »

Je levai mon verre devant lui, pour conclure le marché.

Il vida le sien, se leva et partit. Il n'avait pas l'air aussi déprimé qu'à son arrivée, mais il n'était pas non plus vraiment joyeux. C'était un héraut de l'automne, quelqu'un qui annonçait la ruine et la mort.

Je finis de siroter lentement mon verre. Puis j'éteignis les lumières, fermai le bureau derrière moi, et rentrai à la maison faire mes valises.

Chapitre 2

Voyager en train de nuit dans un fauteuil, c'est un peu comme traverser un paysage caché par un long tunnel.

Il n'y a pas beaucoup de lumière dans le compartiment. Dans la vitre, vous voyez les reflets de votre propre visage et de ceux des autres, effacés de loin en loin par les lumières d'une gare qu'on traverse, une section de voie éclairée ou l'un des signaux lumineux disséminés le long des rails.

Vous êtes transporté non seulement dans l'espace, mais aussi dans le temps, entre un soir donné et le lendemain matin. Le bruit monotone des roues sur les rails résonne comme le tic-tac d'une montre dans votre corps, et votre tête oscille doucement, quelque part entre la veille et le sommeil. C'est-à-dire… si vous voyagez seul. Pas si vous êtes en compagnie de Mons Vassenden.

Entre Bergen et Voss, le compartiment était relativement plein, envahi d'habitants de Voss qui rentraient bruyamment chez eux après une courte soirée en ville. Entre Voss et Hønefoss, nous n'étions plus qu'avec deux passagers canadiens InterRail tardifs, qui passèrent le plus clair de leur temps à somnoler tête contre tête, comme deux poupées de chiffon abandonnées sur l'étagère d'un magasin de jouets après le dépôt de bilan. Mons Vassenden put concentrer toute son attention sur moi.

Assis dans le fauteuil voisin, il frémissait de nervosité. À la hauteur du Vaksdal, il m'avait déjà confié ses secrets les plus enfouis, et ses vérités les plus fondamentales.

« J'ai vu beaucoup de merde dans ma vie, Veum.

— Oui, on peut le dire…

— Vous savez, je suis plombier.

— Ah bon, vous voulez dire que…

— Mais maintenant je n'ai même plus le temps d'exercer. Tout mon temps, je le passe à économiser pour rembourser la dette. Nouveaux revenus, nouvelles rentrées d'argent, nouvelles… pertes.

— Mais ça devait bien aller… Je veux dire, quand on a affaire à un plombier, ça n'est pas particulièrement bon marché.

— Oui, oui. J'aurais pu bosser normalement pendant la journée, et au noir toute la nuit, sans que ça serve à rien. Une fois que le démon du jeu vous a mis le grappin dessus…

— Les exorcismes, vous avez essayé ? Ils sont en soldes à Os.

— J'ai essayé, Veum

— Ah oui ? » Je haussai les sourcils.

« Le mariage Veum ! Ce n'est pas un exorcisme suffisant pour beaucoup de gens ?

— Eh bien…

— Vous voulez que je vous parle de mes femmes ?

— Pas nécessairement, mais…

— J'ai pourtant l'impression qu'il faut que je vous explique… comment j'en suis arrivé là.

— … puisqu'on a plein de temps devant nous… » continuai-je, tandis que le sommeil s'en allait voir dans la voiture suivante sans jeter le moindre regard dans ma direction.

Entre Dale et Mjølfjell, il me raconta l'essentiel de son premier mariage, qui dura de 1962 à 1976. C'était Cecilie, « mon grand amour, Veum », à plus d'un titre. Elle mesurait dix centimètres de plus que lui, était orthodontiste et lui avait donné ses deux premiers enfants : un fils électricien bientôt trentenaire et une fille de vingt-quatre ans élève infirmière.

« C'est la seule qui me comprend, Veum.

— Qui ça ? Votre fille ?

— Anna, la prunelle de mes yeux. »

Le mariage en question commença à battre de l'aile aux alentours de Reimegrend. Le fils avait treize ans, et la fille huit. Le motif de séparation était la folie du jeu que Mons Vassenden traînait depuis des années ; sa promesse non tenue de garder les enfants le 8 mars, alors qu'il était trop occupé à parier dans l'un des caveaux de la ville, avait tout précipité.

Le mariage suivant se déroula entre Myrdal et Gol. Ses chances de réussite auraient dû être meilleures que pour le premier, puisqu'il avait rencontré la nouvelle épouse dans le monde des courses de chevaux. C'était une maniaco-dépressive qui fumait comme un pompier et avait un penchant pour les manteaux de vison et les dessous en soie. Après la naissance de deux enfants, deux garçons, en 1980 et 1982, et une dépression ayant nécessité une hospitalisation, elle fut convertie par un infirmier pentecôtiste très compréhensif, revint à la lumière en extrémiste antitabac, supporter de Jésus, et exigea sans ménagement la même chose de Mons Vassenden. Ça, ce fut au-dessus de ses forces. Quand il apparut par la suite que l'infirmier pentecôtiste pratiquait toutes formes d'imposition des mains, la maîtresse de maison partit avec armes, bagages et les deux garçons pour Flekkefjord, où le pentecôtiste avait trouvé un poste à l'hôpital et où ils furent reçus comme frère et sœur dans la communauté locale.

La nuit était au plus noir entre Voss et Finse. Au beau milieu de la partie la plus déserte des Hardangervidda, Mons Vassenden posa sur moi ses yeux de chien battu.

« Croyez-vous que ce soit vrai, comme il est écrit, que l'amour supporte tout, croit tout, espère tout et encaisse tout ?

— En fait, je crois vraiment très peu de ce que saint Paul a pu écrire dans ses épîtres, mais…

— Non, parce que ce n'est pas vrai ! En tout cas pas l'amour que j'ai connu, moi ! »

Je ne pus pas le contredire. Dans le ciel au-dessus de nous, les étoiles pointaient leurs aiguilles à travers le papier de soie de la nuit, pour permettre au matin de se faufiler. Vers l'est, on apercevait déjà la lueur pâle d'un soleil somnolent. C'était le jour suivant qui se levait. Le jour où la dette devait être annulée.

Au fond du Hallingdal, même le regard de Mons Vassenden se fit moins vif. Je m'étais assoupi par intermittence pendant ses dernières révélations, sans paraître rien manquer de ses romances sans fin. Des rencontres dans un bar un jour où il avait gagné, une fille d'écurie qui se faisait payer, une ancienne féministe lors d'une séance de plongée sous-marine en 1989.

À partir de Hønefoss, le compartiment recommença à se remplir, de grands banlieusards à porte-documents noirs et aux chaussures usées.

J'allai aux toilettes entre Asker et Sandvika, me passai de l'eau sur le visage et assurai le minimum vital à l'aide de déodorant frais. En revanche, il n'y avait rien à faire pour la barbe naissante. J'espérai que Grorud Inkasso A/S ne faisait pas partie des organismes de crédit les plus délicats. Ce que j'en avais appris n'allait pas dans ce sens, en tout cas.

Vassenden était endormi quand je revins. Mais même dans son sommeil, il se cramponnait à la valise marron dans laquelle, selon ses propres dires, il transportait l'argent de sa dette, sans le supplément de cinquante pour cent qu'aurait dû lui coûter le dépassement du mardi au mercredi. Il faisait penser à un petit enfant avec un ours en peluche trop lourd.

À Lysaker-Fornebu[1], une poignée de nos compagnons de voyage descendirent. La lumière du jour faisait comme un voile au-dessus du Lysakerfjord. Loin sur Drammensveien, le trafic du matin s'épaississait déjà.

Quand nous disparûmes dans le tunnel à la hauteur de Skøyen, je donnai un bon coup de coude à Vassenden.

Il fit un bond, serra la mallette sur sa poitrine, regarda désespérément autour de lui, et s'écria :

« Non ! Ne me faites pas de mal…

1. Où se trouvait alors l'aéroport d'Oslo (Fornebu).

— Calmez-vous. Ce n'est que moi. Veum. On est arrivés. »

Il regarda craintivement par la fenêtre, au moment où passait la station souterraine Nationaltheatret, comme une navette spatiale avec tout son équipage, avant de disparaître dans le noir, et les piliers de béton livide tracèrent la voie jusqu'à Oslo Sentralstasjon.

Chapitre 3

Le hall de la gare centrale était plein de courants d'air. Les voyageurs pressés du matin se hâtaient sans voir autre chose que le strict nécessaire. Des groupes de trois ou quatre adolescents de douze ou treize ans déambulaient sans but, pâles et des cernes sous les yeux, comme s'ils n'attendaient que le début des cours pour avoir un endroit où dormir. Un groupe de jeunes immigrés, habillés de blousons en cuir, observait tous ceux qui arrivaient comme si le train du matin en provenance du continent devait leur apporter des temps meilleurs, et s'étaient donné rendez-vous pour bien les recevoir. Deux gardes en uniforme passèrent, la matraque et la bombe lacrymogène à la ceinture, le long d'une sorte de méridien invisible au beau milieu des groupes de voyageurs. Il flottait sur l'ensemble une atmosphère douceâtre d'absence de chez-soi. À droite, le long des kiosques, les premiers titres des journaux à sensation s'affichaient, aussi vigoureux que des huées. À la cafétéria, sur la terrasse en haut à gauche, on pouvait voir les derniers lève-tôt de la ville, si ce n'étaient les premiers, tels des sphinx sur leurs piédestaux, et les haut-parleurs psalmodiaient d'une voix monotone les départs et les arrivées, comme autant de lieux bibliques choisis pour les voyageurs déracinés : *Le train de nuit en provenance de Bergen entre en gare quai numéro 4. Le train de nuit en provenance de Bergen entre en gare quai numéro 4. Le train de nuit en provenance de Copenhague via Göteborg, Kornsjø et les villes de l'Østfold arrivera avec un retard de cinq minutes. Je répète. Le train de nuit en provenance de Copenhague via…*

Mons Vassenden traversa tête baissée la foule des voyageurs. Il lançait des coups d'œil inquiets et soupçonneux dans toutes les directions, comme dans la crainte qu'un comité d'accueil d'un type tout à fait particulier n'ait été envoyé pour lui souhaiter la bienvenue, et vérifiait toujours rapidement par-dessus son épaule que j'étais bien juste derrière lui, comme une espèce de couverture.

« On m'a donné un numéro de téléphone. » Il trouva un téléphone public, inséra deux couronnes et composa le numéro.

Au bout d'un moment, les pièces tombèrent.

Vassenden regarda l'heure, prit des notes au dos de son billet de train et jeta un nouveau regard anxieux alentour. Puis il hocha la tête et prononça quelques mots dans le combiné.

Il raccrocha, les yeux rivés sur le billet dans sa main, comme si on lui avait lu son propre arrêt de mort.

« J… j'ai eu une adresse. Urtegata. Vous savez où c'est ?

— Non. » Je tendis un doigt vers le guichet des renseignements. « On va demander s'ils ont un plan, là-bas. »

Une dame aimable et vêtue de rouge nous donna

un plan d'Oslo *in-folio*, le déplia pour nous et nous montra où se trouvait Urtegata, le tout avec force œillades façon Daisy Duck.

« À pied, vous y serez en dix minutes, chuchota-t-elle comme si c'était un secret que nous ne devions pas révéler.

— P-p-pas plus ? » demanda Mons Vassenden qui espérait manifestement que ce serait au moins à une demi-heure, et qu'il serait impossible de trouver un taxi.

Un tapis roulant nous transporta gratuitement à l'entrée principale, et les portes automatiques offrirent une ouverture suffisante dans la paroi vitrée pour nous laisser nous échapper dans Oslo.

Sur le trottoir, à l'extérieur, nous nous arrêtâmes un moment pour regarder autour de nous.

Pour quelqu'un qui avait l'habitude d'arriver à Oslo par l'ancienne Østebanestasjon, dont l'entrée principale donnait juste sur Karl Johan, l'impression était dorénavant celle d'un manque singulier de symétrie, comme si tout Oslo avait poussé d'un côté, loin dans le fjord. Un peu à la manière d'un levier dans ce grand déménagement, on avait érigé un étrange monument en plein milieu de la place. C'était une sorte de clocher d'acier, de verre et de béton, un thermomètre planté dans le rectum de la ville pour en prendre la température.

Il restait quelques flaques d'eau sur l'asphalte. Derrière un rideau blanc, un soleil myope de septembre semblait s'interroger sur le sens de la vie. Mais tout ce qu'il trouvait, c'était la place de la gare, un mercredi matin comme tant d'autres, et deux voyageurs aux comptes incertains, les poches pleines de termes échus.

Mons Vassenden tourna la carte, désemparé.

« Vous y comprenez quelque chose ? »

Je la lui pris des mains.

« Scout un jour, scout toujours. » Je me tournai vers l'est. « On va donc dans ce sens… là. »

J'indiquai vaguement une direction entre les deux centres commerciaux d'Oslo, Oslo City et Galleri Oslo, l'un haut et dynamique, l'autre oblong et partiellement obscurci. Derrière eux, le bâtiment des postes et l'Oslo Plaza rivalisaient pour savoir lequel des deux ferait le plus d'ombre sur l'horizon. Ils semblaient avoir été plantés là dans le seul but de soutenir le ciel. Autour d'eux, le vieil Oslo était en ruine. Nous étions enfin arrivés, dans la ville au cœur brisé.

Nous nous mîmes en route.

Jernbanetorget et Biskop Gunnerus' gate formaient un bassin de circulation sur lequel ni la N.S.B. ni l'Église ne pouvaient proclamer leur souveraineté. Un ingénieux système souterrain de catacombes pour piétons nous mit pourtant en sécurité de l'autre côté, et nous réapparûmes entre Oslo City et Oslo Spektrum.

Mons Vassenden désigna une façade vitrée : « Que… Qu'est-ce que c'est ?

— La réponse d'Oslo au Royal Albert Hall. Une combinaison de piste de hockey sur glace et de salle de concert. Comme si la Grieghalle et la Bergenshalle se retrouvaient sous le même toit.

— C'est possible ?

— Autrement dit, Vålerenga[1] y vient plus souvent que Frank Sinatra. »

Nous débouchâmes dans Stenersgata. Je tendis une main vers l'est, en direction de Lilletorget et du pont de Vaterland.

« Direction Grønland[2].

— O-o-oh merde ; et moi qui ai oublié mes skis. »

Je ris poliment, pour essayer de lui remonter le moral. « C'est un peu tôt dans la saison. »

Sur Grønlands torg, personne n'avait pensé à prendre ses skis. Au contraire, il y avait visiblement peu de chances que la majorité d'entre eux en aient chaussé un jour. Mons Vassenden écarquillait les yeux tous azimuts.

« C'est ça qu'ils appellent le Petit Karachi ?

— Sûrement. L'équivalent norvégien de Chinatown, sauf que ces Chinois-là viennent d'Iran ou du Pakistan. Une filiale pour étrangers, mais sans horaires d'ouverture fixes. »

On pouvait se croire dans un autre pays. Les vendeurs de fruits et légumes avaient investi les trottoirs, et le choix ne s'arrêtait pas aux carottes et aux choux-raves. Il régnait sur le quartier une odeur épicée de cumin et de curry qui n'existait pas lors de ma dernière visite à Oslo.

La proportion autochtones-immigrés était d'environ cinquante-cinquante, et les arrivants ne venaient ni de Son ni du Sogndal. Beaucoup étaient vêtus de costumes noirs et de chemises blanches, comme s'ils

1. L'équipe de football d'Oslo.

2. Quartier d'Oslo, *Grønland* est aussi la graphie norvégienne de Groenland.

venaient d'enterrer quelqu'un. D'autres étaient habillés de vêtements amples et colorés, enveloppés jusqu'aux pieds dans les mystères de l'Orient.

Sur une petite place dans Urtegata, huit gamins jouaient au football, quatre dans chaque équipe. Un seul d'entre eux était blanc. Au-delà de la place, dans un bâtiment qui rappelait un garage à l'abandon, on avait installé la mosquée du quartier. Des hommes à la peau mate, portant des turbans blancs ou verts, se rendaient à l'office du matin. Nous trouvâmes Grorud Inkasso dans un immeuble gris de l'autre côté de la rue. Mons Vassenden regarda avec appréhension la façade passée. Certaines fenêtres étaient éclairées, mais on ne voyait aucune enseigne. Nous nous avançâmes dans l'entrée, jusqu'à la cage d'escalier. Il y flottait un doux parfum d'épices. Quelque part au rez-de-chaussée, quelqu'un chantait d'une voix monotone et aiguë dans une langue que je ne pus identifier. Un enfant pleurait dans les étages.

Je regardai les boîtes aux lettres, sur le mur. Elles étaient toutes anonymes.

« Vous êtes sûr que c'est à ce numéro ? »

Mons Vassenden souffla nerveusement.

« Ouais ! C'est… C'est ce qu'ils ont dit. C'est marqué ici. »

Il me tendit le bout de papier, et je vis qu'il avait raison.

« Vous n'avez pas pu noter un mauvais numéro ? »

Des gouttes de sueur perlèrent sur son front.

« Alors il faut… Mais montons vérifier d'abord !

— D'accord. Après vous. »

Un léger frisson parcourut sa nuque.

« N-non ! Vous… Vous ne pouvez pas, vous ?

— Si, c'est peut-être bien ce que font les gardes du corps. Je suis désolé si je ne suis pas très professionnel, continuai-je en passant devant lui. Mais comme je vous l'ai dit, je n'ai encore jamais fait ça. Et je n'ai pas non plus pensé à prendre mon gilet pare-balles.

— P-p-par... » Il ne parvint pas à finir.

« Détendez-vous. On est toujours dans une région civilisée du monde.

— V-vous en êtes sûr ? »

Il jeta un coup d'œil furtif en bas des escaliers, vers la sortie.

Le chant monotone s'était tu. L'enfant dans les étages ne pleurait plus. À la place, on entendit un téléphone sonner, puis quelqu'un décrocha.

« Écoutez. Et regardez. »

Nous étions arrivés au premier. Sur la porte de droite, on avait fixé une carte de visite, sur laquelle figurait : *GRORUD INKASSO A/S — Propriétaire : Svein Grorud.* Dans un coin, il y avait un numéro de téléphone ; dans un autre, l'adresse d'une boîte postale.

C'était tout. C'était la carte professionnelle la plus modeste que j'aie jamais vue. Mais nous étions sans plus de doute à la bonne adresse.

« Ve-Veum. »

Je le regardai.

Il me tendait la mallette. Tout son bras tremblait.

« P-prenez ça ! Prenez-la, vous ! »

J'attrapai la mallette. La poignée était trempée de sueur, et elle était plus pesante que ce à quoi je m'attendais, comme alourdie par le propre poids de la dette.

Puis je frappai à la porte, ouvris et entrai.

Chapitre 4

Nous pénétrâmes dans un couloir étroit aux murs beiges, qui ressemblait à l'entrée d'un appartement privé. Mais l'une des portes de gauche était ouverte, et par l'ouverture tombait la lumière blafarde d'un éclairage de bureau. Un siège grinça légèrement, et l'on entendit un bruissement de feuilles de papier.

Au moment où nous nous approchions, le téléphone sonna.

La fille derrière son imposant bureau nous remarqua à la seconde précise où elle décrocha. Avec un geste de la main et un sourire rapide, elle nous invita à entrer, avant de répondre à son interlocuteur.

« Oui allô, Grorud Inkasso, j'écoute… »

Elle était jeune, ses cheveux blond vénitien étaient attachés, et elle portait un chemisier blanc et une jupe bleue. Elle avait le nez fin et aquilin, les yeux gris-bleu, piqués de petites taches plus claires, qui rappelaient un jour où tombe de la neige fondue. Un foulard en soie rouge et jaune était négligemment noué autour de son cou.

Elle ne paraissait pas à sa place ici. On l'aurait plus

volontiers imaginée quelque part dans les Nordmarka, dans un roman de Gunnar Larsen, appuyée sur ses bâtons de ski ou épluchant une orange, et laissant le soleil de Pâques déferler comme une brise fraîche dans ses cheveux.

Mais au lieu de cela, elle écoutait patiemment dans son fauteuil la voix à l'autre bout du fil, tout en prenant des notes sur une feuille de papier. « Oui. Exactement. Oui. »

Mons Vassenden se tortilla, pas tranquille. Je regardai autour de moi. C'était un bureau équipé sobrement. À la gauche de la secrétaire se trouvaient un écran d'ordinateur et un clavier, et à sa droite, un fax. Le long d'un des murs, on avait disposé trois chaises rustiques et une petite table. Il n'y avait rien à lire sur la table. Ceux qui venaient ici avaient largement assez de lecture dans les chiffres rouges de leurs relevés de comptes.

Vassenden toussota nerveusement, le regard fixé sur la porte à l'autre bout du bureau. Elle était capitonnée, recouverte de cuir, comme celle d'un cabinet médical ou d'une chambre de torture ; pas un bruit ne filtrait.

La fille était en train de mettre un terme à la communication. « Oui. J'ai noté. Je lui demande d'appeler dès son retour. P.E. Jansson. Chambre 1940. » Elle leva les yeux au ciel. « C'est noté ! Au revoir. »

Elle reposa le combiné, poussa la feuille sur le côté, et nous donna une version longue de son sourire. Celui-là aurait pu justifier tout un budget publicitaire : large, enthousiaste et plein de dents blanches. Mais on remarquait fatalement qu'il était un peu crispé aux coins, comme une édition conservée artificiellement.

Je lui souris à mon tour.

« Bonjour. Je m'appelle Veum. Voici Mons Vassenden, de Bergen. Il a rendez-vous avec M. Grorud.

— Il est très occupé pour le moment. Il m'a laissé la consigne de ne lui transmettre ni coups de téléphone ni… »

Je penchai la tête vers son bureau.

« Vous l'avez sûrement sur votre bloc…

— I-il m'attend ! » couina Vassenden derrière moi.

La jeune femme laissa son doigt parcourir le planning sur la table. « Vassenden ? » Elle leva rapidement les yeux. « Je suis seulement intérimaire ici, et je viens d'arriver. » Elle baissa de nouveau le regard. « Je ne trouve pas.

— Ç-ça ne pr-prendra pas longtemps, objecta Vassenden d'une voix faible. Dites seulement à Grorud que… Il sait de quoi il s'agit. Vous n'avez qu'à l'appeler et lui dire que Mo-Mons Vassenden est là. Je lui ai p-parlé il y a une heure à peine ! »

Elle me regarda, et je confirmai d'un signe de tête.

Puis elle attrapa son téléphone, pressa une touche et attendit un court instant.

« Ici Marit. Je m'exc… » Elle fut interrompue. « Si, j'ai bien noté, mais il y a ici un monsieur qui dit s'appeler… Vassenden ? Mons Vassenden… et avoir rendez-vous avec vous. »

La réaction fut sans ambiguïté, si énergique qu'elle fut audible depuis le combiné, et Vassenden bondit comme un pigeon d'argile.

La fille qui s'appelait Marit reposa le téléphone. « Il arrive... »

La porte capitonnée s'ouvrit. Un homme sortit, posa les yeux sur Mons Vassenden, puis sur moi... Et s'arrêta net.

Il n'était pas gigantesque, ne mesurant qu'environ 1,90 mètre. Ses épaules étaient larges et il était baraqué. Il portait un costume foncé et une cravate gris perle, sur une chemise d'un gris tirant sur le vert. Son visage était massif et presque impassible, ses cheveux courts, blond foncé, semés d'épis gris, et il dégageait une impression de fureur chronique latente, celle de quelqu'un qui peut vous sauter à la gorge à tout instant.

Son regard allait et venait entre nous. « Vassenden ? »

Vassenden leva la main, en bon élève. « C-c'est m-moi ? »

À sa façon de regarder Vassenden, c'est *moi* qui me sentis glacé.

« Vous n'avez pas mentionné que vous seriez accompagné. Vous aviez besoin... d'une duègne ? »

Il me prit dans sa ligne de mire, comme s'il envisageait l'utilisation d'un second cercueil. « Et vous êtes... ?

— Veum. »

Il goûta le nom à la manière d'un connaisseur évaluant une prise de tabac. Et ne le trouva pas à sa convenance, car il le recracha immédiatement.

Un autre homme apparut dans l'ouverture derrière lui. Il avait la quarantaine, les cheveux blonds permanentés, mi-longs autour des oreilles et dans le cou, joliment coiffés sur le dessus. Son sourire était étroit et fixe, et les yeux qu'il posa sur nous pleins de tourbillons de neige. Son costume gris croisé soulignait une silhouette dense, un peu arrondie, comme chez quelqu'un qui n'est pas encore confirmand[1].

« Qui est-ce, Svein ? demanda-t-il d'une voix étonnamment chantante.

— Vassenden, de Bergen, répondit durement Svein Grorud. Et son petit copain, Veum. »

L'homme contourna Grorud et alla droit à Vassenden, qui fit automatiquement un pas en arrière.

« Je suis Axel Hauger. C'est à moi que vous avez *emprunté* de l'argent. » Ses *r* n'étaient pas norvégiens, et ses *e* semblaient aussi étriqués que son sourire.

« J'ai l'argent ! intervint rapidement Vassenden d'une voix de fausset.

— Un jour en retard », fit remarquer Svein Grorud en coinçant une cigarette entre ses lèvres, avant de l'allumer d'un mouvement brusque, comme s'il essayait de faire passer un message.

Axel Hauger jeta un rapide coup d'œil à Marit, qui suivait la discussion tel le spectateur unique d'un match de tennis insignifiant joué sous la pluie. « Entrons dans mon bureau. » Il regarda la mallette marron que je tenais toujours à la main. « Venez tous les deux. »

Pendant un instant, ce fut comme si personne ne voulait y aller en premier. Svein Grorud s'effaça pour nous laisser passer, mais Mons Vassenden ne bougea pas d'un pouce, comme si ses batteries étaient à plat.

Axel Hauger émit un petit rire bref. Je m'étais dit que je ne voulais pas avoir Grorud dans mon dos ; en

1. En Norvège, la confirmation marque l'entrée dans l'âge adulte.

fin de compte, Hauger entra le premier, moi à sa suite, puis Vassenden.

Grorud fermait la marche. Il claqua la porte derrière lui, le visage fermé, comme si c'était à la chaise électrique qu'on nous conduisait.

Cette pièce aussi était équipée de façon spartiate. Elle comprenait un gros bureau laqué noir sur lequel on ne voyait pas le moindre papier, un fauteuil en cuir brun-noir à large dossier pour faire la sieste, une chaise, puis quatre autres chaises tournantes à un pied, à socle blanc, autour d'une table ovale à plateau de marbre. Un numéro de la revue *Capital* traînait dessus.

Aucun de nous ne s'assit. Je me plaçai sur le côté et restai debout, dos au mur. Hauger alla au bureau, se tourna vers nous, et se tint là, une main négligemment appuyée sur le bord de la table. Grorud resta près de la porte, très légèrement sur la pointe des pieds, comme pour pouvoir réagir à la seconde, et en l'occurrence pas pour venir nous faire la bise.

Au milieu de la pièce, tel un clown raté sur une piste de cirque, Mons Vassenden branlait la tête, sans obtenir l'ovation espérée.

« Vous ne voulez pas vous asseoir ? » demanda Axel Hauger.

Vassenden se tourna à moitié vers Grorud.

« O-on v-veut seulement payer.

— Ça fait plaisir à entendre, Vassenden. Il n'y a rien qui fasse autant plaisir dans notre branche que les payeurs ponctuels. » Ses intonations le trahirent. Lui aussi était immigré, comme beaucoup d'autres dans le quartier. Mais lui avait simplement franchi la frontière suédoise. Il devait vivre en Norvège depuis un bon bout de temps, car il parlait dans l'ensemble mieux le norvégien que n'importe lequel de nos compatriotes interviewés en suédois par la télé ou la radio suédoise.

Vassenden se retourna à demi une fois de plus. « Je suis désolé d-d'avoir un jour de retard, mais c'é… c'était totalement impossible ! »

Hauger se pencha prudemment en avant. « Vous pouvez vous adresser à moi, Vassenden. Grorud ne passe devant que quand le paiement est en retard, si vous voyez ce que je veux dire.

— M-mais c'était bien Gro…

— C'est à moi que vous avez emprunté de l'argent, n'est-ce pas ? »

Il tira de sa poche intérieure une feuille pliée et la tint en l'air. « C'est moi qui ai votre reconnaissance de dettes ! »

Vassenden regarda longuement le papier, comme un chien alléché par un morceau de viande.

Svein Grorud se pencha au-dessus de la table et écrasa sa cigarette dans un cendrier, sans nous quitter des yeux une seule seconde. C'était un regard perçant, aussi dénué de vie qu'un entrepôt souterrain plein de déchets toxiques.

Vassenden tendit un doigt vers la mallette que je tenais. « L-l'argent est là. »

Axel Hauger tendit la main.

Je regardai Vassenden, qui me fit un signe impatient de la tête.

Je donnai la mallette et me sentis comme désarmé ; je contractai automatiquement les abdominaux.

Grorud avait décidé de concentrer toute son attention sur moi. Ce qui ne me plaisait pas.

Hauger posa la mallette sur la table. Avec deux claquements secs, les serrures s'ouvrirent. Il releva le dessus et plongea les mains. Immédiatement après, elles remontèrent chargées d'épaisses liasses marron. Son visage rougit légèrement, un sourire furtif passa sur ses lèvres et disparut, comme un aileron de requin.

Je jetai un coup d'œil sur Grorud. Lui ne souriait pas.

Liasse après liasse, Hauger sortit l'argent de la valise. Il les empilait silencieusement, en monceaux égaux, et ses lèvres remuaient sans bruit.

Grorud tourna la tête. Lui aussi était captivé par cette accumulation d'argent.

Mons Vassenden se dandinait sur place, passant d'un pied sur l'autre. Il ouvrait et fermait les mains, en respirant profondément, régulièrement.

Quand Axel Hauger eut fini, il garda les mains dans la valise vide, comme s'il en attendait davantage. Il posa sur la table le regard sinistre d'un chirurgien sortant d'une opération fatale.

À la façon dont les genoux de Mons Vassenden tremblaient, je commençai à craindre qu'il n'arrive pas à se tenir debout beaucoup plus longtemps.

Axel Hauger leva de nouveau les yeux.

« Vous avez payé… pour jusqu'à hier.

— Oui, je… c'est… » Mons Vassenden tituba. Pendant un instant, on eut l'impression qu'il allait tomber, mais il retrouva l'équilibre en levant l'un de ses bras pour s'appuyer contre un mur invisible, de dix centimètres trop haut pour lui.

« C'est tout ce que j'ai, Hauger ! J'ai raclé le f-fond ! L'appartement, la voiture, les meubles… Il ne me reste plus que ce que j'ai sur le dos. Soyez sympa, ne me laissez pas… Dites que c'est assez, dites que ça va… »

Il était sur le point de se liquéfier ; les larmes coulaient comme d'une énorme fuite de tuyauterie.

« Sinon, je peux mettre fin à mes jours… et puis vous n'aurez rien de plus de toute façon !

— Ce serait peut-être le mieux, murmura Hauger.

— V-vous ne pouvez pas s-simplement dire que c'est *hier* aujourd'hui ?… Ça n'a aucune importance p-p-pour vous ! Vous en avez assez. Je n'ai plus rien ! »

Hauger me prit dans sa ligne de mire.

« Et votre camarade ? Il n'a rien à nous laisser ? »

Je secouai la tête.

« Je suis seulement garant de sa santé, pas de sa dette », répondis-je sèchement.

Grorud bougea imperceptiblement. Il ne fit que transférer le poids de son corps d'une jambe sur l'autre, mais on devinait une telle puissance dans ce mouvement que je sentis frémir mes propres muscles.

« S-s'il vous plaît ! C'est d-de l'argent, quand même ! »

Un calme inquiétant se répandit à travers la pièce, comme une traînée de poudre. Grorud étendit les doigts et replia son pouce dans sa paume. Je me raidis en attendant l'explosion.

La réponse d'Axel Hauger claqua comme un pétard. « Bon, OK. » Il lança un coup d'œil froid à Grorud.

« Il n'y a pas grand-chose d'autre à espérer ici. »

Grorud n'avait pas l'air d'accord. Il était du genre de ceux qui savent tirer de l'eau des pierres.

Je jetai un œil à Vassenden. Ses genoux s'étaient calmés. La fuite se colmatait.

Axel Hauger abandonna son poste près du bureau. Il se redressa juste devant Vassenden. « Mais tout ceci ne sortira pas d'entre ces quatre murs, c'est clair ? »

Vassenden acquiesça.

« Si j'apprends que quoi que ce soit a filtré… commença-t-il en s'adressant également à moi, d'un d'entre vous, alors ce sera le cercueil, immédiatement, et j'ai bien dit *cercueil.* »

Svein Grorud sourit pour la première fois, d'un sourire indolent, presque rêveur, exactement comme s'il pensait à tout autre chose.

« Où les commandez-vous ? m'enquis-je. Je veux dire, les cercueils ?

— Ve-veum ! On y va ! On a fini ! »

Vassenden m'attrapa le bras et commença à me tirer vers la porte. « Merci. »

Mais Svein Grorud barrait le passage, et il ne souriait plus. Vassenden pila, avec la mine de celui qui vient de découvrir qu'il est victime d'un traquenard.

Axel Hauger me regarda, songeur, comme s'il envisageait de m'avoir aux enchères, mais sans trop savoir jusqu'à combien il voulait monter.

Puis il adressa un petit signe de tête à Grorud qui fit un pas sur le côté pour libérer la sortie, impassible.

Les enchères étaient finies ; le prix était fixé.

Vassenden ouvrit la porte du premier bureau. « A-alors t-tout est en ordre ? »

Hauger hocha la tête.

« Je vous raccompagne.

— Ce n'est pas nécessaire.

— Vous voulez certainement récupérer votre reconnaissance de dettes… ou vous avez prévu de payer plusieurs fois ?

— Non, bien sûr, j-je…

— J'ai juste besoin d'un stylo… » Il fit un signe de tête en direction du premier bureau.

Je gardai les yeux rivés sur Svein Grorud en franchissant la porte devant lui. C'était comme passer devant un colosse de pierre qui menaçait de basculer à tout moment et de nous écraser. Mais il n'arriva rien. Nous sortîmes sains et saufs.

La dénommée Marit était assise devant son écran. Son nez était encore plus effilé maintenant que je le voyais de profil, avec une courbe si délicate qu'on eût dit un bec d'oiseau.

Elle se tourna vers nous au moment où nous sortions.

Axel Hauger se pencha par-dessus le bureau. « Un stylo… Tu as ? »

Elle lui donna ce qu'il demandait, et il s'appuya sur le bureau pour contresigner la reconnaissance de dettes.

J'entendis la fille par-dessus mon épaule :

« L'avocat à la Cour suprême Hellesø a appelé. Pour Backer-Steenberg, a-t-il dit. »

Svein Grorud nous avait rejoints. Sa carrure emplissait toute la largeur de la porte. Axel Hauger avait fini d'écrire. Sans se redresser, il leva les yeux.

« Il propose que vous vous rencontriez demain, dans la journée. »

Grorud regarda Hauger, qui fit un très léger signe de tête.

« Si vous pouviez rappeler… »

Il acquiesça brièvement.

Hauger se redressa, regarda rapidement ce qu'il avait écrit, puis tendit la feuille à Vassenden.

Ce dernier la saisit, mais Hauger ne lâcha pas.

« N'oubliez pas ce que j'ai dit.

— Je n'oublierai pas. »

Il omit à dessein de regarder dans la direction de Grorud.

Hauger lâcha la feuille. Vassenden la tira instantanément à lui, y jeta un coup d'œil avant de la plier et de la glisser dans la poche intérieure de sa veste.

Nous échangeâmes un regard ; de la tête, je désignai la porte.

Pendant un instant, ce fut comme si tout pouvait arriver. Puis la situation se dénoua. Hauger traversa la pièce et passa devant Grorud pour retourner dans leur bureau. Vassenden sortit dans le couloir. Grorud et moi échangeâmes un tout dernier regard, comme deux gardes-frontières armés dans la zone neutre entre deux États hostiles, avant de nous tourner le dos et de poursuivre chacun notre chemin.

Quand il eut disparu dans son bureau, je me tournai vers Marit et lui fis un clin d'œil.

« Veum ! » lança impatiemment Vassenden, depuis le couloir.

Tout à coup, la porte d'entrée s'ouvrit et on entendit des talons hauts avancer prestement.

Je m'écartai pour la laisser passer, et pendant quelques secondes nous nous regardâmes dans l'ouverture de la porte.

Ses cheveux étaient sombres, avec une nuance auburn. Elle portait une élégante veste cintrée en cuir vert, une courte jupe noire sur des bas gris brillants, et des chaussures rouges à talons hauts.

Mon cœur se mit à tambouriner dans ma poitrine, comme si celle-ci était brutalement devenue trop petite et que quelqu'un devait absolument en sortir.

Au moment où elle passa devant moi pour entrer, je tendis la main, comme pour la retenir :

« Merete ? Ce n'est pas… ? »

Elle se tourna vers moi, interrogatrice, et parut se demander si c'était bien à elle que je m'adressais. Avec un regard froid comme de la gelée blanche, et d'une voix qui n'était pas beaucoup plus chaleureuse, elle me répondit :

« Vous devez me prendre pour quelqu'un d'autre. Je ne m'appelle pas Merete. »

Chapitre 5

J'avais l'impression d'être le personnage principal d'une mauvaise comédie.

« Mais... Ça fait longtemps. Au printemps... 1965, ça devait être.

— Je vous assure que vous vous trompez.

— Je n'oublie jamais un... visage. »

Elle rougit sous son maquillage.

Marit suivait l'incident avec un intérêt non dissimulé, depuis sa place derrière le bureau. Puis Vassenden réapparut lui aussi à la porte pour voir ce qui m'arrivait.

« V-veum ? V-v-vous ve-venez ? »

La rouquine se tourna vers Marit.

« Est-ce qu'Axel Hauger est là ?

— Oui. Qui dois-je annoncer ?

— Sa femme. »

Pendant que Marit transmettait le message, la nouvelle venue m'ignora totalement.

« C'est Marit. Mme Hauger est ici... Bien. »

Elle raccrocha, leva les yeux et fit un signe de tête vers la porte capitonnée. « Vous pouvez entrer. »

J'avançai d'un pas dans la pièce.

« Mais… Merete… Madame Hauger… »

Vassenden m'attrapa le bras et me retint. Elle continua à avancer comme si personne n'avait rien dit, ouvrit la porte, entra dans le bureau et referma énergiquement derrière elle.

Je devais avoir l'air particulièrement crétin, car Marit me regarda, amusée, et fit un geste des bras qui signifiait vraisemblablement « vous aurez peut-être plus de chance la prochaine fois ».

« Ça marche pourtant toujours », me défendis-je, pour essayer de sauver un peu les apparences.

Mais je vis qu'elle ne me croyait pas. Je sortis malgré tout une carte de visite et un crayon de ma poche intérieure. « Je vais loger un jour ou deux dans cet hôtel. Si elle se souvenait de moi… Auriez-vous l'amabilité de lui remettre ceci, quand elle ressortira ? »

Elle prit la carte, y jeta un coup d'œil et posa sur moi un regard plein d'humour.

« Vous en distribuez à toutes celles qui… en veulent ?

— Oui ? Vous êtes intéressée ?

— Veum ! » feula Vassenden dans mon dos.

Je levai la main à ma poche, mais elle secoua légèrement la tête. « Gardez-la pour une autre occasion. Je peux recopier celle-ci. »

En lui lançant un regard de biais, comme s'il y avait dans ses propos un sous-entendu que je n'avais pas encore saisi, je suivis l'invitation de Vassenden et me laissai traîner vers la porte.

« Alors, au revoir ! » lançai-je à Marit en partant.

Elle ne répondit que d'un sourire narquois, qui ne promettait rien.

Une fois en bas, sur le trottoir, Mons Vassenden s'essuya le front avec son infatigable mouchoir.

« Au nom du ciel, Veum, qu'est-ce que ça signifie ?

— Mais c'était vrai ! Je l'ai reconnue !

— Ça, c'est bien possible. Mais je ne paie pas vos foutus honoraires pour… prendre rendez-vous avec d'anciennes conquêtes ! »

Je haussai les sourcils.

« Qui m'a demandé de l'accompagner ?

— Il fallait venir quand je vous ai appelé. Ça ne p-peut nous apporter que des ennuis !

— Des ennuis ? répétai-je en poussant un gros soupir. Vous avez pu payer, oui ou non ?

— Oui…

— Vous avez récupéré votre reconnaissance de dettes ?

— Oui.

— Vous en êtes ressorti sans séquelle grave ?

— Jusqu'à maintenant, ça va. Mais vous devez m'accompagner jusqu'au départ du train ! »

Il leva les yeux sur la façade de l'immeuble, avant de poursuivre :

« Je ne veux pas prendre le risque qu'ils changent d'avis. »

Trois femmes et une petite fille pakistanaises se dirigeaient vers nous. Elles faisaient penser à des religieuses dans leurs longs vêtements blancs et bleus, la tête couverte. Elles portaient des filets à provisions ornés de motifs brodés de perles, d'où dépassaient des poireaux, et discutaient vivement. Elles se turent et baissèrent les yeux sur le trottoir en passant à notre niveau, pour reprendre leur conversation tout de suite après.

« Vous avez pensé au retour ?

— Si j'ai une place, j'attraperai le train de 10 h 30.

— Ça nous laisse du temps pour un petit déjeuner rapide. Si on peut se le permettre…

— Il me faut mon billet d'abord.

— Alors on mangera à la gare. »

Nous nous mîmes en route.

Au-dessus des maisons basses au pied de Tøyengata, le centre de tri d'Oslo et l'Oslo Plaza formaient un seul groupe, comme une espèce de sculpture postmoderne d'un landau d'antan.

Nous coupâmes jusqu'à Grønlandsleiret, et je jetai un long coup d'œil sur le légendaire Lompa[1], où l'on se soûlait plus qu'au Børs et où l'atmosphère était plus compacte que le brouillard au-dessus de Fornebu.

Nous descendîmes Tøyenbekken jusqu'à Schweigaards gate, où un tram bleu transportait les gens depuis la vieille ville jusqu'aux temps modernes.

Puis nous commençâmes la longue traversée de Galleri Oslo, où seuls étaient exposés des châteaux en Espagne, en promotion eux aussi.

La longue galerie marchande, bordée de locaux vides, rappelait les coulisses abandonnées d'un film de science-fiction ringard, et je n'aurais pas été surpris de voir Harrison Ford passer comme une flèche sous la voûte de verre dans une embarcation volante des années 2040.

Les différentes sections portaient des noms de capitales internationales, mais la seule chose internationale, ce devait être les tarifs demandés pour garer sa voiture au parking souterrain.

1. Lompa et Børs sont deux cafés célèbres d'Oslo.

Deux ou trois bureaux de tabac, majoritairement gérés par des immigrés, tenaient encore le coup face à la législation, mais leur clientèle se composait en gros de parents solidaires, d'habitants d'Oslo se rendant au terminus de bus à proximité, et d'enfants de la rue qui pouvaient se payer des clopes.

« C-ce n'est pas là qu'ils ont pensé ouvrir une bibliothèque ? bafouilla Vassenden à côté de moi.

— Vous suivez les événements ?

— J'ai un pari en cours sur sa réalisation… ou son abandon. Vingt contre un.

— Qu'est-ce que vous en pensez ? »

Comme il ne répondait pas, je poursuivis :

« Mais vous êtes dans le vrai. Ils prévoient d'y exposer un exemplaire du *Livre des Sages*, avant d'en faire cadeau à Albert Nordengen[1]. »

Nous arrivâmes sur le devant du bâtiment, laissâmes l'échangeur derrière nous pour chercher refuge dans la gare centrale. Vassenden obtint son billet, et nous grimpâmes jusqu'à la cafétéria en terrasse, en attendant que le train soit avancé. Dans la file d'attente devant le comptoir, Vassenden me demanda :

« Est-il possible que vous touchiez vos ho-honoraires à votre retour à Bergen ? »

J'acquiesçai et regardai son plateau. Tout ce qu'il avait mis dessus, c'était une tasse de café noir.

« Vous n'avez même plus d'argent pour manger ? »

Il baissa les yeux.

« Non.

— Alors c'est moi qui régale ! Servez-vous en *rundstykker*. Je l'ajouterai à la note. »

1. Albert Nordengen fut le maire d'Oslo de 1976 à 1990.

Il leva des yeux reconnaissants vers moi et se servit instantanément quatre demi-petits pains et un verre de lait. Je me contentai pour ma part de deux, plus du lait et du café.

« Qu-qu'est-ce que votre fils étudie ici ? demanda-t-il quand nous fûmes installés à une table au bord de la terrasse, d'où on pouvait voir tout le hall.

— Les langues et la littérature.

— Mais… il ne pouvait pas étudier ça à Bergen ?

— Il a rencontré une fille par InterRail et découvert qu'Oslo était l'endroit idéal.

— Hmf.

— J'ai parié qu'il se trompait. Vingt contre un. »

Tandis que nous déjeunions, il fut annoncé que le train partirait de la voie numéro 3. Quand nous eûmes fini, je le suivis jusqu'en bas. Il regarda d'un air angoissé tout autour de lui quand nous traversâmes le hall, mais rien ne semblait indiquer que nous étions suivis.

« Vous m'accompagnez à l'intérieur ? » demanda-t-il en bas, sur le quai.

Je le suivis. Le wagon était long, ouvert, c'était le seul compartiment fumeurs de tout le train, et il était pour l'instant plutôt peu rempli. Je laissai mon regard balayer tous ceux qui étaient déjà assis, sans voir sur les visages autre chose que la fièvre du voyage ou la résignation.

Je regardai l'heure. Il restait cinq minutes avant le départ.

« Je vais faire un tour dans le reste du train, au cas où, OK ? » proposai-je pour le calmer encore un peu.

Il me regarda avec la même reconnaissance que lorsque j'avais payé son petit déjeuner. Moi-même, je me sentais comme le garde du corps d'un candidat aux présidentielles américaines, sorti mener sa campagne depuis un train.

Je traversai tranquillement toutes les voitures, jusqu'aux premières classes et wagons pour malades et mères d'enfants en bas âge, tout à l'arrière du train. Nulle part je ne vis de visage connu. Quelques touristes parlaient déjà tout fort de « Mirdall » et de « Flamm »[1]. Les autres dialectes que je compris indiquaient que leurs locuteurs devaient aller à peine plus loin que l'intérieur du Hallingdal.

Je retournai voir Mons Vassenden et l'informai qu'il pouvait se détendre et profiter du voyage.

« *Le train express à destination de Bergen partira dans quelques instants quai numéro 3. L'express à destination de Bergen, quai numéro 3…* »

Je lui fis rapidement mes adieux.

Le dernier avertissement retentit au moment où je posai le pied sur le quai : « *Prenez place ! Attention à la fermeture des portes !* »

Le contrôleur siffla et agita son drapeau. Le train s'ébranla à l'instant prévu : un petit bout de Norvège en route pour Bergen.

Mons Vassenden posa sur moi un regard mélancolique à travers la vitre. Il ressemblait à un petit garçon qui part en colonie de vacances pour la toute première fois, et qui n'en a absolument pas envie. Il agita la main d'un air résigné, comme un enfant lancerait un dernier adieu à sa mère.

Puis le train fut loin dans le tunnel qui devait le

1. Il s'agit en fait de Myrdal et de Flåm, dans la région du Sogn og Fjordane.

conduire sous Oslo, puis dehors de nouveau, de l'autre côté.

Je pris le tapis roulant jusqu'au hall d'entrée que je traversai lentement, rattrapé par mon passé. Un nom s'était solidement fixé sur mes lèvres, comme un timbre-poste vieux de près de trente ans.

« Merete », tentai-je prudemment pour en apprécier la saveur, sans en être complètement convaincu. C'était un pays qui n'existait plus, une monnaie dont il ne me restait que des piécettes périmées.

Chapitre 6

C'était à l'époque où je faisais semblant d'étudier à Oslo, cette ville que personne n'abandonne avant qu'elle n'ait apposé son tampon dateur sur vous[1]. Si on y reste trop longtemps, on pourrit.

Dans la ville au grand cœur, il y a de la place pour tout le monde. Ce doit être pour cela que c'est toujours si étroit, ici.

J'habitais un studio dans Stockfleths gate, pas loin de l'église de Sagene. Il faisait à peu près la taille d'un garde-manger, et j'entendais constamment les souris courir derrière les panneaux du mur, à la recherche de la nourriture qui s'était naguère trouvée là.

Ma logeuse aimait les habitants de Bergen encore moins que ceux du nord du pays, mais elle fit preuve de clémence parce que je lui avais été recommandé par sa sœur, une amie de ma mère, chez nous à Bergen. Les rares fois où j'allai la voir, le plus souvent pour payer le loyer, son mari se camouflait avec tant de zèle derrière *Morgenposten* qu'après quelques mois, j'avais oublié à quoi il ressemblait.

1. Allusion à la première phrase du roman *Faim* de Knut Hamsun.

1964 fut une drôle d'année, une espèce de yole suspendue dans les eaux froides des années 50. L'équilibre avait été rétabli après la crise cubaine et l'assassinat du président Kennedy. Aux États-Unis, Lyndon B. Johnson était élu avec une majorité écrasante. En Union soviétique, on rangeait Khrouchtchev au placard et on sortait Brejnev et Kossyguine d'un tiroir fleurant bon la naphtaline. Les Beatles chantaient qu'ils ne pouvaient pas s'acheter d'amour, et ils avaient raison, comme toujours.

Entre septembre 1964 et mai 1965, j'habitais donc à Oslo. La raison de ma venue s'appelait Anne, mais elle s'en trouva un autre bien avant que j'aie pu m'installer. L'excuse à ma présence s'appelait faculté de droit, mais je n'en vis l'intérieur que pour y faire tamponner mon certificat de scolarité afin de pouvoir toucher les allocations de la Caisse des prêts. L'essentiel de la somme retourna à l'État par l'intermédiaire des débits de boissons du centre-ville, entre Kroa et Krølle, entre Kassa et Casino.

C'est dans l'un de ces endroits que je fis la connaissance d'un type de Frogner prénommé Svend. Il tenait le journal *Anders Langes Avis*, avait suivi les cours d'été chez Libertas à Elingaard et était un pur bonheur pour socialiste vestlandais fraîchement converti. Ce fut par son intermédiaire que je rencontrai Merete. Mais pas avant le mois d'avril suivant.

Ce fut le mois où les Américains bombardaient le Nord-Vietnam au napalm. Un samedi, après une manifestation dramatique devant l'ambassade américaine, sur Drammensveien, une manifestation qui finit par être dispersée par la police montée, nous nous rassemblâmes au Dovrehall, où un étudiant de philo aux cheveux lisses et courts et portant de grosses lunettes à monture de corne faisait une intervention enthousiaste contre le bellicisme américain. Nous étions sur la ligne de partage des eaux. Les années 50 étaient résolument derrière. Nous ne le savions pas, mais c'étaient les années 70 qui s'annonçaient. Et à toutes les soirées ce printemps-là, Bob Dylan chantait, depuis le tourne-disques : « *The times they're a-changin'...* »

Au cours d'une fin de soirée improvisée, dans une bicoque délabrée quelque part à Bislett, Svend m'invita à souper le lendemain.

« Souper ? Qu'est-ce que c'est ? avais-je demandé.

— J'ai aussi invité deux filles... »

L'hiver avait été long et humide à Oslo, et l'humidité n'était pas la même ici qu'à Bergen. À Oslo, elle vous remontait dans les genoux, gelait jusqu'au petit matin et s'étalait comme un cadre de notice nécrologique gris-brun le long de tous les trottoirs jusqu'à fin mars, début avril. À Oslo, l'humidité stagnait au-dessus de vous comme la fumée de cigare fadasse des soirées entre hommes disparues depuis longtemps, au-dessus du port et de la cuvette du centre-ville, et vous toussiez pendant les mois les plus sombres, comme un catarrheux chronique.

Mais soudain, pendant de longues périodes, ça pouvait s'éclaircir. Le soleil brillait alors comme à travers du cristal ouvragé, et dans les Nordmarka, les traces de skis filaient droit dans l'éternité, le long des tables à pique-nique couvertes de nappes blanches fraîchement empesées. Alors je laissai tous les discours derrière, et j'allai jusqu'à Kikut, ou encore plus loin, si nécessaire.

Le 14 février, Per Ivar Moe devint champion du

monde de patinage de vitesse à Bislett. Il n'y aurait pas beaucoup d'autres raisons de se réjouir à Oslo cet hiver-là.

En mars, j'avais pris la décision de rentrer à la maison. En avril, je rencontrai Merete.

La table de Frogner était dressée comme pour des noces d'argent.

Svend me reçut dans le hall (qu'ils prononçaient « *hôl* », à Oslo), vêtu d'un costume sombre, avec chemise et cravate.

Je quittai ma parka et baissai les yeux sur ma chemise de flanelle à carreaux rouges et mon pantalon de velours noir en murmurant :

« Je ne suis certainement pas habillé comme il faut.

— On te prend tel que tu es ! » sourit Svend, ravi. Et je commençai à penser qu'il avait peut-être eu une idée derrière la tête en m'invitant.

Il me fit monter un escalier marron foncé, décoré de lithographies de Munch. Nous traversâmes une pièce au parquet plus lisse que la surface dont Per Ivar Moe avait triomphé, décorée de porcelaine et de cristal, et quatorze autres pièces, jusqu'à une salle à manger, où il fit un geste de présentateur de cirque en annonçant : « Me voici avec notre communiste ! »

Les deux filles pouffèrent, en extase derrière leurs verres à pied où jouait le soleil ; mais bien élevées comme on l'était dans les plus hautes sphères, elles se levèrent toutes les deux et me tendirent la main : des mains blanches, longues, fines comme des cuillères à dessert.

Depuis un haut-parleur invisible, Frank Sinatra chantait « *Nice work if you can get it* », tandis que je saluai les filles.

L'une était brune, vêtue de bleu et se prénommait Aud.

L'autre était rousse, vêtue de vert, et s'appelait Merete.

Elles portaient des robes de soie moulantes, et étaient coiffées de façon sophistiquée, une frange leur retombant de biais sur le front et leurs cheveux courbés vers l'intérieur au-dessus des épaules.

Elles étaient beaucoup plus humaines que je ne m'y attendais, surtout quand elles cessèrent de pouffer de rire.

« Les fossiles sont à Francfort, la maison est à nous ! » déclara Svend, tandis que nous nous levions pour trinquer pour — et avec — le nouvel arrivant.

Nous passâmes à table. J'attrapai la fourchette la plus loin de mon assiette et attaquai la salade de crevettes. Autour de moi, on sirotait du vin blanc. Je retournai à mon tour un verre qui fut instantanément rempli.

Aud et Svend sortirent pour aller chercher le plat principal, pendant que je conversais avec Merete de la façon la plus cultivée possible :

« Chez moi, à Bergen, à Kalfaret, on trinque trois fois pour des occasions comme celle-ci. Pour le roi, la ville et la patrie, Ici, on tire un trait après le roi et la patrie, n'est-ce pas ? »

Ils revinrent avec quelque chose qui devait être du carré de porc fumé, suivi de choux de Bruxelles à la sauce tomate et de pommes de terre au persil.

« Si c'est ça que vous appelez un souper, comment appelez-vous ce que vous mangez en milieu de journée ? »

Svend et les filles rirent, ravis ; ils n'avaient jamais

entendu un tel esprit à l'est des montagnes. Et ils étaient généreux avec le vin rouge de ce côté-ci, aussi bien en termes de qualité que de quantité.

Pour le dessert — une salade de fruits qui n'avaient pas trempé que dans du sirop de sucre — nous bûmes du porto dans de petits verres arrondis qui faisaient penser à de petites maraîchères dodues. Tout compte fait, c'était vraisemblablement mon meilleur repas jusqu'à ce jour. Et je n'en connus pas de meilleur au cours des années qui suivirent non plus.

Aud et Svend desservirent et emportèrent les restes dans des appartements mystérieux où un domestique invisible se chargeait de la vaisselle ; ou bien on s'en occuperait le lendemain, malgré la gueule de bois. Puis ils revinrent avec les ingrédients nécessaires pour des *long drinks*.

« Longs comment ? » demandai-je dans le dialecte de Bergen, comme pour souligner à l'extrême mes origines prolétaires. Les rires n'en finissaient plus.

Le reste est confus.

Nous avons discuté. De littérature.

Nous avons dansé. Et il a fait chaud.

Tout à coup, nous avons été seuls.

Je me souviens que nous nous sommes assis dans un canapé bleu.

« On se croirait sur un radeau…

— Ça tangue aussi, pour toi ? » répondit-elle.

J'avais retroussé sa robe au-dessus de ses genoux et lançais de prudents coups de sonde entre ses porte-jarretelles et sa gaine, comme des scouts dans un no man's land. Ma chemise pendait, défaite, et elle avait la main à l'intérieur, sur ma poitrine.

Je me souviens de sa jupe contre mon cou et de

l'odeur de son parfum. La gaine dégrafée, une année de travail qui forçait le respect. Les cuisses qui s'ouvraient, avec une réticence bien élevée. Une anémone de mer qui béait après sa proie. Une huître sans perle, au goût de mer. Et un instant après, un séisme tranquille. Très tranquille. Elle prit son pied avec une toute petite génuflexion, comme elle l'avait appris dans la meilleure école de danse de la ville.

Je retirai mes œillères et me lançai dans les profondeurs. Autour de nous dans la pièce, tout n'était que tintement de cristal.

« Fais attention avec… la robe ! » Puis, un peu plus tard : « Attention à ne pas faire de saletés… »

Je la tenais fermement pour lécher le maquillage de son visage. Alors seulement je découvris qui elle était : une petite fille seule dans les bois, trop loin de chez elle.

Nous partîmes en taxi, en direction de l'une des collines autour de la ville. Elle me donna un bout de papier avec son numéro de téléphone, et avant de sortir de la voiture, elle me regarda longuement : « Tu m'appelles ? » Et je répondis : « Oui. »

Puis elle m'embrassa sur la joue et sortit. La maison, là-haut, avait une façade en pierre, que la vigne vierge de l'année précédente avait striée jusqu'au premier étage de motifs bruns.

Je redescendis en taxi sur deux virages, demandai au chauffeur de s'arrêter, dépensai ce qu'il me restait d'argent et terminai le trajet jusqu'à la ville à pied.

Pendant de nombreuses années, ce fut mon souvenir d'Oslo : une ville dans la brume matinale, au début du mois d'avril ; des chants d'oiseaux dans l'air froid, le soleil comme un reflet entre les arbres, dans un monde de jardins privés et de vérandas, où le jour est un tram bleu clair qui se met lentement en mouvement quelque part du côté de Jar. Et le goût de baisers oubliés dans la bouche.

Parce que quand je téléphonai quelques jours plus tard, personne ne décrocha. Et à la tentative suivante, ce fut une femme qui répondit.

« Est-ce que Merete est là ?

— Qui la demande ?

— Euh… C'est Varg… Veum. De Bergen.

— Merete n'est pas à la maison », répondit la dame après une petite pause, comme si elle avait dû réfléchir.

Je n'eus pas davantage de nouvelles de Svend.

Et en mai, je rentrai chez moi, à Bergen.

Chapitre 7

Oslo est une capitale modeste. La rue principale qui monte au palais royal porte le nom d'un régent suédois, et les rues les plus longues en ville pointent de façon bizarre vers l'extérieur : Drammensveien et Trondheimsveien, Sørkedalsveien et Strømsveien.

Le centre d'Oslo est un croisillon de rues. Si vous vous perdez au nord de Karl Johan, vous finissez sur Sankt Hans-haugen, ou dans les Nordmarka. Si vous allez dans la direction opposée, vous vous retrouvez dans la mer.

L'hôtel dans lequel j'avais réservé une chambre se trouvait dans l'une de ces rues, relativement haut dans Pilestredet, de sorte qu'ils n'avaient pas besoin de concourir avec l'hôtel SAS pour savoir lequel des deux affichait les prix les plus élevés. En outre, il se trouvait à une distance raisonnable pour un piéton de l'endroit où habitait Thomas, juste derrière la brasserie Frydenlund, dans un petit studio qu'il partageait avec une jeune fille prénommée Mari et qui devait venir de Løten. Ils s'étaient rencontrés dans une salle d'attente de la gare du Nord l'été précédent et, depuis, ils étaient pour ainsi dire inséparables. Sa mère l'encaissait moins bien que moi. De toute façon, ce n'était pas chez moi qu'il avait passé ses dix-huit dernières années.

On m'attribua une chambre au cinquième étage. C'était une chambre simple, à plus d'un titre : allongée, étroite, avec un lit à gauche, une chaise et un minibar à droite et une fenêtre donnant sur la cour intérieure. Si on avait besoin d'une table, il fallait utiliser le dessus du minibar, où trônait un verre à vin sur une nappe blanche. Une mauvaise reproduction d'une gravure médiévale sur cuivre était accrochée au mur. Elle représentait un forgeron près d'une enclume dans une forge ouverte. J'espérais qu'il n'y aurait pas trop de boucan pendant la nuit. Un téléphone mural était fixé au-dessus du lit. Je décrochai et composai le numéro de Thomas précédé de 0. Pas de réponse.

J'allai jeter un coup d'œil à la fenêtre. Je vis une cour étroite et vertigineuse, avec un escalier d'urgence escarpé qui menait aux enfers. La corniche, sous la fenêtre, faisait environ 20 cm de large : défi facile pour un danseur de corde, sans espoir pour quelqu'un sensible au vertige.

J'essayai une fois encore le numéro de Thomas. On ne sait jamais, avec les tourtereaux de fraîche date. Il avait pu être occupé par autre chose. Mais personne ne répondit cette fois non plus.

Je m'étendis sur le lit, un journal à la main, sans réussir à me concentrer. Dehors, quelqu'un avait collé un ciel de fin d'été d'un bleu profond, un miracle que même les urbanistes de ces dix dernières années n'avaient pas réussi à effacer.

Le sommeil auquel j'avais échappé s'étendait comme un plaid de laine à l'intérieur de mes yeux. Sous le plaid, il y avait une femme qui ne voulait pas avouer qui elle était. Je pouvais comprendre qu'elle ne me reconnaisse pas. Je pouvais même comprendre qu'elle ne le veuille pas, en présence d'autres personnes. Mais qu'elle ne…

Je me redressai brusquement sur le lit, un goût de citron dans la gueule. Je pouvais téléphoner à Svend !

Je secouai lentement la tête et posai les pieds sur le sol. J'avais dormi. Svend, à qui je n'avais pas parlé depuis… combien d'années ?

J'allai à la salle de bains et me passai de l'eau froide sur le visage. Quelle heure était-il ? 2 h 30. Mons Vassenden était donc à mi-chemin entre Oslo et Bergen, quelque part du côté de Geilo. Mais Svend, comment est-ce qu'il s'appelait, déjà ? Høie, non ? Dieu seul savait où il pouvait bien habiter, après toutes ces années… Certainement pas du côté de Geilo, en tout cas…

Je regardai dehors. Pendant que je dormais, les urbanistes n'en avaient fait qu'à leur tête. Des nuages sombres et déchirés s'étaient amoncelés au-dessus de la ville, comme une menace de recouvrement de la part de l'institut météorologique.

En feuilletant le bottin, j'imaginais déjà la conversation : « Svend ! Salut ! Ici Varg… — Qui ? — Varg Veum ! Tu ne te rappelles pas… 1964-1965… On a bu plein de bière ensemble, discuté politique en picolant, et puis je suis venu à une soirée chez toi, avec une fille qui s'appelait Aud et une qui s'appelait… Merete… — Comment avez-vous dit que vous vous appeliez, déjà ? »

Je trouvai un Svend Høie dans l'annuaire, avec le

d et le *i* aux bons endroits. Je composai son numéro personnel, et ce fut une femme qui répondit d'une voix si nasillarde qu'elle aurait tout aussi bien pu porter un pince-nez. Elle faisait peut-être partie de l'équipe nationale de natation synchronisée, et s'entraînait sur son banc de cuisine. Si ce n'était pas le cas, elle avait gardé ses amygdales vingt ans de trop. Non, Svend n'était pas là. Il fallait que j'essaie au bureau. Et son numéro là-bas ? Je ne l'avais pas ? Non, désolé…

J'obtins le numéro et le composai. La voix féminine semblait venir tout droit d'une course alpine dans les Bærumsmarka, avec une espèce de tonalité sportive et glaciale ; j'eus l'impression d'être une taupe du contrôle antidopage, le pied dans l'entrebâillement de la porte au jour de la première réunion annuelle de l'équipe nationale.

« Høie ? Qui dois-je annoncer ?

— C'est Veum.

— Un instant, M. Veum. »

Peu de temps après, elle était revenue.

« Il est là dans un instant.

— Où ça ? »

Mais elle m'avait déjà mis en attente. Une version électronique des plus monotone de l'*Hymne à la joie* emplit mes oreilles, avant d'être coupée au beau milieu d'une variation par une voix masculine semblable à celle qui interrompt les émissions pour un flash spécial :

« Ici Høie.

— Salut ! C'est Varg. Tu te souv…

— Qui êtes-vous, avez-vous dit ? »

Sa voix était plus grave que dans mon souvenir,

rabaissée d'un ton ou deux par les épreuves du temps. Mais je le reconnaissais. C'était lui.

« Varg Veum. On s'est rencontrés en 1964, je crois, et je me dem…

— Varg, avez-vous dit ?… Oui, il me semble que…

— On était une bande, en ville. Une fois, je suis venu chez toi, et…

— Oui, je suis désolé, mais je suis assez occupé ; tu voulais quelque chose de particulier ?

— On a dîné, toi et moi, avec une fille qui s'appelait Aud et une qui s'appelait…

— Aud ? C'est d'Aud Bleken que tu parles ?

— Je ne me rappelle pas exactement le nom, mais…

— Parce que si tu penses que je sais quoi que ce soit sur…

— L'autre s'appelait Merete.

— Merete Sjøwold ?

— Elles étaient amies ?

— Aud et Merete ? Oui… C'était toi, mais oui ! Maintenant je me souviens. Le bolchevique de Bergen, on t'appelait…

— C'est ça. J'ai revu Merete, mais je me demandais si…

— Merete Sjøwold ? Je la croyais en Suède. Il me semble toutefois me souvenir qu'elle… Mais je peux me tromper, bien sûr.

— Cette Aud. Si elles sont toujours amies, je…

— La dernière fois que j'ai entendu parler d'Aud Bleken, elle travaillait comme mannequin à Londres. Mais ça fait un sacré bout de temps.

— À Londres ?

— Le bolche… Alors, où en est la révolution mondiale ? La dictature du prolétariat ?

— Je n'ai jamais été memb…

— Non, vous dites tous ça, maintenant, après coup. Mais je dois te laisser, Va… Veum. C'était sympa de causer un peu. Retéléphone-moi, dans vingt-sept ans.

— Je…

— Goudbaille ! »

Aucun *Hymne à la joie* ne résonna cette fois. Tout ce que j'entendais, c'était la symphonie silencieuse des Télécoms, plus le bruissement de la galerie.

Je raccrochai, sortis mon calepin et notai : *Merete Sjøwold. (Aud Bleken.)*

Le téléphone sonna.

« Allô ? »

L'appel était passé d'une cabine téléphonique. On se serait cru dans un élevage de poulets, et j'entendis d'abord une, puis une seconde pièce de monnaie tomber.

« Allô ? C'est… Veum ? demanda une voix de femme.

— Oui ? Qui…

— C'est Marit.

— Marit ?

— C'est moi qui occupais le bureau d'accueil chez Grorud.

— Ah oui, salut !

— J'ai essayé d'appeler, mais c'était occupé.

— Oui, je… »

On frappa énergiquement à la porte.

« Un instant. On frappe à la porte.

— Attendez ! N'ouvrez pas !

— Quoi ? Mais…

— C'est Grorud ! »

On frappa de nouveau, encore plus fort cette fois-ci.

Je baissai automatiquement la voix.

« Grorud, mais qu'est-ce qu'il…

— Tout ce que je sais, c'est que vous feriez mieux de ne pas ouvrir ! »

Je regardai la porte, puis la fenêtre.

« Veum ! gronda une voix de l'autre côté. Ouvre ! Je sais que tu es là-dedans !

— Écoutez, soufflai-je dans le combiné, est-ce qu'on peut se voir quelque part ? Il faut que j'en sache plus là-dessus !

— Ka-kaffistova, c'est au coin de…

— Oui, je sais où c'est. Rendez-vous là-bas. À tout de suite !

— Mais… Soyez prudent ! »

Je raccrochai et me tournai vers la porte.

Il donnait des coups de poing, à présent, et l'huisserie craquait.

« VEUM ! »

Au lieu de répondre, je me glissai vers la fenêtre et ôtai les crochets. « Tu parles d'un garçon d'étage ! » grommelai-je.

Ça résonnait maintenant dans toute la pièce, comme s'il se jetait contre la porte pour essayer de passer au travers.

Je grimpai dans l'encadrement de la fenêtre, posai un pied sur l'étroite corniche, et me glissai dehors. Une sueur froide me traversa le corps, depuis le pli de l'aine jusqu'à la base du crâne. Les genoux tremblants, je me plaquai au mur et me dirigeai précautionneusement vers l'escalier de secours sur ma gauche.

Une puissante détonation résonna à l'intérieur de la pièce. C'était le chambranle qui venait de lâcher. La porte claqua bruyamment contre le mur et, une fraction de seconde, je vis Svein Grorud emplir l'ouverture. Je trottinai alors jusqu'au bout de la corniche, comme une ballerine réticente à monter sur une scène trop glissante. Et j'avais l'orchestre à ma droite, cinq étages plus bas.

Chapitre 8

J'atteignis l'escalier au moment précis où Svein Grorud passait la tête par la fenêtre.

« Stooop ! rugit-il. Je veux seulement te parler !

— Passe-moi un coup de fil !

— Tu n'y gagneras qu'un ajournement !

— Envoie-moi aux encaissements ! »

J'entamai la descente en bonds audacieux. La structure d'acier de l'escalier résonna, et des visages apparurent à quelques-unes des fenêtres sur la cour. Si je devais me faire massacrer, il y en aurait bien un parmi eux pour écrire ma nécrologie.

Je jetai un coup d'œil en haut. Svein Grorud était parti. Il suivait le vieux conseil des westerns et tentait de me couper la retraite dans le défilé.

J'étais en bas.

En deux secondes, je m'étais orienté. Il n'y avait qu'une issue, et je renversai deux poubelles en contournant le coin dans sa direction. La porte donnant sur la rue était fermée, mais…

J'attrapai la poignée.

… pas verrouillée !

Je l'ouvris en grand et débouchai dans la rue à

l'instant même où Svend Grorud passait la porte de la réception, à un tempo réservé aux clients indésirables.

Nos regards se croisèrent, à trente mètres de distance.

J'eus l'impression de démarrer comme un personnage de dessin animé : mes jambes moulinaient à toute vitesse, mais je faisais du surplace. Puis je retrouvai mes esprits et filai vers Pilestredet, comme si je courais la première partie du relais de Holmenkollen avec deux minutes de handicap.

Je traversai Pilestredet en biais, puis Parkveien, et continuai à descendre vers le centre.

Je jetai un coup d'œil par-dessus mon épaule. Svein Grorud arrivait pesamment derrière moi. Il courait à la manière d'un rhinocéros, à grands pas lourds. À en juger par son gabarit, il devait peser quarante kilos de plus que moi, dont la majeure partie se trouvait dans les bras. Je n'aurais pas aimé qu'il m'attrape. Et je ne voulais absolument pas qu'il me gratifie d'une accolade, au cas où nous gagnerions ladite course de relais.

Je tournai dans une rue entre un kebab et un marchand de prothèses. Je regardai de nouveau derrière. J'avais gagné du terrain. Son poids le ralentissait. Je passai devant une cour dans Welhavens gate et la traversai, d'un angle à l'autre, dans l'espoir de me débarrasser de lui, en descendant vers le parc du palais royal.

Dans Wergelandsveien, je m'arrêtai pour respirer. Au-dessus de moi se trouvaient la maison des artistes et la maison des professeurs, un mélange un peu raté de cathédrale et d'estrade. De l'autre côté de la rue trônait la maison d'honneur des artistes, La Grotte, jaune pâle dans la lumière de l'après-midi.

Je ne le voyais plus.

À un tempo plus calme et en regardant constamment derrière moi, je continuai donc vers Nordraaks plass, passai devant l'auvent noir du restaurant Grotten et la façade de marbre de la naguère si fière Norges Brannkasse, depuis longtemps propriété d'U.N.I.[1] et qui plongeait à toute vitesse vers le crash.

Il avait disparu.

Depuis Kristian IV's gate, je parcourus des yeux le parking de Tullinløkka, en direction de Kristian August's gate, au cas où il aurait voulu passer par là : à une autre latitude, mais vers le même but.

Mais non.

Je commençai à me calmer.

Le pouls plus lent et régulier, j'avançai prudemment, passai la Galerie nationale et me dirigeai vers la façade de verre brillante du Théâtre national, qui faisait plus penser à un opéra d'Allemagne du Nord qu'à un endroit où l'on parlait néo-norvégien.

Je traversai finalement Rosenkrantz' gate et entrai dans la Kaffistova du B.U.L.[2], avec la sensation d'avoir mérité une place dans leur équipe de course de relais.

Je regardai autour de moi.

Je ne voyais Marit nulle part, mais ça ne faisait pas beaucoup plus de dix minutes que nous nous étions parlé.

1. U.N.I.-Storebrand est la principale compagnie d'assurances en Norvège.

2. Équipe norvégienne d'athlétisme.

Je me servis deux petits pains au comptoir, me payai une Farris et un café et m'assis derrière un claustra, afin de garder les yeux à la fois sur l'intérieur du café et sur le trottoir au-dehors.

L'atmosphère paysanne avait presque disparu du Kaffistova. Ça aurait aussi bien pu être la cantine d'une usine automobile à Turin. Les chaises étaient aérodynamiques, les tables en bois laqué de couleurs claires. Les seules choses norvégiennes là-dedans, c'étaient les uniformes des serveurs, les gaufres en forme de cœur garnies de confiture et de crème fraîche, et l'arôme du café. C'était le goût de la mauvaise conscience.

Que pouvais-je faire à présent ? La chambre d'hôtel était occupée, et…

Thomas !

Je pouvais peut-être coucher là-bas, en dormant par terre dans l'entrée, replié dans une espèce de position de yoga adaptée au sommeil. Mais ma dernière séance de yoga commençait à dater, et je n'avais jamais poussé plus loin qu'une banale position du lotus, avec les reins légèrement cambrés.

Il valait vraisemblablement mieux suivre l'exemple de Mons Vassenden : prendre le premier train pour Bergen, et oublier qu'il existait une ville appelée Oslo, une firme baptisée Grorud Inkasso et une fille prénommée Merete.

Marit entra d'un pas agile, ses cheveux blond vénitien dansant dans l'air et une expression inquiète sur le visage.

Je me levai à moitié, me penchai par-dessus la table et agitai une main pour lui indiquer où j'étais dissimulé.

Elle m'aperçut, sourit largement et se hâta vers moi.

« Ça s'est bien passé ? Vous avez pu vous sauver !

— Comme tu vois. Mais il s'en est fallu d'un cheveu. Si tu ne m'avais pas prévenu, je ne ferais vraisemblablement plus qu'un avec le tapis, là-haut… Qu'est-ce que ça voulait dire ?

— Je n'en sais rien. Mais ça a quelque chose à voir avec la dame… que tu as cru reconnaître. » Elle regarda autour d'elle. « Je crois que je vais aller me chercher quelque chose à manger.

— Oui, pourquoi pas ? »

Tandis que nous allions commander au comptoir, je jetai un coup d'œil vers l'entrée, comme si je m'attendais toujours à voir débarquer Svein Grorud. Pas seul, dans ce cas. Les nuages s'étaient réunis au-dessus d'Oslo. Il tombait une averse dont Bergen aurait été fière. La pluie ricochait depuis les caniveaux et s'étalait comme des perles de rosée sur les vitres. Tous ceux qui étaient dehors cherchaient refuge sous les auvents des magasins, dans les ouvertures de portes ou au café le plus proche. En l'espace de quelques minutes, Kaffistova était noir de monde, et la file devant la caisse automatique était plus longue que devant un Vinmonopol au dernier jour d'ouverture avant les congés de Pâques.

Nous emportâmes chacun notre portion de *lapskaus*[1], accompagné d'un bout de *flatbrød*[2] et de confiture d'airelles.

1. Ragoût à base de viande (le plus souvent de bœuf), de pommes de terre, d'oignons et de carottes, en sauce brune ou blanche.

2. Petit pain azyme craquant.

En revenant à nos places, je constatai que Kaffistova, en dépit d'un intérieur typiquement turinois, constituait toujours un refuge pour autochtones. On parlait ici une grande variété de dialectes, depuis celui du Dovre jusqu'à ceux de l'Agder, de l'intérieur du Sogn jusqu'à Frosenhalvøya, et de Marienlyst jusqu'à Mysen.

Ici, on n'allait pas loin avec un dictionnaire de *riksmål*[1]. Un cours intensif de dialectes norvégiens était obligatoire.

« Il fallait que je mange quelque chose ; je n'ai pas le courage de faire la cuisine à l'heure qu'il est, je ne suis pas Wonder Woman. » Elle s'assit, posa son plateau et tendit la main par-dessus la table. « Je ne me suis pas présentée comme il faut : je m'appelle Marit Johansen. »

Je lui serrai délicatement la main. « Varg Veum. » je salai et poivrai précautionneusement mon lapskaus et ouvris le petit sachet qui contenait le pain.

« Je n'y retournerai plus jamais, il y avait quelque chose qui clochait là-bas, je vais en parler au bureau, Grorud Inkasso, plus jamais !

— Quelque chose qui clochait ? Qu'est-ce que tu veux dire ? »

Elle avala et agita sa fourchette devant moi.

« Je ne sais pas trop comment le décrire, mais d'une certaine manière, c'est comme si l'ensemble n'était qu'une façade, comme si la société n'existait pas.

— Elle était on ne peut plus réelle pour Mons Vassenden, je dois dire…

1. Le *riksmål* est une variante de dano-norvégien (*bokmål*), l'une des deux langues officielles de Norvège, avec le *nynorsk* (néo-norvégien).

— Oui, ça, je ne dis pas, mais il ne se passait presque rien, il n'y avait aucune lettre à taper, aucune facture à envoyer, seulement quelques coups de téléphone, et puis vous, et Mme Hauger, et ce Suédois, mais c'est tout.

— Mais… ce qui t'a incitée à me téléphoner…

— Oui, mais ç'a été tout à la fin, après le retour de Grorud.

— Après… »

Elle repoussa son assiette sur le côté, but une gorgée d'eau minérale et sourit largement :

« Et on en est là. »

Je mâchonnai un bout de viande salée.

« Mmm. On pourrait être un peu plus systématique ? À ce que j'ai compris, tu… Quand t'ont-ils engagée ?

— Il y a deux jours. Et c'est terminé ! »

Elle but son café à toutes petites gorgées, mais elle paraissait s'être calmée.

« Je ne tiens pas en place, c'est pour ça que je travaille pour cette boîte d'intérim. A/S Intérim. Au lieu d'aller bosser tous les jours au même endroit, je vois toujours de nouvelles personnes, d'autres endroits, d'autres milieux. Pendant un mois, je peux bosser pour une maison d'édition, un autre dans l'informatique, j'ai travaillé pour un armateur, au Théâtre National, dans la compta… Partout !… Et cette semaine, c'était donc… Grorud Inkasso.

— Qu'étais-tu censée y faire ?

— Du secrétariat habituel : recevoir des appels, noter des messages, rédiger des courriers. Mais comme je te l'ai dit, il n'y avait pas grand-chose à faire. Ça ne me plaisait pas.

— Comment était-il… Svein Grorud ? »

Elle frissonna, de façon presque imperceptible.

« Je ne l'aimais pas. Je n'aimais pas être seule avec lui, je veux dire… tu as vu ses poings ? »

Je hochai légèrement la tête.

« J'ai vu ce qu'ils ont fait avec une porte de chambre d'hôtel, il n'y a pas longtemps. »

Elle me regarda.

« Tu veux dire… Il l'a démolie ?

— Disons qu'en tout cas, il a forcé le loquet.

— Il aurait pu, s'il avait voulu, mais en réalité, il ne m'a rien fait, il s'est toujours conduit très convenablement, c'est seulement que… la façon dont il regardait mon cou, si tu vois ce que je veux dire.

— Et ce Hauger ?

— Il a débarqué hier, en toute fin de journée, mais… D'une certaine manière, j'ai eu l'impression que c'était lui le chef, même si ça s'appelait…

— Ah ? Tu veux dire que c'est lui qui décidait ?

— Oui, et quand Grorud n'en faisait qu'à sa tête, il réapparaissait… pour diriger la boutique.

— Quand est-ce que Grorud est sorti, dis-tu ?

— Ce… Pas très longtemps après vous. Mme Hauger était toujours là.

— A-t-il dit quelque chose sur l'endroit où il allait ?

— Non, aucun message, seulement qu'il serait absent quelque temps, et que si quelqu'un téléphonait, je devais transmettre à Hauger.

— Ah oui… Et Mme Hauger ?

— Elle est partie, elle aussi, un peu plus tard. Je lui ai donné la… carte, sur laquelle tu avais écrit, mais j'ai peur que… Hauger ne l'ait découverte. »

Je me penchai en avant.

« Et comment a-t-il, *ont-ils* réagi ?

— Ils n'ont pas aimé. Elle a pris la carte, l'a lue et l'a envoyé promener, comme un détritus. Hauger l'a ramassée, l'a regardée et lui a demandé : "Qu'est-ce que c'est que ça ?" Elle a haussé les épaules et a répondu : "Un crétin qui est venu, et qui soutient qu'il me connaît depuis longtemps ! — Veum ? a-t-il demandé sèchement. — Oui, je n'en sais rien, a-t-elle répondu, moi, je ne l'ai pas reconnu."

— "Moi, je ne l'ai pas reconnu ?"... Elle a dit ça... comme ça ?

— Oui, et puis elle est partie, et Hauger a emporté la carte dans son bureau.

— Et ensuite ?

— Ensuite, il ne s'est rien passé jusqu'à ce que ce Suédois arrive.

— Qui était-ce ?

— Il s'appelle Jansson.

— Ah oui... Chambre 1940. »

Elle posa sur moi un regard interrogateur.

« Oui, mais comment... ?

— Tu as pris un message de lui pile au moment où on est arrivés. C'est mon boulot de remarquer les détails. »

Elle avait toujours l'air hésitant.

« Eh bien... il s'est pointé.

— Quand ?

— À midi, à peu près. Et il a été vraiment déplaisant.

— Ah oui ?

— "J'ai rendez-vous avec M. Hauger, je peux entrer ?" a-t-il dit. Et il est entré sans attendre la réponse.

— Est-ce que Grorud…

— Non, il n'était pas encore revenu. Et très vite, le ton est monté, à l'intérieur. L'entrevue n'a pas duré plus de dix minutes ; la porte s'est ouverte avec fracas et le Suédois est passé, avec Hauger sur les talons.

— Ils ont dit quelque chose ?

— Rien. Le Suédois a refermé la porte derrière lui, et Hauger est retourné dans son bureau, sans rien me dire, se souvint-elle en levant les yeux au ciel. Ça te dérange si je m'en grille une ?

— Non, non, répondis-je en posant les mains à plat sur mes poches, en signe d'excuse. Mais je n'ai pas de… »

Elle alluma elle-même sa cigarette et aspira la fumée avec une intensité qui lui fit creuser les joues. Elle rougit un court instant, comme si elle avait fait quelque chose de mal.

« L'autre message que tu as pris, pendant que Vassenden et moi étions dans le bureau…

— Oui ? répondit-elle en haussant les sourcils.

— L'avocat à la Cour suprême Hellesø, n'est-ce pas ?

— Oui, exact.

— *Asbjørn* Hellesø ?

— Il n'a pas dit son prénom. Pourquoi ?

— Non… Est-ce qu'il était de Bergen ?

— Oui… peut-être. Tu le connais ?

— Vaguement, ça fait longtemps. On a étudié ensemble, pendant six mois. Au nom de qui téléphonait-il ?

— Ça… Je ne suis pas sûre.

— Backer-Steenberg, n'est-ce pas ? »

Elle hésita un instant.

« Backer-Steenberg ? Oui, peut-être.

— Tu n'as aucune idée de quoi il était question ?

— Non, sauf d'un rendez-vous… demain, je crois… » Elle souffla la fumée de cigarette et la chassa au loin.

« Bien. Quand Grorud est-il rentré ?

— À 13 h 30… à peu près, et je n'ai pas aimé la façon dont il m'a regardée, comme s'il me possédait, comme s'il pouvait…

— A-t-il dit où il était allé ?

— Non, il est seulement entré directement chez Hauger, et il y est resté, longtemps, sans recevoir d'appel, et sans qu'eux-mêmes ne passent de coups de fil.

— Et… quand as-tu découvert ce qui me concernait ?

— Il était… 3 heures environ, Grorud et Hauger sont sortis. Grorud m'a dit : "Tout est en ordre, vous pouvez y aller." Pendant que je ramassais mes affaires, j'ai vu qu'il lisait ta carte. Puis il l'a levée devant Hauger et a dit : "Ça, je m'en occupe." Et on est sortis, tous les trois.

— "Ça, je m'en occupe" ? Rien de plus ? Et pourtant tu as fini par…

— C'est la façon dont il l'a dit ! La même manière qu'il avait de… regarder mon cou… J'ai appelé d'une cabine, et tu connais la suite. Voilà où on en est. »

La main qui tenait la cigarette trembla imperceptiblement.

« Et… que s'est-il passé réellement ?

— Tu avais vu juste. Il est venu… me parler. Mais je n'en ai pas eu envie, alors j'ai pris l'escalier de secours, et je me suis enfui.

— Mais alors… Tu ne peux pas y retourner !

— Non, vraisemblablement pas. Ils vont sûrement tenir l'hôtel à l'œil, et quand ils verront que je n'y retourne pas, ils appelleront peut-être les hôtels du coin.

— Tu connais quelqu'un en ville ?

— J'ai un fils qui a un studio, avec une nana, ça risque donc d'être juste, niveau place. »

Elle éteignit son mégot dans le cendrier, d'un air pensif.

« Ça peut se faire, si tu te contentes d'un canapé, tu peux passer la nuit à la maison. D'une certaine manière, c'est à cause de moi que tu es dans cette panade…

— Ce n'est absolument pas le cas. Mais merci quand même. » Je me penchai en avant. « Qu'est-ce qui te fait croire que je ne suis pas aussi dangereux que Svein Grorud, si ce n'est plus ?

— Merci, ça se voit tout de suite, répondit-elle en souriant. Tu ne ferais pas de mal à une mouche.

— Ah non ? »

Je n'étais pas du tout sûr de devoir le prendre comme un compliment, surtout pour quelqu'un qui venait d'accomplir sa première mission en tant que garde du corps.

« Non, pas le moins du monde ! » Elle éclata d'un rire long et plein de trilles, comme venu d'une hutte de rondins au fin fond des Nordmarka ; je nous imaginai assis près d'un feu de cheminée avec chacun son *pjolter*[1], et je venais de faire un trait d'esprit.

1. Mélange d'eau-de-vie (aquavit, entre autres) et d'eau ou de soda.

« Où habites-tu ?

— À Hovseter.

— Où est-ce ?

— Près de Røa.

— Eh bien… Si ça ne te pose pas de problème, alors…

— Ça n'a rien d'un hôtel, bien sûr, mais si tu peux te contenter d'un canapé, comme je l'ai dit, tu es vraiment le bienvenu. Que fais-tu, comme boulot, au fait ?

— Je suis… détective privé. »

Elle leva les yeux sur moi.

« Ça te fait changer d'avis ?

— Non, simplement, je n'ai pas… Qu'est-ce que tu faisais avec l'autre type, au bureau, alors ?

— C'était lui qui devait de l'argent. J'étais simplement son garde du corps.

— Garde du corps ? Alors tu n'es donc pas…

— Pas tout à fait sans défense, non… Je veux dire, si on me cherche », complétai-je avec un clin d'œil.

Elle réitéra son sourire, dans une version un peu crispée cette fois.

« Mais d'abord, il faut que j'appelle Thomas, mon fils. Si tu pouvais m'expliquer comment arriver jusque chez toi. »

Elle sortit un crayon et dessina un schéma rapide sur une serviette en papier.

« Regarde. Tu prends le train de Røa, ligne 16, jusqu'à l'arrêt de Hovseter, et puis tu remontes Gamle Hovsetervei, ici ; tu prends la passerelle, et j'habite là, dans l'immeuble de gauche, au cinquième étage. » Elle traça une grosse croix et écrivit son adresse complète et son numéro de téléphone à côté.

« Tiens. »

Elle jeta un coup d'œil dans la rue. Il s'était arrêté de pleuvoir. Le soleil était de retour, un soleil maigrichon de septembre, avec du reflux dans la lumière.

« Je ne me couche pas avant minuit. Si tu dois arriver plus tard, il faudra que tu cherches à te loger ailleurs.

— Dans ce cas-là, je passerai un coup de fil. Merci, et à tout à l'heure. »

Elle se leva, resserra mécaniquement le nœud de son foulard, enfila sa grosse veste en cuir brun, jeta son sac sur l'épaule et s'en alla, particulièrement silencieuse. Je la comprenais. Elle avait vraiment l'air absorbée par d'autres choses. À moins qu'elle se demande simplement ce qu'elle allait servir au dîner, si c'était encore la coutume dans cette partie du pays.

Avant de partir, je passai un coup de fil à l'hôtel, d'une cabine téléphonique. J'expliquai que je n'aurais plus besoin de la chambre, mais que s'ils pouvaient garder mes bagages jusqu'à ce que je…

« Nous avons confisqué vos bagages, Veum.

— Confisqué ?

— Jusqu'à ce que nous soyons remboursés pour la porte saccagée.

— Remboursés ! Ça, il faut en parler avec le réceptionniste. C'était tout sauf un guide d'excursions touristiques qu'il m'a envoyé, merde !

— Pas besoin d'être grossier.

— Eh bien, si vous pouvez vous contenter de ma vieille valise et de mes chemises usées, alors ça me va. Mais pour ce qui est de mes affaires de toilette, je…

— Elles vous attendent ici, jusqu'à ce que l'affaire soit réglée.

— Alors je viendrai avec mon avocat.

— Et qui est-ce, si je puis me permettre ? »

J'hésitai une seconde.

« Asbjørn Hellesø... Déjà entendu parler de lui ? »

Je n'attendis pas la réponse, et raccrochai avant qu'ils aient pu parler. À ce moment-là, c'était la seule consolation à ma disposition.

Chapitre 9

Au-dehors, dans Rozenkrantz gate, l'air paraissait encore plus engourdi après la pluie, mais à présent, le soleil y avait piqué ses aiguilles d'acupuncture, et l'on pouvait penser qu'il reprendrait vite des couleurs.

De l'autre côté de la rue, trois personnes faisaient la queue devant un distributeur de billets, en une sorte d'adoration mélancolique de Mammon, un rituel avant l'arrivée des factures, dans une enveloppe à fenêtre.

Pour ma part, j'allai jusqu'à Grensen, et y attendis le tramway pour Bislett.

Les tramways ont en eux une force imposante, tout à fait différente de celle des bus. Ces derniers cheminent cahin-caha sur les pavés et les bouts d'asphalte, les rails de tramway et les passages surélevés pour piétons. Les tramways évoluent avec une élégance tranquille, parcourent puissamment la ville sur des rails immaculés, atteignent leur but comme des torpilles pacifiques et se remettent en mouvement, paisibles comme des planeurs.

Les lignes de tram dessinent leurs méridiens à travers le vieil Oslo, depuis Majorstuen jusqu'à Sinsen, depuis Ljabru jusqu'à Jar, depuis Sagene jusqu'à Skøyen. C'est l'âme même d'Oslo qui voyage dans ces wagons bleus. Ils sont les marques de noblesse de la ville, et la meilleure raison d'y aller. On peut venir faire des courses à Oslo rien que pour passer sa journée assis dans un tramway.

Le conducteur, souvent un immigré qui parle le dialecte d'Oslo avec un chouïa d'accent, annonce les arrêts avec une voix de crooner dissonante, telle la réincarnation made in Islamabad de Bing Crosby. Des salariées pressées, chargées de sacs du supermarché Oluf Lorentzen, partagent les places assises avec des consœurs plus âgées, portant les mêmes filets à provisions que dans les années 50, marron et usés, mais d'une solidité à laquelle les sacs en plastique ne pourront jamais se mesurer. De jeunes punks, percés d'anneaux aux endroits les plus inconcevables, se pendent aux poignées pour provoquer l'employé de banque bien habillé, qui lit *Dagens Næringsliv*, tandis qu'un auteur célèbre quatorze ans plus tôt feuillette désespérément les pages culturelles de *Dagbladet* sans trouver la moindre critique de son nouveau livre, ce jour-là comme tous les autres.

On ne s'ennuie jamais quand on se promène en tramway. Si vous travaillez au contact du public, il y a toujours quelque chose de nouveau à observer.

Je descendis dans Pilestredet, à la hauteur de Bislet Bad, et fis un détour par l'endroit où logeait Thomas, pour éviter l'entrée de l'hôtel et une éventuelle nouvelle confrontation avec Svein Grorud.

J'entrai dans un immeuble peint en vert, à la façade crépie. Au quatrième étage, un morceau de carton indiquait où habitaient Thomas Veum et Mari Midtthun. J'appuyai sur la sonnette.

Thomas ouvrit, et resta bouche bée en me voyant.

« Papa ? ! Toi, ici ? Tu es venu... euh... pour le marathon d'Oslo ?

— Ha ! Quand est-ce ?

— Samedi, je crois. »

J'aimais bien qu'il m'appelle « papa », même s'il était plus grand que moi depuis longtemps. Ses cheveux blonds avaient un peu foncé, et quelqu'un l'avait convaincu de se laisser pousser la barbe, une barbe récente et éparse, aux nuances rousses. Il était habillé comme ces vingt dernières années, en jean et chemise de flanelle à carreaux.

« Mais entre ! Ne reste pas là ! C'est chouette de te voir... »

Il m'embrassa rapidement.

« Ça va ?

— Ça va.

— Karin aussi ?

— Oui, oui.

— Je te présente... »

Un petit couloir nous mena directement à la pièce principale, salon le jour et chambre à coucher la nuit. Un grand canapé en occupait l'essentiel, à tel point que la mince jeune fille aux cheveux lisses disparaissait presque dedans. C'était le genre de canapé qu'on peut tirer pour en faire un lit double, si on a auparavant dressé la table du salon contre un des murs et empilé les deux fauteuils. Elle portait un T-shirt gris et un jean bleu.

« C'est mon père qui vient nous voir ! » annonça Thomas, comme si Moïse était descendu de la montagne pour leur taper sur la tête avec les Tables de la Loi.

Un sourire timide anima son visage rond, presque enfantin.

« Bonjour. Je m'appelle Mari. »

Elle me tendit prudemment sa main, comme si elle craignait que je lui attrape le bras pour le lui tordre dans le dos, à la façon des policiers.

« Varg. » Je serrai doucement la main qu'elle me tendait.

Je regardai autour de moi. Le studio ressemblait à tous les autres : des affiches aux murs, la plupart de groupes de rock dont je pouvais à peine déchiffrer les noms, des livres sur des étagères, un radiocassette portatif qui trônait sur le rebord de la fenêtre, en compagnie de la seule plante de la pièce, un cactus de Noël poussiéreux, dans le coin. Il y avait des sacs en plastique au contenu indéterminé derrière les meubles, et aux murs pendaient des vêtements en plusieurs couches superposées.

Je jetai un coup d'œil à Thomas, qui restait planté au milieu de la pièce.

« Je ne sais pas si je suis en forme, en ce moment.

— Euh, en forme pour quoi ?

— Le marathon d'Oslo.

— Ah ? Tu as arrêté de t'entraîner ? demanda-t-il en riant.

— Non, non. Mais il y a longtemps que je ne me suis pas essayé sur cette distance.

— Et alors, tu es là pourquoi ?

— En fait, c'était pour un boulot. Et maintenant, j'ai l'impression qu'il va falloir que je reste encore quelques jours. »

Il jeta un coup d'œil rapide sur le côté. Puis il approcha son visage tout près du mien.

« Oui, j'ai dit à Mari que tu travaillais pour une compagnie d'assurances. »

Je souris.

« Quelle compagnie est-ce ? » demanda-t-elle poliment.

Thomas ouvrit la bouche.

« Nemesis, répondis-je.

— Ah, celle-là.

— C'est une petite compagnie, à Bergen, expliqua Thomas très vite.

— Mais d'autant plus grande dans l'au-delà », ajoutai-je.

Thomas émit un rire forcé.

« Une sorte de petite U.N.I.-Storebrand. »

Mari sourit. Elle regarda un peu autour d'elle, comme à la recherche d'une place libre.

« Tu ne veux pas… t'asseoir ?

— Si. Merci.

— Tu as mangé ? voulut savoir Thomas. Tu veux une tasse de thé, ou… » Il lui lança un regard interrogateur. « … de café ? (*On en a ?* puis-je l'entendre ajouter dans une parenthèse muette.)

— Je prendrais bien du thé.

— Bon, alors je vais… Je te laisse discuter avec ton père, Thomas. »

Elle fila vers la minuscule cuisine de tek. Petite et mince comme elle était, ça allait.

Je repoussai quelques chemises et quelques chaussettes trouées, et m'assis sur l'une des deux chaises.

Thomas prit place dans le canapé, droit comme un confirmand sur son trente et un pour l'examen.

Puis ce fut comme à chaque fois. Nous tournâmes comme des chats autour de la bouillie de nos vies, en rampant si vite le long des murs qu'on se remarquait à peine.

Le seul moment où nous fûmes à deux doigts de parler de sa mère, ce fut quand on évoqua son beau-père.

« Tu savais que Lasse ne va pas bien ?

— Non. »

Il se frappa le côté gauche de la poitrine.

« La pompe. Défectueuse. Ça fait quatre mois qu'il est à l'hôpital, et ce n'est pas sûr qu'il puisse retravailler un jour.

— C'est moche. »

Un autre professeur était arrivé dans la dernière pièce, tout au fond du couloir, où il attendait sans rien faire que retentisse enfin pour lui la dernière sonnerie. « Oui, c'est triste… pour tout le monde. Enfin, tu comprends… »

Et je compris. Après une pause, j'attaquai sur un autre terrain :

« Et les études, ça va comment ? »

Ce fut comme appuyer sur un bouton. Pendant les dix minutes qui suivirent, j'eus droit à un cours sur le carnavalesque dans les littératures d'Europe centrale les plus récentes, cours que je n'avais jamais réclamé et dont je n'avais pas la moindre chance de comprendre une seule partie.

Mais il me parlait ! Il parlait.

Mari revint avec une théière remplie à ras bord de thé fumant.

Elle posa la théière, puis retourna à la cuisine y chercher les tasses, des assiettes et quelques petits biscuits semblables à des hosties et au goût de *vadmel*[1].

Nous discutâmes deux ou trois heures, de livres que je n'avais pas lus et d'endroits où je n'étais pas allé. Ils racontèrent la douceur de la première rencontre à la gare du Nord et comment ils s'étaient retrouvés en rade à Helsingborg. Mari et moi nous trouvâmes sur la même longueur d'onde quand elle me dit avoir étudié les administrations publiques, mais être plutôt attirée par les hautes études en sciences sociales.

« Je connais, dis-je.

— Ah oui ?

— J'ai travaillé pour la protection de l'enfance.

— Oui, c'était *avant* de commencer dans les assurances », intervint Thomas très vite.

Peu de temps après, j'annonçai :

« Je ne sais pas combien de jours je vais rester, Thomas, mais je dois enquêter. Tu comprends. La compagnie d'assurances. Au besoin, tu peux me joindre à ce numéro de téléphone. »

Je sortis l'adresse et le numéro de téléphone de Marit Johansen, et il les recopia.

« Qui est-ce ?

— Une co… une relation d'affaires, si on peut dire. »

Il me regarda.

« Mais tu es toujours avec Karin ?

— Oui, oui. On se conduit en jeunes gens bien élevés. Chacun à son bout de la ville, mais on se voit régulièrement. »

1. Grosse étoffe de bure tirée de la laine du mouton.

Je me tournai vers Mari.

« Salut. Ravi d'avoir fait ta connaissance. J'espère que vous passerez me voir quand vous viendrez à Bergen. Et passez le bonjour à Løten[1]. Beaucoup de mes meilleurs amis sont venus de là-bas.

— Sont venus ? Qui ça ?

— Avant d'êtres vidés », complétai-je avec un clin d'œil à Mari, en laissant à Thomas le soin d'expliquer quel genre d'amis la compagnie d'assurances Nemesis avait à Løten, et pourquoi ils étaient souvent vidés aussi vite.

Dehors, il faisait noir : une obscurité velue de septembre, au ventre taché de néon.

Avec la nuit, Oslo revenait à la vie, une vie nouvelle, vibrante, et pas totalement sans danger, sentis-je rapidement.

Plus bas dans Pilestredet, des gens changeaient de trottoir pour ne pas croiser des groupes de trois ou quatre personnes. Une femme regardait sans arrêt par-dessus son épaule en trottinant d'un arrêt de tramway à l'entrée de l'immeuble le plus proche, ses clés à la main. Un type à la peau mate me regarda avec angoisse quand je passai, comme s'il craignait que je lui donne un coup de pied, et devant Blitzhuset[2], une poignée de jeunes en blousons noirs semblaient susceptibles de démarrer à tout instant une manifestation spontanée contre moi.

J'étais moi aussi sur le qui-vive, au cas où Svein Grorud n'aurait pas encore arrêté de bosser. Mais

1. Allusion à l'une des principales marques norvégiennes d'aquavit.

2. Blitzhuset est le lieu de rassemblement favori de divers mouvements de gauche, notamment des organisations antifascistes.

aucun colosse ne sortit de l'ombre, je n'entendis aucun bruit ressemblant à des pas précipités, lourds comme des coups de marteau.

En bas, vers Halfdan Kjerulfs plass, une grande publicité lumineuse bleue donnait sa couleur aux rails de tramway, comme s'ils étaient faits de néon, eux aussi. Ils se transformaient en arcs bleus dans le virage, où un tramway du soir arrivait en haut de Kristian Augusts gate, avec la tranquillité d'un train fantôme.

Je continuai à descendre Frederiks gate. Entre les cimes du parc, j'entrevis le palais éclairé et le roi Carl Johan agenouillé dans un mouvement figé, regardant silencieusement ses terres annexées.

Je pris le métro à la station Nationaltheatret. Un groupe de jeunes gens extrêmement bien habillés se querellait avec deux gardes en uniforme, pour une raison inconnue. Je ne me mêlai pas à la conversation, de peur qu'on s'adresse à moi avec des «*nu*» et des «*efter*», et d'être menacé de la qualité de membre à vie de la société de défense du riksmål avant d'avoir quitté le quai[1].

Quand le train à destination d'Østerås arriva, je montai et m'assis tout à l'arrière. La première partie du voyage nous mena sous Grotten, comme si nous étions une espèce de version électrifiée des lutins et des nains créés par le poète qui avait jadis vécu là-haut[2]. Nous retrouvâmes la lumière du soir au

1. Nouvelle allusion au bilinguisme norvégien; *nu* (maintenant) et *efter* (après) sont des apports danois datant de l'époque où la Norvège était province danoise, qui ont depuis été remplacés par leurs variantes considérées comme plus norvégiennes, *nå* et *etter*.
2. Il s'agit d'Henrik Wergeland (1808-1845).

niveau de Majorstuen, comme une espèce de taupe mécanique en pleine chasse nocturne.

Je regardai ma montre. Mons Vassenden devait être à Bergen depuis longtemps. J'espérai qu'il était bien arrivé, qu'il allait bien, maintenant que la journée de l'annulation de sa dette touchait à sa fin.

Chapitre 10

Il peut paraître fortuit que le campement de la garde de Sa Majesté, à Huseby, se trouve plus près des deux collines où vivent certains des plus riches et des plus puissants que du palais qu'elle est censée surveiller. Mais la peur d'une révolution est plus grande sur les flancs de la vallée qu'au plus haut de Karl Johans gate[1].

Illuminé comme une cathédrale, le tremplin artificiel de saut à skis ressemblait à un tyrannosaure fossilisé tendant une gueule avide vers le sommet de Holmenkollen. Les pavillons d'Ullernåsen ornaient l'autre côté du vallon, comme les joyaux étincelants d'un diadème grandiose, tous de la meilleure qualité et plus chers les uns que les autres.

On trouvait là beaucoup de pouvoir réparti entre très peu de mains. On levait ici des verres de sherry en l'honneur des plus puissants banquiers et financiers du pays, des industriels ayant sous eux des milliers de subordonnés et des businessmen dont le chiffre d'affaires annuel avoisinait la moitié du budget

1. Où se trouve le palais royal.

de la défense. Leur indéniable compétence se manifestait dans un paradoxe sidérant. En étudiant le registre public d'imposition d'Oslo, vous découvriez qu'on paie sur ces deux collines beaucoup moins d'impôts en proportion du revenu et de la fortune que n'importe où ailleurs en Norvège. Un pédagogue d'école maternelle à Lærdal, dans le Sogn, apportait manifestement davantage à la communauté qu'une poignée de dirigeants d'entreprise du troisième arrondissement de la capitale.

Je descendis du train à Hovseter et suivis les indications de Marit. Dans la montée, je croisai un groupe de cinq ou six jeunes, tous vêtus de jeans et de vestes de sport jaunes ou rouges. L'un d'entre eux tira vers le bas la pointe de l'antenne d'une voiture garée là avant de la relâcher, de sorte qu'elle fouetta l'air comme si elle avait reçu un message hyperstimulant venu du fin fond de l'espace. Un autre lança quelques mots dans ma direction tandis que je passais, dans une langue que je ne compris pas, et tous rirent. Je ne m'arrêtai pas pour leur demander ce qui les amusait.

Marit Johansen habitait dans un immeuble comme ceux qu'on construisait dans les années 70, un nichoir de sept étages poussé trop vite donnant sur un monde meilleur. Il était étonnamment bien tenu, et au moment où j'y entrai, je remarquai qu'il n'y avait pas de barre de seuil, comme s'il était adapté aux utilisateurs de fauteuils roulants.

Je pris l'ascenseur jusqu'au cinquième étage et arrivai dans un long couloir bordé d'appartements. Le sien se trouvait sur le côté gauche.

Elle ouvrit instantanément quand je sonnai, comme si elle m'avait attendu derrière la porte. Mais en entrant, je vis que la raison était tout autre. Elle était au téléphone, dans l'entrée.

Elle me sourit et montra le combiné.

« Oui, quelqu'un vient d'arriver, expliqua-t-elle à son interlocuteur. Je dois... Quoi ? Non, seulement une... connaissance... oui... oui, oui... À bientôt. Salut. »

Elle raccrocha et leva les yeux au ciel.

« Ma mère. Elle n'arrive pas à comprendre que j'aie eu vingt-neuf ans et que je ne sois toujours pas mariée. Mais enlève ton manteau et entre, j'ai fait chauffer de l'eau. Tu veux une tasse de thé ?

— Oui, merci. »

Je quittai mon manteau et la suivis entre l'entrée et le salon. Il était équipé de façon moderne, avec des meubles gris clair, des photos colorées dans des cadres argentés aux murs, une étagère chargée d'exemplaires du Club du Livre, téléviseur, magnétoscope, platine CD et cassette. Les plantes étaient bien vertes et en bonne santé, du type de celles dont on n'a besoin de s'occuper que deux fois dans l'année, à l'aide d'un chiffon à poussière. Le salon était orienté à l'est, avec vue sur la ville, depuis Grefsenkollen jusqu'à Ekebergåsen. Une porte ouvrait sur un jardin d'hiver, ensoleillé le matin, froid à cette heure de la journée.

« Assieds-toi.

— Merci. »

Elle alla à la cuisine qui communiquait avec le salon par une simple ouverture sans porte, de sorte que je pouvais toujours la voir. Elle s'était changée pour une tenue d'intérieur, un jean bleu clair et un T-shirt blanc orné de la photo de Bruce Springsteen. La télé était allumée, sans le son. MTV pour les sourds.

Les images d'un clip dansaient sur l'écran, sous les angles les plus délirants, à l'endroit, à l'envers, de travers, par le côté, dans une contre-plongée syncopée, comme si le photographe avait le hoquet. Les personnages étaient déshabillés, habillés, ils dansaient, méditaient, mais n'étaient jamais naturels, toujours en contraste cru, ou superposés à des ombres violettes, comme sur une affiche « *Flower power* » de la fin des années 60.

Elle revint avec le thé.

Nous bûmes dans un calme subit, comme si elle était soudain à court de mots. Nous avions compris tous les deux que nous étions pour ainsi dire deux étrangers, moi détective privé et elle employée par intérim, ce qui aujourd'hui pouvait signifier tout et n'importe quoi, depuis la prostitution jusqu'à l'assistance à domicile aux personnes âgées ou handicapées.

« J'ai pensé que tu pourrais dormir… ici, expliqua-t-elle doucement en faisant un mouvement de tête en direction du canapé.

— Ça me va. Parle-moi un peu de toi.

— Pourquoi ça ?

— Pour faire un peu connaissance. »

Elle me jeta un regard en biais par-dessus le rebord de sa tasse.

« Que puis-je dire ? J'ai grandi à Bøler, ma mère y habite toujours, oui, tu as entendu, nous étions trois filles et je suis la seule qui n'est pas… tu es marié ?

— Je l'ai été. À une autre époque. Mais je…

— Oui ?

— J'ai une… petite amie… Et toi ?

— Non, pas pour le moment, quel âge as-tu ?

— Eh bien… Fin de la quarantaine. » Sans préciser

à combien de la fin. On n'était pas encore en octobre.

« Alors tu aurais presque pu être… Mes parents sont séparés, mon père vit à Lillestrøm, il vend des voitures. Je ne le vois plus aussi souvent maintenant, mais c'est toujours aussi agréable, chaque fois. Ma mère vit seule, à présent.

— Depuis combien de temps habites-tu ici ?

— Deux ans. Avant cela, j'étais à Ulven, mais je me plais mieux ici.

— Pourquoi ?

— Tu es allé à Ulven, récemment ?

— Non, jamais.

— Tout le quartier est devenu un gros rond-point. Les camions le sillonnent, quelle que soit l'heure. Mais surtout la nuit, bien sûr. Ici, en haut, on peut dormir la fenêtre ouverte. »

Je hochai la tête.

« Dis-moi, je pourrais t'emprunter un annuaire ? »

Elle se leva, sortit dans le couloir et revint avec ce que j'avais demandé.

« À qui veux-tu téléphoner ? À Axel Hauger ?

— Par exemple, répondis-je en commençant à feuilleter. Trouver son adresse, au moins.

— Il n'y est pas. J'ai déjà regardé.

— Ah oui ? Svein Grorud, alors… C'est une fiction, lui aussi ? »

Je regardai à la lettre G.

« Non. Il existe. Adresse personnelle sur Aker Brygge. Ça doit bien aller pour lui. Je peux passer un coup de fil ?

— Qui… penses-tu appeler ? demanda-t-elle en désignant l'entrée.

— Les renseignements. Ils pourront peut-être m'aider. »

Elle m'accompagna. Sur le mur, à côté du téléphone, une gravure représentait deux échassiers en promenade dans les roseaux. Quelques-uns des roseaux sortaient d'un grand pot verni posé à même le sol, ce qui donnait à l'ensemble une impression de relief, peut-être fortuite, peut-être intentionnelle.

Je composai le 0180.

« Renseignements !

— Je cherche un numéro, à Oslo. Axel Hauger.

— Vous avez l'adresse ?

— Non, désolé. »

J'entendis le cliquetis rapide de ses doigts sur le clavier, puis, après un court instant :

« Il y a un Axel Hauger dans Markveien. Ça pourrait être lui ?

— Oui, où est-ce ?

— À Grünerløkka.

— Pourquoi ça ne figure pas dans l'annuaire ?

— Voyons voir… C'est seulement vieux de deux mois. Ça figurera dans le prochain.

— C'est lui. Vous pouvez me donner le numéro ? »

Après l'avoir obtenu, je demandai :

« Dites-moi, le numéro, dans Markveien, c'était… ? »

Je l'obtins aussi.

Après avoir remercié et raccroché, je souris à Marit.

« Aussi simple que ça.

— Mais maintenant ? Tu ne comptes pas téléphoner, j'espère…

— Non, je ne crois pas. Pas ce soir. » Je retournai dans le salon avec l'annuaire.

Elle le regarda, l'air inquiet.

« Il y en a d'autres que tu veux dénicher de cette façon ?

— Non. Seulement vérifier un nom.

— Lequel ?

— Merete Hauger. Ou Sjøwold, comme elle s'appelait quand je… euh… *crois* l'avoir rencontrée. »

Je feuilletai la liste des *S*. Je trouvai un petit quart de colonne avec des Sjøwoll, mais pas autant avec *-ld* à la fin.

J'en éliminai une bonne partie d'après l'adresse. « Hoffsjef Løvenskiolds vei… ça sonne bien. Ça ne serait pas… sur la colline, là-bas ? demandai-je avec un petit signe de tête vers l'ouest.

— Elle viendrait de ce milieu, et pourtant, elle ne voudrait pas avouer qui elle est ?

— Snefrid Sjøwold, elle n'appartiendrait pas à la génération précédente ?

— Si, mais… qu'est-ce que tu comptes faire ?

— Je crois que je vais lui rendre une petite visite demain matin, dès que je serai dans le quartier.

— Mais qu'est-ce que tu vas lui dire ?

— Oh, je trouverai bien quelque chose. Ça fait un peu partie de mon boulot, ça.

— Oui, tiens, raconte, je n'en ai jamais rencontré… Que fait un détective privé, en vrai ? »

Je le lui expliquai, dans les grandes lignes. Une sorte de *vita brevis*, en insistant sur le quotidien, les recherches de voitures volées, les missions que confiait la compagnie d'assurances du Fyllingsdal pour rechercher des disparus, des demandes émanant de divers organismes de crédit et quelques particuliers. Je ne dis rien des décès sur lesquels j'étais tombé, des cadavres sur lesquels j'avais trébuché au cours d'une carrière longue de dix-sept ans, rien des destins dont j'avais balayé les restes, avant de les glisser dans des enveloppes marquées *noli me tangere*, ne me touche pas.

Nous ne nous touchâmes pas non plus.

Elle alla chercher un drap propre et un édredon, et je fis mon lit sur le canapé de cuir, entrebâillai la porte de la véranda sur la pénombre de septembre et entendis Marit se retirer dans l'autre pièce, dans un lit qui grinça doucement quand elle se coucha, mais qui par la suite n'émit que les sons d'un sommeil normal, ponctué des rotations prudentes qui transportent d'un rêve à un autre.

Je dormis par intermittence, d'un sommeil agité. Je me réveillai une fois en sursaut, sans savoir du tout où je me trouvais. Il me fallut même me lever à deux ou trois reprises et faire quelques pas, pour me calmer.

Le lendemain matin, le ciel était haut et bleu, seulement tacheté de nuages gris qui passaient à l'instar de petits requins. Assise à la table du petit déjeuner, elle me regarda attentivement.

« Tu n'as pas spécialement bien dormi, cette nuit ; je t'ai entendu te lever et marcher.

— Et tu avais la carabine prête, au cas où je serais venu te voir ? »

Elle fit un sourire crispé, mais ne dit rien.

Je bus une gorgée de café.

« J'ai fait des cauchemars.

— De quoi était-il question ?

— Je ne me rappelle pas précisément. Mais… tu connais l'histoire de ce petit garçon hollandais qui a sauvé son village d'une catastrophe en bouchant une fuite dans une digue avec son doigt ?

— Oui... Peut-être ?

— Je me suis réveillé avec la sensation que... j'étais dans la même situation. Mais pendant que je gardais le doigt dans le trou, je découvrais une autre fuite un peu plus loin, et quand j'y allais pour la colmater, l'eau recommençait à couler par la première fuite, bien entendu, et je trouvais d'autres fuites !... Tu t'es déjà réveillée avec la sensation qu'un barrage est en train de lâcher, que tu vas vers une catastrophe contre laquelle tu ne peux absolument rien ? C'est à peu près ce genre de sensation.

— Oui, je... De temps en temps », répondit-elle en me regardant gravement.

Je fis un signe de tête vers l'ouest.

« Je crois que je vais aller me promener de ce côté. Ce n'est pas si loin que ça...

— Non. Je vais t'accompagner jusqu'au métro et te montrer le chemin. Comme ça, tu n'iras pas te perdre... dans les bois de Huseby.

— Je crois que je me suis déjà perdu », murmurai-je en baissant les yeux vers ma tasse de café, comme si l'énigme de la vie était cachée au fond, et tout ce qu'on avait à faire, c'était vider la tasse pour trouver la réponse.

Chapitre 11

C'était l'un des êtres les plus frêles que j'aie vus, une espèce de fée Clochette qui avait fini par prendre son courage à deux mains et quitter le Pays Imaginaire, pour découvrir que Peter Pan et les Garçons Perdus étaient partis. Puis elle avait brutalement vieilli.

« Oui ?

— Madame Sjøwold ?

— Qui êtes-vous ?

— Je m'appelle Veum. J'ai connu votre fille, il y a longtemps.

— Et alors ? »

Je m'étais dirigé conformément aux instructions de Marit Johansen, j'avais traversé le Mærradal au nord du camp de Huseby, et rejoint Myrhaugen via Ostadalsvei et son mélange de blocs et de jolies villas de la classe moyenne. J'avais ensuite suivi un sentier jusqu'à Ullerntoppen, et un parking privé m'avait permis d'accéder à Hoffsjef Løvenskiolds vei.

Mme Sjøwold habitait dans un modeste pavillon en pierre, dont la surface habitable avait la taille d'une école maternelle standard. Comme la plupart des autres pavillons dans Hoffsjef Løvenskiolds vei, il était timidement situé un peu en retrait, entouré d'une haie à feuillage persistant, derrière un portail en fer forgé dont l'ouverture nécessitait un C.A.P. de forgeron. Je supposai qu'elle-même devait le franchir en volant.

Mme Sjøwold serrait une main étroite et transparente devant son chemisier gris rayé de rouge clair. Elle portait un cordon autour du cou, et sa main était refermée sur un petit déclencheur électronique.

Elle suivit mon regard.

« Vous savez, à mon âge, quand on doit vivre seul, on ne sait jamais ce qui peut arriver, confia-t-elle presque sur un ton d'excuse. Ils sont ici en l'espace de deux minutes, s'il se passe quelque chose. »

Son visage était joliment maquillé, mais aucun fard au monde ne pouvait camoufler qu'elle était plus près des quatre-vingts ans que des soixante-dix. Ses cheveux permanentés entouraient comme de la soie son visage sculptural.

« Il ne va rien se passer. J'ai seulement pensé, ça fait tellement d'années que je n'ai pas eu un peu de temps à moi lorsque je venais à Oslo que… » Je toussotai humblement. « Mais avec l'âge, on cherche souvent à revoir des personnes qu'on a appréciées. Car vous êtes bien la mère de Merete Sjøwold, n'est-ce pas ?

— Oui. Mais… Bien. Ça ne sert à rien de rester ici dans le froid. Entrez plutôt. » Elle fit un pas en arrière.

Je pénétrai dans une entrée où dominait la même pierre qu'à l'extérieur. Un grand miroir encastré dans le mur, entouré d'ardoise, nous renvoyait une image fantomatique, pâles comme nous étions dans la lumière crue du matin.

« Vous pouvez laisser votre manteau ici… Comment vous appelez-vous, déjà ?

— Veum. Varg Veum.

— Oui. Je dois vous dire que je n'ai jamais entendu Merete parler de vous.

— Non, nous… je suis resté seulement un an. Pendant mes études. De 1964 à 1965.

— Venez par ici. Qu'étudiiez-vous ?

— Le droit.

— Et maintenant, vous êtes avocat… »

Le salon dans lequel nous entrâmes aurait fait se sentir petit le grand chambellan Løvenskiold lui-même. On pouvait y danser une polonaise, cinq minutes dans chaque sens, à condition de faire attention à ne pas se prendre les pieds dans les tapis persans répartis harmonieusement comme autant d'îles dans un paysage. Le mobilier était imposant, à la limite du pompeux. Les tableaux aux murs, tous dans des cadres dorés, étaient dus à des peintres si renommés que même moi, j'arrivais à les reconnaître. Il y en avait des norvégiens et des étrangers, de Tidemand et Gude jusqu'à Weidemann et Nerdrum, et de Goya à Van Gogh : une espèce de Galerie nationale en miniature.

Elle suivait avec satisfaction mon regard impressionné.

« Mon mari avait repris le négoce familial. J'ose dire que nous avions quelques-unes des meilleures marques de vin du pays.

— J'imagine. Y a-t-il longtemps que vous… êtes seule ?

— Treize ans… J'ai perdu Henrik et Merete à dix ans d'intervalle.

— Euh… perdu… Merete ?

— Oui, vous ne saviez pas ?… Mais, asseyez-vous… Voyez, c'était le fauteuil préféré de mon mari, l'après-midi, pour le café. »

Je m'assis dans le fauteuil qu'elle m'indiquait. Un conservateur l'aurait sans aucun doute classé Louis XVI ou quelque chose d'approchant. Je me sentais moi-même d'humeur fort révolutionnaire rien qu'en le regardant.

Elle s'assit dans le fauteuil voisin.

« Ma fille est morte, voyez-vous. Vous arrivez un peu tard, si c'est elle que vous vouliez voir, M. Veum.

— Morte ? Mais je ne comprends pas…

— Il y a combien de temps que vous n'êtes venu à Oslo, avez-vous dit ?

— Eh bien, ça fait un bon moment, presque dix ans, je dirais… Je n'y ai fait que quelques rapides séjours, sinon.

— Et vous n'êtes pas abonné à *Aftenposten* ?

— Non, nous, euh… avons notre propre source d'histoires, chez nous.

— Vous êtes de Bergen, à ce que j'entends.

— Oui.

— Mon mari avait beaucoup de relations d'affaires là-bas.

— Ah oui…

— Mais ce n'est donc pas si étonnant que vous n'ayez pas vu l'avis de décès non plus. »

Elle se leva de sa chaise, traversa la salle de bal et alla chercher un cadre photo sur un secrétaire, à l'autre bout de la pièce. Elle se tourna lentement et me le donna, sans autre commentaire.

Je regardai la photographie. Elle représentait un couple de mariés. La mariée était incontestablement la Merete que j'avais connue en 1965. Le marié avait quelques années de plus qu'elle, un visage massif, presque trop mûr, et l'impression était renforcée par les montures de corne noire qui encadraient les verres épais de ses lunettes. Son épaisse chevelure sombre était plaquée en arrière, et il était en smoking. Elle aussi : une somptueuse et volumineuse robe de mariée.

Une annonce de décès jaunie était coincée dans un coin du cadre, découpée dans un numéro d'*Aftenposten* trois ans auparavant :

†

Ma fille unique

MERETE LOEWE

Née Sjøwold

M'a brutalement été reprise, à 45 ans.

Stockholm / Oslo, 10 juillet 1989

Les obsèques ont déjà eu lieu.

« Mmm. » Je regardai encore une fois la photographie. Les couleurs en étaient légèrement passées, et ses cheveux étaient plus châtains que roux. C'était avec elle que j'avais passé quelques heures fiévreuses par une soirée d'avril au milieu des années 60, je pouvais le jurer. Mais j'étais nettement moins sûr que ce soit la femme avec qui je m'étais retrouvé face à face presque exactement vingt-quatre heures auparavant.

Je levai la photo, comme pour en soupeser la véracité, et demandai :

« Quand était-ce ?

— Le mariage ? En… 1972.

— Et son mari s'appelait…

— Fredrik… Loewe… Magnat de l'industrie, ajouta-t-elle, comme si ça expliquait tout.

— Et ils habitaient Stockholm ?

— Oui. L'agence principale de Fredrik se trouvait à Solna, un peu en dehors de la ville.

— Quelle branche de l'industrie était-ce ?

— Armes et munitions… Pourquoi me demandez-vous tout cela ?

— Non, je me demandais juste… Son mari ne figurait pas dans l'annonce de décès…

— Merete était veuve. Fredrik était mort un an plus tôt, dans un accident de voiture.

— Je suis désolé. Et Merete, de quoi est-elle… »

Elle m'interrompit, d'une voix bien plus tranchante :

« Elle ne s'en est jamais remise. Elle est tombée malade… de tout son être !

— Je…

— Et je ne veux plus en parler ! »

Deux minuscules diamants lui étaient venus aux yeux, et une tache rouge foncé flambait vivement sur chaque joue.

J'essayai de prendre la mine la plus sympathique possible.

« Évidemment, c'est idiot de ma part de vous demander…

— Oui, ça l'est !

— De quoi ?

— Ce que vous me demandez !

— Mais… Ce qui m'intrigue… Ce qui m'a fait vous rendre visite, aujourd'hui, de cette façon, madame Sjøwold, c'est…

— Oui ? Parlez, monsieur !

— Êtes-vous *sûre* que votre fille soit morte ? »

Elle me regarda avec une fureur aveugle. Ses doigts minces se crispèrent autour de son bouton de secours. Elle était à deux doigts de sonner.

« Évidemment, j'en suis sûre ! Vous n'avez pas lu l'avis de décès ? N'étais-je pas à Stockholm, ne l'ai-je pas suivie jusqu'à sa tombe ? Ne repose-t-elle pas là-bas, en terre étrangère ? »

Elle regarda par les grandes fenêtres, comme si sa fille était ensevelie juste de l'autre côté. Mais tout ce qu'elle pouvait voir, c'étaient les arbres dans le jardin, encore verts mais déjà tachetés, pour certains d'entre eux, de paillettes dorées.

« Je ne voulais pas vous importuner de la sorte, madame Sjøwold. Il se trouve simplement que j'ai rencontré quelqu'un, ici à Oslo, hier, qui ressemblait beaucoup à… qui m'a vraiment fait penser à votre fille. »

Les diamants avaient à présent fondu. Ils coulaient de chaque œil en deux lignes étroites. Sa voix était à peine audible.

« Merete est morte, monsieur Veum. Vous ne comprenez pas le norvégien ? Elle est morte. »

Je la regardai. C'était la fée Clochette qui regrettait d'être devenue ce qu'elle était, qui regrettait le pays où personne ne dit jamais non, où la mort est seulement une menace fictive du Capitaine Crochet.

Je m'en allai, avec les plus sincères excuses et la plus mauvaise conscience. Je l'avais fait pleurer, et âgée comme elle l'était, ça ne me plaisait pas.

Mais je ne pouvais quand même pas raconter une blague au moment de partir. Je ne crois pas qu'ils apprécient ce genre de chose, dans Hoffsjef Løvenskiolds vei.

Chapitre 12

Comme si les forces de la nature s'étaient alliées aux riverains pour me mettre à la porte, une averse puissante me tomba dessus tandis que je descendais la rue.

Il pleuvait ici d'une autre façon qu'à Bergen. Dans le Vestland, la pluie se présente sous la forme d'une engueulade démesurée ou de douces caresses sur la peau, d'une douche d'abondance venue d'endroits paradisiaques, quelque part au-dessus des nuages. Ici, elle entaillait la peau comme des lames de rasoir usées, elle dessinait des lignes gelées sur votre visage et vous picotait comme après une attaque aux gaz lacrymogènes. Il y avait quelque chose de maladroit et de franchement grossier dans la façon dont il pleuvait à Oslo : on aurait pu croire que les dieux de la météo, se refusant à admettre qu'ils laissaient aussi de temps à autre tomber quelques gouttes sur la capitale, ne le faisaient donc que de façon précipitée et brutale.

Je cherchai refuge à la station d'Åsjordet, en attendant la rame qui devait me ramener en ville. En bas, depuis les pistes d'envol luisantes de Fornebu, les avions décollaient péniblement dans un grondement sourd, à travers la pluie battante. De l'autre côté d'Ullernchauseen, qui grondait de circulation comprimée, la flèche massive de l'église d'Ullern se dressait comme une sentinelle au-dessus du quartier, sorte de forteresse locale protégeant des arrivants indésirables. Je me sentais comme l'un d'eux.

Je pris le train jusqu'à Nationaltheatret, et quand je retrouvai la lumière du jour, il avait cessé de pleuvoir. Le soleil avait déjà posé ses premières empreintes dans les cimes du parc du palais. Le feuillage était tacheté d'or, comme si le grand maître avait, par un tour de passe-passe, fait sortir des pièces d'or de sa manche, pour les déposer là-haut, dans les arbres.

J'étais sur mes gardes. J'avais toujours le footing entre Bislett et Wergelandsveien dans les pattes, et j'imaginais Svein Grorud tel qu'il était apparu quand il avait défoncé la porte de ma chambre d'hôtel.

Je restai du côté de Spikersuppa pour descendre Karl Johan, en surveillant sans arrêt les alentours. Je traversai face au parlement, en direction de Wessels plass, puis suivis Prinsens gate jusqu'en bas, pour tomber dans Fred. Olsens gate. Je me dirigeai ensuite plus lentement vers Jernbanetorget. Derrière la gare centrale, l'Oslo Plaza pointait vers le ciel comme un pouce éclissé, si durement meurtri qu'il en avait bleui.

Je traversai Jernbanetorget en biais, toujours sur la pointe des pieds.

Les nuages continuaient leur chemin vers le nord-est. Le ciel au-dessus d'Oslo était si lisse et laqué à neuf que le Grand Hôtel de Vaterland passait pour un bâtiment de construction récente, un gîte d'étape pour âmes en transit. Comme la plupart des grands investissements en Norvège ces dix dernières années, il était de possession suédoise, et le logo de la chaîne d'hôtels à laquelle il appartenait, un accueillant groom habillé en rouge et noir, flottait au-dessus de Jernbanetorget avec la même assurance que s'il s'agissait des nouvelles armoiries de la ville.

Je pénétrai dans la plus longue réception que j'aie jamais vue, mais le hall était étonnamment vide. Je remarquai le réceptionniste le plus proche, et traversai le hall avec la sensation de me trouver sur un haut plateau que je pourrais parcourir pendant des heures avant de me rapprocher de lui. Je pris l'initiative de poser la question avant même d'arriver au comptoir, comme si j'étais en retard pour un rendez-vous.

« Jansson, au 1940, il est là, j'espère ? »

Le réceptionniste, dont la coiffure était aussi lisse que le sourire dont il me gratifia, tapa deux ou trois touches sur un clavier et regarda l'écran qui se trouvait devant lui.

« P. E. Jansson ? murmura-t-il sans lever les yeux.

— Oui, répondis-je, le souffle court.

— Il est là ; un instant, je vais…

— Nous avons rendez-vous. Je monte. »

Je me dirigeai vers les ascenseurs, et il fit un signe de la main, comme pour m'arrêter, mais à cet instant précis, le téléphone sonna sur le comptoir devant lui. Tandis qu'il décrochait, je continuai ma route, mais le ton de sa voix me fit me retourner et le regarder de nouveau.

« Que dites-vous ? » Une expression de stupeur contenue se répandit sur son visage, comme des cercles dans la boue.

« Du… Qu'avez-vous dit ?… Dix-huitième, dix-neuvième ? ! Mais mon Dieu !… Oui, je vais appeler. Oui, tout de suite. Oui. Pas un mot à… » Et il raccrocha.

Pendant un instant, il me regarda sans me voir du tout, comme si j'étais fait de plasma transparent sans le moindre signe distinctif propre à l'être humain.

Il reprit le combiné et composa un numéro, en me tournant partiellement le dos, en une sorte de réflexe conditionné par sa vie inconsciente de réceptionniste.

Je le regardai longtemps avant de poursuivre vers les ascenseurs.

Choisir quel ascenseur on veut prendre à l'Oslo Plaza, c'est comme choisir entre les plats d'un restaurant d'été mondain : tout dépend de la vitesse à laquelle vous voulez aller, et de l'endroit jusqu'où vous voulez monter. En arrivant après 18 heures, quand le bar au dernier étage est ouvert, on peut voyager tourné vers l'extérieur, dans une cloche de verre qui offre un aperçu vertigineux sur le réseau des rues, Jernbanetorget, Oslo Sentralstasjon et autres œuvres de maîtres de l'architecture. Mais on était encore loin des 18 heures.

Les chiffres électroniques rouges au-dessus des portes des ascenseurs m'apprirent qu'un ascenseur attendait au dix-huitième tandis qu'un autre descendait.

J'entrai dans celui qui attendait, ouvert, et j'appuyai sur le bouton du dix-huitième étage. Les portes se refermèrent tranquillement derrière moi et je fus aspiré vers le haut avec une succion discrète, comme si le gratte-ciel inspirait tout à fait par hasard, ouvrait la bouche, et me libérait sur un tapis rouge, dix-huit étages plus haut, quelques années-lumière et quelques secondes plus tard.

Le couloir était décoré avec goût, en gris et lie-de-vin, et des tapis couvraient la totalité du sol. Des chiffres dorés indiquaient la direction des différents appartements. Je me rendis rapidement au 1940.

Je regardai ma montre. 12 h 30. La plupart des clients étaient sortis. Loin dans le couloir, une femme de ménage passait l'aspirateur dans une chambre. Hormis cela, le couloir était désert. Je m'arrêtai devant la porte du 1940.

Au moment où je levai la main pour frapper, je remarquai que la porte n'était pas totalement fermée. Je frappai néanmoins, si rapidement et si faiblement que c'était vraiment par acquit de conscience.

Pas de réponse.

Je jetai un coup d'œil à droite et à gauche. La femme de ménage était partie. Je ne vis personne d'autre. J'ouvris la porte en grand, traversai la petite entrée et pénétrai dans la chambre à proprement parler. Une sorte de vertige me traversa.

La pièce, avec son mobilier de cuir marron clair, le lit défait, le téléviseur éteint et la valise ouverte composaient une sorte d'entonnoir galactique, un trou noir dans l'espace qui surplombait Oslo.

À travers la fenêtre, je profitai de la vue du dix-huitième étage, vers Ekeberg et Østensjø, et les bois vers l'intérieur de l'Østmark. Je le vis d'autant plus distinctement que toute la vitre était pulvérisée, comme après une puissante explosion. Les restes des rideaux blancs flottaient à l'extérieur comme un voile de mariée derrière la voiture d'un jeune couple au départ de son voyage de noces.

Pris d'une angoisse brutale, je tombai à genoux sur le sol. Les tapis moelleux s'enfoncèrent sous moi, et je fus traversé par un haut-le-cœur.

Je me déplaçai à quatre pattes vers l'ouverture béante. J'entendis des sirènes, loin, loin en dessous, comme dans un autre univers.

Précautionneusement, comme si j'avais peur qu'elle ne pèse plus rien et s'envole comme un ballon, je passai la tête par l'ouverture où s'était trouvé le carreau du bas. Le précipice tenta de me happer, et je me rejetai brusquement en arrière, loin dans la pièce.

J'avais vu ce qu'il y avait à voir.

Un corps écrasé gisait au sommet du toit vitré de Galleri Oslo, un Icare sans parachute. Il était tout à fait immobile, la tête et les mains à travers les carreaux brisés, comme s'il se trouvait simplement là pour regarder en dessous sans qu'on puisse le voir.

Il n'avait plus besoin de se cacher. Cela ne ferait plus aucune différence que quelqu'un le remarque. De toute façon, il avait vu ce qu'il fallait voir.

Chapitre 13

Je regardai rapidement autour de moi.

Je constatai maintenant un certain déséquilibre dans la disposition des meubles. L'un des fauteuils chair était complètement repoussé dans un coin de la pièce. La petite table gigogne était appuyée contre l'autre fauteuil, et le lampadaire en laiton avait basculé devant la commode blanche. L'abat-jour était cabossé et l'ampoule cassée, comme si on s'en était servi pour frapper. J'allai à la valise ouverte. Des chemises, des sous-vêtements, un pantalon clair, une revue américaine du genre le plus masculin qui soit.

Aucun effet personnel, aucun papier.

Je jetai un coup d'œil à l'étiquette sur la valise. *P. E. Jansson,* et une adresse à Stockholm. En tout cas, j'étais dans la bonne chambre.

Avant de sortir, je jetai un coup d'œil dans la salle de bains. Un rasoir électrique et un flacon d'après-rasage. Rien de plus.

Je tirai la porte derrière moi, traversai rapidement le couloir désert et appuyai sur le bouton des ascenseurs pour redescendre.

Tandis que la porte s'ouvrait, je vis sur les colonnes

de chiffres situés au-dessus des portes qu'au moins deux des autres ascenseurs avaient quitté le rez-de-chaussée. Le mien descendait, et je me joignis à un couple d'Américains entre deux âges. Ils regardaient droit devant eux avec flegme, comme si les bâtiments de cette taille ne représentaient absolument rien pour eux. Ce qui ne devait pas être très loin de la réalité.

En sortant de l'ascenseur, j'entendis une voix excitée crier :

« C'est lui ! C'est lui qui a demandé le 1940 ! »

Je regardai dans cette direction. Derrière son comptoir, ma connaissance locale me montrait du doigt. Quatre policiers en uniforme étaient déjà lancés à toute vitesse vers moi. Je fus arrêté avant d'avoir eu le temps de dire ouf.

Ils me tordirent les bras dans le dos à la plus pure mode policière, et des menottes se refermèrent sur mes poignets comme la gueule d'un animal affamé. L'adrénaline envahit mes artères et je sursautai, presque comme en réflexe.

« Attention ! » cria l'un d'eux, et je vis un bâton s'agiter devant moi.

« On le tient ! » clama un autre juste derrière moi. Pour appuyer ses dires, il me pencha en avant ; je me retrouvai plié en deux, à regarder le sol.

Une voix forcée demanda :

« Vous avouez ? C'est vous qui avez fait ça ?

— Fait quoi ? Demandé le 1940 ?

— Ça suffit, nom de Dieu ! On l'embarque ! grogna une quatrième voix.

— Avez-vous besoin d'un avocat ? demanda la voix derrière moi.

— Vous en avez un dans la poche ?

— Allez, venez ! On ne va pas rester là, nom de Dieu ! interrompit le pressé.

— Non.

— Tu as raison. »

On me conduisit dans la rue puis dans un car de police, toujours tellement courbé qu'ils durent me tenir par les avant-bras pour m'empêcher de trébucher et de tomber.

Trois des policiers montèrent dans le véhicule avec moi. Le quatrième s'assit au volant et attrapa un micro.

« Le central ? Ici 214. Pouvez-vous transmettre que nous ramenons quelqu'un de Galleri Oslo ? »

Une confirmation crépita, et il raccrocha son micro. Avant de démarrer, il se retourna d'un côté, puis de l'autre, et secoua lentement la tête :

« C'est ce que j'ai vu de plus dégueulasse dans toute ma vie... Trois carbonnades sanglantes. » Il prit d'abord sa tête à deux mains, puis l'une et l'autre de ses mains, devant nous.

Le policier assis à ma droite se pencha lourdement vers moi. Il avait une barbe sombre et sentait l'oignon, comme s'il était né et avait grandi dans un snack-bar. « Ç'a dû être une façon immonde de mourir. »

Tandis que nous parcourions la ville, une ambulance aux gyrophares clignotants et à la sirène hurlante se fraya un chemin parmi les badauds rassemblés devant l'entrée de Galleri Oslo. Je pensai à tous ces locaux déserts, et à quoi devait ressembler le mort sur le toit de verre, vu d'en dessous : à un actionnaire ruiné ou à un client qu'on n'avait pas laissé entrer.

Le policier assis à ma gauche, un jeune homme blond, à la barbe soignée et aux petites lunettes rondes, me regarda en secouant tristement la tête, avec l'expression d'un aumônier égaré.

Le troisième homme était totalement différent, plus grand, plus fort et plus brun, avec un visage comme un gros pavé et une voix de poste de radio.

« Ça ne s'annonce pas bien, mon pote. D'où viens-tu ?

— De Bergen. Ça vous dérange ?

— Non, ça me convient parfaitement. J'y ai fait mon service militaire, dans le temps, comme stagiaire. Ça vous dérange ?

— Ça dépend des rencontres que vous avez faites, et où. »

Nous traversâmes l'Akerselva au Vaterlands bru, puis suivîmes Grønlandsleiret vers l'hôtel de police.

L'hôtel de police d'Oslo trône depuis quatorze ans au sommet de ce qui fut jadis un vaste parc autour d'une prison. Le bâtiment manifeste son dégoût du soleil en s'abritant derrière une file irrégulière de stores blancs, ce qui fait ressembler la façade tout entière à du linge étendu dans une cour italienne.

Nous fîmes le tour vers l'arrière du bâtiment.

« À qui doit-on le mener ? demanda mon ami barbu.

— Bergsjø, répondit le pavé. Mais il doit d'abord passer à l'épouillage. »

On me conduisit sans ménagement aux arrêts, où un policier corpulent prit note de mes noms, adresse personnelle, date de naissance et profession.

« Quoi ? » Le policier à la voix sur piles se pencha lourdement en avant quand il entendit la réponse à la dernière question. « Pas entendu ? »

Je me tournai à moitié vers lui.

« Détective privé. Bien sûr, j'aurais pu dire que j'étais pompier, mais vous m'auriez démasqué. À moins que... ? »

Son regard laissait entendre qu'il aurait bien voulu se glisser avec moi dans la cellule, oublier la clé au-dehors, et y rester jusqu'à ce que quelqu'un vienne le chercher.

Le gardien toussota.

« Tout est en ordre. Vous reviendrez le chercher ?

— Et comment, répondit la voix à piles. Il doit juste refroidir un peu. »

Tandis qu'on me faisait entrer dans une cellule, je l'entendis s'adresser à un de ses collègues :

« Les Berguénois, tu sais, ils s'emportent facilement. Je le sais, moi qui y ai fait mon service. Ils ne la ferment pas, quoi que tu fasses. »

Le gardien referma silencieusement la porte derrière moi, repoussa le verrou et me laissa là, en compagnie de moi-même, quatre murs lisses, un lit recouvert d'un matelas gris et un endroit surélevé dans un des coins, où l'on pouvait exercer diverses fonctions naturelles.

Deux heures plus tard, Moustache et Pavé redescendirent me chercher. L'aumônier était manifestement en permission. Il avait peut-être été jugé trop tendre pour l'occasion.

Nous traversâmes un vaste hall. En haut, dans les étages, une longue série de portes donnait sur des galeries ouvertes, et je pensai de nouveau à une cour italienne.

Là-haut, sous l'arche du toit, une silhouette dorée était suspendue, sorte d'Icare en vol, avant que le soleil ne détruise ses ailes. Cela créa chez moi de nouvelles associations sinistres et instaura une désagréable atmosphère de découragement tandis que nous montions vers les bureaux des affaires criminelles, au quatrième étage.

On me conduisit au bout d'une des galeries, devant une porte indigo sur laquelle une plaque indiquait le bureau de l'inspectrice principale Anne-Kristine Bergsjø.

L'un des policiers frappa, une voix pria d'entrer, l'autre policier ouvrit, et une bourrade dans le dos me fit arriver en trébuchant dans sa vie. Comme si ça changeait quelque chose. Elle m'avait déjà trouvé une place : entre ses mains, dans un dossier.

Anne-Kristine Bergsjø était debout derrière son bureau, un formulaire à la main. Elle jeta un regard en biais vers la porte, par-dessus de petites lunettes sans monture. Quand elle vit qui entrait, elle fit le tour de son bureau et vint vers nous.

Elle était grande et mince, aussi grande que moi, mais nettement plus élancée, exception faite peut-être des hanches. Elle avait les cheveux blond clair, gentiment coiffés sur les côtés et maintenus en place par une barrette bleu foncé, telle une porte-parole de la Jeune Droite de Bærum en route pour le sommet de la hiérarchie. Elle était habillée décemment, en bermuda bleu et chemisier bleu ciel ; seul le court gilet de cuir clair, orné dans le bas de motifs indiens rouges, brisait l'impression d'uniforme. Elle était au milieu de la trentaine, et son visage était maigre et grave, avec des traits fins caractéristiques.

Elle fit un signe à Pavé, qui me débarrassa de mes menottes. Puis elle me tendit sa main, petite et sans chaleur.

« Anne-Kristine Bergsjø, se présenta-t-elle d'une voix assez sèche pour lui permettre de décrocher le diplôme suprême en droit.

— Varg Veum. Tout le plaisir est pour moi. »

Elle n'était pas seule dans la pièce. Un homme approximativement du même âge qu'elle s'était levé d'une chaise, dans un coin, à notre arrivée. Il était brun, les cheveux courts, rasé de près, un scout dans sa toute meilleure période.

Anne-Kristine Bergsjø fit un signe de tête dans sa direction. « Inspecteur Torleif Pedersen. »

Nous échangeâmes un hochement de tête. Pedersen portait une chemisette et une cravate écossaise avec un nœud négligé — pour un policier.

« C'est bon, lança-t-elle à mes amis de fraîche date, vous pouvez y aller.

— On ne va pas… ? lui demanda Moustache.

— Vous pouvez y aller.

— Merci pour le bout de compagnie, intervins-je.

— Oh, on se reverra bien, gronda Pavé.

— Je n'en jurerais pas… » Avec un regard en coin à l'inspectrice principale, j'ajoutai : « Ce n'est qu'un malentendu. Mais on va bien réussir à se débrouiller sans votre aide. »

Anne-Kristine Bergsjø toussota froidement.

« N'allons pas plus vite que la musique. Asseyez-vous, Veum. »

Elle m'indiqua un fauteuil en cuir sombre étonnamment confortable, tandis que Moustache et Pavé disparaissaient derrière la porte, dans une synchronisation parfaite.

Elle retourna s'asseoir derrière son bureau. Pendant un instant, nous nous regardâmes. À travers la fenêtre, derrière elle, j'apercevais les tours de ce qui avait naguère été Enerhaugen.

Mais on aurait du mal à trouver quelqu'un pour chanter les louanges de cet ensemble, si on devait avoir l'excellente idée de le démolir.

Dans les mains, elle avait une copie du formulaire rempli par le gardien des cellules, au sous-sol.

« Soyons un peu formels. C'est donc Varg Veum, détective privé, résidant à Bergen ?

— C'est ça. Ça n'a pas l'habitude de se prétendre autre chose que ce que c'est. »

Elle jeta un rapide coup d'œil à son collègue.

« Et qu'est-ce qui vous a amené ?

— J'ai été... » Je m'interrompis. « Une mission.

— Et c'est dans le cadre de cette mission que vous vous trouviez à l'Oslo Plaza il y a... deux heures et demie ? demanda-t-elle après avoir consulté une horloge murale.

— Non. C'est-à-dire, oui. D'une certaine façon. Mais écoutez, quand ce Suédois a plongé vers la mort, je me trouvais à la récep...

— *Suédois* ?! Vous savez donc qui est le mort, Veum ? »

Elle s'était penchée en avant et me regardait fixement.

« En tout cas, je sais que c'était un Suédois qui occupait la chambre que...

— Et comment s'appelait-il ?

— P. E. Jansson.

— Comment le savez-vous ?

— Ils me l'ont dit, à la réception.

— À la réception de l'hôtel ?

— Oui… Vous ne l'avez pas encore identifié, vous ? »

Elle me regarda durement. Puis se tourna vers Pedersen.

« Montrez-lui les photos !

— Vous voulez dire…

— Oui ! Les photos prises à Galleri Oslo. »

Il tira une poignée de photos d'une grosse enveloppe brune, et elle poursuivit, tournée vers moi :

« Elles ont été prises au téléobjectif, mais on s'y croirait, si j'ose dire… »

Torleif Pedersen me tendit alors les photos, et je me figeai. Les photos d'Icare, après la chute.

Chapitre 14

Même si ces clichés en noir et blanc avaient été pris au téléobjectif et développés à la hâte, ils ne laissaient aucune place au doute.

L'homme qui avait plongé du dix-huitième étage de l'Oslo Plaza avait essayé de se protéger avec les mains. Ça ne lui avait pas été d'un grand secours. Elles ressemblaient à des steaks hachés crus, et ce qu'elles avaient essayé de protéger avait été mis en pièces lors de la rencontre avec le toit vitré de Galleri Oslo. Au moment où la photo avait été prise, à l'endroit où aurait dû se trouver la tête, on distinguait un mélange de sang et de masse cérébrale, depuis un caillot grotesque et informe couronné des débris de la boîte crânienne fracassée.

Mais le diaphragme avait rencontré un croisillon métallique, et le verre de l'autre côté de cette démarcation avait tenu le coup, de sorte que le corps était resté allongé comme je l'avais vu d'au-dessus : une personne tirée dans la mort par son indescriptible curiosité.

Je remarquai la façon dont Anne-Kristine Bergsjø et Torleif Pedersen m'observaient, comme dans l'attente que je jette les photos au loin en éclatant en sanglots : « Ce n'était pas voulu ! Je ne l'ai pas fait exprès ! »

Mais je ne desserrai pas les dents. Je ne fus même pas malade. La seule chose pour laquelle je remerciai le destin, c'était qu'ils ne m'aient pas montré de photos en couleurs.

Je parcourus négligemment la succession d'images. Elles étaient toutes des variations autour d'un même thème, à des distances différentes et sous des angles variés. Aucune d'entre elles n'en disait davantage que la première.

« Comme vous le comprenez, reprit Anne-Kristine Bergsjø sèchement quand je lui rendis les photos, l'identification va prendre un peu de temps. L'identification *définitive*, je veux dire. »

Elle posa les clichés sur le côté, sans les regarder.

Puis elle se rejeta prudemment en arrière sur sa chaise, comme si elle avait peur de basculer, et joignit gentiment les mains par le bout des doigts.

« Maintenant, j'aimerais que vous me racontiez pourquoi vous êtes allé à la chambre 1940 de l'Oslo Plaza, ce que vous y faisiez, et ce que vous savez de P. E… de l'homme qui s'y trouvait.

— Alors, je dois reprendre à Bergen. »

Elle acquiesça.

Je lui racontai aussi brièvement que possible l'histoire de Mons Vassenden, sa dette de jeu et son rendez-vous informel avec la compagnie Grorud Inkasso A/S.

« Propriétaire… ?

— Svein Grorud. »

Les deux policiers échangèrent un bref regard, sans rien dire.

« Vous le connaissez, je vois…

— Qui ne le connaît pas ? Continuez. »

Je lui parlai d'Axel Hauger et, avec plus d'hésitation, de la femme que j'avais cru reconnaître.

« Mais elle a nié être celle que vous pensiez ? demanda Anne-Kristine Bergsjø.

— Oui. Et quand je suis allé voir sa mère, ce matin, elle l'a confirmé.

— Là, je ne vous suis plus très bien…

— Je veux dire… Elle m'a dit que sa fille était morte, il y a trois ans, en Suède.

— En Suède ?

— Oui. Elle était mariée à un Suédois. Et c'est ça qui a éveillé ma curiosité. Pour savoir si peut-être, ce… Jansson… eh bien, s'il pouvait y avoir un rapport. »

Elle me regarda longuement.

« Cette femme, Merete Sjøwold…

— Épouse Loewe.

— … épouse Loewe, était-ce une femme avec qui vous étiez en relation étroite ?

— Seulement une fois, si on peut dire…

— Mmm. Et quand était-ce ?

— En mil neuf cent… euh… soixante-cinq.

— Oui, oui, sourit-elle. Bien. Mais je n'ai pas tout saisi. Où intervient Jansson ?

— Je, euh… il a laissé un message quand Vassenden et moi étions chez Grorud Inkasso…

— Aha, vous avez entendu ?

— Et puis, j'ai demandé, plus tard, à une femme qui… Marit Johansen, d'une agence d'intérim, elle était secrétaire là-bas, chez Grorud. Elle m'a téléphoné pour me prévenir.

— Hé, ho, hé ! s'écria-t-elle en levant la main. Ça va un peu vite, là, Veum… Elle vous a prévenu de quoi ?

— Grorud. Il est venu me voir à l'hôtel, mais comme je n'ai pas voulu le laisser entrer, il a défoncé la porte sans trop de problèmes. Comme vous comprendrez peut-être, je n'avais pas très envie de discuter avec lui, à ce moment-là.

— Mais que voulait-il ?

— Aucune idée. Ça n'avait pas l'air très agréable, alors j'ai pris l'escalier et l'issue de secours.

— Aviez-vous peur de quelque chose en particulier ? demanda-t-elle en plissant le front.

— Peur ? Non, mais je connaissais bien Grorud, par ouï-dire. Ce que j'avais entendu n'encourageait pas à faire plus ample connaissance.

— Donc, vous vous êtes sauvé, autrement dit.

— Comme vous voyez.

— Et vous n'avez plus entendu parler de lui ? De Grorud ?

— Je ne suis pas retourné à l'hôtel.

— Ah bon ? Alors où avez-vous passé la nuit ?

— Je, euh… J'ai un fils qui étudie ici. Il a un studio.

— Mais ce n'est pas là que vous avez dormi, n'est-ce pas ? demanda-t-elle en me démasquant facilement.

— Non, je, euh… Marit Johansen m'a proposé un canapé.

— C'est tout ? demanda-t-elle en notant sur son bloc.

— C'est tout ce qu'elle m'a proposé, oui !

— Je voulais dire, c'est tout ce que vous avez à raconter ? s'enquit-elle avec un petit sourire.

— Oui. Ce matin, je suis allé voir la mère de Merete Sjøwold… puis à l'Oslo Plaza, comme je viens de vous le dire.

— Par pure et simple curiosité ? »

Je hochai la tête.

« Je ne peux pas dire que ce soit là un compte rendu particulièrement convaincant, Veum… reprit-elle après une courte pause. À quand remonte votre dernier séjour en Suède ?

— À quand remonte… Ah oui. J'ai passé quelques semaines en Scanie et sur la côte ouest, en été, il y a deux ans. Avec une amie. Des vacances tout à fait banales.

— Et avant ça ?

— Je suis allé à Stockholm au printemps 1984. Quatre jours en mission, pour une entreprise de Bergen.

— Quelle entreprise ?

— O. Kavli.

— Et la mission consistait…

— … à coincer un serviteur infidèle. Ça serait trop compliqué à raconter dans le détail.

— Et vous n'avez eu aucun rapport avec Merete Sjøwold, euh, Loewe, à ce moment ?

— Rapport ? Je ne me doutais même pas qu'elle vivait là-bas ! Je n'avais plus pensé à elle depuis des années, et hier, si je n'avais pas rencontré cette femme qui lui ressemblait, en tout cas, je n'aurais pas… oui, je ne serais pas ici, maintenant.

— Vous n'avez pas rencontré de P. E. Jansson en Suède, ni en 84 ni il y a deux ans ?

— P. E. Jansson m'est aussi inconnu qu'Ola Olsson !

— Ola Olsson… Qui est-ce ? »

Nous nous regardâmes furieusement, de part et d'autre de la table.

Puis elle attrapa une serviette grise, l'ouvrit et en sortit une photo. Elle y jeta un coup d'œil rapide avant de me la tendre, sans rien dire.

Je regardai la photo. Elle avait été envoyée par fax, et les contrastes étaient faibles, mais les traits étaient suffisamment précis.

L'homme qu'on voyait sur la photo avait un visage oblong, taillé à coups de serpe, des sourcils sombres qui se rejoignaient au-dessus du nez, et une ombre de barbe qui lui donnait un côté sud-européen. Ses cheveux noirs étaient coiffés en arrière, et il me regardait avec l'air de quelqu'un qui ne veut pas être pris en photo.

Sous la photo, on lisait : *Pär Elias Jansson, S, n. 14-03-44, Ystad, T : 186, P : 92, Cheveux : noirs, Yeux : bleus, Réf : KA-09164884.*

Je levai les yeux.

« Une baraque…

— Il en avait besoin, lui aussi. Il était dans la même branche que Svein Grorud.

— Encaissements ?

— J'allais presque dire… encaissements *violents*.

— Alors il a encaissé sa dernière note.

— On peut le formuler ainsi. Beaucoup de choses semblent l'indiquer, Veum. »

Je regardai de nouveau la photo. Quelque part,

loin dans un coin de mon esprit, j'avais le souvenir d'avoir déjà vu P. E. Jansson.

On frappa à la porte, et un officier de police en bleu de travail entra rapidement. Il avait une serviette en plastique transparent à la main. À l'intérieur, on distinguait une enveloppe marron.

« J'ai pensé que vous voudriez voir ceci avant que nous le mettions sous la loupe, déclara-t-il sans me regarder.

— Qu'est-ce que c'est ? demanda Anne-Kristine Bergsjø en se levant légèrement de sa chaise.

— On l'a trouvé sur place, à moitié sous le lit. Une enveloppe vide avec un nom de société dessus. *PER OG PÅL FOTOSHOP. Propriétaire : Pål Helge Solbakken.*

— Quoi ? ! l'interrompit Torleif Pedersen.

— Ça vous dit quelque chose ? demanda Anne-Kristine Bergsjø en se tournant vers lui.

— Pål Helge Solbakken a été tué il y a cinq ans. Au printemps 1987. Ç'a été la première… Je sortais tout juste de l'école de police. L'affaire Finstad. Il y a un type à Ullersmo dep… » Elle l'interrompit en levant la main en signe de défense.

« On verra les détails plus tard.

— Je peux les reprendre ? voulut savoir le T.I.C.

— Oui, merci », répondit-elle avec un petit signe de tête.

Il reprit l'enveloppe et sortit. Puis elle me regarda de nouveau.

« On s'est renseignés un peu sur vous, Veum. J'ai passé un coup de fil. Vous voulez savoir comment s'est passée la conversation téléphonique ?

— Ça dépend de qui vous avez eu au téléphone. Le contrôle des crédits ?

— Inspecteur principal Hamre. J'avais à peine prononcé votre nom qu'il a demandé : "Il vous a dégotté un cadavre ?"

— Hamre est connu pour être un blagueur. Vous n'allez pas…

— J'ai répondu que oui. "Au nom du ciel, ne le laissez pas repartir ! a dit Hamre. Ou il va vous en trouver d'autres !"

— Il a une dent contre moi… plusieurs même… une mâchoire complète !

— Donc, j'ai tout simplement pensé à vous demander ceci, Veum : nous avez-vous tout raconté ? *Tout* dit et *tout* écrit ?

— Oui. La main sur le cœur. Les renseignements vous confirmeront l'adresse d'Axel Hauger. Si vous avez de la chance, vous trouverez aussi sa femme… Merete Sjøwold apparaît dans un avis de décès publié dans *Aftenposten* en 1989. Sa mère habite dans Hoffsjef Løvenskiolds vei. Elle s'appelle Snefrid… Vous trouverez les références de Marit Johansen auprès d'une boîte qui s'appelle A/S Intérim, et si vous la contactez, elle pourra confirmer tout ce que je vous ai dit… Mons Vassenden aussi, à propos de son affaire. Mais il vous faudra encore passer un coup de téléphone, à Bergen… Je suppose que vous avez déjà reçu un message concernant l'arrestation de Svein Grorud… D'autres colles, pendant qu'on y est ?

— Non. Dans ce cas, je crois que… Une dernière chose : Grorud Inkasso n'a jamais été qu'une adresse de boîte postale. Où avez-vous dit que se trouvaient leurs bureaux ?

— Dans Urtegaten... Ou gata, comme vous...
— Vous ne vous souvenez pas du numéro ?
— Non.
— Alors vous allez accompagner l'inspecteur Pedersen là-bas, et vous lui montrerez où c'était. Après cela, vous êtes libre. Vous pensez rester à Oslo, ou...
— Je vais peut-être rester deux ou trois jours. Comme je vous l'ai dit, j'ai un fils qui étud...
— Vous logez chez lui, ou chez Marit Johansen ?
— Euh, vous voulez dire, je devrais vous faire savoir où je... couche ?
— Ça serait peut-être le mieux. Vous pouvez y aller.
Je sortis, avec Torleif Pedersen sur les talons.
Sans échanger un seul mot, nous descendîmes au garage, au sous-sol, et Pedersen nous emmena jusqu'à Urtegata, dans une voiture banalisée.
Mais quand nous arrivâmes, l'oiseau s'était envolé. Et pas seulement lui. Il avait aussi emporté le nid.

Chapitre 15

Nous traversâmes la rue, et Pedersen parcourut des yeux les étiquettes vierges, à côté de la porte.

« Il n'y a rien ici », constatai-je.

Il fit un signe de tête, et nous entrâmes.

Quand nous arrivâmes au premier, il n'y avait rien non plus.

Je regardai avec curiosité autour de moi.

« Vous êtes sûr que c'était cet immeuble ?

— Oui… Je reconnais même la porte. »

Je me penchai en avant et tâtai du bout du doigt la porte marron, jusqu'à une toute petite irrégularité.

« Regardez. C'est le trou laissé par la punaise. La carte de visite était fixée ici.

— Une carte de visite ? C'est tout ce qu'ils avaient ?

— Oui.

— Sûr ?

— Tout à fait.

— Alors… » Il essaya la porte. Elle était verrouillée.

Il tenta la sonnette à côté. Aucun bruit.

Il employa la méthode directe. Il se mit à donner

de grands coups de pied dans la porte, juste à côté de la serrure, en murmurant : « Dans un cas aussi grave, on doit s'autoriser à… »

La porte céda avec fracas, et nous tendîmes l'oreille.

« C'est là.

— Toujours aussi sûr ? »

Je hochai la tête.

Nous entrâmes alors prudemment. Je montrai une porte fermée. « Là-dedans. »

Nous frappâmes avant d'ouvrir, en personnes respectueuses des lois que nous étions.

Personne ne répondit, et nous entrâmes.

La pièce était vide.

Le premier bureau et le suivant étaient aussi vides que possible. Plus de téléphone, plus d'écran, plus d'imprimante, de bureau ou de chaises : plus rien. Il ne restait même pas un trombone.

« Bon sang de bon… » Je me tournai vers lui et écartai les bras. « C'était là hier, tout ! Vous pouvez demander à Marit Johansen, Mons Vassenden, et… oui, demandez-leur ! »

Torleif Pedersen avait jeté un rapide coup d'œil au sol de la pièce et s'était relevé.

« On ne voit aucune trace de meubles ici… Regardez… Aucun creux dans le revêtement de sol, pas de marques sur les tapis, pas d'accumulation de poussière dans les coins.

— C'était là hier, tout !

— Vous allez voir qu'ils avaient tout monté en votre honneur, à vous et à ce Mons Vassenden.

— Et à quoi ça aurait servi ? Vassenden aurait pu

payer sa dette dans les toilettes pour hommes de la gare centrale, lui, s'il avait fallu.

— On va vérifier tout ça dans le détail, Veum, répondit-il en approchant. Et j'aime mieux vous dire que si on découvre que vous nous avez menti…

— Certainement pas !

— … alors je vous conseille de prendre contact avec un avocat. Et un sacrément bon.

— Vous m'en conseillez un en particulier ? »

Mais Torleif Pedersen était déjà passé devant moi pour sortir. Je le suivis sans tarder.

Il alla à l'autre bout du palier et frappa violemment à la porte d'en face.

Une trentaine de secondes plus tard, des pas feutrés se firent entendre à l'intérieur. Un homme à la peau mate et chenu nous jeta un coup d'œil soupçonneux par-dessus un entrebâilleur.

Pedersen lui montra sa carte de police.

« La porte, là-bas. Est-ce que… Pouvez-vous confirmer qu'il y a eu une société, là-bas, ces jours-ci ? »

L'homme secoua la tête d'un air désolé.

« *Not understand.* Je pas comprendre.

— Ça, c'est dommage pour vous ! » aboya Pedersen en me jetant un coup d'œil hargneux.

Une fois dans la rue, il se lâcha complètement.

« Qu'est-ce qui se passe dans ce pays, nom d'un chien ? ! Bientôt, l'école de police ne suffira même plus. Il faudra avoir un diplôme international de traducteur, en même temps. J'ai la sale impression que le pays tout entier part en couille. On va se réveiller un matin et découvrir qu'on a échoué dans le golfe Persique !

— Demandez votre mutation. J'ai entendu dire

que le poste de préposé au *lensmann*[1] est libre à Brumunddal… »

Il me regarda de travers, et fit un mouvement de tête vers la voiture.

« Retour à la base, Veum.

— Retour à… ? J'avais cru comprendre que j'étais libre.

— Pas après ce ratage. Je ne vous laisse pas filer tant qu'Anne-Kristine Bergsjø n'est pas au courant.

— Alors espérons qu'elle sera de meilleure humeur que vous. »

Nous rentrâmes en silence à l'hôtel de police. Il était 17 h 30, l'éclairage public était allumé, et un brouillard bleu-gris envahissait Oslo, comme si l'ensemble avait été une mystification créée par un illusionniste maintenant occupé à remballer ses affaires avant de rentrer chez lui.

Anne-Kristine Bergsjø sourit à notre arrivée, mais ce n'était pas un sourire agréable. Une louve le lui eût envié.

« Vous avez eu le message radio, je vois, constata-t-elle en regardant Pedersen.

— Quel message radio ?

— Ramener Veum.

— Non, nous… sommes revenus pour une tout autre raison. »

J'ouvris la bouche, mais elle me coupa l'herbe sous le pied.

« Laquelle ?

— Ce bureau, dans Urtegata.

1. Officier d'administration chargé du maintien de l'ordre, de la collecte des impôts, etc., dans les communes rurales.

— Oui ?

— C'était une tanière abandonnée. En supposant qu'il y ait eu quelqu'un un jour.

— Comment aurais-je pu connaître l'endroit, autrement ? m'écriai-je.

— Vous auriez pu bluffer, entrer dans n'importe quel immeuble !

— Et si quelqu'un y habitait ?

— Il y a toujours un appartement vide, dans ce secteur ! »

Anne-Kristine Bergsjø nous regardait avec une ironie amère, comme si la chose l'amusait. Je me tournai vers elle.

« Alors demandez à Marit Johansen !

— C'est déjà fait. » Elle ménagea son auditoire, puis ajouta tranquillement, après une courte pause :

« Elle confirme ce que vous nous avez dit.

— Alors pourquoi... Pourquoi était-ce si important que je revienne ici ?

— Il y a du nouveau dans l'affaire.

— Ah oui ?

— Vous nous avez demandé de vérifier votre histoire auprès de ce... Mons Vassenden, à Bergen.

— Oui ? » Ma gorge se contracta involontairement.

« Nous avons téléphoné à la police de Bergen, et nous leur avons demandé leur aide sur ce point précis. On a reçu la réponse en un clin d'œil.

— La réponse ? »

Anne-Kristine Bergsjø me regarda d'un air lugubre.

« Mons Vassenden est mort. On l'a retrouvé dans les toilettes du train pour Bergen, hier matin. »

Chapitre 16

Pendant un instant, tout s'obscurcit autour de moi.

« Torleif ! » Anne-Kristine Bergsjø se leva à demi, et Torleif Pedersen m'attrapa solidement par l'avant-bras pour m'empêcher de tomber.

Le ton s'était adouci. « Là, Veum. Asseyez-vous. »

Je me rassis lourdement dans le même fauteuil.

Une sensation de détresse me traversa entièrement. Mons Vassenden… mort ? J'entendais encore sa voix, pendant le long voyage monotone à travers les montagnes, l'histoire de sa vie, les femmes, les enfants, l'argent… Je le revis brusquement, derrière la vitre du wagon, la main levée en signe d'adieu, dans le train qui partait lentement dans le tunnel sous Oslo, un voyage qui allait lui faire traverser le Styx, avec Charon comme receveur.

« Mais je… Je l'ai accompagné au train ; j'ai traversé tous les wagons. Je n'ai vu personne qui…

— Il était déprimé, n'est-ce pas ? me demanda-t-elle en me regardant attentivement.

— Pas à ce moment-là !

— Selon le lensmann d'Ål, qui s'est chargé de l'enquête préliminaire, rien n'indique quoi que ce soit de criminel dans ce décès.

— Non ?... Mais comment ?...

— Les toilettes sont fermées à clé entre Oslo et Drammen. Le corps a été découvert après Hønefoss ; les autres passagers se sont demandé pourquoi elles avaient été occupées si longtemps. Quand le contrôleur a ouvert, il a compris. Il s'était pendu avec sa cravate.

— Un endroit clos, murmura Torleif Pedersen.

— N'importe qui peut ouvrir avec une clé à molette ! répliquai-je. Mais... » Je me penchai lourdement en avant. La pièce tourna autour de moi et je me sentis nauséeux. Anne-Kristine Bergsjø me regarda.

« À quoi pensez-vous ?

— Marit Johansen m'a raconté... Svein Grorud a été absent du bureau pendant plusieurs heures, hier matin. Il n'est revenu que vers 13 h 30. Il a pu aller en voiture jusqu'à Lysaker et monter là, rester dans le train jusqu'à Hokksund ou Vikersund, et ensuite...

— Et ensuite quoi, Veum ? Rien n'indique que...

— Vous allez quand même faire une enquête technique de fond sur la base de ce nouveau lien... ?

— Oui. Peut-être. Vraisemblablement. Si on n'a pas nettoyé les wagons entre-temps. Mais j'ai interrompu le fil de vos pensées...

— Eh bien, oui... Après, il a pu prendre un taxi jusqu'à Drammen, puis le train de banlieue pour revenir à Oslo. Ça peut se faire.

— Mais pourquoi ?

— Par obligation envers ses états de service ! Un

message à tous ceux qui sont dans la même situation, que ça ne vaut jamais le coup… de payer trop tard.

— Mais pourtant, il avait payé ! C'est vous qui nous l'avez dit.

— Pas les intérêts. Et les intérêts, c'est presque ce qu'il y a de plus important, dans ce milieu. C'est là-dessus qu'on gagne de l'argent.

— Bon, bon.

— Vous n'avez pas encore mis la main sur Grorud ?

— Non. Vous voulez qu'on vous prévienne, quand ce sera fait ? ajouta-t-elle perfidement.

— Je lui poserais bien quelques questions, si quelqu'un le tient solidement pendant ce temps.

— Je ne crois pas que vous poserez des questions à qui que ce soit, Veum… Vassenden est mort en dehors de notre district. Si quelqu'un doit s'intéresser à l'affaire, c'est Kripos, il me semble…

— Mais il y a une certaine collaboration ?

— C'est à prendre en compte, Veum. Rien n'est impossible. Vous sentez-vous assez bien pour vous en aller, maintenant ? me demanda-t-elle en tempérant légèrement son ironie.

— Merci de vous en inquiéter. Je crois. »

Elle me suivit à la porte.

« Je suis désolée pour ce Vassenden, Veum. Je comprends que cela vous ait touché… Faut-il appeler une voiture ?

— Non, merci. J'ai seulement besoin d'un peu d'air frais. Bon courage, à Brumunddal, lançai-je à l'adresse de Torleif Pedersen. N'oubliez pas de saluer Svein Grorud de ma part. Faites-lui un œil au beurre noir. »

Aucun d'eux ne m'accompagna plus loin.

Le grand hall était pour ainsi dire vide. Plus aucun étranger ne faisait la queue devant le guichet pour savoir où étaient les services de l'immigration. Les frontières étaient fermées pour aujourd'hui.

La porte de sortie fut lourde à pousser, comme s'ils voulaient me voir rester. Je descendis le long trottoir depuis Grønlandsleiret, les plus anciens quartiers d'Oslo étalés en panorama nocturne devant mes yeux.

Devant l'église de Grønland, une petite troupe était en train de boire, si près de l'hôtel de police que c'en était presque une invitation. Je continuai devant le Lompa, où de sinistres figures me dévisageaient derrière des rideaux fumés. Grønlands torg était désert à ce moment de la journée, exception faite de quelques enfants d'immigrés qui jouaient au ballon dans un des coins.

C'était l'heure creuse. L'heure qui pend comme un rideau entre le jour et la nuit, et que la plupart des gens emploient à recharger leurs batteries avant de prendre la ville d'assaut ou de se retrancher pour de bon devant la télé.

Je pensai à Mons Vassenden.

Pour certains, la mort arrive comme une véritable délivrance. Pour lui, c'était l'annulation de toutes les dettes pour toujours ; et au paradis, on ne demandait pas d'intérêts.

C'était peut-être exactement cela. La vie, c'était le temps nécessaire pour payer toutes les factures, et la mort, la dernière échéance.

Je le connaissais depuis quelques jours à peine, et il m'avait à la fois agacé et troublé. Et maintenant, il n'allait même pas me payer mes honoraires.

Pourtant, je me sentais comme engagé vis-à-vis de

lui, comme envers tous ceux qui réclamaient mes services, une sorte de loyauté usée héritée de mon poste à la protection de l'enfance.

Je traversai l'Akerselva à Vaterlands bru, par mes propres moyens cette fois.

À ma gauche, l'Oslo Plaza brillait comme un prisme gigantesque planté dans le sol, une sorte de balise dans l'obscurité. Rien n'indiquait qu'un homme avait plongé dans la mort à cet endroit, à peine six heures auparavant. Le groom du sommet n'avait pas de bouquet de deuil au bras.

Je traversai le centre commercial recouvert de marbre d'Oslo City. L'éclairage était criard et maussade, comme celui d'une revue de cabaret médiocre, et l'accumulation de jeunes paumés, en majorité des Norvégiens, était ahurissante. Pourtant, il était bien plus réussi que son concurrent de l'autre côté de la rue, en tout cas à en juger par le nombre de magasins et de restaurants.

Les tapis roulants et les ascenseurs charriaient des clients sortis faire leurs achats de dernière minute. Je me sentis comme un loup marin dans un banc de harengs, lourd, la peau grise, la peste du saumon dans le sang et un hameçon arraché à la ligne planté dans la gueule.

Je devais me l'avouer… la mort était ma marque personnelle. Elle me suivait partout. Ça ne servait à rien de se voiler la face.

Un instant, je me figeai, comme un moulage de ciment. Un grand type costaud se frayait un chemin à travers la foule, à contre-courant, droit vers moi… C'était…

Non, ce n'était pas.

… Svein Grorud.

L'homme passa sans me regarder. De près, je le vis : seule la taille correspondait. Je n'en sentis pas moins mes yeux se plisser et mon estomac se nouer.

Svein Grorud. Il fallait que je le trouve !

J'avais la quasi-certitude qu'il était plus impliqué dans la mort de Mons Vassenden que la police ne voulait le reconnaître. Cela ne m'aurait pas du tout surpris non plus qu'il ait joué un rôle déterminant dans la chute vertigineuse de P. E. Jansson.

Asbjørn Hellesø lui avait téléphoné. Il était peut-être temps que deux vieux amis se retrouvent.

Chapitre 17

Tout change ici-bas, dans le monde le plus troublant qui soit. Ce qui s'appelait auparavant femme de ménage s'appelle maintenant technicien de surface, et la dénomination sera bientôt « conseiller technique en environnement ».

Le technicien de surface donc, qui faisait sa B.A. devant le bureau d'Asbjørn Hellesø ressemblait à s'y méprendre à une femme de ménage de mon enfance, à Bergen, avec sa robe-tablier descendant jusqu'aux genoux, le foulard attaché comme un turban autour de la tête, et la langue bien pendue. À la seule différence peut-être qu'elle était couleur pêche, importée de Thaïlande, et avait vraisemblablement passé des examens universitaires en odontologie, dans son pays d'origine, pour décrocher une situation de ce niveau en Norvège.

« Il n'y a plus personne », m'informa-t-elle en constatant que je frappais en vain à la porte close du bureau de Hellesø. Le couloir était du genre convenu, avec des colonnes marbrées encastrées dans les coins, des panneaux de chêne sombre laqués qui m'arrivaient à la poitrine, et des plaques de laiton gravé. *Avocat à la Cour suprême Asbjørn Hellesø, M.N.A.F.* avait ses quartiers tout au bout du couloir — quand il n'avait pas encore achevé sa journée de travail. D'après la plaque, il avait plusieurs associés.

« Je dois absolument parler à Asbjørn Hellesø.

— C'est important ? demanda le technicien de surface comme l'aurait fait la secrétaire de Hellesø.

— Oui, très, répondis-je en la regardant gravement.

— Vous le trouverez certainement au restaurant au rez-de-chaussée. Il y dîne chaque jour. Il est célibataire, vous savez. »

Je ne le savais pas, mais je fis comme si la situation d'Asbjørn Hellesø n'avait absolument aucun secret pour moi. En la remerciant, je réalisai qu'elle parlait parfaitement le norvégien, bien mieux que l'avocat à la Cour suprême lui-même, s'il s'exprimait encore comme dans mon souvenir, du temps de nos études, avec des paquets de mer dans chaque *s* et un brusque vent contraire chaque fois qu'il articulait un *m*.

Le bureau était situé dans une des rues adjacentes à Stortingsgata. Le restaurant du rez-de-chaussée était brun-rouge d'atmosphère, italien de menu et sombre d'éclairage. Je trouvai Asbjørn Hellesø à l'endroit qu'elle m'avait indiqué : tout au fond, dans un coude de la cave, penché sur une nappe rouge et blanche garnie d'une bougie plantée dans une bouteille de chianti entourée de raphia. Il avait café et cognac sur la table, et le journal rose du jour à la main.

Je n'eus aucun problème à le reconnaître, même si pas mal de kilos nous séparaient de 1965, pour sa part en tout cas. Les sourcils mobiles et arrondis qui bondissaient constamment de haut en bas, comme ceux d'un bandit de film muet, le nez fort, les cheveux désordonnés en tourbillon indiscipliné au milieu du crâne, et le regard agité derrière les verres épais de ses lunettes… Tout était comme au temps où nous tenions chacun notre bout de bannière *NON À L'INTERVENTION AMÉRICAINE AU VIETNAM.* Les dents du temps avaient laissé leurs traces comme dans chacun de nous. Il n'était devenu ni plus beau, ni plus laid, seulement plus âgé. Et quelqu'un avait saupoudré du sel et du poivre dans ses cheveux.

La différence la plus visible tenait à la façon dont il était habillé. La parka et le pantalon de velours usé de naguère avaient été remplacés par un veston croisé Dan Børge, un peu trop croisé peut-être, et une cravate en soie dans laquelle on pouvait se mirer, si on s'aimait en gris-bleu. À l'un des coins de sa bouche, une cigarette sur mesure soulignait l'impression de maintien et d'élégance, de salaires élevés et de repas équilibrés.

Je frappai doucement sur la cloche de verre sous laquelle il s'était installé et abattis mon jeu, en forçant un peu mon dialecte : « Mais c'est-y pas Asbjørn Hellesø qu'est assis là ? »

Il leva les yeux, et les ouvrit et les ferma plusieurs fois.

« Non, l'est mort. »

Après quelques courtes secondes de recherche frénétique dans ses archives cérébrales, il retrouva la bonne fiche.

« Varg ? !

— *Long time no…* commençai-je en hochant la tête.

— Mais assieds-toi, nom d'un chien ! Qu'est-ce qui t'amène dans la capitale ?

— Une mission.

— Oui… Euh, je peux t'offrir quelque chose ? Café ? Cognac ?

— Avec plaisir.

— Tu as mangé ?

— À vrai dire, non… »

Il fit de grands gestes à l'adresse d'un serveur pour lui faire comprendre qu'il voulait voir le menu. Il l'obtint avant d'avoir baissé le bras.

Pendant que je faisais mon choix, il reprit là où il s'était arrêté. Le rire détendu et le charme enfantin n'avaient pas changé. Même la Cour suprême n'avait pas réussi à les faire disparaître.

« N'ai-je pas entendu dire que, hum, tu diriges une sorte d'agence de détectives, là-bas, au pays ?

— Je dirige, je dirige… C'est *moi*, l'agence. »

Il gloussa et rajusta ses lunettes.

« Et n'ai-je pas entendu dire que tu aurais mis à l'ombre un de mes collègues, il y a quelques années ?

— Ça pourrait être vrai, si tu penses à… » Je laissai le nom en suspens, puisqu'en réalité, j'avais contribué à en mettre au moins deux à l'ombre.

« Jaloux de ne jamais avoir achevé tes études ? continua-t-il.

— Mais toi, tu l'as fait. Et tu es resté ici. »

Le serveur revint s'enquérir de mon choix. Je lui commandai des tagliatelles au fromage, et Asbjørn ajouta une bouteille de vin rouge. « De la meilleure marque, Hermannsen. Mon ami revient tout juste des territoires sauvages. » Il me fit un clin d'œil.

« C'est ici qu'arrivent les grosses commandes. »

Le serveur revint avec la bouteille et un verre imposant. Il y versa un peu de vin que je goûtai, je hochai la tête et il remplit le verre. Le vin était rond comme une paysanne russe, mûr comme une madone et aussi virginal qu'une danseuse de cabaret sicilienne. Asbjørn Hellesø opina, heureux devant l'expression de mon visage.

Je lui fis un signe de tête en retour.

« Et tu te plais en ville ?

— Oslo n'est pas une ville, répondit-il en clignant des yeux, c'est un état d'esprit… Où d'autre dans le monde aurait-on donné à la rue principale de la capitale le nom d'un régent du pays voisin et gardé le nom une fois que l'indépendance obtenue ? Tu crois que ça serait arrivé à Bergen ? Elle aurait rapidement été rebaptisée Haakon VII's gate.

— Christian Michelsens gate, je dirais plutôt. Si ça se trouvait effectivement à Bergen.

— Mais d'un autre côté, pour être honnête, c'est bien la faute du roi suédois si Oslo est la capitale du pays.

— Qu'est-ce que tu veux dire ?

— Crois-tu que le président du parlement Christie et tous ses éloquents copains du Vestland auraient vraiment préféré fonder la capitale où elle se trouvait du temps de Hákon Hákonarson[1] ?

— Eh bien, oui, peut-être…

— Mais ça faisait trop loin pour le roi de Suède d'aller jusqu'à Bergen chaque fois qu'il voulait faire un tour dans son état vassal, et Trondheim était trop au nord, bien entendu.

1. Hákon Hákonarson (1204-1263, roi de Norvège de 1217 à sa mort) avait installé sa capitale à Bergen.

— Bien entendu.

— Alors, on a choisi cet endroit au sud d'Eidsvoll, où il y avait un port tout juste convenable, mais dont la population n'a pas dépassé celle de Bergen avant les années 1850.

— À t'écouter, je ne comprends pas comment tu as pu tenir le coup ici pendant tout ce temps. »

Le serveur revint avec mon repas, et je me plongeai dans mon assiette, tandis qu'Asbjørn Hellesø poursuivait.

« Oslo sera toujours une petite ville. Comparée aux autres capitales du Nord, elle reste indiscutablement provinciale… Tu le vois au rapport qu'il y a entre elle et la seconde ville du pays.

— Mmm ?

— C'est bon ?

— Mmmm.

— Je veux dire… Si tu vas d'Århus à Copenhague, tu es un paysan en ville. Si tu vas de Göteborg à Stockholm, c'est comme si tu venais de Laponie, au mieux.

— Ah oui ? Et alors ?

— Mais si tu déménages de Bergen à Oslo, tu viens en quelque sorte d'un autre continent, d'un tout autre monde et… oui, en tout cas, d'une autre ville. Aucun habitant de Bergen n'a un jour été paysan en ville à Oslo !

— Ah non ? J'aurais pu t'en dénicher un ou deux la dernière fois que Brann était en finale de la coupe… Et puis, tu oublies Arne Bendiksen.

— Ce que je veux dire, Varg, c'est ceci… Alors qu'Oslo est ramassée sur elle-même dans une baie pleine d'un mélange d'eau douce et d'eau de mer, Bergen se baigne dans l'océan.

— J'en reviens à mon point de départ, Asbjørn : comment diable fais-tu pour tenir le coup ici ? »

Il eut le même sourire machiavélique que quand il avait rencontré les jeunes fascistes en 1965.

« Ce dont je parle, Varg, c'est seulement la surface, les belles façades, les toasts bien formulés, la société musicale Harmonien, le Théâtre national et tout ça. Verni. Mais le *pouvoir*, Varg, il est ici. Dans les couloirs du parlement, dans le quartier des ministères, dans les sièges sociaux des grandes banques et des compagnies d'assurances, des grandes entreprises nationales… et internationales. Dans Akersgata et à Marienlyst, à la fédération de football et au sein du comité Nobel… Tout ce qui a le goût de pouvoir, tu le trouves ici. Et là où il y a le *pouvoir*, il y a aussi l'argent.

— Et quand il y a l'argent, tu n'es jamais très loin… »

Il sourit brusquement, excessivement content de lui.

« Tu as fait un bout de chemin, entre Hanoï et Huk aveny.

— Et toi… de Saïgon à Sandviken ? »

Je levai mon verre et bus encore un peu de jus de raisin grillé par le soleil.

« Où habites-tu, d'ailleurs ?

— J'ai un appartement dans Skovveien, juste à côté de Bygdøy allé.

— Ça fait plus mondain que Fjellveien… Tu as de la famille ? » demandai-je comme si j'avais oublié les informations du technicien de surface.

Pendant un instant, il eut l'air aussi perdu que possible pour un natif de Bergen domicilié dans Bygdøy allé.

« Non.

— Le mariage n'est pas assez rentable, Asbjørn ?

— En fait, je n'ai jamais rencontré la femme idéale, c'est comme ça que l'on dit ? répondit-il après avoir léché le fond de son verre de cognac. Je n'ai jamais eu le temps. »

Au prix d'un violent effort, il se tira de cette situation pénible, écarta les bras et partit d'un gros rire.

« Mais j'ai assez d'argent pour me payer ce qu'ils ont de mieux, sur l'étagère du haut. »

Il baissa le ton.

« Si tu veux un aperçu du marché, je peux te donner un numéro de téléphone. »

Je secouai la tête, poussai légèrement l'assiette sur le côté et vidai mon verre de vin rouge.

« J'ai tout ce dont j'ai besoin, sans devoir payer.

— Ha ha… Écoutez-le !… Café, cognac ?

— Oui, merci, puisque tu… »

Il regarda l'heure.

« De quel genre de mission t'occupes-tu donc, Varg ?… De maris en vadrouille, d'employés peu fiables dans l'industrie chimique, d'arnaques au crédit ?

— Jamais les premiers. »

Il haussa les sourcils.

« C'est un principe… Des derniers, je n'en vois pas beaucoup. Mais je travaille un peu pour une compagnie d'assurances…

— Aha ! À la solde des Suédois, toi aussi, autrement dit.

— Alors je retrouve des personnes qui ont disparu de chez elles. Des jeunes, la plupart du temps, et à de rares occasions, je sers de… garde du corps.

— Un Rambo du dimanche ? » Il émit un long sifflement. « Et quelle catégorie t'a conduit à Oslo ?

— La dernière. J'ai dû tenir un type par la main jusqu'à son principal créancier. Une personne connue, ici… Svein Grorud. »

Je l'observai en prononçant le nom. Il fut instantanément sur le qui-vive, et le regard qu'il me lança était beaucoup plus sur la réserve que jusque-là.

« Mmm.

— Ça te dit quelque chose ?

— Si ça me dit quelque chose ? Tout le monde sait très bien qui est Svein Grorud. »

Je lui laissai quelques secondes. Comme il ne poursuivait pas, je le fis à sa place.

« Rien de plus, alors ? »

Son regard virait au glacial.

« Non. Il faudrait ?

— J'ai appris que tu lui avais téléphoné, hier. »

Il me dévisagea. Puis il scruta les alentours, à travers le restaurant souterrain bas de plafond, comme s'il cherchait un public susceptible de témoigner du ridicule de ma conduite. Tout ce qu'il trouva, ce fut le serveur qui revenait avec le café et le cognac.

« Alors ce n'est pas *par hasard* que tu m'as rencontré, Varg… J'aurais dû m'en douter, après tant d'années…

— On n'oublie jamais ses vieux amis.

— Ah ça, n'en sois pas si sûr !

— Alors ?

— Alors ? » Il se pencha en avant par-dessus la table, autant que son ventre le lui permettait.

« Si j'ai appelé Svein Grorud hier matin, c'était pour un client, Varg, et dans ce cas, je suis tenu au secret professionnel… Et c'est tout ce que tu tireras de moi là-dessus, vieille branche ! »

Il se rejeta en arrière, l'air vexé. Encore une fois, il regarda l'heure.

« Pressé ?

— J'ai un rendez-vous.

— Aha… »

Je bus une gorgée de café et un soupçon de cognac.

Asbjørn Hellesø me regardait avec mécontentement. La joie des retrouvailles s'était évanouie. La conversation était morte.

Un jeune quadragénaire descendit les escaliers qui menaient à la salle du rez-de-chaussée, jeta un coup d'œil rapide autour de lui, aperçut Hellesø et hésita un instant avant de traverser la pièce à notre rencontre. Le serveur trottina vers lui comme un coq impatient qui se serait trompé sur le sexe de sa conquête. Il s'en fallut de peu que sa frange ne balaie le sol.

L'homme était petit et trapu, avec des épaules étonnamment larges. Son élégant costume italien gris satiné donnait l'impression d'avoir été spécialement créé pour lui, et une épingle en or s'était fixée comme un sourire narquois dans sa cravate de soie vert mousse. Il avait le visage carré, la mâchoire puissante, et ses cheveux courts bien coiffés étaient si clairs que s'ils avaient appartenu à une femme, on aurait soupçonné celle-ci de se les décolorer. Ses sourcils étaient de la même couleur, presque transparents, au-dessus d'yeux bleus très clairs. Ils n'exprimaient aucune chaleur à travers ses petites lunettes ovales à monture dorée.

Asbjørn Hellesø se leva, me rappelant ainsi qu'il était du genre imposant : 1,95 mètre en chaussettes. Cette bannière que nous portions en 1965 avait toujours penché d'un côté.

« Vous êtes prêt ? demanda le nouveau venu d'une voix sèche où perçait l'accent des beaux quartiers d'Oslo.

— Oui. »

L'homme me regarda. Je me levai et tendis la main.

« Veum. Varg Veum. »

Il me serra la main sans enthousiasme manifeste.

« Preben Backer-Steenberg.

— Vous êtes agent immobilier ?

— Non. Pourquoi cette question ?

— Récemment, une personne que je connais a cherché un logement sur Oslo, et elle prétendait que tous les agents immobiliers qu'elle rencontrait s'appelaient Preben. »

Il fit un petit signe de tête dans ma direction et regarda Asbjørn Hellesø.

« Qui est-ce ?

— Un… euh, un vieux copain de fac, de Bergen. Il a refait surface par hasard, pendant que je mangeais. »

Il décrocha un manteau clair au perroquet et l'enfila.

« On y va ? »

Il fit signe au serveur.

« Mettez le tout sur ma note », demanda-t-il en me désignant du doigt.

Je portai la main à mon portefeuille, pour le principe.

« Non, attendez… »

Asbjørn Hellesø m'arrêta d'un geste de la main et fit un sourire tout professionnel.

« Quand le Diable te donne une carte de crédit, c'est une carte d'abonnement pour l'enfer que tu reçois. C'était sympa de te revoir, Varg. Si tu reviens en ville, ça ne me concerne plus. »

Preben Backer-Steenberg me fit un rapide signe de tête, et ils gagnèrent l'escalier. Je me rassis avec mon café et mon cognac. Tandis qu'ils traversaient la pièce, Asbjørn Hellesø se pencha légèrement vers Backer-Steenberg et lui glissa quelques mots à l'oreille.

Arrivés au pied des escaliers, ils se retournèrent tous les deux et regardèrent dans ma direction. En croisant mon regard, ils baissèrent les yeux, comme deux écolières effarouchées seules en ville pour la première fois. Mais ils n'en étaient pas, ni l'un ni l'autre.

Chapitre 18

Je pris un moment pour feuilleter mon carnet de notes.

Svein Grorud habitait sur Aker Brygge, Axel Hauger à Grünerløkka. Si je connaissais quelqu'un à Oslo qui…

Ove Haugland !

Ove Haugland avait été tellement performant pour révéler les affaires louches de la vie économique de Bergen qu'il était passé chez un des requins de l'info dans Akersgata, ce devait être en 1986, histoire de rester sur la voie du succès. Il le fit avec tant d'application qu'il gravit cinq échelons quelques années plus tard, en traversant la rue pour passer chez le requin voisin, après un court interrègne à Marienlyst[1].

Ove Haugland pouvait me donner les informations de base dont j'avais besoin, si seulement il le voulait bien.

Je trouvai un téléphone public à côté de la porte des toilettes, puis composai son numéro au bon journal, et demandai si Ove Haugland était là. Il ne

1. Où se trouvent le siège social et les studios de la NRK.

l'était pas, mais la standardiste me donna son numéro personnel, à Tåsen. Personne ne répondit quand j'appelai ; je notai alors le numéro de téléphone et revins vers ma table.

À mi-chemin, je changeai d'avis et repartis dans l'autre sens.

J'appelai Marit Johansen. Elle non plus n'était pas chez elle.

Pendant que j'y étais, je composai le numéro de Thomas, comme pour vérifier que le problème ne venait pas de l'appareil. Ça n'était pas le cas.

Je pus parler à Thomas. Je ne révélai rien sur ce que j'avais vécu ces derniers temps, mais laissai entendre que je passerais le week-end en ville.

« Oh, zut ! Et nous qui avons promis aux parents de Mari de monter les voir.

— À Løten ?

— Oui.

— Ce n'est pas grave. J'ai peur d'être relativement occupé de mon côté. J'ai quelques bouts de fils à raccorder.

— Je vois… Tu loges… Si tu veux, tu peux t'installer au studio pendant le week-end. La clé est sous l'escalier, tout en haut à gauche, derrière la plinthe.

— Je ne sais pas si ça se fera, mais merci. Quand partez-vous ?

— Demain soir.

— Et vous revenez… ?

— Dimanche soir.

— OK. Je vous appellerai de toute façon quand vous rentrerez. Passe le bonjour à Mari, et à bientôt.

— À bientôt, pa… pa. »

Je raccrochai.

Tout en réfléchissant, je rassemblai encore quelques pièces de monnaie. J'en glissai deux dans l'automate.

Je composai alors le numéro d'Axel Hauger. Là non plus, personne ne répondit.

Que se passait-il à Oslo le jeudi soir, pour que personne d'autre que de jeunes tourtereaux ne soit chez soi ? La fête en l'honneur du retour du soleil à Spikersuppa ou le carnaval à Rodeløkka ?

Je retournai à ma table, vidai ma tasse et mon verre, remerciai le serveur pour la compagnie et retrouvai la sortie sur Oslo et son activité nocturne, comme pour tenter d'y percer la solution du mystère.

Je remontai tranquillement Stortingsgata, puis descendis vers Aker Brygge. Je fus surpris de compter beaucoup moins d'étrangers dans Olav Vs gate que dans Torggata.

Ici, les trottoirs étaient pleins de gens en mal d'affection qui erraient entre Smestad et Rådhusplassen. La plupart avaient à peu près la moitié de mon âge. Les plus jeunes d'entre eux formaient des groupes devant les grands cinémas. Les plus âgés s'étaient entassés les uns sur les autres dans l'un des endroits les plus populaires pour boire et faire connaissance. Si vous n'y rencontriez personne, vous pouviez toujours vous soûler. Et à défaut de trouver le grand amour, il y avait toujours quelqu'un susceptible de s'occuper un peu de vous.

Je continuai à descendre, passai devant l'ancienne gare de l'Ouest, où l'on devait certainement continuer à débattre pour savoir si elle serait transformée en opéra, puis je franchis le pont. Contrairement au vandalisme de Vaterland, le secteur d'Aker Brygge reflétait la tentative relativement réussie de créer un quartier postmoderne en Norvège, adapté à la vie au grand air et aux us et coutumes des années 80 et 90. Sur le quai, les anciens murs de brique d'Akers Mek. Verksted entouraient tout le quartier. À l'intérieur, sur Bryggetorget, les nombreux reflets dans les façades vitrées pouvaient vous donner l'impression d'être transporté sur un lieu de rendez-vous bien plus continental que ne l'était Gamle Vika.

L'air était toujours relativement frisquet, et à cette heure de la journée il y avait beaucoup plus de gens à l'intérieur, dans les nombreux bars, que dehors sur la place.

Après avoir un peu cherché, je parvins à l'adresse de Svein Grorud. C'était un grand bâtiment lisse en verre et béton, avec de généreuses terrasses au sommet et des balcons un peu plus modestes, à une échelle de prix inférieure. La porte d'entrée était munie d'une serrure électronique, mais vous pouviez saisir un code sur un pavé numérique pour entrer, si vous l'aviez mérité. Ce qui n'était pas mon cas.

Je jetai un coup d'œil à la liste de noms, à côté des interphones. Gagné. Grorud se trouvait à l'un des pre-miers étages, dont les professionnels de l'encaissement devaient se résigner à faire partie, en comparaison avec les armateurs du sommet du palace. La nouvelle classe dominante habitait des immeubles comme celui-ci : ceux qui avaient quitté les grands hôtels particuliers avec accès sur la mer et voilier, pour la douce vie des appartements du haut, dont seuls les exonérés d'impôts pouvaient payer le loyer. Ça ne devait pas aller trop mal dans la branche des encaissements.

Je sonnai chez Svein Grorud, presque histoire de m'occuper. S'il était rentré dans l'intervalle, je ne voyais pas ce que j'allais lui dire… Lui demander pardon pour ne pas l'avoir attendu pendant qu'il démolissait la porte de ma chambre d'hôtel, peut-être ?

Mais il ne répondit pas, et je poursuivis mon chemin.

Je regardai ma montre. Dix heures passées.

J'appelai de nouveau Marit Johansen, d'une cabine téléphonique. Elle n'était pas encore rentrée. Puis je montai jusqu'à Stortingsgata et pris le tramway de Kjelsås jusqu'à Grünerløkka. Je descendis à Schoushallen, puis suivis Søndre gate jusqu'au début de Markveien. De l'autre côté de l'Ankerbru, Jakob Kirke dressait sa modeste flèche, et en regardant vers le sud, je voyais toujours l'hégémonie du bâtiment des postes et de l'Oslo Plaza sur l'horizon.

Markveien s'étendait comme un long canal droit en direction du nord, bordé de bâtiments d'époques diverses, même si beaucoup des maisons les plus anciennes avaient discrètement été rénovées. Le rez-de-chaussée était une succession de magasins : une teinturerie traditionnelle, un antiquaire et une série de restaurants plus ou moins exotiques.

Le bâtiment qui correspondait au numéro d'Axel Hauger se trouvait dans la moitié haute de la rue. C'était un immeuble blanc cassé, récemment repeint, que j'estimai dater des années 1880. Le rez-de-chaussée était occupé par un magasin d'articles de seconde main, et ce qu'on y trouvait d'occasion allait des sièges pour bébé jusqu'aux livres, et des minifours jusqu'aux accordéons.

L'entrée de l'immeuble était située sous une porte cochère ouverte. J'entrai et regardai autour de moi.

Derrière la maison, je vis une petite cour dans laquelle on trouvait un endroit où ranger les vélos, un séchoir à linge inoccupé, une rangée de rosiers encore en boutons et six poubelles, dont l'une avait le couvercle ouvert.

Je retournai à la porte d'entrée. Je passai en revue les noms inscrits sur les interphones sans trouver de *Hauger* nulle part, mais l'espace correspondant à l'une des touches était vide. Je sonnai, reculai de deux pas et jetai un coup d'œil à la façade.

Aucune réaction.

J'essayai la porte. Ouverte.

J'entrai et regardai autour de moi. Je vis un escalier peint en marron, aux marches usées. Je regardai les boîtes aux lettres sur le mur de gauche ; là non plus, pas de Hauger, mais l'une des boîtes ne portait pas de nom. La touche anonyme des interphones indiquait le deuxième étage. Je m'y rendis prudemment.

Une odeur de café flottait au premier étage. J'entendis un enfant pleurer, loin dans les étages au-dessus. Sur la porte du second, une plaque de cuivre gravé indiquait : *HAUGER*.

J'approchai la tête de la porte et écoutai un instant. Aucun bruit. Je sonnai. Personne ne vint ouvrir.

Pendant un moment, j'hésitai. Puis j'attrapai mon trousseau de clés, qui contenait entre autres quelques petits outils utiles à diverses choses. Je m'introduisis alors dans l'appartement d'une façon qui m'aurait presque valu une ovation à l'hôtel de police de Grønland.

Chapitre 19

J'entrai dans un couloir obscur, en *L*.

Je m'immobilisai un instant, la porte ouverte derrière moi, pour écouter. Tout était silencieux. Puis je refermai prudemment et jetai un coup d'œil alentour.

L'édition matinale d'*Aftenposten* était posée sur une commode. Je jetai un coup d'œil à la date. C'était celui du jour.

J'ouvris une penderie. Quelques rares manteaux, un chapeau féminin à larges bords, et une paire de bottines étroites.

Un rayon de lumière tombait par une porte entrouverte. J'entrai dans une cuisine relativement impersonnelle. Les rideaux avaient l'air poussiéreux, et le lave-vaisselle était plus plein qu'un wagon de métro à l'heure de pointe. Une corbeille en osier contenait de vieilles pommes et de vieilles oranges, et quelques bouteilles de vin vides occupaient le plan de travail.

J'allai au réfrigérateur et en inspectai l'intérieur. Du jus d'orange, de la bière, une brique de lait écrémé, une coupelle de pâté, un petit pot de confiture et un bout de fromage. À en croire le contenu du frigo, ils vivaient des assurances chômage ou sur les derniers restes d'un prêt étudiant.

Le reste de l'appartement n'était pas beaucoup plus personnalisé que la cuisine. Personne ne semblait y vivre réellement, hormis quelques voyageurs de passage. D'une certaine façon, il rappelait les bureaux abandonnés d'Urtegata.

J'allai au salon. Il donnait sur Markveien, et le bruit d'une voiture me parvint. Une porte entrebâillée ouvrait sur un minuscule balcon, d'où une échelle permettait de descendre, en cas d'incendie. Les plantes, dans l'embrasure des fenêtres, se trouvaient là depuis l'époque d'Oscar II. Le mobilier était arrivé de chez IKEA par un jour de pluie, et le téléviseur portait la marque de l'organisme de location dans le coin supérieur gauche de l'écran.

Il n'y avait aucun livre dans la pièce, mais en tout cas, ils lisaient *Aftenposten* ; et s'ils ne le lisaient pas, ils l'exposaient au moins en belles grosses piles. Il n'y avait qu'une illustration au mur : un grand tableau, à la surface irrégulière, d'une partie de l'Akerselva ; je supposai que ce tableau figurait dans l'état des lieux quand ils avaient emménagé, déménagé ou quoi qu'ils aient pu faire là-dedans.

Peut-être était-ce précisément ce qu'ils faisaient, car la chambre à coucher était sans aucun doute la pièce la plus agréable de l'appartement.

Une fenêtre à encorbellements ouvrait ses trois panneaux au nord-ouest. Elle était garnie de rideaux de velours rouge foncé qui descendaient jusqu'au sol, suspendus à d'antiques tringles peintes en noir. Le papier peint représentait des roses rouges sur fond brun. On trouvait les mêmes *in natura* dans un vase conique en porcelaine bleue et blanche, posé sur un piédestal vert, dans l'un des angles. L'ensemble donnait une impression de raffinement, comme dans une composition de Magritte.

Un portemanteau, vert lui aussi, était placé dans un autre coin. Deux peignoirs en soie, un bleu clair et un gris argent, y étaient suspendus. Les portes d'une grande penderie étaient entrebâillées, et à l'intérieur, je distinguai un long alignement de vêtements : robes et costumes, chemisiers et cravates, soigneusement accrochés sur des cintres. Les vêtements avaient clairement plus d'importance que la nourriture, dans cette maison. À moins qu'ils n'aient l'habitude de dîner dehors.

Le lit contre l'un des plus longs murs de la chambre était d'une largeur bâtarde : pas assez large pour être double, mais plus que suffisant pour deux personnes ne nourrissant pas un sentiment d'inimitié réciproque. Il était recouvert d'un dessus-de-lit en soie coquille d'œuf, aussi impeccable que celui d'une chambre d'hôtel après le passage de la femme de chambre.

Une commode antique de bois brun, surplombée d'un large miroir ovale dans un cadre mobile, était placée le long du mur opposé. Quand je m'en approchai pour ouvrir un des tiroirs, j'aperçus mon reflet dans le miroir, à moitié estompé dans la faible clarté venant de l'extérieur.

Le tiroir contenait un assortiment varié de dessous féminins, de couleurs et de matériaux différents, mais tous faits des étoffes les plus chères. J'en déplaçai prudemment quelques-uns, pour voir s'il n'y avait rien de caché là, mais je ne découvris rien.

J'ouvris le tiroir du haut. Il renfermait quelques

chemisiers soigneusement pliés, quelques boîtes de collants et de bas de soie, ces derniers étant sans aucun doute réservés à des occasions festives, accompagnés comme ils l'étaient d'un assortiment délicat de porte-jarretelles des plus fins en gris perle, noir et blanc. Un fétichiste aurait pu écrire une thèse de doctorat en se basant sur le contenu de ce tiroir, mais pas moi. Je cherchais quelque chose de précis.

Je le trouvai dans le tiroir du bas, tout au fond, sous quatre pull-overs tricotés main, ornés de motifs cousus, et de fils dorés pour deux d'entre eux.

C'était le même genre d'enveloppe que la police avait découverte sous le lit de la chambre 1940, et elle portait le même nom de photographe : *PER OG PÅL FOTOSHOP. Propriétaire : Pål Helge Solbakken.*

Je la retournai. Elle était ouverte. J'allai la vider près de la fenêtre.

L'enveloppe contenait quatre fois la même photo, au grain tellement gros qu'elle avait dû être prise sans assez de lumière, ou bien de trop loin, pour ensuite être agrandie et éclaircie en chambre noire. Il n'était pourtant pas difficile de distinguer ce que le cliché représentait, et je reconnus immédiatement deux des quatre personnes qui y figuraient.

Quatre hommes étaient assis autour d'une table de restaurant devant café et cognac. Trois d'entre eux portaient des costumes de ville, des chemises blanches et des cravates. Le quatrième, au bout de la table, était vêtu d'un pantalon sombre et de ce qui pouvait être une veste en daim de coupe unisexe. En dessous, il portait une chemise sombre et une cravate claire.

Ce furent les deux sur les côtés de la table que je reconnus. J'avais rencontré l'homme de droite en compagnie d'Asbjørn Hellesø à peu près une heure plus tôt : Preben Backer-Steenberg. L'autre, je ne l'avais pas vu vivant, mais sur une photographie bien nette à l'hôtel de police. C'était le Suédois de l'Oslo Plaza, P. E. Jansson.

L'un des deux hommes entre eux était un type costaud au visage massif, avec des sourcils à la Brejnev et des cheveux blonds coiffés en arrière.

Le quatrième…

Les traits particuliers, les grosses lunettes à monture de métal, la chevelure épaisse, tachetée de gris.

… je le connaissais d'ailleurs.

Tout à coup, il émergea du cadre dans lequel je l'avais vu pour la dernière fois, plus jeune de vingt ans et paré pour son mariage.

C'était Fredrik Loewe, le mari de Merete Sjøwold, décédé en 1988.

Je retournai l'un des clichés et regardai au dos. Il avait été daté d'un coup de tampon : 2 mars 1986.

Quatre personnes, dont deux étaient mortes. Mais Preben Backer-Steenberg était en vie, en tout cas une heure plus tôt. Et le quatrième homme, qui était-ce ?

Mais ce n'était pas tout. Il se passait quelque chose, sur la photo. Preben Backer-Steenberg tendait une enveloppe à l'homme qui se trouvait tout à gauche, P. E. Jansson, et celui-ci était penché vers l'avant, un sourire sardonique sur le visage. De l'une de ses poches dépassait un journal. On y distinguait le titre de l'un des journaux à sensations de la capitale, et plus qu'assez de la manchette pour pouvoir déterminer le jour de sa parution, à condition d'agrandir suffisamment cette partie de l'image.

Qu'y avait-il dans l'enveloppe ?

Qu'est-ce que Jansson était censé en faire ?

Quel rôle jouait Backer-Steenberg ?

Mais en premier lieu, n'était-ce pas un indice encore plus évident que c'était la Merete Sjøwold de 1965 que j'avais rencontrée dans l'un des bureaux de Svein Grorud, trente-six heures auparavant ?

Je restai un instant avec les photos en main.

Que devais-je en faire ? Les remettre toutes à leur place en les archivant dans un coin de ma mémoire, du mieux que je le pouvais ? Toutes les prendre et foncer à la police ? Ou bien choisir le moyen terme, en prenant un exemplaire, en remettant les trois autres à leur place et en croisant tout ce que j'avais de doigts pour que compter les quatre épreuves ne soit pas la dernière chose qu'ils fassent en se couchant le soir et la première en se levant le matin ?

J'optai pour la dernière.

Je roulai soigneusement l'une des photos et la glissai dans la poche intérieure de ma veste. Je remis gentiment les trois autres à leur place. Puis je rangeai l'enveloppe où je l'avais trouvée, et refermai le tiroir.

Je venais de me redresser lorsqu'un bruit me parvint... Quelqu'un venait de glisser une clé dans la serrure de la porte d'entrée !

Je fis automatiquement quelques pas en direction de la porte entrebâillée, avant de m'arrêter... La serrure joua et j'entendis tinter un trousseau de clés.

Je regardai rapidement alentour.

La seule issue de la pièce était celle qui menait dans l'entrée.

J'entendais maintenant des pas, et le bruit d'un cintre qu'on décrochait.

Je me glissai prudemment vers la fenêtre et jetai un

coup d'œil. Trois étages plus bas, une corniche sur laquelle seul un équilibriste pouvait se déplacer, et juste un séchoir à linge pour vous recevoir si vous dévissiez.

Je me retournai… La penderie !… Non, il y avait trop de choses dedans, et les cintres feraient du bruit si je tentais de m'y introduire.

La seule cachette, c'était…

Je m'agenouillai rapidement et l'inspectai.

… Sous le lit !

Je n'y vis que de la poussière.

Tandis que je m'y glissais, j'entendis de nouveau des pas. J'étais à peine allongé, tout au fond, près du mur, que la porte donnant sur l'entrée s'ouvrit en grand et qu'une lumière pâle mais révélatrice tomba sur le sol où je me trouvais quelques secondes plus tôt.

Chapitre 20

C'était une femme qui venait d'entrer.

D'où j'étais, je ne pouvais voir que ses jambes, jusqu'à la hauteur du genou. Rien à signaler de ce côté-là. Ses mollets étaient fins et bien formés, revêtus de bas couleur chair ornés d'un délicat motif en zigzag sur le côté extérieur. Elle portait des chaussures rouge foncé, à talons mi-hauts.

Elle alla vers la commode et le grand miroir en chantonnant doucement. Je voyais maintenant ses cuisses et le bas de sa courte jupe terra cotta. Elle la lissa, se pencha en avant et rajusta le miroir.

J'avançai prudemment la tête, de façon à voir assez haut pour constater qu'elle portait un chemisier de soie bleu foncé, mais je ne pouvais toujours pas voir qui elle était, et je n'osais pas tendre davantage le cou.

Elle se tenait devant le miroir. Tandis qu'elle s'y regardait, elle leva les bras ; j'entendis juste après un son dur et métallique contre la commode. Ses boucles d'oreilles, pensai-je.

L'air qu'elle fredonnait était une version très lente et des plus épurée de *I can't give you anything but love, baby*. Je supposai que ce n'était pas à moi qu'elle pensait.

Elle défit son chemisier quasiment en rythme avec la mélodie. Puis elle se tourna et l'ôta en traversant la pièce vers la penderie. Elle prit un cintre et suspendit le vêtement, toujours hors de mon champ de vision.

D'un geste sec, elle fit jouer la fermeture éclair de sa jupe et la laissa tomber. Elle avança d'un pas et se pencha pour la ramasser, et j'aperçus ses cheveux roux profond et la peau blanc porcelaine de son épaule. Elle portait un haut en soie bordé de dentelle. Son corps était élancé et bien proportionné, en une combinaison parfaite de légèreté et de densité, tout où il fallait.

Elle retourna vers la commode, roula ses bas, s'assit sur le tabouret de piano devant le meuble et acheva de les enlever. Puis elle attrapa une brosse et entreprit de la passer dans ses cheveux, en gestes longs et énergiques.

Son visage accompagnait l'action. Je la voyais en entier, à présent. C'était bien elle, la femme que je pensais toujours avoir reconnue.

J'étais tout à fait immobile. Si je pouvais la voir, elle aussi pouvait me voir, si par hasard elle regardait sous le lit.

Soudain, ses gestes se firent plus lents, et je vis une expression attentive apparaître sur son visage.

Je me raidis. Avait-elle… ?

Mais non, elle dirigea son attention vers la porte.

La porte d'entrée claqua de nouveau.

« Ohé ? fit-on de l'extérieur. Merete !

— Je suis là ! »

J'entendis un nouveau bruit de cintre, suivi de pas

dans le couloir. Une ombre emplit la porte et Axel Hauger entra dans la chambre.

Elle le regarda dans le miroir.

« Comment ça s'est passé ?

— Bien, je crois. »

Il alla jusqu'à elle, se pencha et passa ses bras autour d'elle, referma une main sur chaque sein et l'embrassa dans le cou.

Elle renversa la tête en arrière, le regard vitreux et un voile humide sur les lèvres.

Un flocon de poussière venait de se fourrer dans ma narine. Ça démangeait.

« Tu as pu lui parler ? »

Il l'embrassa sous l'oreille, et elle tourna le visage dans sa direction. Les lèvres à deux centimètres de celle d'Axel Hauger, elle attendait la réponse.

« Mmm. Mais Hellesø était avec lui.

— Alors tu n'as pas pu… »

Il sourit vaguement. Je le vis attraper doucement ses mamelons.

« Si. Je lui ai dit quand nous étions aux toilettes, pouffa-t-il. Alors que nous avions chacun le stylo à la main, en quelque sorte. On aurait pu signer à cet endroit, à cet instant. »

Le bout de la langue de la femme apparut entre ses lèvres et se mit à le surveiller, comme un reptile rose.

« Et…

— Je lui ai fait clairement comprendre. Ou bien il paie demain, ou bien…

— Oui ? »

Il l'embrassa rapidement sur les lèvres, se redressa en cambrant légèrement les reins, mais resta debout, en gardant les mains entre son cou et ses épaules.

« Il a essayé de jouer les arrogants, mais son stylo l'a trahi. Il rétrécissait complètement dans sa main.

— Mais tu n'as pas dit, clairement…

— J'ai dit que s'il ne payait pas, il devrait faire très attention dans ses déplacements, à partir de maintenant. Si j'étais lui, je ne trouverais par exemple pas très opportun de courir le marathon d'Oslo.

— Alors tu as vraiment…

— Tu aurais dû voir sa tête. Rien que ça, ça suffisait presque, comme paiement. »

La démangeaison dans mon nez ne faiblissait pas. Je me mordis la lèvre supérieure en tirant dessus tant que je pus, sans que ça aide vraiment.

Un frisson traversa le corps de la femme. Ses mains à lui redescendirent vers ses seins, mais à même la peau cette fois-ci.

Elle murmura quelque chose, leva les mains et les reposa derrière son cou, attira son visage vers le sien, tandis que sa langue sortait tout à fait de sa cachette. On en arriva à un tableau de Munch : une bouche, un visage.

La démangeaison dans mon nez se déplaça à un tout autre endroit. Je me tournai légèrement, prudemment.

« Smfff.

— Quoi ? fit-il en décollant à peine les lèvres des siennes.

— Tu as vu le mot, sur la commode ? Il était accroché sur la porte. La police, qui te demande de les contacter.

— Mmm. J'ai vu.

— Qu'est-ce qu'ils veulent, à ton avis ? »

Il se redressa, l'attrapa par la main et l'attira vers lui.

« Viens, laisse-moi te regarder ! »

Elle le regarda avec un sourire curieux tout en caressant d'une main le devant de son pantalon.

« Non mais, petit garçon, qu'est-ce qui te rend si fébrile ? »

Il l'entoura de ses bras, lui passa son haut par-dessus la tête et l'embrassa énergiquement.

Je n'arrivais presque plus à respirer. J'avais la bouche ouverte et des trépidations dans le nez. La démangeaison était revenue.

D'un geste brusque, il la fit tournoyer et l'envoya sur le lit, où elle atterrit dans un tintement de ressorts. Je baissai la tête automatiquement, comme si je craignais que le sommier ne lâche.

Elle était allongée sur le ventre. Tout ce que je voyais d'elle, c'étaient ses jambes nues. Ses pieds touchaient le sol et ses genoux étaient si près que j'aurais pu les embrasser rien qu'en me penchant en avant.

« Qu'est-ce qu'ils veulent, à ton avis ? » gémit-elle au-dessus de moi, mais pas de peur.

Axel Hauger s'était placé entre ses jambes. Il tomba brusquement à genoux.

« Moi, je veux juste… »

J'entendis le bruissement de la soie sur la peau. Elle gémit de plaisir. Il lui enleva rapidement sa culotte. Ça balançait, dans le lit, au-dessus de moi. « Ohhh ! » fit-elle au moment où il lui écarta les jambes.

Le bruit sans équivoque d'une personne qui avale avec une volupté sublime les premières huîtres de la saison parvint jusqu'à moi. Les odeurs de sexe et de parfum se firent plus fortes.

« Mmmje vaismmm te dire ce que jemmmmm pense, commença-t-il entre deux bouchées. Je vais seulement mmmm…

— Raconte, Axel ! Cochon ! » s'écria-t-elle avec emphase, sans en penser un traître mot.

Il refit surface avec un rire rauque.

« J'ai eu vent de quelque chose, cet après-midi, en ville.

— Oui ?

— Un quelconque mmm… » J'entendis comme un long baiser humide. « Ah, je pourrais rester comme ça pendant… »

Elle se retourna avec impatience.

« Un quelconque quoi ?

— Tu ne vas pas le croire. »

Le lit grinça doucement, comme si elle se tournait pour le regarder.

« Non ! Reste… allongée… Je te veux… comme ça… Cette rumeur disait que quelqu'un avait été passé par une fenêtre du dix-huitième étage de l'Oslo Plaza.

— No-on ! »

Il rit de nouveau, d'un rire bizarre, malsain.

« Tu aurais dû te voir, chérie. Tout ton corps en a tremblé ! »

Ça me démangeait maintenant si fort que je dus me pincer le nez pour ne pas éternuer.

« Mais, mais… Ça pourrait être Jansson ?

— Seuls les *petits oiseaux*[1] le savent, pour m'en tenir à la langue que lui et moi maîtrisons le mieux.

— Mais… tu en as parlé à Grorud ?

1. En suédois dans le texte.

— Putain, non ! Il n'appelle pas. Il a dû rentrer sous terre… ensuite.

— Tu crois… tu crois vraiment que c'est lui qui… ?

— Qu'est-ce qu'on ne va pas croire, quand l'homme ne répond pas ? J'ai l'impression qu'on va devoir se débrouiller tout seuls, à partir de maintenant. »

Elle s'agita de nouveau.

« Non ! Reste allongée ! J'ai aussi eu Bergen.

— Be… Bergen ?

— Birger Bjelland. Il m'a dit que ce Veum était un sale fouille-merde collant, qui considère que “non” n'est pas une réponse.

— Ah ?

— Tu es sûre de ne l'avoir jamais rencontré ?

— Sûre… En tout cas, je ne l'ai pas reconnu.

— Il n'a donc jamais… vu ce que je vois maintenant ?

— Non ! Je… pas si fort ! gémit-elle.

— Tu sais ce que Bjelland m'a demandé ?

— Non ?

— “Est-ce qu'on s'occupe de lui à son retour ?” Pas encore, j'ai dit. J'appellerai si c'est nécessaire. »

Mon stylo, dans ma poche, s'était lui aussi mis à arroser. J'avais peur que cela n'annonce une fuite.

Il se redressa brusquement.

« Tu n'aurais rien contre ?

— M… moi ? N-non ! »

Une boucle de ceinture tinta. « Sûre ? »

Il la claqua à même la peau, et elle haleta de nouveau. « Oui ! Tout à fait sûre ! »

Son pantalon gisait en tas entre ses chevilles, et il tomba lourdement sur elle. Le lit approcha d'encore quelques centimètres de ma tête.

« Oh, oui, Axel ! »

Il se souleva du sol et ce fut tout à coup comme si la pièce entière se mettait en mouvement.

Les ressorts, au-dessus, grinçaient en rythme, tandis que les rauques interjections d'Axel Hauger, qui faisaient penser à des éclats de rire, se mêlaient à la litanie gazouillante de la femme.

« Oh, Axel, qu'est-ce que tu… Oh, mon Dieu, oh oui, ce que tu vas profond, oh, Axel, oh, Axel, oh… »

Le rythme se fit de plus en plus frénétique. En même temps, un éternuement inéluctable se forma dans mon crâne. Il fit couler des larmes et se glissa à travers mes sinus comme propulsé par implosion. Je me pinçai le nez, fermai les yeux et serrai les dents.

On dit que l'éternuement et l'orgasme sont deux phénomènes apparentés. Peut-être fut-ce donc une sorte d'épidémie, un transfert galopant qui me frappa. À l'instant précis où ils atteignaient juste au-dessus de moi un sommet qui fit trembler le lit, accompagné de gémissements, de soupirs et de mots qui s'embrouillaient en nirvana absurde, j'éternuai avec un fracas qui déchira la pièce en un millier de morceaux, et laissa ensuite les débris dans un calme paralysé, tordu et total.

Chapitre 21

« Tu as entendu ? !

— Qu'est-ce que c'était, nom de Dieu ? ! »

J'ouvris les yeux, me rejetai violemment loin du mur et me propulsai sur le sol, roulé en boule, juste à côté de leurs jambes emmêlées.

Je bondis sur mes pieds et me tournai vers eux.

Pendant un dixième de seconde, nous composâmes un tableau comique, la représentation stéréotypée du mari trompé découvrant son épouse infidèle en compagnie de son impétueux amant, pris en délit aussi flagrant que possible.

Axel Hauger avait roulé de côté et gisait sur le dos, le sexe comme un bout de corde luisant entre ses jambes. La femme était allongée dans une position étrangement tordue, sur le ventre, le visage partiellement tourné dans ma direction, toutes les issues de secours grandes ouvertes. À l'instant où elle rencontra mon regard, une main remontait entre ses cuisses écartées, dans une tentative tardive pour fermer la fenêtre aux courants d'air. À cet instant précis, je n'aurais pas pu affirmer catégoriquement que je la reconnaissais. Elle avait adopté une position beaucoup plus décente en 1965. Mais je vis mes propres pensées dans son regard, et ce n'était vraiment pas la joie des retrouvailles qui l'occupait.

« Veum ! » rugit Axel Hauger en se levant.

Je bondis vers la porte.

Je jetai un coup d'œil par-dessus mon épaule et le vis s'écrouler en avant, pris dans son pantalon ; il s'étala sur le sol avec un juron que seul un Suédois pouvait exprimer avec une telle profondeur.

Tandis que je courais vers la sortie, je l'entendis hurler derrière moi :

« Veum ! Je vais te tuer ! Par les couilles de Belzébuth, je vais… »

Je lui coupai le sifflet en ouvrant la porte et en la claquant derrière moi. Je descendis en trombe les escaliers, afin de m'éloigner le plus possible avant que le diable ne remette son pantalon, et passai la porte cochère à toute vitesse. Un chat noir et blanc fila comme un obus le long du mur opposé et disparut en rasant les poubelles.

En arrivant sur le trottoir, je séparai un couple d'amoureux bien avant l'heure, en déclenchant une jolie glossolalie spontanée.

Un taxi glissait calmement sur Markveien, bandeau éteint. Le chauffeur avait passé le coude par la fenêtre baissée, et regardait vaguement vers le haut, comme dans l'attente d'un signal céleste l'appelant vers l'espace. Du trottoir, je lui fis un signe beaucoup plus facilement interprétable. Il vint se ranger et ouvrit la porte arrière. Je bondis dans le véhicule et refermai la porte.

« Loin ! »

Il appuya sur l'accélérateur et lança son taxi vers le bas de la rue.

« Ça se trouve en dehors de ma zone tarifaire, répondit-il sèchement. Vous offrez combien ? »

Il avait une puissante nuque de taureau, sur laquelle les cheveux rejoignaient les poils de la gorge, et un regard bleu décoloré. Quelques fins cheveux châtains dépassaient de sous sa casquette gris-vert de chauffeur.

« Aller simple pour Hovseter », précisai-je en lui donnant l'adresse de Marit Johansen.

Je consultai ma montre. Minuit cinq. J'espérai qu'elle serait rentrée dans l'intervalle. Je me retournai et regardai par la vitre arrière. Rien n'indiquait que nous étions suivis.

« À vous entendre, c'était en enfer que vous vouliez que je vous conduise, bougonna le chauffeur en prenant à gauche sur la place Olaf Ryes. Dans ce cas, j'ai dû mal comprendre quelque chose au catéchisme, parce qu'on dirait vraiment que c'est *sur les talons* que vous avez le diable.

— Vous ne saviez pas qu'il fait comme ça ? Comme quand le berger rentre ses moutons, le soir.

— Chez les méthodistes, on nous a seulement parlé du bon berger.

— Il y en a aussi de l'autre sorte, désolé. »

Nous laissâmes la théologie de côté. Le chauffeur se concentra sur son trajet, un arc de cercle efficace à travers la ville en direction de Majorstuen et par Sørkedalsveien. Nous dépassâmes Vestre Gravlund à toute vitesse, comme si le chauffeur avait peur de voir les morts faire du stop depuis le trottoir, puis tournâmes à droite au camp de Huseby en passant aussi vite devant l'école des aveugles que s'il craignait de perdre la vue en s'attardant.

Lorsque nous fûmes arrêtés devant l'immeuble de Marit Johansen, je me penchai par-dessus le dossier de son siège :

« Je vais juste vérifier qu'il y a quelqu'un à la maison. Attendez ici.

— Pas de coup tordu, hein ? lança-t-il d'un air sceptique.

— Ils vous ont aussi appris à être prudent, chez les méthodistes ? Faites-moi confiance. »

Je descendis du taxi et gagnai l'entrée. Un bâtiment bas abritant un supermarché et ce qui pouvait être un club de jeunes se trouvait de l'autre côté de l'allée.

La porte de l'immeuble était fermée. En appuyant sur l'interphone, je jetai un rapide coup d'œil circulaire. Au coin du magasin, quelqu'un se retourna rapidement et disparut.

Je restai un instant interdit.

Personne ne nous avait suivis, ça, j'en étais sûr… Était-ce Svein Grorud qui était parvenu ici de lui-même, ou bien…

« Allô ? » clama le haut-parleur de l'interphone.

… Ce n'était peut-être rien ?

J'hésitai un instant… Est-ce que ça pouvait être dangereux pour elle, si on commençait à me connaître ? Étais-je en train de l'entraîner dans ce qui se produisait ?

« Allô ? refit-on, plus sèchement cette fois-ci.

— Oui, salut. C'est… Varg. Il y a toujours de la place à l'auberge ? »

Ce fut à son tour d'hésiter.

« Bien sûr. Monte.

— Attends un instant. Je dois payer le taxi. »

En rejoignant le chauffeur, qui attendait impatiemment sa rédemption, je regardai de nouveau au coin du bâtiment, de l'autre côté de l'entrée pour voitures.

Je ne vis rien.

Tout cela n'avait peut-être été qu'une illusion. L'état d'esprit dans lequel j'étais m'avait peut-être joué un tour.

Après le départ du taxi, je m'immobilisai pour écouter. Tout était calme. Les ombres étaient dépourvues de vie. Il n'y avait apparemment aucune raison de s'inquiéter.

Je retournai à la porte de l'immeuble, sonnai une fois encore, et pus entrer.

Elle m'attendait debout dans l'embrasure de la porte quand je sortis de l'ascenseur.

« Qu'est-ce qui t'est arrivé ?

— À l'instant ?... Non, rien. La journée a été riche.

— Ça, j'ai bien compris. » Sa voix était blanche, sans chaleur.

Elle referma derrière moi. Je restai debout tout près de la porte, et la regardai, un peu absent.

Elle portait une robe de chambre bleue. De dessous dépassaient le col et les larges jambes d'un pyjama jaune-vert.

« Tu dormais ?

— Pas encore », répondit-elle en se passant la main dans les cheveux. Elle fit un geste en direction du salon, où nous entrâmes.

« Tu veux boire quelque chose ? Une tasse de thé, une bière, un truc plus fort ?

— Qu'est-ce que tu proposes ?

— Je crois que j'ai un peu de vodka.

— Bonne idée. »

Je m'assis dans le canapé, et elle sortit un verre à apéritif, haut et à la surface irrégulière, ainsi qu'une bouteille de vodka achetée sur le ferry pour le Danemark. Elle alla dans la cuisine chercher de la glace et une autre bouteille d'une boisson non alcoolisée assortie à son pyjama.

« Tu n'en veux pas ?

— Non, merci. Pas à cette heure, en semaine ; en fait, je commence une mission demain. »

Elle me regarda avec une expression de léger reproche, comme si c'était moi qui la lui avais confiée.

Je bus une solide gorgée. Ça ne faisait pas dans la demi-mesure. C'était un traitement d'urgence.

Son regard se fit sombre et sévère.

« Je ne pensais pas que tu... Qu'est-ce qui se passe ? J'ai été convoquée par la police, et ils m'ont interrogée en détail sur tout ce qui s'était passé hier, qui était venu au bureau, qui y avait téléphoné et — le comble — ce que tu y faisais !

— Tu as appris pour... Jansson ?

— Affreux, répondit-elle gravement. Imagine, rien que l'idée d'être passé par la fenêtre du dix-huitième étage !

— Et quand il a fallu que je montre à la police où se trouvaient les bureaux de Svein Grorud, il n'y avait plus aucun bureau !

— Quoi ? ! demanda-t-elle sans comprendre. Il n'y avait pas, mais c'est complètement impossible, tu as dû te tromper d'immeuble... Urtegata, au...

— Nous étions dans le bon immeuble. J'ai reconnu les locaux. Mais tout avait été nettoyé, comme s'il n'y avait jamais rien eu... As-tu eu... Tu n'as jamais eu la sensation, quand tu y étais, que tout avait été monté pour l'occasion, en quelque sorte, qu'il n'y avait aucun bureau ?

— Pas de bureau ?... Mais tu l'as bien *vu* ! Ils peuvent téléphoner à Mme Monsen, ma supérieure. Toutes les missions sont dûment archivées, il n'y a donc pas de doute, de ce côté-là en tout cas. Mais maintenant que tu le dis...

— Oui ?

— Cet endroit avait quelque chose de bizarre, un peu... oui, inoccupé. Les meubles étaient bêtement posés là, il n'y avait rien aux murs, et les toilettes, je ne veux même pas en parler, rien que cela suffisait à ne pas vouloir retourner y travailler !

— Hum. Tout à fait. »

Elle se pencha en avant par-dessus la table basse du salon, posa son menton dans ses mains et me regarda fixement. Ses pupilles étaient anormalement dilatées ; il ne restait qu'une fine pellicule de glace autour. Ses cheveux blond-roux détachés tombaient sur ses épaules.

« Mais comment se fait-il que tu arrives si tard ? Je ne pensais pas que tu... Tu es resté tout ce temps à l'hôtel de police ?

— Tu ne vas pas me cr...

— Essaie toujours ! »

Je mis la main à ma poche intérieure et en tirai la photo.

« Je... hmm... Je suis allé chez Axel Hauger et... sa femme.

— Ils t'ont bien reçu ?

— Ils n'étaient pas chez eux.

— Tu es entré par effraction ?! s'écria-t-elle en ouvrant de grands yeux.

— Une petite liberté professionnelle. Je l'avais déjà fait, quand je sentais que c'était nécessaire.

— Tu es givré !

— Et j'ai trouvé ceci, poursuivis-je en lui tendant la photo. Tu reconnais quelqu'un ? »

Elle regarda l'image avec curiosité. Puis elle hocha énergiquement la tête et pointa le doigt.

« C'est Jansson ! Mais il a l'air plus jeune, là, son visage s'est marqué, depuis.

— Ça a six ans. Mars 1986.

— Oui, d'accord. Et celui-là, continua-t-elle en désignant Backer-Steenberg, celui-là, je l'ai déjà vu dans les journaux. Ce n'est pas l'un de ces jeunes aux dents longues ?

— Un des derniers… Preben Backer-Steenberg.

— Oh ? fit-elle en levant les yeux.

— Tu reconnais le nom ?

— Oui, acquiesça-t-elle lentement. C'est pour lui qu'Asbjørn Hellesø…

— … a appelé, tout à fait.

— Mais qu'est-ce que ça veut dire ?

— Oui, hein, qu'est-ce que ça veut dire ? En tout cas, c'est surprenant qu'au moins deux des quatre personnes qui se trouvaient autour de cette table aient pris contact avec Svein Grorud à quelques heures d'écart… Et que l'une d'entre elles soit déjà morte, dans des circonstances dramatiques…

— Oui, ça…

— Et les deux autres ? Ils ne te disent rien ?

— Celui-là, répondit-elle en désignant Loewe, je ne l'ai jamais vu, mais celui-ci… »

Elle déplaça son doigt jusqu'au joufflu.

« Il me semble l'avoir vu deux ou trois fois dans les journaux, lui aussi. Mais j'ai l'impression que c'était il y a longtemps. Mais dis-moi, ça, tu l'as piqué ?

— Ils en avaient plusieurs exemplaires.

— Mais s'ils étaient rentrés, pendant que tu y étais ?

— C'est ce qui est arrivé.

— Quoi ? !

— Mais je me suis caché.

— Où ça ?

— Sous le lit.

— Sous le lit ?

— J'ai été découvert, la devançai-je rapidement. Je n'ai pas pu m'empêcher d'éternuer.

— Et qu'est-ce qui s'est passé ?

— Je me suis enfui. Ils étaient… euh… occupés.

— Mais… Ils t'ont vu ? Je veux dire, ils t'ont reconnu ?

— Oui, malheureusement. »

Elle regarda vers la fenêtre.

« Tu crois qu'ils peuvent découvrir où tu loges, alors ?

— Pour cela, il faudrait qu'ils m'aient suivi. Et ils ne l'ont pas fait. »

Un frisson la traversa, et elle se leva si vivement que ses cheveux dansèrent autour de sa tête.

« Je crois que je vais devoir aller me coucher. »

Elle fit le tour de la table, se pencha vers moi et m'embrassa rapidement sur la joue.

« Bonne nuit, Varg. »

Je laissai ma main frôler son avant-bras au moment où elle se redressa. « Bonne nuit. »

Elle gagna la porte à grands pas. Arrivée dans l'embrasure, elle se retourna à demi et s'immobilisa, en ombre chinoise sur la lumière du couloir ; elle laissa son regard parcourir la pièce, comme si elle ne se souvenait pas bien où et qui j'étais.

« Tu veux que je te réveille ?

— Oui, s'il te plaît. Il me reste pas mal de choses à découvrir.

— Alors dors bien.

— Dors bien. »

Je tentai d'en élucider une partie en sirotant la fin de mon verre, mais n'allai pas plus loin que la liste des questions.

Quel était le secret de Merete Sjøwold-Loewe-Hauger ?

Avait-elle quelque chose à cacher ? Pourquoi sa mère m'avait-elle dit qu'elle était morte ? Savait-elle que sa fille était en vie, puisque c'était bien elle ?

Était-ce Preben Backer-Steenberg qu'Axel Hauger avait rencontré en compagnie d'Asbjørn Hellesø ? Pourquoi lui devait-il de l'argent, et que pouvait-il lui arriver pendant le marathon d'Oslo s'il ne payait pas ?

Qui avait passé P. E. Jansson par la fenêtre du dix-huitième étage de l'Oslo Plaza, et où était Svein Grorud ?

Je regardai la photographie. Trois de ceux qui y figuraient étaient identifiés. Mais qui était le quatrième ? Et que s'y passait-il réellement ? Était-ce Pål Helge Solbakken qui avait pris la photo ? Si oui, était-ce la cause de sa mort ? Par ailleurs, qui avait été emprisonné à Ullersmo pour l'avoir tué ?

Et Mons Vassenden ? S'était-il suicidé, ou s'agissait-il d'un meurtre ?

Pål Helge Solbakken, P. E. Jansson et Mons Vassenden. Trois morts. Y avait-il un dénominateur commun, une concordance ?

Pas que je sache. Pas encore.

Je vidai mon verre, allai à la cuisine et le rinçai. De retour au salon, mon regard tomba sur le téléphone. Je vérifiai l'heure. Une heure et demie. Sous le coup d'une impulsion, je composai le numéro de Svein Grorud.

Je laissai sonner assez longtemps pour être tout à fait sûr que personne ne répondrait.

Avant de me coucher, j'allai à la fenêtre et passai un moment à regarder dehors.

Le ciel avait resserré tous ses pores.

Aucune étoile en vue, sauf celles qui avaient été descendues jusqu'au sol, quelque part du côté d'Ekeberg, pour que quelqu'un aille leur donner un coup de chiffon dans le courant de la nuit.

Ce n'était pas mon boulot d'astiquer les étoiles. Il valait mieux me passer un coup de fil quand il en disparaissait une.

Chapitre 22

Elle me réveilla le lendemain matin en frappant sèchement sur le chambranle de la porte, puis passa la tête à l'intérieur et déclara que le petit déjeuner était servi.

Je me défis des restes épars d'un sommeil rouillé et m'habillai lentement, comme pour une exécution capitale trop matinale. Je fis un détour par la salle de bains pour me passer le visage et les mains à l'eau chaude, puis froide, avant de prendre le chemin de la cuisine. Il y flottait une odeur de café frais ; une de ces installations modernes, modèles réduits des percolateurs de bistrot, occupait la table et, quand elle m'en versa, il était noir comme la nuit et aussi impénétrable qu'un express parisien.

Elle posa le journal qu'elle était en train de lire, celui auquel tout habitant d'Oslo qui se respecte pense devoir s'abonner pour savoir qui est mort récemment, si ce n'est pour autre chose.

« Y a-t-il quelque chose à propos de… ça ? »

Elle hocha la tête et poussa le journal de mon côté de la table.

Puisque ce journal ne misait pas tout sur ses ventes

en kiosque, le décès de l'Oslo Plaza occupait un simple entrefilet sur une colonne, et renvoyait ensuite à l'une des pages, à l'intérieur du journal. Ils s'étaient surpassés, en Une : les dernières informations concernant les négociations de Bruxelles, la guerre en ex-Yougoslavie et la dernière initiative du leader autoproclamé de l'opposition contre son gouvernement non moins autoproclamé.

ACCIDENT TRAGIQUE, annonçait la manchette. L'article précisait qu'un client de l'Oslo Plaza, à la suite d'un événement inexpliqué, était tombé du dix-huitième étage sur le toit de Galleri Oslo. On ne disait rien de l'identité du client, ni de ce qui avait pu être la cause de l'accident. La police procédait à une enquête de routine sur le décès, comme l'exprimait discrètement le journal.

Je beurrai une tranche de pain de seigle et la garnis de rondelles de concombre et de tomate.

« Ça veut dire que tu vas devoir rester encore quelques jours ?

— Mmm. J'en ai peur. Mais je peux déménager à l'hôtel si tu…

— Ce n'est pas ce que je voulais dire !… Tu peux rester ici, si tu veux.

— Je ne sais pas si c'est très futé, hésitai-je. Si Grorud et Hauger sont à ma recherche, et découvrent que c'est ici que je…

— Tu ne crois pas que c'est d'autant plus facile pour eux de te retrouver, si tu loges à l'hôtel ?

— Si, tu peux…

— Alors c'est réglé. N'en parlons plus.

— Bon… Merci.

— Je vais te passer mon double de clé. Comme ça, tu pourras entrer et sortir quand tu veux. »

Elle se leva et alla chercher la clé dans un des tiroirs de la cuisine.

« Tiens.

— Merci. » Je la glissai provisoirement dans la poche de poitrine de ma chemise.

« Je dois y aller. Tu desserviras, quand tu auras fini ?

— Bien sûr. Dans quel secteur travailles-tu aujourd'hui ?

— Brasserie. »

Elle quitta la cuisine et me laissa avec les nouvelles. Un calme bizarre m'envahit, comme si c'était un petit déjeuner tout à fait habituel, notre vie quotidienne après quinze ans de mariage. La seule chose qui manquait, c'étaient les enfants qui s'apprêtaient à partir pour l'école ou la crèche.

Elle repassa la tête à l'intérieur avant de s'en aller, et s'était mis rouge à lèvres et *eau de Cologne*[1].

« À ce soir ?

— J'espère… Je peux utiliser le téléphone ?

— Tant que tu n'appelles pas en Californie pour discuter une demi-heure, d'accord.

— Cinq minutes avec Bergen, ça va ? »

Elle hocha la tête, sourit et disparut.

Je me retrouvai assis là, devant une table de petit déjeuner bien garnie, avec le journal du matin, la clé de l'appartement en poche et la permission d'utiliser le téléphone. Ou bien j'avais inspiré une confiance

1. En français dans le texte.

exceptionnelle, ou bien elle touchait une commission de la direction du tourisme.

Je finis de déjeuner, débarrassai, fis la vaisselle et passai les coups de téléphone que j'avais prévus.

J'appelai d'abord Bergen. Elle était à la maison.

« Ici Karin.

— Salut.

— Salut, tu es revenu ? Je m'attendais à...

— Non, je suis toujours à Oslo. Il s'est passé des choses.

— Ce n'est pas toujours le cas ? répliqua-t-elle en déglutissant avec difficulté.

— Et j'ai besoin d'un coup de main.

— Salut, ça va ? Oui, merci, et toi ?

— Excuse-moi. Mais il s'agit d'un meurtre.

— Je ne m'en doutais pas.

— Non, mais ne va pas croire que...

— Qu'est-ce que tu voulais savoir ?

— Si tu pouvais joindre une de tes collègues à l'état civil pour en savoir plus sur la veuve...

— Tiens donc !

— ... d'un photographe qui s'appelait Pål Helge Solbakken, et qui est mort, euh, au printemps 1987.

— Mhm ? Je peux te joindre quelque part ?

— Je suis à ce numéro-ci pour quelque temps, répondis-je en le lui donnant. Après, je ne sais pas. Je t'appellerai.

— Bon. Où loges-tu ?

— Adresse privée. Je t'expliquerai tout ça quand je rentrerai. Si tu appelles ici, ce sera peut-être une dame qui répondra.

— Ah oui ? Tu as embauché une secrétaire ?

— Non, mais... je vais t'expliquer. »

Après une courte pause, comme si elle attendait que je le fasse sur-le-champ, elle reprit la parole.

« Si *toi*, tu appelles ici, il se peut que ce soit un homme qui réponde.

— Hein ? Qui ça ?

— Le plombier, répondit-elle avec un petit rire. Il y a une fuite à l'évier de la cuisine.

— Et merde. Grave ?

— Rien d'aussi grave que ce dont tu t'occupes, apparemment. À bientôt… Et Varg…

— Oui ?

— Pas d'heures supplémentaires, si tu vois ce que je veux dire. »

Je voyais.

Le coup de fil suivant était destiné au journal où travaillait Ove Haugland. Il était en réunion du matin. Si je téléphonais un quart d'heure plus tard, il serait peut-être de retour.

En attendant, je tentai de contacter Asbjørn Hellesø.

Après cinq minutes de discussion avec sa secrétaire, qui aurait pu être médaillée olympique de catch dans la boue, version psychologique, je parvins à franchir le rempart. Mais il ne hissa pas le drapeau norvégien à la joie de m'entendre. Tout juste celui des armes de Bergen.

« On ne s'est pas tout dit hier, Varg ?

— Pas tout. J'ai quelques informations de la plus haute importance pour Backer-Steenberg.

— Pour Backer-Steenberg ? À propos de quoi ?

— C'est à lui seul que je veux en parler. Tu dois m'arranger un rendez-vous avec lui aussi vite que possible.

— Écoute, Varg, décrocher un rendez-vous avec Preben Backer-Steenberg, c'est à peu près aussi difficile que d'obtenir une audience au palais royal. Je ne peux pas…

— C'est une question de vie ou de mort. Pour Backer-Steenberg lui-même, et c'est Axel Hauger le lien.

— OK, Varg, répondit-il après avoir réfléchi un instant. Je vais me renseigner. Peux-tu me rappeler dans… disons un quart d'heure ?

— Super. »

Dans l'intervalle, Ove Haugland était revenu dans son bureau. Au tout début, on l'eut dit absorbé par tout autre chose.

« Veum ? répéta-t-il distraitement. Et que puis-je… Veum ? ! *Le* Veum de Bergen ? Où faut-il donc que j'aille ?

— Ne viens pas me dire que je ne t'ai pas refilé quelques infos inédites, à deux ou trois reprises.

— Rien de plus solide que le fait que Hagbart Helle continuait à faire naviguer ses supertankers sous pavillon de complaisance bahaméen, sur les sept océans.

— Ne t'ai-je pas servi sur un plateau quelques scandales financiers, auxquels tu ne serais parvenu seul qu'après des milliers de tours et détours ?

— Oui, oui, j'admets. Néanmoins…

— Je pensais qu'on pourrait prendre une bière ensemble dans le courant de la journée, et discuter un peu de… choses et d'autres.

— Une bière ensemble ? Tu es à Oslo, Veum ?

— Bien sûr.

— Et de quelles choses et d'autres devrions-nous parler, d'après toi ?

— Tu as de quoi noter ? »

Il déglutit bruyamment.

« Oui ?

— Svein Grorud.

— OK. Tu donnes dans l'underground, je vois…

— Axel Hauger.

— Jamais entendu parler. Tu as dit… Hauger ?

— Ouais.

— Encore ?

— Preben Backer-Steenberg.

— Du vison, maintenant, apprécia-t-il avec un sifflement. Tu as quelque chose sur lui ?

— Pas impossible.

— Et c'est tout ?

— Encore deux ou trois autres trucs… Tu as des contacts en Suède ?

— Peut-être.

— Il est possible qu'Axel Hauger vienne de là-bas, à en juger par sa façon de parler… Je voudrais aussi bien avoir quelques renseignements sur un autre nom, un certain Fredrik Loewe… *o*, *e*, *w*… Il est certainement mort, mais peu importe. Et quand tu auras quelqu'un là-bas, demande-lui si le nom de P. E. Jansson lui dit quelque chose.

— P. E. Jansson. Rien de plus concret ?

— Pär Elias, c'est assez concret ?

— On dirait un prédicateur laïc du Dalarna.

— Et puis, pour finir…

— C'est une blague ?

— … je serais très intéressé par des renseignements sur un meurtre, en 1987, vraisemblablement. Un photographe qui s'appelait Pål Helge Solbakken a été tué. À ce que j'ai compris, l'affaire aurait été éclaircie. Le nom de Finstad, ça te dit quelque chose ?

— Ça me dit pas mal de choses, Veum. Trop pour qu'on en parle au téléphone… Je peux te rencontrer ici, à l'accueil, à 18 h 30 ? Avant, je serai occupé.

— Je te remercie.

— Je voudrais bien pouvoir dire la même chose. »

Je terminai ma série de coups de fil en rappelant le bureau de Hellesø. Je ne franchis pas le rempart cette fois-ci, mais la dame avait quand même un message pour moi.

« Midi au cabinet de l'avocat à la Cour suprême Hellesø. Midi pile. Si vous arrivez une minute en retard, le rendez-vous est annulé.

— Allez jeter un coup d'œil à la porte ; je suis déjà de l'autre côté. »

J'avais donc deux rendez-vous prévus. De quoi m'occuper.

En attendant que ma copine de l'état civil de Bergen rappelle, au cas où, je finis de lire le journal sans y apprendre grand-chose. En regardant par la fenêtre, je constatai que le temps sur Oslo cette semaine-là était aussi instable que celui auquel j'étais habitué chez moi. Des averses avec des gouttes énormes avaient été remplacées par des éclaircies au-dessus d'une ville propre comme un sou neuf, une pièce commémorative de l'été passé.

Karin n'appela pas, et je sortis vers 11 heures pour me rendre en ville. Je regardai tout autour de moi en sortant de l'immeuble, mais je ne vis qu'un jeune homme à la peau mate penché sur le moteur d'une Volvo vieille de vingt ans, sans doute dans l'espoir d'y trouver le secret de la réussite.

Personne ne me suivit quand je m'en allai.

Chapitre 23

J'étais au bureau d'Asbjørn Hellesø cinq minutes avant l'heure. La secrétaire à la voix glaciale était grande, mince et au milieu de la cinquantaine. Elle faisait partie de ces secrétaires derrière lesquelles les avocats se sentent à l'abri : formelle, coiffure soignée, vêtue de gris. Mais elle offrait une beauté classique que j'aurais bien aimé déranger un peu, si elle m'avait laissé passer de son côté du verre de sherry. La température chuta bien en dessous de zéro lorsque je me présentai.

Asbjørn Hellesø n'eut pas l'air spécialement ravi non plus. Il boutonna son manteau et traversa la réception comme si une grave crise boursière était en train de se dérouler, et le seul salut dont il me gratifia fut un impérieux hochement de tête en direction de la porte.

Je fis un clin d'œil à la secrétaire en refermant la porte derrière moi. Elle cligna autant de l'œil en retour qu'un cadavre dans la nuit polaire après cinquante années passées dans les glaces.

Asbjørn Hellesø remonta Stortingsgata au même

rythme que s'il se rendait au grand marathon local du week-end.

« Je n'ai vraiment pas le temps pour ça, Varg ! lâcha-t-il au moment où nous tournâmes dans Klingenberg-gata.

— Je ne t'ai pas demandé de venir. C'était…

— Mais Preben l'a fait !

— Y a-t-il tellement en jeu, pour qu'il ait besoin de son avocat ? »

À l'instant où nous traversions Dronning Mauds gate à nos risques et périls, le soleil perça la couche de nuages tel un chalumeau céleste, et peignit en jaune pastel la façade de la Vestbanestasjon abandonnée.

Les bureaux de Preben Backer-Steenberg se trouvaient au cinquième étage d'un des nouveaux bâtiments d'Aker Brygge. *A/S PREBAC*, lisait-on sur un panneau.

L'intérieur était bleu et gris, dominé par de gros tuyaux de ventilation postmodernes, et contrastait avec les tableaux archi-classiques brun et jaune peints à Frogner en 1991. Les fenêtres de la façade allaient du sol au plafond, mais elles étaient encadrées de lourds rideaux gris qu'on pouvait tirer quand il s'agissait d'affaires qui craignaient la lumière du jour.

Une secrétaire à la peau blanche comme la craie, aux cheveux noirs comme la poix, aux lèvres rouge sang et à la jupe juste assez courte pour montrer à quel point ils étaient jeunes et dynamiques dans la maison, nous conduisit dans une salle de conférences : on y trouvait une grande table noire aux dimensions d'un pont de bateau de croisière ordinaire, des chaises de la même matière noire, à haut dossier poli rouge foncé, et Preben Backer-Steenberg installé à un bout de la table, à une bonne demi-journée de marche de la porte.

Il était au téléphone quand nous entrâmes. Un PC portable, une pile impressionnante de documents, une assiette contenant deux *smørbrød* et une tasse de café occupaient l'espace devant lui. Hellesø et moi avions droit à la même chose, chacun de son côté de la table.

Les smørbrød étaient généreux à souhait, garnis d'une sorte de composition de crevettes et de homard sur l'un et d'une montagne de rosbif, d'oignons et de concombre mariné sur l'autre. Mais Backer-Steenberg lui-même disposait de peu de temps.

Il conclut sa conversation téléphonique à notre arrivée, désigna nos deux places et se leva de sa chaise comme pour bien montrer que l'entrevue serait courte. Il portait un pantalon gris, une chemise grise et des bretelles rouge foncé. Son attitude était professionnelle, impassible, sa voix posée et efficace. Elle révélait de l'éducation, mais indiquait aussi qu'il aurait déjà dû être en route vers le prochain avion pour Francfort.

Il s'assit et coupa quelques bouts de l'un des smørbrød, tandis que la secrétaire effectuait un tour de la table pour servir les nouveaux arrivants en café. Elle venait d'une tout autre zone climatique que celle de Hellesø. Il émanait d'elle un surprenant parfum d'arômes exotiques, et elle ne clignait pas de l'œil, mais de tout son corps. Ce fut peut-être pour cette raison que Preben Backer-Steenberg attendit qu'elle ait refermé la porte derrière elle pour prendre la parole. On ne sait jamais trop à qui on fait des clins d'œil.

Il passa rapidement la main dans ses courts cheveux blonds.

« C'est à quel sujet, Veum ?

— Comme je l'ai dit à Hellesø ce matin. Ce pourrait être une question de vie ou de mort. Pour vous.

— Ah oui ? répondit-il en haussant les sourcils.

— J'ai eu l'occasion d'entendre une conversation dans laquelle vous étiez mentionné. D'une façon qui pouvait faire penser à des menaces. De la part d'un certain Hauger. Axel Hauger. »

Hellesø et Backer-Steenberg échangèrent un regard.

« Je crois avoir compris que vous trois avez eu une entrevue, hier au soir ?

— Et alors ?

— Et que Hauger vous aurait menacé à ce moment-là aussi ? »

Hellesø regarda Backer-Steenberg d'un air interrogateur, mais ne rencontra qu'un regard de courtier : *Pas de commentaire.*

« Eh bien ?

— Est-il vrai que vous lui devez de l'argent ?

— Ça ne serait dans ce cas qu'une simple relation d'affaires, Veum, et je ne vois aucune raison de vous en dire davantage.

— Même si votre vie est en jeu ? »

Il regarda l'heure.

« Continuez.

— Que faites-vous pendant le marathon d'Oslo, par exemple ?

— Pendant le marathon d'Oslo ?! Je cours, bien sûr !

— Tu ne lis pas les journaux, Varg ? ajouta Hellesø avec condescendance.

— Il court ?!

— Le marathonien le plus célèbre du pays. Le roi des coureurs d'Aker Brygge ! Suivez le plan d'entraînement du magnat de la Bourse. Tu n'as pas vu les affiches, Varg ? continua Hellesø.

— Pas cette année, objecta Backer-Steenberg.

— Non, mais avant !

— Mais donc, vous allez courir ?

— C'est bien ce que j'ai dit ! »

Le téléphone sonna. Backer-Steenberg décrocha.

« Prenez le message, Lill ! ordonna-t-il simplement.

— Mais Axel Hauger a dit que… qu'il *vous* avait dit… de ne pas le faire.

— Bah, bah, sourit Backer-Steenberg. Enfantillages. Des choses que je ne peux pas prendre au sérieux. » Mais je perçus alors un tremblement dans sa voix, tremblement qui n'y était pas jusqu'à présent.

« Enfantillages ? Vous savez bien que Svein Grorud est lui aussi dans le coup, et que ce n'est pas un plaisantin notoire.

— Vous devriez peut-être renoncer à courir, Preben, intervint Asbjørn Hellesø en se penchant lourdement par-dessus la table.

— Renoncer à courir ! Je peux aussi bien renoncer à la vie ! Faut-il que je reste enfermé pour le restant de mes jours ? Dans cette branche, on doit apprendre à vivre avec un peu de tout, y compris des menaces de mort.

— J'insiste, je vous conseille de renoncer ! reprisje.

— À cause de ces menaces ridicules ? » demanda-t-il en me regardant de nouveau. Puis l'expression de son visage changea.

« Vous ! À en croire Asbjørn, vous êtes dans la sécurité…

— Euh, la sécurité…

— Vous devez bien pouvoir courir avec moi ! Et me protéger ? Je vous engage ici et maintenant, comme garde du corps coureur. Si ça ne fait pas trop long pour vous ? demanda-t-il avec un rictus mauvais.

— J'ai déjà couru le marathon.

— En combien ?

— Autour de 3 h 10.

— Je l'ai fait en 2 h 53.

— Alors vous devriez peut-être engager un garde du corps plus rapide.

— Mais je ne pense pas courir aussi vite cette année. 3 h 10, ça pourrait m'aller.

— Je ne sais pas si j'en suis encore capable cette année.

— Dois-je comprendre que nous avons conclu un accord ?

— Un engagement à court terme… juste pour la course ? »

Il acquiesça.

« Mais… Je n'ai pas mon équipement avec moi.

— Ajoutez-le à vos honoraires, et dites à Lill, dehors, de quelle avance vous aurez besoin. Elle vous fera un chèque. »

Le regard intrigué d'Asbjørn Hellesø allait et venait entre nous deux.

« Est-ce bien prudent, Preben ?

— Vous voulez courir à sa place, Asbjørn ?

— Non, je… » Il sourit d'un air résigné et attaqua un autre smørbrød.

Preben Backer-Steenberg se leva.

« Bien. C'est tout, Veum ?

— Pas tout à fait… Si je veux être efficace, comme garde du corps… Qu'y a-t-il réellement derrière ces menaces ?

— Comme je viens de vous le dire, répondit-il froidement. Les affaires. Rien qui vous concerne.

— De vieilles affaires… de 1986 et un peu avant, un peu après ? »

Le silence se fit dans la salle de conférences, à tel point que nous entendîmes les cerveaux électroniques penser dans le bureau d'accueil. Le bruit de la circulation filtrait à travers les vitres épaisses, comme une fuite de gaz invisible, aussi dangereuse pour chacun de nous.

Asbjørn Hellesø avait arrêté de manger. Sa bouche était entrouverte, la fourchette suspendue dans son ascension.

« Comment ça, en 1986 et un peu avant, un peu après ? » demanda Preben Backer-Steenberg d'un ton qui réclamait une précision de scalpel dans la réponse. Je sentis que je devais être prudent, et ne pas trop en dire. Je répondis avec un rire nonchalant.

« Non, c'est juste que Hauger a parlé de… cette affaire de 1986, ou quelque chose comme ça.

— Dites-moi, Veum, continua Backer-Steenberg en pinçant les lèvres, qu'avez-vous exactement entendu, comme vous dites, de ce dont parlait Axel Hauger ? Vous n'utilisez pas de matériel électronique, j'espère. Parce que dans ce cas… »

Asbjørn Hellesø avait recommencé à manger.

« C'est illégal, Varg, lança-t-il entre deux bouchées. Si nous en avons connaissance, nous sommes tenus de le signaler !

— Non, non, c'était dans une situation, euh… tout à fait informelle, dont seul mon stylo se souvient. »

Il en frémit d'ailleurs, rien qu'à ce souvenir.

« Votre stylo ? répéta Backer-Steenberg.

— Ce qu'il veut dire, mâchonna Hellesø, c'est qu'il se base uniquement sur ses notes, hein, Varg ?

— Oui, Asbjørn. Tout à fait correct… Mais si vous avez l'intention de me faire subir une fouille au corps, pourquoi ne pas laisser Lill s'en occuper ?

— Dois-je comprendre que nous avons rendez-vous, Veum ?

— Pour la course ou pour…

— Pour la course, oui !

— Eh bien, en tout cas, je serai au départ. Tout dépendra de vous et de votre rythme pour savoir si je pourrai suivre jusqu'au bout.

— J'essaierai d'en tenir compte, conclut-il avec un mouvement de tête en direction de la porte. Vous vous inscrirez au secrétariat de l'hôtel SAS. »

Je me levai et allai vers la sortie.

« Fredrik Loewe ne participe pas cette année, ai-je cru comprendre.

— Qui ? demanda Backer-Steenberg, tandis qu'Asbjørn Hellesø affichait l'expression de quelqu'un qui a avalé de travers une pince de homard.

— Non, parce qu'il est mort », terminai-je sur un ton léger en quittant la pièce, avec la ferme conviction qu'ils me rappelleraient si la proposition d'une avance ne tenait plus.

Mais personne ne me rappela. Même pas pour me

demander de manger les deux smørbrød auxquels je n'avais pas touché. Ils voulaient peut-être les garder pour la réunion suivante. Ou ils étaient eux aussi destinés au gouffre Hellesø.

Lill me fit un chèque du montant que je lui indiquai, contre un reçu qu'elle enregistra dans son ordinateur, en bas d'une feuille qui aurait pu contenir le budget global de l'État. Et elle sourit quand je m'en allai, toujours de tout son corps.

Chapitre 24

Les abords de l'hôtel SAS étaient fermés à la circulation, et une grande tente occupait le milieu de Holbergs gate, comme pour une garden-party anglaise menacée par la pluie, ou comme la salle réservée aux sbires d'un parrain local à l'occasion des noces de sa fille. De grands panneaux annonçaient *Risparty*, et indiquaient les horaires des différents services.

Le trottoir devant l'entrée était noir de monde, avec une majorité de gens en tenue de sport. Une atmosphère de carnaval régnait à l'intérieur du hall.

On pouvait s'y rassasier de bananes ou de quartiers de kiwis, et plutôt deux fois qu'une. On pouvait se procurer en vue du marathon un chronomètre qui mesurait tout, depuis la longueur des pas jusqu'à la tension artérielle, et un Suédois volubile présentait une ceinture porte-boissons qui vous préserverait de la déshydratation même si vous alliez aussi loin que Falun[1].

Dans la boutique d'articles de sport, on trouvait

1. À environ 300 km d'Oslo, dans la province du Dalama, en Suède.

des chaussures avec ou sans bulles d'air dans la semelle, offrant diverses qualités de rebond, depuis le chêne marin japonais jusqu'au caoutchouc siliconé, économiseur d'énergie, à crans ondulés, avec une qualité d'amorti qui aurait rendu jaloux Serguei Bubka.

On pouvait acheter des tenues de jogging si colorées qu'on vous aurait remarqué pendant le marathon de Londres sous un ciel plombé, ou des vêtements si collants qu'ils pouvaient contribuer à une embauche comme mannequin pour Cupido ou Springtime, si toutefois vous aviez l'allure appropriée.

Je fis mon choix parmi un assortiment légèrement plus dépouillé, et traversai la foule pour retourner dans le hall. On me proposa de signer pour des assurances contre les accidents ou des complémentaires retraite, d'acquérir un dictionnaire du sport et un guide médical, de m'inscrire pour un voyage collectif en vue du marathon d'Honolulu au début du mois de décembre, ou bien de faire ce pour quoi j'étais venu : m'inscrire pour la course du lendemain.

La formalité expédiée, je me frayai un chemin vers la liberté, dans Tullins gate, où le désordre était sensiblement moindre. D'une cabine téléphonique, j'appelai l'état civil de Bergen et demandai Karin Bjørge.

« Comment vas-tu ? m'enquis-je dès que j'entendis sa voix.

— C'est gentil de poser la question », grinça-t-elle.

Quand je voulus savoir si elle avait découvert le nom de la veuve de Pål Helge Solbakken, elle le confirma : Trude Solbakken, habitant dans Sannergata.

« Elle ne s'est pas remise en ménage ?

— Pas officiellement, en tout cas. »

Puis elle me demanda ce que je faisais, et je lui répondis que j'allais courir le marathon d'Oslo, comme garde du corps.

« Pour qui ? Grete Waitz[1] ?

— Non, Preben Backer-Steenberg. Ça te dit quelque chose ?

— Non. »

Je précisai que je lui ferais un rapport téléphonique une fois la course terminée, si j'étais encore vivant. Elle répondit que si c'était un homme qui décrochait, ce serait peut-être de nouveau le plombier.

« Un samedi soir ?

— Oui. »

Pendant que j'étais dans le coin, je fis un saut à l'hôtel où j'avais logé à mon arrivée en ville. J'examinai soigneusement les environs avant de me risquer à découvert, mais je ne vis personne du format de Svein Grorud dans les parages, et je supposai qu'il avait compris depuis longtemps que je n'y logeais plus. J'allai réclamer ma valise à la réception.

Cette fois-ci, j'eus affaire à un nouveau réceptionniste, aussi minutieux qu'un préfet. Mais il était loin de vouloir me décerner la médaille royale du mérite.

« La valise de Veum ?... Elle a été saisie. Regardez. Il va falloir payer...

— Appelez mon avocat, Asbjørn Hellesø. Immédiatement. » Si j'avais de la chance, ça devait lui geler le tympan.

Il me regarda d'un air pensif, avec l'expression de

1. Athlète norvégienne (née en 1953) célèbre pour avoir battu le record du monde du marathon trois ans de suite et gagné neuf fois l'édition de New York (sur onze participations).

quelqu'un qui a déjà eu affaire aux avocats. Puis il haussa les épaules et sortit un porte-clés de sa poche.

« Bon, bon, vous allez la récupérer », soupira-t-il.

Il ouvrit une pièce derrière la réception et alla chercher ma valise qu'il me donna avec une légère hésitation, comme s'il n'était pas tout à fait sûr de bien faire.

« Mais je dois vous dire une chose : on ne souhaite pas vous revoir !

— J'en ai bien l'impression », répondis-je en ouvrant la valise, avant de vérifier avec un soin exagéré qu'il ne manquait rien.

« Le Michelin vous aurait décerné trois têtes de mort à nœud papillon », lançai-je en partant.

Je déposai la valise à la consigne de la station Nationaltheatret. Puis je pris le bus en direction de Tonsenhagen et Grorud. Mais je descendis bien avant, dans Sannergata, pour passer dire bonjour à une veuve qui l'était depuis assez longtemps pour avoir retrouvé son sens de l'humour, en supposant qu'elle l'ait perdu un jour.

Chapitre 25

J'appréciai Trude Solbakken dès le premier instant. Je remarquai tout de suite que c'était une fille robuste et solide, du genre qui survit à beaucoup de choses.

Je descendis du bus juste après Sannerbrua. Sous le pont, la rivière coulait vivement devant l'ancienne filature, qui avait fait une courte carrière de restaurant et cabaret, au début des années 80, avant d'être transformée en studio de télévision pour l'une des chaînes les plus commerciales. Encore un monument aux illusions brisées.

La maison de Trude Solbakken n'était pas riche en illusions, elle. La peinture verte pendait en grandes plaques qui se détachaient de la façade crépie craquelée comme autant de gobelins de taffetas. Le rez-de-chaussée était occupé par un local commercial désaffecté aux vitrines peintes, et seule une vieille publicité Kodak à l'extérieur permettait de se faire une idée du genre d'activité qui y avait régné.

L'odeur fade de photos développées depuis longtemps, de clichés d'une vie mise à sécher bien avant 1987, flottait dans l'entrée, derrière une porte brune qui grinçait sur ses gonds.

La cage d'escalier était sombre, éclairée seulement par une ampoule nue au plafond. Une volée de marches abrupte conduisait au premier. Là, il n'y avait pas de lumière du tout, et je dus me pencher jusqu'au panonceau pour lire *Solbakken* sur la porte. Il me fallut aussi un moment pour trouver le bouton de sonnette.

Quand je sonnai, la porte s'ouvrit instantanément, comme si elle m'avait attendu tapie derrière. Mais son grand sourire se fana bien vite pour ne laisser qu'une version aux bords brunis qui ne rappelait que de très loin le premier.

« Oui ?

— Je vous dérange ? »

Elle regarda derrière moi, vers le bas de l'escalier.

« J'attends quelqu'un.

— Je m'appelle Veum. Varg Veum. J'aurais quelques questions concernant ce qui s'est passé en 1987. »

Son sourire avait complètement disparu. Elle fit un pas en avant, comme pour m'interdire l'accès à l'appartement.

« Oui, car vous êtes bien Trude Solbakken, n'est-ce pas ? » poursuivis-je vivement, pour gagner du temps.

Elle hocha la tête en m'observant d'un regard bleu très clair. C'était un petit paquet blond compact. Ses épaules larges lui donnaient une silhouette carrée, et une petite brioche saillait assez pour prévenir que cette nana ne se laissait pas mener par le bout du nez. Quinze ans auparavant, elle aurait fait une buteuse effrayante pour une équipe de handball chevronnée. Je n'aurais pas aimé être arbitre pour un match auquel elle aurait participé.

Ses cheveux étaient plutôt négligés, relevés dans la

nuque et rassemblés sur l'occiput en un mélange de chignon et de queue-de-cheval. Elle portait un jean délavé, un polo vert foncé et une veste en cuir brun fatiguée.

« Je suppose que la police est déjà venue vous voir à propos de ce décès… hier ?

— Ils ont appelé. Je n'ai pas… Qui vous envoie ? Un journal ?

— Non, je… je suis détective privé.

— Et pour qui ? »

Bonne question.

« Pour… Mons Vassenden.

— Pour qui ? Jamais entendu ce nom-là. »

Sans trop de surprise.

« Non, il habite dans le Vestland. À Bergen. »

Habitait aurait été plus correct, mais je m'en tins là pour le moment.

« Vous savez qui a été tué ?

— La police m'a dit qu'ils ne l'avaient pas encore identifié, quand je les ai eus.

— Non, peut-être pas. »

Elle lança un nouveau coup d'œil dans l'escalier. Avant de me servir une pâle copie de son premier grand sourire.

« Mais on ne peut pas… Entrez plutôt. »

Elle me tint la porte ouverte sur un long couloir. Je passai un rideau de bambou pour parvenir dans un grand salon étonnamment clair, par rapport à l'obscurité dans l'escalier. Les murs étaient blancs, couverts d'art textile et de photographies. La majorité était en noir et blanc, quelques-unes en couleur. Les motifs formaient un bel équilibre entre des portraits en gros plan de personnes ridées, des paysages des plaines de l'Est, des bouleaux dans le brouillard près d'un lac paisible, et des champs sous le soleil autour d'une ferme rouge, des photos au grand-angle de flancs de bateau dans un chantier naval battu par les vents et des hommes musclés devant des hauts-fourneaux dans une aciérie — ainsi que le discret nu d'une blonde trapue, le visage dissimulé derrière ses jambes repliées. Je n'exclus pas qu'il puisse s'agir de mon hôtesse, dans un moment de philosophie, devant l'appareil tenu par son mari.

Elle se planta au milieu de la pièce, sans m'inviter à m'asseoir, et alla tout de suite à l'essentiel.

« Vous comprenez certainement que c'est une chose dont je ne parle pas volontiers. J'ai essayé de laisser tout ça... derrière moi. »

Elle avait un drôle de petit nez. Son visage était plat comme celui d'un petit chien d'appartement, ou comme si on lui avait copieusement tapé dessus à une époque, peut-être sur un terrain de handball, à ce que j'en savais.

« Vous savez qu'une enveloppe au nom de la société de votre mari a été retrouvée sur les lieux ?

— La police en a parlé.

— Et vous ne savez pas du tout pourquoi ?

— Non. Je peux vous répéter ce que j'ai dit à la police : je n'en sais rien. Mais...

— Oui ?

— Au fil des ans, Pål Helge a pris des milliers de photos, de toutes sortes. Bien sûr, pas mal de ses employeurs gardent les photos pendant des années... et le plus souvent dans l'enveloppe d'origine.

— Vous avez sans aucun doute raison. J'ai vu une photo prise par votre mari, dans le temps.

— Ah oui ? répondit-elle avec un coup d'œil soupçonneux.

— En 1986. Quatre hommes attablés dans un restaurant. Deux Suédois. L'un d'eux s'appelait Jansson. » Je l'observai attentivement. « Ça vous dit quelque chose ?

— Rien du tout.

— Vous êtes sûre ?

— Oui.

— L'autre s'appelait Loewe. Fredrik Loewe. Marié à une Norvégienne. Merete Sjøwold. Et ça, ça vous parle ?

— Absolument pas.

— Le troisième était Preben Backer-Steenberg.

— Oui, lui, je sais qui c'est. Je crois que Pål Helge a fait quelques boulots pour lui aussi. Ou pour sa société. PREBAC A/S, un truc dans le genre. »

Elle plissa le front pour me montrer qu'elle réfléchissait.

« Je me demande si quelques-unes des missions n'ont pas eu lieu en Suède. Backer-Steenberg était pas mal impliqué dans un projet industriel, là-bas.

— Oui ? Vous vous rappelez lequel ?

— Non.

— Même pas le genre d'industrie ?

— Non, non. Ça s'est présenté… comme ça. Moi, ça ne me fascinait pas tellement.

— Et il y avait un quatrième homme sur la photo, que je n'ai pas encore identifié.

— Si vous me montriez la photo…

— Je… je ne l'ai plus.

— Bon, alors… soupira-t-elle avec un large geste des bras.

— Mais j'ai de bonnes raisons de penser que c'était cette photo — ou une copie — qui était dans l'enveloppe retrouvée par la police dans la chambre de Jansson.

— Jansson ? Le Suédois ? C'est lui qui… ?

— Oui, l'interrompis-je vivement, mais ne… Si la police vous demande, ne dites pas que… Faites comme si vous ne le saviez pas.

— Ça vous arrangerait ? me taquina-t-elle.

— Oui. »

Elle fit un sourire las. Nous avions pris nos marques, le contact était établi.

Je profitai de l'occasion pour tenter un coup en biais.

« Vous ne pensez pas qu'il peut y avoir un lien entre cette photo et… le décès subit de votre mari en 1987 ? »

Son visage s'assombrit de nouveau.

« Je *sais* qu'il n'y en a pas. La mort de Pål Helge était due à tout autre chose, c'est apparu très clairement pendant le procès, précisa-t-elle avec un sourire amer. C'était la bonne vieille histoire du mari, de la femme et de l'amant, avec ma pomme comme victime, sur la ligne de touche.

— Vous voulez bien en parler ? tentai-je prudemment.

— Il n'y a rien à en dire. Le coupable est enfermé à Ullersmo, et sa femme ne recevra plus jamais Pål Helge.

— Il y a eu… des preuves indiquant qu'elle l'a reçu ? »

Elle promena un regard sarcastique autour d'elle.

« Il y avait des photos !

— Des deux ?

— D'elle ! »

Mes yeux retrouvèrent le nu accroché au mur.

« Comme… celle-là ?

— Bien plus directes ! » répliqua-t-elle en secouant la tête. Elle joignit les mains devant moi et écarta très légèrement les paumes, en une représentation dénuée de toute ambiguïté.

« Et ces photos…

— Son mari est tombé dessus ! Ça l'a encore plus choqué que moi. Je vivais avec Pål Helge depuis longtemps, je connaissais ses penchants !

— Sans y avoir mis un terme ?

— Nous… nous devions penser aux enfants. Bon, ils sont partis tous les deux, maintenant, et ils vont sûrement bien… grâce à… »

Elle baissa les yeux quelques secondes.

« Et… quelle est votre vie, aujourd'hui ?

— Ça vous regarde ?

— Non.

— Tout juste ! »

Elle planta sur moi un regard mauvais. Puis la température se radoucit, et son sourire réapparut. Elle fit quelques pas et alla se placer juste sous le nu, comme pour exprimer sa solidarité avec son passé.

« Il y a toujours d'autres photos à faire, Veum. À condition de voir les motifs.

— Tant qu'il y a de la pellicule, il y a de l'espoir ?

— On peut le dire. » Elle regarda par la fenêtre. « La vie ne s'arrête pas parce que quelqu'un meurt. C'est la fin d'une phase, d'accord. La tour prend un cavalier, mais on n'en est pas échec et mat pour autant. Le cavalier quitte l'échiquier, mais la partie continue.

— Alors pour vous, la vie est une partie d'échecs, avec un filet de règles immuables ?

— Non, Veum. Je joue en simple amatrice. Les choses les plus imprévisibles peuvent arriver.

— Et l'imprévisible, dans ce cas, c'est… ? »

Elle me regarda, sans poursuivre.

« D'autres décès subits ? »

Elle serra les lèvres pour que n'apparaisse plus qu'un trait mince, une ligne de démarcation entre le mensonge et la vérité, et elle n'envoya aucun émissaire de la paix portant drapeau blanc.

J'aurais pu lui poser des tas de questions. Mais je m'abstins. Elle avait raison. Cela ne me regardait pas.

Elle me raccompagna à la porte et me regarda partir du haut de l'escalier, comme pour s'assurer que je m'en allais pour de bon.

Au moment où j'ouvrais la porte, je croisai un homme qui entrait. C'était un type costaud de mon âge, avec une dense barbe grise et des cheveux de la même couleur, ramenés en arrière pour tomber en boucles épaisses derrière les oreilles. Il portait un jean fatigué et une chemise de flanelle écossaise, comme un rockeur des années 70. Son regard était perçant et curieux, comme s'il se demandait qui j'étais et ce que je faisais ici.

J'aurais dû me poser la même question. Et je ne doutais plus : j'aurais dû montrer à Trude Solbakken la photo que je trimballais dans ma poche intérieure.

Chapitre 26

Je quittai Sannergata et descendis les chemins sur les bords de l'Akerselva jusqu'à Hausmanns bru. La météo s'amusait toujours à nous faire tourner en bourrique, et les perspectives pour le marathon du lendemain étaient des plus incertaines. Tout était possible, des averses diluviennes à la canicule, et je n'aurais pas été surpris de voir tomber de la neige. Le climat était détraqué depuis plusieurs années. En ces temps de trous dans la couche d'ozone, rien n'était exclu.

Sous Ankerbrua, un jeune homme brun en col de clergyman parlait avec enthousiasme à un groupe de sans-logis, des parents de Quasimodo pour la plupart. Il m'adressa un sourire aimable quand je passai, comme pour me souhaiter la bienvenue parmi eux. Je renonçai provisoirement. J'avais d'autres sujets de préoccupation.

Dans Urtegata, je m'assurai que l'immeuble où Torleif Pedersen et moi étions venus la veille était le bon. Je montai au premier voir si *GRORUD INKASSO A/S* était réapparu, comme un rébus qui n'apparaîtrait que sous la bonne lumière. Mais les portes étaient toujours aussi anonymes, et personne n'ouvrit quand je frappai.

En redescendant, je croisai un petit garçon qui montait l'escalier à toute vitesse, un cartable bleu clair sur les épaules.

« Salut ! » lançai-je avec un sourire.

Il me renvoya un regard timide et se colla tout contre le mur, comme pour m'assurer qu'il ne voulait pas m'empêcher de passer.

« Tu habites ici ? »

Il hocha la tête sans rien dire.

« Comment t'appelles-tu ?

— R-R-Rhamid », répondit-il avec un coup d'œil inquiet.

Je souris de nouveau.

« En quelle classe es-tu ?

— En CE1 à l'école de Lakkegata.

— Tu parles bien le norvégien…

— Je suis norvégien !

— Super. Je me disais juste… Ces gens qui ont un magasin au premier, tu les connais ?

— Un magasin ? Une société, vous voulez dire ?

— Euh, oui ?

— Il n'y a pas de société. Et personne n'y habite.

— Mais il y avait des espèces de bureaux, mercredi… »

Il me regarda gravement.

« Oui, j'ai entendu le téléphone sonner, mais j'ai cru…

— Oui ?

— Le g-grand type. C'est lui qui vient de temps en temps. Mais il n'a pas de société. Il a… » Il tourna la tête.

« Oui ?

— Il vient avec des nanas ! s'écria-t-il tandis que son visage s'ouvrait d'un grand sourire blanc. On les entend, à travers le mur ! »

Je hochai la tête et souris, comme quelqu'un à qui il pouvait se confier.

« Mais, Rhamid, tu ne sais pas comment s'appelle ce grand type ? »

Il secoua énergiquement la tête. « Non. » Puis, avec un sourire espiègle : « Pat Hibulaire, peut-être ? »

Je fouillai dans ma poche et en tirai une pièce de dix couronnes.

« Tiens. Merci. Achète-toi ce qui te fait envie. »

Il baissa sur la pièce ses yeux grands ouverts.

« Un vélo !

— Alors j'ai peur que tu ne doives économiser encore un peu.

— Oui, mais c'est ce que je fais, s'enthousiasma-t-il. J'en suis bientôt à deux cents couronnes !

— Au revoir, Rhamid.

— Salut ! »

Il reprit au petit trot son ascension, la pièce bien cachée dans sa main, comme s'il craignait que je veuille la récupérer.

Je ressortis dans la rue. Au moment où je traversai, non loin de la mosquée discrète, j'entendis démarrer un moteur de voiture.

Je me tournai légèrement. Une Ford Escort rouge et rouillée, du début des années 80, passa à ma hauteur. Il y avait quatre jeunes à la peau mate à l'intérieur, et une queue de renard suspendue à la lunette arrière. Aucun ne regarda dans ma direction, et la voiture prit à gauche, en direction de Tøyen.

Tandis que je traversais Vaterlands bru, la même voiture me croisa, mais il ne restait que deux personnes dedans.

Presque comme par réflexe, je me retournai. Deux cents mètres derrière moi, je vis deux jeunes en blouson de cuir, d'origine étrangère, venir vers moi. Ce pouvait être une coïncidence, bien sûr. Mais je n'avais aucune envie de m'arrêter pour leur poser la question.

J'accélérai le rythme. Arrivé à Lybekkergata, je tournai tout à coup vers Storgata, que je traversai cinq mètres derrière un tram et vingt centimètres devant un taxi. Le conducteur passa la tête par la fenêtre et m'enguirlanda en me traitant d'idiot, cinq secondes plus tard. Je ne le contredis pas. Il avait raison.

Je me glissai dans le passage de l'Opéra et remontai rapidement jusqu'à Youngstorget. Puis je partis à toute vitesse dans Torggata pour remonter le réseau de rues vers Hammersborg.

À l'arrière de la Deichmanske bibliotek, je m'arrêtai pour reprendre mon souffle sous les colonnes doriennes. Les bouteilles vides, les allumettes brûlées et les mégots écrasés autour de moi m'apprirent que je n'étais pas le premier à faire une halte à cet endroit.

Je m'étais retourné pour regarder derrière moi chaque fois que je tournais à un coin de rue, et j'étais pour ainsi dire convaincu que personne n'était sur mes talons à cet instant. Après m'être assuré que j'avais raison, je redescendis prudemment vers Arne Garborgs plass, passai devant le chantier du nouveau quartier du gouvernement et replongeai dans le vacarme et l'agitation de la ville, aussi imperturbable qu'un missile de croisière mal programmé.

Un annuaire et une cabine téléphonique m'informèrent que les services fonciers de la commune d'Oslo se trouvaient dans Økernveien. Je pris le métro entre le parlement et Tøyen, et arrivai à la bonne adresse.

Le bâtiment administratif de la commune était composé de deux ailes reliées par une partie plus basse où se trouvait l'entrée. L'aile droite, haute de cinq étages, était coincée contre le coteau en direction de Kampen, d'où on avait vue sur les quelques rares maisons de bois qui avaient survécu à Brinken. L'autre aile, haute de huit étages, était tournée vers Kjølbeggata.

L'accueil au rez-de-chaussée était lumineux, carrelé en brun-roux entre des colonnes de béton blanc et des portes vitrées encadrées de bleu. J'aperçus un guichet aux courbes douces en tek brun clair. De prime abord, A/S OSLO & CO. était une société bien entretenue et dynamique.

La réceptionniste ne me fit pas mauvaise impression non plus. Ses lunettes étaient rondes, mais peut-être un peu moins qu'elle. Elle m'adressa un sourire radieux et m'expliqua que je devais me rendre au quatrième étage de l'aile gauche.

L'employée des renseignements centraux des services au logement d'Oslo était un peu plus réservée, impression renforcée par ses lunettes rectangulaires, ses lèvres crispées et sa façon de lever le menton, comme quelqu'un qui s'apprête à balancer un coup de tête. Elle me donna la sensation d'avoir mauvaise conscience. Elle était peut-être née avec, ou elle en savait davantage sur A/S OSLO & CO. que sa collègue de l'accueil.

Pourtant, quand je lui rappelai calmement quelques articles de droit touchant à la transparence de la gestion, elle me sortit gentiment les documents concernés. Je pus même m'asseoir à une table pour les examiner à loisir.

Ces papiers m'indiquèrent que l'immeuble d'Urtegata et deux terrains voisins appartenaient à une certaine Aud Finstad. Le droit de propriété lui avait été transmis par son mari, Thorbjørn Finstad, en octobre 1987. Lui-même ne possédait les biens que depuis six mois. En mars de la même année, il les avait achetés à Preben Backer-Steenberg à un prix qui m'apparut étonnamment bas, surtout dans la mesure où la transaction avait eu lieu au moins six mois avant la grande crise boursière de l'automne.

Après avoir noté les informations qui pourraient m'être utiles, je rendis les documents à leur vigilante responsable.

« Il n'y a pas moyen d'avoir un aperçu des locataires ?

— Pas ici. Il faut aller à l'état civil. »

Je hochai la tête et la remerciai pour son aide.

Avant de partir, je ne pus m'empêcher de m'arrêter pour jeter un coup d'œil par la fenêtre. Elle avait la ville à genoux devant elle. Depuis Ekebergåsen, mon regard parcourut les immeubles de Tøyensenteret jusqu'au bâtiment des postes, puis Oslo Plaza, le quartier des ministères, Holmenkollåsen, Grefsenkollen et Tøyenparken. J'aperçus un reflet de la mer qui, depuis les hauteurs où je me trouvais, faisait penser à de la soie tendue.

Je me tournai vers la fille.

« Dites-moi, vous êtes vraiment propriétaires de toutes ces merveilles ?

— Pas de toutes, répondit-elle avec un sourire aigre-doux.

— Non, parce que sinon, vous auriez plus de moyens que ce qu'on a l'habitude d'entendre dans les négociations budgétaires.

— Bien plus », commenta-t-elle sèchement en portant une attention exagérée à un dossier devant elle.

Je ressortis. La fille de l'accueil me sourit quand je passai. Mais elle ne me proposa pas non plus de repasser si j'avais besoin d'autre chose.

Je pris le métro pour retourner en centre-ville.

Pour soulager mon budget, je sautai le déjeuner et me joignis à l'orgie de riz organisée par les responsables du marathon d'Oslo, dans le chapiteau de Holbergs gate, où on me laissa entrer contre cinquante couronnes.

Assis aux grandes tables, on pouvait se servir à volonté en riz et ragoûts, sous la logorrhée d'un malade du micro qui recherchait ceux qui n'avaient jamais couru, ceux qui couraient pour la dixième fois, ceux qui couraient avec leur conjoint et ceux qui s'en passaient. Enfants et grands-parents, femmes et autres déviants, tous se devaient de monter sur le podium recevoir des cadeaux de la part des principaux sponsors.

Une équipe de la télévision tournait autour de nous, en essayant différents angles de prises de vue pour une retransmission en direct le soir même, pendant qu'un quintette comblait les pauses menaçantes de l'émission.

Le repas ne fut pas aussi calme qu'escompté, et je n'eus pas le temps de discuter tactique et expérience avec mon voisin. D'ailleurs, la plupart n'étaient pas venus pour papoter mais pour remplir leurs réserves d'énergie. Je me contentai de calmer ma faim.

À 18 h 30 précises, j'étais en poste dans Akersgata, là où la Norvège est coupée en deux chaque jour, quand il faut opter pour l'un ou l'autre des plus grands journaux du pays en termes de ventes. Où le lectorat décide de ce qui va couvrir la première page et de ce qui sera rejeté dans une colonne non illustrée dans les dernières pages. Où la vie est notée à coups de dés et où tout, absolument tout, trouve sa place sur une échelle de valeurs entre un et six.

Je me demandai si Ove Haugland trouvait son compte dans ce contexte. Mais je me demandai surtout ce qu'il avait à me raconter.

Chapitre 27

Les cheveux d'Ove Haugland étaient devenus gris depuis la dernière fois que je l'avais vu, sur un écran de télévision pendant son court passage à Marienlyst. Il était aussi plus fin que dans mon souvenir, et ressemblait davantage à un candidat aux présidentielles américaines qu'à Montgomery Clift. Son costume était gris foncé, de coupe italienne, sa cravate discrète et gris perle. Le mica dans ses cheveux lui conférait une aura de sagesse mature, en contraste intéressant avec sa démarche jeune, comme celle d'un ancien athlète de haut niveau qui entretient sa forme en tant que conseiller municipal ou dans une discipline apparentée.

Il sortit de l'ascenseur comme s'il quittait un tapis roulant, avec de l'élan. Sa poignée de main était ferme et amicale, son sourire un rien plus réservé.

Un regard rapide lui suffit pour constater que moi aussi, j'avais pris six ans, mais il ne fit aucun commentaire.

« Tu as mangé, Veum ?

— Plus que de raison. À la foire au riz du marathon d'Oslo.

— Tu vas courir ? s'étonna-t-il en haussant les sourcils.

— C'est bien parti pour, oui.

— Ça ne tombe pas si mal. Moi-même, j'ai… alors on va boire une bière, d'accord ?

— Sans alcool, pour moi.

— Tu t'en tiens à l'eau ?

— Non, c'est à cause de la course, demain.

— Je vois. Mais tu l'encaisserais ? »

Je hochai la tête.

« Alors je propose le troquet là-bas. En général, c'est calme, à cette heure. »

Calme, c'était une question de goût et d'habitude. À en juger par l'atmosphère du Berlin, comme s'appelait l'endroit, Ove Haugland devait trouver que les abords de Fornebu étaient paisibles et qu'un concert de heavy metal s'apparentait à une symphonie pastorale.

Il y avait un avantage : on ne pouvait en aucun cas entendre ce qui se disait à la table voisine, et même en occupant la même table, toute communication exigeait un tête-à-tête des plus intime. Nous nous approchâmes tant l'un de l'autre que je pus m'assurer qu'Ove Haugland utilisait un après-rasage très différent du mien, et qui ne venait en tout cas pas du supermarché d'à côté.

Nous commandâmes chacun un verre au bar bondé : lui une bière, moi une version plus légère, et nous prîmes place à une table d'angle aussi noire que le reste des lieux. Nous étions dans une cave mal éclairée et aux parois peintes en noir, à l'exception d'une cabine téléphonique rouge pompier dans un coin. Les fenêtres rectangulaires juste sous le plafond nous permettaient de voir les pieds des passants sur le trottoir. Ce qui me donna la désagréable impression d'être un poisson dans un aquarium dont le niveau d'eau baissait.

Si pour lui « calme » signifiait que les clients étaient encore assez rares, il avait raison. Mais c'étaient tous des hommes, dans une tranche d'âge bien définie que j'estimais entre vingt-cinq et cinquante ans, et ils présentaient tous un point commun qui faisait d'eux pratiquement des clones : un surprenant mélange d'intensité et de distance. Ils étaient bien rasés, avaient des cheveux courts teints et des vêtements noirs, en majorité en cuir, à l'exception de certains hommes en costume comme Ove Haugland. Les regards qu'ils nous lançaient étaient si directs qu'il était difficile de ne pas le leur retourner. Mais ça n'aurait pas été malin. On pouvait se voir accuser d'adultère pour moins que ça.

Ove Haugland leva son verre.

« Et comment ça va, dans la république de Bergen ?

— Brann[1] a changé de Suédois, il y a des bouchons partout, Sissel Kyrkjebø va jouer Solveig, et le maire est toujours du Finnmark : "Bon sang, vous allez voir que Bergen va être capitale culturelle !" parodiai-je en imitant l'accent du Nord.

— En tout cas, je peux te consoler : Oslo est une république bananière.

— Avec Svein Grorud en gorille ? »

Il se pencha encore un peu plus près. « Tu as quelque chose sur lui ?

— J'aimerais beaucoup discuter avec lui.

1. L'équipe de football de Bergen.

— Personne ne discute avec Svein Grorud. Pas sans une ceinture noire de karaté, et même dans ce cas, je ne sais pas si je le conseillerais…

— J'ai ma ceinture noire de tchatche.

— Ça, je veux bien, mais c'est dû à la ville dont tu viens. Dis-moi voir de quoi il s'agit.

— J'ai accompagné un gars depuis Bergen pour le soutenir moralement quand il a remboursé sa dette à Grorud, un jour en retard. »

Il émit un sifflement aussi long que menaçant.

« On a payé, ce type a pris le train pour rentrer au bercail, mais il n'est jamais arrivé. Et Svein Grorud s'est évaporé.

— *The same procedure as last year*[1]. La dernière fois, il est parti vivre trois mois aux Canaries, jusqu'à ce que la tempête soit passée.

— La dernière fois ?

— La dernière fois qu'un gonze a pris le train sans jamais arriver à bon port. Tout le monde sait ce que fait Svein Grorud. Ça ne surprendra pas un vieux loup de cette branche comme toi.

— Quelle branche ? Je protège les gens, moi, je ne leur pète pas les genoux.

— Et voilà. Tu sais ce qu'il fait. Le service de contentieux le plus violent de tout le pays. On ne doit pas du blé à Svein Grorud quand on n'est pas ponctuel dans ses remboursements. Ses emprunteurs ne bénéficient pas de réaménagement de dette.

— En réalité, c'était à un autre type qu'il devait de l'argent. Cet Axel Hauger dont je t'ai parlé. Mais

1. « Comme l'année dernière. »

Grorud avait repris la créance. Tu as trouvé quelque chose sur lui ?

— Le nom d'Axel Hauger ne disait rien à ceux à qui j'ai demandé. On ne l'a pas dans nos archives. Certains pensaient avoir déjà entendu son blase dans un contexte équestre, mais il fallait vérifier. »

En voyant mon expression déconfite, il ajouta rapidement :

« Preben Backer-Steenberg, en revanche, voilà un gamin intéressant.

— Que sais-tu de lui ?

— C'est purement factuel. Né en 1949 dans les beaux quartiers d'Oslo. Bac à Ris en 1969, un an en retard parce qu'il a été boursier A.F.S. pendant un an aux États-Unis. Membre de la garde royale en 1970. École nationale de commerce — devine où — de 1971 à 1974. Il en a rapporté un joli trophée d'Øvre Kalfarlien, prénommé Anne Kathrine. Ils ont eu deux enfants et vivent toujours dans la plus grande harmonie. Il a repris une partie de l'entreprise familiale antédiluvienne, technologie des armes, mais l'a sérieusement refondue pour l'orienter vers l'exploitation pétrolière. Ça en a fait l'une des premières sur les rangs au moment de la révolution pétrolière, à la fin des années 70. Quelques années plus tard, en 1985, il a percé pour de bon sur le marché financier en prenant le contrôle d'une belle tapée de sociétés, dans le pays et à l'étranger, et il est l'un des rares à ne pas y avoir laissé trop de plumes quand le balancier est reparti dans l'autre sens, en 87-88. Il a évité la banque et les assurances, et bien lui en a pris. Il a prudemment commencé le shipping, mais il est réputé pour être l'un des financiers les plus sauvages, impitoyable quand il faut porter le coup de grâce, et doué d'un flair remarquable. Sur le plan personnel, c'est le meilleur élève de la classe. À Ris, on le surnommait Bouchon, et il a avancé dans la vie comme mû par une hélice. Marin et marathonien — tiens, il y a un rapport, ici, peut-être ?

— Peut-être.

— Il ne rate jamais un bal des débutantes, mais il est toujours accompagné de son épouse. Maison de campagne à Tjøme, un chalet à Geilo, une façade sans tache — un garçon aux œufs, en d'autres termes.

— Tu n'as pas l'air de le penser.

— Ah non ? » Il toussota. « Ça doit être dû à mon expérience amère.

— Pas d'irrégularité dans la façade, alors ?

— Il est incontournable sur le marché de l'immobilier local. Il y a quelques années, on a dit qu'il avait l'art d'exploiter ses relations à l'hôtel de ville ; assez pour garder ses distances avec Galleri Oslo, par exemple. Mais on n'a jamais rien eu de tangible contre lui. Et toi, tu as quelque chose ? »

Je me penchai encore un peu.

« J'ai de bonnes raisons de croire qu'on l'a fait chanter. Qu'il a été menacé de mort, en fait.

— Quoi ? ! Et par qui ?

— Axel Hauger, par exemple, quel que soit l'endroit d'où il vient.

— Et ça, tu peux le prouver, Veum ?

— Non.

— Parce que je te le garantis : Backer-Steenberg a beaucoup à perdre. Le gadin serait vertigineux, le cas échéant.

— Si quelqu'un a des choses sérieuses sur lui, tu veux dire ?

— Pourquoi le ferait-on chanter, sinon ?

— Ah, ça… Axel Hauger a un léger accent suédois, tu as trouvé des renseignements sur Fredrik Loewe ?

— Oh oui. L'une des pointures en Suède, dans l'armement. Les papas de Loewe et Backer-Steenberg avaient des parts dans les mêmes sociétés norvégiennes et suédoises, et Backer-Steenberg — senior — détenait aussi un portefeuille important dans la boîte de Loewe, AB Lejon Vapen. Junior a retiré ses billes en 1987.

— Ça ne le fascinait pas, les armes ?

— Il a dû voir qu'il y avait davantage à gagner dans le pétrole, à ce moment-là.

— Mais Loewe est mort, non ?

— Oui. Il a été tué dans un accident de voiture, en 1988.

— Et sa femme ?

— Elle n'était pas mentionnée.

— Elle était norvégienne, et à en croire sa mère, elle est morte un an après, en 1989.

— Je vois. En tout cas, Backer-Steenberg n'était pas dans le coin.

— Professionnellement, non.

— Non. Il est question d'autre chose ?

— Non. Pas à ma connaissance. »

Ove Haugland leva son verre vide. « J'en prends une autre. Et toi ?

— OK. La même chose. »

Il se leva et alla au comptoir. La salle était un peu plus pleine. Mais les hommes étaient toujours largement majoritaires. Les regards que certains me lancèrent quand Haugland parut m'avoir abandonné me firent me sentir comme une pucelle du Drangedal perdue dans l'un des lieux de rendez-vous les plus célèbres de la ville. Mentalement, j'avais le sac à main sur les genoux et je m'entraînais à répéter « Non — non ! — *non*, j'ai dit ! », comme ma vieille maman m'avait naguère appris à le faire. Je n'avais pas grand-chose à attendre en matière d'aide de la part des deux seules femmes dans la pièce. Elles ne s'intéressaient à presque rien d'autre qu'elles.

En revenant du bar, Ove Haugland s'arrêta pour discuter un peu avec un type baraqué en pull noir à col roulé sur un pantalon de cuir moulant. Haugland fit un geste dans ma direction avec l'un des verres. Le type me regarda, fit un hochement de tête compréhensif et donna une petite tape amicale sur le bras d'Ove en prenant congé.

« Tu viens souvent ici ? demandai-je avec une nonchalance approximative au moment où Ove se rassit.

— Pas mal », répondit-il en promenant autour de lui un regard indifférent, comme s'il ne voyait aucune raison de poser ce genre de question.

J'en revins à notre discussion.

« Ces informations sur Fredrik Loewe, tu les as eues d'un contact suédois ?

— Une collègue qui bosse pour l'un des plus grands quotidiens de Stockholm, acquiesça-t-il.

— Tu lui as aussi parlé de Pär Elias Jansson ?

— Oui. Et elle a été très prudente.

— Ah ?

— Pas au téléphone, a-t-elle dit.

— Oui, très, comme tu dis.

— Tu peux me croire, Veum. Elle a été on ne peut plus concise. Qui est ce Jansson ?

— Tu as lu dans le journal l'histoire de ce gars qui… euh, qui est tombé du dix-huitième étage de l'Oslo Plaza ?

— Oui, tu parles. Je ne croyais pas qu'on pouvait se défenestrer de ce genre d'immeuble, sans…

— Bingo. Sans l'aide de quelqu'un, c'est à cela que tu penses ? Ce bonhomme, c'était Jansson. P. E. Jansson. Un collègue suédois de Svein Grorud, à en croire les rumeurs.

— Un usurier ?

— Si on veut.

— Alors il n'est pas tombé d'assez haut. »

Je plongeai la main dans ma poche intérieure.

« J'ai ici une photo à laquelle tu aimerais peut-être jeter un coup d'œil… »

Je lui tendis le cliché. Il le posa sur la table devant lui et se pencha dessus.

Il montra l'une des personnes représentées et me regarda.

« C'est Loewe, ça, non ?

— Si.

— On le reconnaît bien, d'après la photo qu'on a aux archives. » Il déplaça son doigt. « Backer-Steenberg… Finstad… mais qui est…

— Excuse-moi, qu'as-tu dit ? Finstad ?

— Oui ? C'est toi qui m'as parlé de lui. Ce mec, là, c'est Thorbjørn Finstad. J'étais convaincu que tu…

— Non, jamais. Je ne savais pas du tout qui était Finstad.

— Et le quatrième sur la photo, c'est…

— C'est Jansson. »

Nous nous tûmes pour regarder ce tirage vieux de six ans et demi, comme une photo originale des quatre évangélistes que nous aurions été les tout premiers à contempler.

« Finstad est au trou.

— Sans blague ?

— Ça non plus, tu ne le savais pas ? Qu'est-ce…

— Non.

— … que tu sais, au juste ?

— Bien trop peu, à l'évidence. »

Chapitre 28

« Thorbjørn Finstad est une personnalité intéressante, Veum, commença Ove Haugland en buvant une grosse gorgée de bière. Dans la toile d'araignée que nous pouvons appeler Oslo, il a occupé une place prépondérante pendant quelques années.

— La toile d'araignée ? Qu'est-ce que tu veux dire ?

— Dans un de ses bouquins, Dashiell Hammett mentionne une ville qu'il appelle Poisonville. C'est assez transparent dans notre langue. On devrait peut-être trouver un équivalent pour Oslo.

— Des propositions ?

— Que sais-tu de cette ville, Veum ?

— Rien que de très superficiel. J'ai habité un an ici, entre 1964 et 1965.

— Alors tu as dû remarquer qu'elle a changé ?

— Elle n'est pas la seule. Même Ber…

— Il y a des limites, Veum. Tu dois avoir… En passant entre les derniers pâtés de maisons tout en bas de Karl Johan, du côté de la gare, tu ne sens pas une espèce de vibration d'agressivité, en fin de soirée ? Ou dans le bout de Torggata, un peu plus tard dans la nuit, tu n'es pas en permanence sur tes gardes ? La main sur le cœur, je crois qu'Oslo est l'une des villes les moins harmonieuses que je connaisse, Veum, une ville en état de guerre permanent contre elle-même. Avec toute la violence aveugle qui s'exprime la nuit dans ces rues, les armes de la ville, ça aurait dû être un gant de boxe ; pas Sankt Hallvard.

— Mais ce dont tu parles — l'agressivité, la violence dans la rue — ce n'est pas seulement un symptôme ?

— Si, justement. Et de quoi ? Eh bien de ça : Oslo est l'une des villes les moins bien gérées de ce pays, une ville qui est allée droit dans le fossé. À Oslo, on a eu le malheur de voir le parti du Progrès accéder au gouvernement, dans une coalition avec la droite citadine qui s'en tient à la devise de Willoch : laissez fleurir les mille sociétés anonymes. Ça a ravagé la ville. Ils ont creusé des tranchées et des tunnels, abattu des immeubles anciens et des écoles centenaires — des tranchées si profondes que même les figures de proue sont tombées dedans. L'un des maires les plus populaires a dû démissionner après des allégations de corruption.

— Mais…

— Ils ont construit des tours si hautes que…

— Certaines sont mortes dans leur chute ?

— C'est ça.

— Mais ce n'était pas déjà lancé bien avant que la droite et…

— Bien sûr. Tout à fait exact. Et le symbole de tout ça, plus que personne d'autre, c'était Thorbjørn Finstad.

— Raconte.

— Thorbjørn Finstad avait ce qu'on appelait dans

les années 70 des origines sociales correctes, peut-être un peu *trop* correctes par rapport à ceux qui pouvaient le faire croire à coups de terminaisons en *-a* à droite et à gauche. Né en 1937, élevé à Enerhaugen — encore un quartier d'Oslo rasé — ferrailleur de profession et comme un coq en pâte quand l'immobilier, qui avait repris après la guerre, a explosé pour de bon à la fin des années 50. Dirigeant syndical de premier plan, suppléant au Parlement pendant deux mandats…

— Pour le parti travailliste ?

— À ton avis ? Il a monté sa boîte en 1962 et a profité immédiatement des conjonctures favorables des années 60 et 70.

— Dans le bâtiment ?

— En tant qu'entrepreneur, oui. Il a eu de grosses commandes de la municipalité. Il a bien su exploiter ses anciens contacts au parti, et quand le vent a tourné — sur le plan politique — il avait grimpé si haut qu'il se plaisait bien parmi ses nouveaux amis, si tu vois ce que je veux dire. C'est pour ça que je pense qu'il occupait une place aussi centrale dans la toile d'araignée. Il avait un pied dans chaque camp, il a couru sans relâche deux lièvres récalcitrants sans y laisser de plumes. On n'a pas déplacé un seul mur sur Youngstorget sans que Thorbjørn Finstad ne soit impliqué, et personne n'a changé la moindre tomette à l'hôtel de ville sans lui demander conseil au préalable.

— Et… maintenant, il est à l'ombre, donc ?

— Oui.

— Sur quoi l'a-t-on coincé ?

— Que du très prosaïque : crime passionnel.

— Alors c'est Thorbjørn Finstad qui… Pål Helge Solbakken, n'est-ce pas ? »

Il hocha la tête.

« Comme je te l'ai dit, quand tu as évoqué Solbakken au téléphone… J'étais certain que tu savais tout ça, Veum.

— Tu ne peux pas me raconter tout ce que tu sais là-dessus, peut-être pas dans le détail, mais au moins les grandes lignes ?

— OK. Pål Helge Solbakken a été passé à tabac dans son atelier photo un mardi soir de la fin mars 1987. Et sans instrument contondant. Rien que les poings — un crime passionnel typique. Les indices trouvés sur les lieux et les témoignages ont conduit à l'arrestation de Thorbjørn Finstad deux jours plus tard. Ses mains étaient étonnamment enflées. D'autres découvertes, en plus de quelques photos — des photos de la femme de Finstad, des *photos d'art*, si tu vois ce que je veux dire — ont poussé Finstad à faire des aveux complets. Il est apparu que sa femme avait entretenu une liaison avec Solbakken. Au cours du procès, la défense a lourdement insisté sur l'aspect passionnel, et a affirmé que tout avait eu lieu sous le coup d'une impulsion.

— Qui l'a défendu ?

— Un de nos pays. Asbjørn Hellesø.

— Asbjørn Hellesø… C'est aussi l'avocat de Backer-Steenberg. Sur la photo, on voit d'ailleurs Backer-Steenberg tendre une enveloppe à P. E. Jansson, aujourd'hui décédé. Finstad et Loewe sont présents, on ne sait pas ce que contient l'enveloppe. Mais quel rapport y a-t-il entre ces affaires ? S'il y en a un ?

— Asbjørn Hellesø, en tout cas. »

J'acquiesçai.

« Je lui ai déjà parlé. Apparemment, il va me falloir recommencer. Quel a été le jugement, pour Finstad ?

— Douze ans, en plus d'une belle somme qu'il a dû payer en compensation à la veuve de Solbakken et à leurs enfants. Il en avait les moyens, ajouta-t-il sèchement.

— Et il est à Ullersmo, si j'ai bien compris ?

— Exact.

— Sa femme… tu te rappelles comment elle s'appelait ?

— Depuis quand t'intéresses-tu à la photo d'art, Veum ? Aud, je crois. Aud Finstad.

— C'est ça. Et on n'a jamais eu de doute sur l'identité du coupable ?

— Je te l'ai dit : il a tout avoué.

— Mmm. » Je posai un doigt sur la tête de Jansson. « Ton contact suédois, là… Pourrais-tu l'appeler pour essayer de m'obtenir un rendez-vous ? J'aimerais bien la rencontrer.

— À Stockholm ?

— N'importe où.

— OK. Je vais essayer de l'appeler, chez elle, demain. Tu ne devais pas courir le marathon ?

— Si.

— Écoute, maintenant qu'on est dans cette galère…

— Quelle galère ? demandai-je en regardant autour de moi. Celle-là ?

— Non, non. Oslo en chute libre. J'ai quelques billets pour le nouveau spectacle. Demain soir. Un truc qui s'appelle *Playtime*. Je crois que tu ne devrais pas louper ça. On ne faisait pas mieux au moment de la chute de l'Empire romain.

— Non ? Quand nous voyons-nous, alors ? Et où ? Pas ici ?

— Le bar littéraire du Bristol, c'est peut-être plus ton style ?

— Pas impossible.

— Neuf heures ?

— Neuf heures. »

Il leva de nouveau son verre. « Une autre, Veum ? »

Je secouai la tête. « Je crois que je vais m'arrêter là. Tu m'as donné pas mal de choses à trier.

— Sois prudent, recommanda-t-il avec un signe de tête vers la porte.

— Après tout ce que tu m'as raconté, je ne sais pas si je vais oser sortir. »

Mais j'osai. L'endroit était plein à craquer, et avant d'atteindre la porte, j'avais déjà recueilli plusieurs invitations à rester encore un peu, certaines du regard, quelques-unes exprimées par des doigts prestes. Je résistai à la tentation et me frayai un chemin jusqu'à la surface.

Le bar que l'on appelait Berlin se trouvait dans une petite rue assez sombre, et il portait fièrement son nom. Une enseigne au néon mauve jetait une lueur débauchée sur le trottoir devant l'entrée, les basses de la musique vibraient comme un pouls obscur dans tout le secteur, et les gens qui passaient devant marchaient à toute vitesse, sur le trottoir d'en face.

Au coin de la rue, juste devant un chantier chichement éclairé, un unique réverbère suspendu battait dans les bourrasques.

Le bruit de la circulation nous parvenait depuis

Pilestredet, les voitures entrant et sortant d'un des tunnels du périphérique qui portait avec une certaine ironie le nom de Henrik Ibsens gate, peut-être pour encourager les gens à suivre la devise de l'écrivain : « Fais un détour, a dit le Courbe. »

Mais dans cette rue, il n'y avait pas de voiture, et à cet instant précis, personne. Hormis moi.

Chapitre 29

Le réverbère suspendu crissait, comme si quelqu'un affûtait ses couteaux juste derrière le coin.

Je partis dans la direction opposée, vers le fleuve de lumière en direction de Karl Johan.

Derrière moi, j'entendis des pas précipités, mais…

Je fis volte-face.

… pas dans ma direction ?

La rue avait l'air déserte. Mais il y avait deux voitures en stationnement, deux planques possibles. J'allais franchir le col seul sur mon cheval, et personne ne surpassait les Apaches dans l'art de se cacher.

Je continuai, en regardant derrière moi.

Au moment où je tournais dans Kristian IV's gate, j'entrai en collision avec un type venant en sens opposé. Nous sursautâmes autant l'un que l'autre. Il avait peut-être entendu lui aussi l'exposé d'Ove Haugland sur l'état de décrépitude des petites rues d'Oslo, car il paraissait craindre le pire.

Je m'excusai et traversai la rue. Il fila, soulagé.

Un groupe de jeunes bruyants arrivait à vive allure en haut de la rue que je venais de quitter, mais leur cap n'était pas le même que le mien.

Je ne voyais personne d'autre.

Je ressentis un soulagement presque physique en débouchant sur le large trottoir éclairé de Karl Johan. J'étais dans la partie considérée comme la plus sûre, dans le hamac entre le palais royal et le parlement, ce que la ville avait de plus proche d'un quartier de représentation. On y trouvait l'hôtel le plus remarquable, les restaurants les plus chers, les plus grandes librairies, l'orfèvre le plus élégant et la plus vieille université du pays.

Devant le Théâtre national, un Ibsen tout illuminé jetait une ombre bien nette sur la façade du bâtiment. Il était d'ailleurs rare que l'établissement propose des représentations de dramaturges norvégiens beaucoup plus récents.

Je récupérai ma valise à la consigne de la station de métro derrière le théâtre, discrètement surveillée par deux trentenaires en blouson de cuir et pas rasés qui avaient *TAUPE* écrit en grosses lettres bien lisibles sur le visage.

Personne ne descendit derrière moi, et personne ne semblait devoir prendre la même rame. À cette heure, j'étais à contre-courant.

J'étais seul dans le wagon jusqu'à Majorstuen. Quelques couples entre deux âges y montèrent, chargés de sacs en plastique pleins, ainsi que deux gamins de douze ou treize ans qui trimballaient leurs chaussures de football en étole autour du cou.

Je descendis à la station de Hovseter. Au moment où je traversais Stasjonsveien, j'aperçus une voiture rouge, tout en périphérie de mon champ de vision.

Je me tournai légèrement pour la regarder.

C'était une Ford Escort piquée de rouille. Elle était

garée cinquante mètres plus loin, et je distinguai deux silhouettes à l'avant.

J'allongeai le pas et partis rapidement dans la direction opposée, vers le haut de Gamle Hovsetervei.

Derrière moi, j'entendis deux portières qui claquaient.

J'accélérai encore un peu et jetai un coup d'œil derrière moi. Deux jeunes en blouson de cuir noir et jean clair m'avaient emboîté le pas.

J'arrivais derrière un type qui promenait son chien. Plus haut, un groupe de jeunes traversait la passerelle menant aux immeubles.

Je rejoignis le type. Le chien, un cocker spaniel long comme un jour sans pain, flaira prudemment ma jambe de pantalon. Son maître, un gars chenu d'une bonne cinquantaine d'années portant une veste de sport à carreaux rouge, tira sur la laisse en lançant un coup d'œil anxieux dans ma direction.

Je me retournai de nouveau pour regarder derrière moi. Les deux en contrebas s'étaient presque arrêtés, et je les vis échanger quelques mots.

Le propriétaire du chien s'était collé au bord droit de la rue, comme dans la crainte de se voir impliqué dans quelque chose de fâcheux.

Je regardai vers le haut.

Le groupe de jeunes de Hovseter était celui que j'avais vu lors de ma première visite dans le quartier. Mais ils n'étaient plus occupés à bousiller des antennes de voiture. Leurs yeux étaient rivés sur un point derrière le propriétaire du chien : moi. D'une démarche glanée dans les séries B américaines, ils se répartirent sur toute la largeur de la rue, comme une sorte d'équipe de battue. Puis ils se mirent à courir.

Je les suivis des yeux. Les deux occupants de la voiture rouge avaient tourné les talons et redescendaient à toute vitesse vers Stasjonsveien.

Tout de suite après, j'entendis le rugissement d'un moteur, et dans un éclair rouge, je vis passer la voiture en contrebas, juste à temps pour échapper à ses poursuivants.

Je cherchai autour de moi quelqu'un avec qui partager cette expérience. Mais le propriétaire du chien était déjà loin entre les immeubles, comme un reporter de guerre blessé par une grenade et quittant un champ de bataille dans lequel il n'avait jamais demandé à se fourrer.

Je partis dans la même direction, coupai vers le bon immeuble et passai la porte.

Je m'arrêtai quelques instants pour retrouver mon souffle avant de rejoindre l'ascenseur.

Avec la sensation de me livrer à un acte répréhensible, je m'introduisis dans l'appartement de la jeune femme.

« Marit ? Ohé ? »

Elle répondit depuis le salon, et je la retrouvai à la porte.

Elle était en bleu foncé, ce soir : pantalon matelassé moulant, tenue *after ski*, comme on disait sûrement à Geilo, une combinaison qui couvrait son corps comme de la neige fraîchement tombée. Le vêtement était ouvert sur le devant, et la fermeture éclair était en position franche : pile entre ses deux seins.

Dans le salon, la sono tournait à fond, et quelques grosses bûches rougeoyaient encore dans le foyer entrouvert. Un quartette à cordes emplissait la pièce d'une sombre euphonie. C'était un morceau aux nuances dramatiques, et je pensai à la descente rapide d'un sommet enneigé, en pleine nuit.

« Schubert ? » demandai-je.

Elle hocha la tête, étonnée.

« *Der Tod und das Mädchen* », répondit-elle en ajoutant sur un ton menaçant : « *La jeune fille et la mort.*

— Une petite mélodie guillerette pour un vendredi soir ? » persiflai-je. Mais je ne pus que remarquer à quel point elle avait l'air tendue.

« Un café ? Un verre de liqueur ? »

J'hésitai un instant. « Oui, s'il te plaît. Un verre ne me fera sûrement pas de mal.

— Te faire du mal ? répéta-t-elle sans bien comprendre.

— Je cours le marathon, demain, répondis-je avec un sourire penaud.

— Ah ?

— Un type qui veut être escorté. Preben Backer-Steenberg, dont on a parlé hier au soir.

— Mmm. »

Elle s'assit dans un fauteuil. Sur une petite table, elle avait déposé cafetière, tasses, verres et une bouteille de Drambuie.

Pendant qu'elle nous servait, j'allai chercher un autre fauteuil et le posai à côté du sien.

Les braises dans le feu donnaient une nuance de soleil couchant à son visage et adoucissaient ses traits durs. Pour moi, c'était toujours une fille d'un roman de Gunnar Larsen, et plus que jamais. Elle était arrivée des Nordmarka, avait appuyé ses skis au mur avant de se doucher et de passer des vêtements plus confortables. Et maintenant, elle était installée devant la cheminée, des étoiles de givre dans les joues et le souvenir de flocons de neige dans les yeux.

Mais son expression mélancolique, renforcée par les notes tristes de la chaîne hi-fi, la trahit. Ce n'était pas une fille d'Oslo de 1935 ou 1936. Sous la peau, elle avait l'Oslo des années 90 : sombre, agressif et déséquilibré. Rues obscures rendues acides par les gaz d'échappement ; passages souterrains aux murs couverts de graffitis racistes ; le bruit d'une bouteille brisée, le froufrou métallique d'une chaîne, le soupir à peine audible d'un cran d'arrêt qui s'ouvrait : aussi loin que possible des pistes immaculées, aussi loin du Sognsvann que Manhattan.

Je bus une gorgée de café et goûtai l'alcool, une route goudronnée à travers une lande écossaise ensoleillée, bordée de bruyère en fleurs.

« Alors, comment s'est passée cette journée ? »

Elle ne répondit pas. Elle haussa simplement les épaules en regardant par-dessus le bord de son verre.

« Il est arrivé quelque chose ? »

Elle secoua la tête.

« Personne n'a appelé…

— Qui ce serait ?

— … pour me parler ? »

Elle tourna si vivement la tête vers moi que ses cheveux dansèrent.

« Non. À toi non plus. »

La musique se tut entre deux mouvements. Puis elle revint, comme un trois-mâts aux voiles noires lancé à pleine vitesse vers le naufrage.

Elle fit un sourire en coin.

« J'aurais dû passer du Grieg, plutôt. Ça convient peut-être pour l'hiver et le printemps.

— Il est arrivé quelque chose, hein ? »

Elle secoua de nouveau la tête. Puis elle tendit la main et l'ouvrit. Je posai doucement la mienne dedans, et elle se mit à me caresser le dos de la main et les premières phalanges.

« C'est juste que de temps à autre, je suis complètement déprimée. Je suis seule chez moi, un vendredi soir. Je n'ai pas de boulot stable, je vais d'un endroit à l'autre. Je n'ai pas de liaison stable, mais… » Elle s'interrompit. « Je cherche. »

Elle posa sa main libre sur ses cheveux, pencha la tête sur le côté et haussa lentement les épaules, comme si sa nuque la faisait souffrir.

Son regard croisa le mien.

« Quelqu'un appelle ? Non. Quelqu'un rentre à fond de train à la maison parce qu'il trouve que je suis d'une compagnie agréable ? Non. »

Je ressentis un creux sous les côtes.

« Je suis venu aussi vite que j'ai pu, mais…

— Non, ne le prends pas personnellement ! Tu as une copine, non ? À Bergen ? » grimaça-t-elle. La prise autour de mon poignet s'était affermie, ses ongles acérés me faisaient presque mal. « Où es-tu allé ?

— À plusieurs endroits. J'ai échoué dans un bouiboui qui s'appelle le Berlin, avec un gars que je connais.

— Le Berlin ? C'est là que vont les vrais mecs ?

— Peut-être pas. Tu as entendu parler d'un truc qui s'appelle *Playtime* ? »

Elle leva les yeux au ciel.

« Ça ne doit pas être rien. Tout le monde en parle. Pourquoi cette question ?

— Cette connaissance, il avait deux billets pour demain soir.

— Demain, je suis occupée, répondit-elle rapidement.

— Mais je…

— Avec quelqu'un qui n'est pas libre, ajouta-t-elle avec une légère amertume.

— Bon.

— Ça te choque ?

— Non. Et je ne serais pas allé cafter auprès de sa femme, à la vérité.

— Qui a dit que c'était un homme ? »

Je lui lançai un coup d'œil de biais.

Elle partit d'un rire soudain, violent. « Mais si ! N'aie pas peur ! »

Elle lâcha ma main et la repoussa.

« Viens. Approche ton fauteuil. On écoutera… En tout cas, la musique est plus gaie, maintenant. *Quintette en* la *majeur. La truite.*

— Je sais. »

Je m'exécutai et rapprochai mon fauteuil. Elle se pencha pour me faire comprendre que je pouvais passer mon bras autour de ses épaules. Puis se renversa en arrière et posa un regard rêveur sur les braises.

« Maintenant, on peut jouer à "on est mariés depuis vingt ans".

— On serait installés comme ça, tu crois ?

— J'ai dit "jouer", non ? »

Dans un courant argenté, les truites entraient dans nos oreilles. Elles faisaient des bonds malicieux, des ronds dans nos pensées muettes, des rides à la surface entre les lèvres et la peau.

Je sentais le poids de son corps dans le creux de mon bras. Ses cheveux dégageaient un léger parfum, mélange de branches de pin et de fart.

Son visage était large, ses yeux loin l'un de l'autre. Et son regard venait de très loin.

Lorsque nos tasses et nos verres furent vides, alors que la dernière truite avait crevé depuis longtemps la surface luisante du CD, elle tourna son visage et sa bouche vers moi. Comme une branche dans la forêt, je me penchai… et l'embrassai.

Ses lèvres avaient le goût cuivré du soleil d'automne et du Drambuie, légèrement collant. Sa langue était mince et preste comme un volant en novembre.

Elle posa les mains dans ma nuque et me retint de ses doigts fins. Je lui passai une main dans le dos, doucement, en un geste paternel. Mais quelque chose me déchira de l'intérieur : c'était un baiser si nouveau et nu qu'il me lacérait et me rendait vulnérable.

Elle s'étira par-dessus l'espace entre les fauteuils et s'appuya tout contre moi. Puis elle leva la tête et me regarda.

« Tu m'accompagnes… à l'intérieur ? »

Je la regardai longuement. Depuis son nid entre mes jambes, le jeune coucou tendait le bec.

« Non, murmurai-je. Désolé.

— Tu as peur de quelque chose ?

— Je ne crois pas que ce soit une bonne idée. On pourrait dé…

— Et moi qui pensais que les soixante-huitards étaient libérés !

— En fait, je suis un peu vieux pour être un soixante-huitard. J'ai ramassé mes premiers coups sur les doigts en 58, et à ce moment-là, la révolution sexuelle, c'était quelque chose que nous lisions dans *Dagbladet*, où elle était censée se dérouler de préférence sous les lustres.

— Alors pourquoi m'as-tu embrassée ? » demanda-t-elle sur un ton indigné en se libérant et en se levant dans le même mouvement.

« T'embrasser, Marit, c'était ma façon de timbrer la lettre que je t'enverrai peut-être un jour.

— Tu ne pourrais pas le formuler un peu plus clairement ?

— Je…

— Ne te fatigue pas ! » Elle fit un signe de tête vers la table devant le foyer. « Tu ranges ? Je vais me coucher. Bonne nuit !

— Bonne… nuit. »

Elle claqua sèchement la porte derrière elle.

Je restai un moment immobile, les yeux rivés sur la porte close.

Elle avait raison. J'étais allé trop loin.

Un baiser, c'est la caresse la plus intime qui soit. Faire se rencontrer des organes génitaux, c'est à la portée de n'importe quel animal. Le baiser, c'est la lettre de noblesse de l'être humain.

Après, tout se vaut. Quand on a embrassé une femme, on n'a pas besoin de coucher avec elle. On porte sa bannière sur son armure pendant tout le reste du tournoi.

Je rangeai et préparai le canapé.

Puis je me couchai.

Il ne se passa rien. Absolument rien.

De ce point de vue, c'était une façon parfaite de recharger les batteries en vue du marathon d'Oslo.

Chapitre 30

Sur la ligne de départ, tout était comme à l'accoutumée. Tous les hôpitaux du pays, de Kirkenes à Kristiansand, avaient fermé pour le week-end. Les patients étaient ici. Ils étaient venus avec leurs blessures au genou et leur mal de dos, leurs pieds plats et leurs ulcères à l'estomac, leurs crampes et leurs névroses d'angoisse.

Les rues autour de Bislett étaient pleines de gens en tenue de course à pied, prêts à toutes les distances entre le marathon complet et le semi-marathon. Les automobilistes avaient déjà une lueur paranoïaque dans le regard.

Le temps avait encore changé et l'on en était à présent à la fin d'été dans toute sa maturité. Les rares nuages qui traversaient le ciel azur ne restaient pas, comme des coureurs peu entraînés craignant d'être invités à prendre le départ de la course. Une légère brise matinale ventilait le soleil devant nous. Les conditions étaient presque parfaites.

Une atmosphère de Baume du tigre, de Nifluril et de vaseline emplissait Louises gate du côté nord de Bislett, où les coureurs, classés par heure probable d'arrivée, trépignaient comme autant d'étalons excités devant ce que leur apportait le printemps. Il y avait des étalons de tous les âges, du poulain au vieux gris, et tout autant de genres, du jeune animal chancelant au vieux et massif cheval de trait. Il y avait aussi pas mal de juments, et il était étonnant de constater à quel point le flirt était absent de leurs pensées. Ils n'étaient pas venus pour ça, ni les étalons ni les juments.

Je m'étais fait un petit déjeuner de bonne heure. Une fois le café prêt, j'avais frappé à la porte de la chambre de Marit pour lui demander si elle en voulait. D'une voix éraillée, elle m'avait répondu qu'elle resterait au lit encore un moment. Quand j'avais été prêt à partir, elle promenait un regard ensommeillé sur *Aftenposten* par-dessus sa tasse de café, mais pas assez ensommeillé pour ne pas observer ma tenue de course. Elle avait même murmuré une phrase où il était question de *haute couture*[1] quand j'étais parti.

J'avais retrouvé Preben Backer-Steenberg à mi-hauteur de la tribune sur le flanc ouest, où des zones fermées permettaient aux coureurs de laisser sacs et vêtements chauds. Il buvait du XL-1 vert clair à la paille dans une bouteille d'un litre et demi, vêtu en bleu et jaune soyeux, comme s'il courait pour la Suède. En m'apercevant, il m'avait salué d'un sourire carré : « Ah, vous prenez le départ, Veum ? » J'avais hoché la tête, et il avait ajouté : « Alors je me sens en sécurité. En absolue sécurité. »

Il était maintenant cinquante centimètres devant moi, sur la ligne de départ à l'avant. J'avais enregistré

1. En français dans le texte.

tous les détails de sa tenue et de son équipement. J'allais le suivre comme une ombre aussi longtemps que je le pourrais. Je ne le quitterais pas des yeux, et je surveillerais aussi ceux qui allaient courir près de lui.

Sur une ligne de départ du marathon, quand vous en avez déjà couru quelques-uns, vous retrouvez toujours des gens que vous connaissez. Deux ou trois gars de l'équipe de la police de Bergen me firent des signes de tête mesurés, tandis qu'un type du département construction et installations de l'hôtel de ville me dévoilait toute sa tactique de course, du premier au dernier kilomètre. Autour de nous, les gens se lamentaient sur leur piteux état.

Un ancien copain de classe de l'école populaire de Nordnes vint me saluer. Nos carrières sportives avaient été des plus tardives, à l'un comme à l'autre. À l'école, nous étions systématiquement dans les deux ou trois derniers à être pris dans la moins bonne équipe de football de la classe. Nous n'en étions pas moins les seuls à nous être montrés par la suite capables de courir le marathon.

Le départ approchait, et le peloton commençait à avancer lentement, comme toujours. Les poules se désagrégeaient. Ceux qui avaient les plus grandes ambitions faisaient pression depuis l'arrière. Le soleil brillait sur les drôles de créatures multicolores amassées dans Louises gate, tandis que Bislett broyait du noir dans son coin, comme un monument dédié aux héros d'un autre temps, quand ce genre de chose existait encore.

L'arbitre lança un appel rapide depuis le plateau d'un camion-grue. Le type chargé de donner le départ leva son pistolet. Le coup claqua. Nous étions en mouvement, sans avancer d'un millimètre.

Durant les premières secondes, rien ne bouge. La zone de départ est si dense qu'on a l'impression de participer à un échauffement commun, sur place. Puis la file avance lentement, rangée après rangée. On trouve de petits interstices entre les coureurs, on part en zigzag entre les espaces présumés, en gardant toujours un œil par-dessus son épaule pour ne pas être bousculé ou perdre ses chaussures sous les pieds des autres concurrents. De mon côté, je n'avais qu'une feuille de route, en tant qu'arrière-garde de Preben Backer-Steenberg, tout à fait conscient que je ne ferais jamais partie de son bataillon.

Pour commencer, cela ne posa pas de grosses difficultés. La cadence d'ouverture était acceptable. Backer-Steenberg cherchait son rythme, à l'intérieur et à l'extérieur du peloton, sur le bord du trottoir et sur la chaussée, d'un côté et de l'autre des voitures en stationnement. Nous descendîmes ainsi Josefines gate, passâmes devant l'église d'Uranienborg avant de remonter Gyldenløves gate en direction de Kirkeveien.

À partir de là et en entrant dans le parc Frogner, le peloton commença à se distendre. Les petits groupes typiques se détachèrent, faits de coureurs qui ne se quitteraient pas avant d'avoir passé la ligne d'arrivée, mais toujours avec de petits débordements : des gens qui arrivaient par l'arrière pour les rejoindre, d'autres qui prenaient un peu de retard et devaient finir par les abandonner. Je suivais toujours Backer-Steenberg, dans un groupe qu'il menait et dont j'étais lanterne rouge. Un an et demi me séparait de ma dernière prestation dans un marathon complet, et je ne savais pas trop où me situer.

À la hauteur du cimetière de Vestre Gravlund, ce fut comme si le peloton tout entier augmentait inconsciemment la cadence, comme pour passer le plus vite possible devant ce rappel de la toute dernière course, où les places sur le podium seraient très chères. En passant au kilomètre 6, je jetai un coup d'œil à ma montre. 00 :28 :31. C'était synonyme d'un rythme proche de 4.45 au kilomètre, et ça ne devrait pas accélérer beaucoup.

À Smestad, une belle femme brune et deux enfants bien habillés attendaient devant une voiture de sport rouge brillant. Au passage de Backer-Steenberg, la femme lui envoya un « allez ! » silencieux, tandis que les enfants faisaient montre d'un enthousiasme bien plus net : « Allez papa ! Allez papa ! » La fille resta auprès de sa mère quand nous fûmes passés, mais le petit garçon nous accompagna un bout, manifestement très fier de connaître l'un des coureurs.

Nous redescendîmes par Monolittveien pour entrer dans le parc. Les arbres annonçaient l'automne. Nous étions sans plus de doute en septembre, l'arrière-garde de l'été, un garde-frontière sur l'hiver à venir. La nuque de Backer-Steenberg était rouge et son maillot était trempé de sueur entre les omoplates. Je me concentrai pour ne pas le lâcher.

Dans Bygdøy allé, les copains de Bergen me rejoignirent tranquillement, et nous trouvâmes un rythme commun qui nous permit de traverser sans grand effort le parc du palais derrière Abelhaugen et Nisseberget. Puis nous arrivâmes sur Holbergs plass avant de remonter Pilestredet. Le tracé bifurqua de nouveau vers Bislett, en passant devant la brasserie Frydenlund où nous n'aurions pas craché sur une petite halte pour goûter à la marchandise.

On nous avait expliqué que la côte la plus redoutable se trouvait sous Voldsløkka, mais pour un Vestlandais, ça ne représentait pas une ascension plus pénible que de monter dans un tram. Il y avait des raidillons plus mauvais à Florø, et personne n'avait encore eu l'idée d'organiser le marathon de Trollstigen.

À Voldsløkka, nous étions au sommet, avec vue sur la partie orientale de la cuvette d'Oslo. Comme un signe que nous reprendrions bientôt le chemin du bercail, nous descendîmes Bergensgata vers Bentsebrua et Torshov.

Au point de ravitaillement suivant, un Berguénois du genre bruyant se fraya un chemin à coups de coude, et les gobelets voltigèrent tous azimuts. Backer-Steenberg leva un regard agacé, et me découvrit juste à côté de lui. Son regard était légèrement voilé.

« Vous suivez, Veum ? murmura-t-il.

— Pas de problème jusqu'ici. »

En descendant le Torshovdal, je remarquai qu'il accélérait. Je ne le lâchai pas, mais mon pote de Nordnes râla juste derrière moi : « Ça va trop vite, Veum. On est sous les prévisions.

— Quelles prévisions ? » répliquai-je sans ralentir.

Nous passâmes à toute vitesse devant le parc de Sofienberg, en direction de Tøyen plus à l'est. Au kilomètre 21, juste avant le musée Munch, je regardai ma montre. 1 :37 :56. Nous étions bien partis pour faire moins de 3 h 20.

Mais mes jambes commençaient à être endolories.

La course de Backer-Steenberg aussi s'était alourdie. Pourtant, il me devançait de cent mètres dans le peloton. Je dus faire un effort pour ne pas me laisser distancer.

« Ça va trop vite, Varg, bien trop vite ! grogna mon copain de classe à côté de moi.

— Merci de l'encouragement. »

Nous étions arrivés dans les ruelles de Grønland. Nous traversâmes l'Akerselva avant de passer devant Oslo Spektrum et Oslo City.

À la hauteur de Kirkeristen, nous suivîmes le peloton dans Dronningens gate avant de remonter Karl Johan.

Derrière moi, quelqu'un cria : « On s'est plantés, tous autant qu'on est !

— Quoi ? ! gémit mon voisin. Ils ont dû modifier le parcours !

— Depuis hier ?

— Il y a peut-être eu un accident. »

Un accident ? !

Je perdis soudain le rythme. Où était Backer-Steenberg ?

Nous remontions la partie carrossable de Karl Johan. L'itinéraire était délimité par du ruban en plastique, et la foule était compacte de part et d'autre de la piste. Il en fusait des cris allant des encouragements au rire moqueur.

Là !

N'était-ce pas la courte mèche blanche de Backer-Steenberg et son maillot jaune que j'apercevais près du panneau du métro sur Egertorget ?

Si, c'était bien… ?

J'accélérai en passant devant le parlement, où

Christian Krohg[1] profitait d'une absinthe calmement assis sur son socle, pendant que les hordes passaient en hâte devant lui, à la poursuite d'horizons perdus.

Devant le Grand Hôtel, j'étais assez près pour affirmer que oui, c'était bien lui. Avec un soupir de soulagement, j'essayai de retrouver mon rythme. En vain.

Alors que j'avais largement de quoi m'occuper à essayer de rejoindre le groupe, certains derrière moi avaient encore assez d'énergie pour discuter tout fort : « Regardez l'affichage ! Contrôlez sur votre montre ! On n'a pas couru assez ! Tu piges ? On descend d'Alta, et ils nous font courir moins que prévu !

— Ils ont peut-être oublié de rectifier, répondit l'autre sans conviction particulière. En plus, on a eu le voyage.

— Le voyage ? Le voyage ! »

Je m'écartai un peu pour les laisser passer. J'avais dépassé mon seuil de productivité.

Je voyais toujours Backer-Steenberg. Sur Rådhusplassen et dans Rådhusgata, il creusa pourtant l'écart, et en arrivant du côté de la forteresse d'Akershus, je le perdis de vue pour la première fois.

Les muscles entre ma poitrine et mes bras me faisaient cruellement souffrir, ainsi que l'arrière des cuisses. Mon copain de classe me rattrapa et me dépassa sans aucune difficulté.

« Soucis, Varg ? » demanda-t-il en passant.

J'en étais au stade où je ne pouvais plus répondre. Je gardai donc le silence mais secouai la tête pour la

1. Christian Krohg (1852-1925) : peintre, écrivain et journaliste norvégien.

forme, pour ne pas trahir que je n'allais pas tarder à jeter l'éponge. Je ne le revis plus jusqu'à Bislett, une fois la course terminée.

Arrivé sur Honnørbrygga, je songeai : Je craque ! Ça fait trop mal. C'est d'ici que le chemin est le plus court jusqu'à Bislett.

Mais devant la Vestbane, j'apercevais encore la frange blanche de Backer-Steenberg. J'espérais toujours en douce que lui aussi ne tarderait pas à avoir des problèmes, que je pourrais encore me montrer digne de la mission que je m'étais donnée : servir de chien de garde à Backer-Steenberg pendant la course et veiller à ce qu'il arrive sain et sauf à destination.

Mais au point où en étaient les choses, j'avais déjà pas mal à faire pour arriver, moi, en un seul morceau.

Nous contournâmes Pipervika par le port, avant de traverser Aker Brygge et de reprendre sur Filipstadkaia.

Après avoir passé Filipstad, le tracé suivait l'allée bordant Frognerkilen. J'avais retrouvé un rythme régulier, nettement plus lent qu'avant, mais je me consolai en me disant que pas mal de gens devaient souffrir bien plus intensément que moi. Au kilomètre 30, les coureurs avaient commencé à craquer. Certains géraient leurs crampes aux jambes, allongés sur le bord du parcours, d'autres s'étaient appuyés aux réverbères pour faire des étirements désespérés. Un coureur avait renoncé et claquait des dents dans une couverture en laine grise fournie par le service d'assistance qui suivait la course.

Comme pour souligner que nous étions à présent dans la phase critique de la course, des nuages gris-bleu étaient arrivés de l'embouchure du fjord d'Oslo pour recouvrir la ville, comme si on avait fait sauter un bouchon plus au sud. Et quand je parvins à Skarpsno, la pluie fit son apparition. C'était une averse impétueuse ponctuée de bourrasques violentes. En cinq minutes je fus trempé jusqu'aux os, et je me penchai en avant pour lutter contre le vent.

Plus haut, dans Sjølystveien, j'eus l'impression de courir à contresens sur un tapis roulant, et j'allai me coller contre les haies de gauche pour être le plus à l'abri possible.

L'arrivée du mauvais temps coïncida avec la mort de mes dernières illusions de mener à bien cette mission. Plié en deux contre les coups de vent, le regard planté par terre, l'ascension du raidillon vers Vækerø m'en faisait voir de toutes les couleurs. Ce serait le point le plus occidental de la course, qui traverserait ensuite un pont au-dessus de Drammensveien pour déboucher dans une Nedre Skogveien luxuriante, paradisiaque.

Les nuages s'éloignèrent. Les gouttes s'espacèrent. Puis ce fut terminé. L'asphalte fumait dans les rues entre les villas de Bestum. Quand je passai devant Olsens Enkes gartneri, où un ensemble de cuivres jouait un jazz endiablé pour nous remonter le moral, le soleil réapparut à travers de grandes lucarnes bleues entre les nuages.

La fin d'un marathon est un moment de solitude. Vous n'êtes plus accompagné que de vous-même, et il ne faut pas espérer un grand réconfort.

Les muscles vous lancent. Les poumons patinent. Les plantes de pied brûlent, et les ampoules attaquent les parties exposées. Les mouvements sont mécaniques : lever les jambes demande un effort sans cesse plus grand. Vous sentez de la résistance dans des articulations essentielles, et vous avez mal à des endroits que vous n'auriez jamais cru susceptibles de vous faire souffrir.

Dans les files de voitures sur Drammensveien, des conducteurs arrogants vous dévisagent avec impatience parce que vous avez contribué à paralyser la circulation. Dans Bygdøy allé, vous croisez des gens qui promènent leur chien, et vous songez : c'est un chien que j'aurais dû être…

Dans Josefines gate, vous remarquez pour la troisième fois que d'autres coureurs sont accueillis par leurs supporters, dont certains vous encouragent aussi, on doit voir que vous en avez besoin. Un jogger traverse çà et là le parcours, vers un footing tranquille dans le parc Frogner, et vous vous dites : Sitting Bull, grand chef, homme sensé…

Et c'est le dernier kilomètre. Vous réussissez à peine à avancer. Des concurrentes et des septuagénaires vous dépassent. Un escargot rampe au bord du trottoir, et vous avez du mal à le rattraper. Les haut-parleurs dans l'enceinte du stade sonnent comme une musique alléchante de fête foraine, mais vous réussissez tout juste à virer correctement dans Bislettgata au lieu de continuer, toujours tout droit, jusqu'à vous échouer sur Sankthanshaugen en une réplique du tout premier marathonien.

C'est les jambes raides que vous passez l'entrée. Vous imaginez les retransmissions télévisées des courses olympiques et d'autres championnats du monde, le public qui se lève dans les cris de joie au moment où le vainqueur arrive sur la piste. Personne ne se lève et ne vous acclame à votre arrivée ; la plupart des spectateurs discutent en vous tournant le dos, et continuent à manger bananes et barres chocolatées, ou soignent leurs blessures et leurs ampoules. Vous prenez le virage nord. Un photographe vous tire le portrait, comme il le fait pour tous ceux qui terminent, mais vous ne réussissez pas à sourire. Vous ne pouvez que passer devant lui d'un pas de zombi.

Mais l'excitation monte en vous. Les derniers mètres… Un suprême effort vous permet de lever les bras au-dessus de votre tête, et vous souriez — si l'on peut appeler ça un sourire. Tous les chronomètres du monde s'arrêtent. Vous êtes arrivé. Vous êtes arrivé, arrivé, arrivé.

Vous reprenez votre souffle, plié en deux sur vos genoux.

C'est un miracle. Votre corps n'avance plus. Vous ne bougez plus.

Je me redressai et regardai autour de moi, à la recherche de Backer-Steenberg. Je ne le vis pas. Nulle part.

Je repartis vers le virage sud, où l'on me donna bananes, chocolat et boisson.

J'avais beau écarquiller les yeux, je ne voyais pas Backer-Steenberg.

Mon copain de classe me rejoignit et s'appuya de tout son poids à mon épaule.

« J'ai battu mon record, Varg. Première fois que je le fais en moins de 3 h 20.

— On n'a pas eu notre compte, répondis-je. Il manquait un ou deux kilomètres. »

La joie s'éteignit dans son regard. « Tu es sûr ?

— Tout à fait. » Je levai mon propre chronomètre pour lui montrer mon temps. « Tu vois : 3 :21 :16, mais mes jambes me disent qu'on est plus proche des 3 h 30. Compte tenu de ma vitesse sur les derniers kilomètres, je pourrai m'estimer heureux si j'ai fait moins.

— Oohhh... »

Il n'y a rien de pire que de révéler à un marathonien qui vient de battre son record personnel que le parcours était tronqué et que son temps ne sera jamais homologué. Racontez-lui que sa vieille maman a passé l'arme à gauche, que son épouse s'est flinguée et que sa maison a cramé, ça ne lui fera ni chaud ni froid. Mais ne lui dites jamais ça. Ce n'est ni l'endroit ni le moment.

Je continuai à contourner la file de participants, par l'extérieur.

Je commençais à me sentir mieux. J'étirai mes jambes. Fis rouler mes épaules et ma nuque, secouai mes membres et m'étirai derechef.

Je rejoignis la piste par l'entrée du club house, et remontai la tribune jusqu'à nos vêtements.

Il m'attendait là. Ses courts cheveux blancs étaient si mouillés que son crâne luisait au travers, en rose porcelet.

À la main, il avait la même bouteille qu'avant la course, et en m'apercevant, il écarta largement les bras.

« Vous voyez, Veum ! En pleine forme ! Il ne s'est rien passé. Rien du tout. Vous auriez pu vous épargner... non, en fait. Vous aussi, vous avez traversé cette course.

— Une victoire pour le sport ? grommelai-je en me penchant pour récupérer le sac en plastique contenant mes vêtements.

— Mais un revers pour le détective ! *Skål*, Veum, et merci de m'avoir accompagné ! »

Il brandit sa bouteille de XL-1 en un toast aigre-doux, avant de la porter à sa bouche et de boire en grosses gorgées assoiffées, comme il est d'usage chez les marathoniens.

Puis il baissa le bras et se passa un revers de main sur les lèvres — et se pencha soudain en avant, livide.

« Ouille ! ! »

La bouteille en plastique heurta le sol de béton. Il pressa les mains sur son estomac et me regarda avec angoisse, comme si je venais de le frapper. « J'ai m-mal ! »

Un type brun aux cheveux courts se redressa à côté de lui, et déclara d'un ton docte : « Crampe d'estomac. Tu as bu trop vite. »

Backer-Steenberg se tourna légèrement vers lui. « Cr… crampe… mais ça… »

Il s'effondra alors en avant et dévala quelques marches, puis s'immobilisa dos à un autre concurrent épuisé assis la tête entre les genoux et contemplant d'un œil mort le fond de son sac de sport.

Chapitre 31

Le type aux cheveux courts fut plus rapide que moi. Il était déjà à genoux à côté de Backer-Steenberg, et l'avait retourné sur le dos avant que je les aie rejoints. Il leva les yeux sur moi.

« Je suis médecin ! Appelez une ambulance ! »

Je l'observai un instant. Puis je descendis jusqu'à la piste et hélai un gars en uniforme de secouriste.

« Vous avez une ambulance à disposition ?

— Juste devant ! Quelqu'un s'est trouvé mal ?

— Oui ! »

Il était déjà en mouvement. « Je vais chercher une civière. »

Je remontai en courant. Backer-Steenberg était gris pâle, sa bouche tremblait comme après un A.V.C., et le bas de son corps était secoué de vigoureux tremblements. Le médecin avait déplié sa veste sur lui et s'activait déjà à un massage cardiaque. L'oreille tout contre la bouche de Backer-Steenberg, il écoutait sa respiration.

« Il est mal en point, murmura-t-il.

— La civière arrive. »

Les gens commençaient à comprendre qu'il s'était

passé quelque chose. Les coureurs s'agglutinaient autour de nous. Certains y allaient de leur bon conseil. Mais la plupart avaient le regard étonnamment gêné, comme si cet exemple de la vitesse à laquelle les choses pouvaient se retourner faisait à chacun l'effet d'un rappel désagréable.

« Il a perdu connaissance ? demandai-je.

— Oui.

— Poussez-vous ! Dégagez le passage ! »

On permit aux secouristes de parvenir jusqu'à nous. Avec des gestes rapides et professionnels, Backer-Steenberg fut enveloppé dans une couverture de laine et déposé sur la civière, pendant que le médecin donnait quelques instructions concises.

Le secouriste regarda autour de lui.

« Est-ce que quelqu'un le connaît ?

— Preben Backer-Steenberg, répondis-je.

— C'est son nom ?

— Oui.

— Backer-Steenberg... Backer-Steenberg... murmurait-on dans la foule.

— Je vous accompagne ! » s'écria le médecin en attrapant son sac de sport. Il emboîta le pas aux secouristes pour rejoindre la piste et le portail le plus proche.

Une petite minute plus tard, nous entendîmes les sirènes hurler et disparaître rapidement dans Thereses gate, en direction de l'hôpital d'Ullevål.

Je repensai furtivement à sa famille : la femme brune, un peu trop chaudement vêtue, et leurs deux enfants, qui avaient encouragé leur père avec tant d'enthousiasme quelques heures plus tôt, à Smestad. Quel message recevraient-ils quand on les appellerait tout à trac ? À quelle journée devraient-ils faire face demain ?

La bouteille ! pensai-je tout à coup en regardant près de moi. Mais je ne la vis pas. Nulle part.

Je m'assis lourdement sur les marches de béton. Une lassitude sans borne s'emparait de moi, comme si je n'avais pas couru un marathon, mais cent.

L'attroupement autour de moi se désagrégeait. D'autres coureurs arrivaient sans cesse sur la piste. Les gens s'étiraient et faisaient des assouplissements comme avant. Les échanges de points de vue sur la façon dont s'était déroulée la course étaient aussi fréquents qu'à l'accoutumée. Au bout de dix minutes, on pouvait croire qu'il ne s'était rien passé.

Je me levai, avec sur les épaules le fardeau le plus lourd du monde.

Mon activité de garde du corps en herbe ne vaudrait pas lourd en subventions étatiques. J'avais accompagné Mons Vassenden à Oslo, je l'avais remis dans le train pour rentrer chez lui — et quelqu'un l'avait buté. J'avais suivi Backer-Steenberg comme une ombre depuis Bislett jusqu'à Karl Johan. Puis il m'avait semé — et on l'avait liquidé.

Cette fois, je savais même qui c'était.

Mais étais-je en mesure de le prouver ? Et me croirait-on, moi, le légendaire homme sous le lit ?

Je quittai Bislett aux notes de l'orchestre de cuivres. On aurait dit l'accompagnement d'un cortège funéraire à la Nouvelle-Orléans.

Les jambes raides, je regagnai le meublé de Thomas et Mari. Je dénichai la clé à l'endroit que m'avait indiqué Thomas, entrai, me déshabillai en gestes presque aussi rapides qu'à l'occasion du bain hebdomadaire dans une maison de retraite et passai à la douche. J'y restai jusqu'à ce que le ballon d'eau chaude soit vide — et bien vide.

Après avoir enfilé une chemise et un caleçon, je m'installai dans leur meilleur fauteuil, le téléphone à côté de moi et l'annuaire sur les genoux.

Je composai d'abord le numéro de l'hôpital d'Ullevål. On m'aiguilla sur le bon service, mais quand je demandai comment allait Backer-Steenberg, on me fit savoir que je n'obtiendrais pas de réponse à cette question, mais que la famille avait été prévenue.

« Vous devez quand même bien pouvoir me dire s'il est vivant ou...

— Désolé. »

J'appelai alors le commissariat et demandai à parler à Anne-Kristine Bergsjø. Elle était en week-end. Et Torleif Pedersen ? Il n'était pas attendu avant dimanche soir. Il s'agit d'un meurtre ! Un instant, on allait me passer police-secours.

Le susnommé était un natif du Sunnmøre, qui parlait avec des *i* à la place des *r*.

« À qui ai-je l'honneuï ?

— Je m'appelle Veum. Vaïg Veum.

— Et vous avez des ienseignements à nous donner ?

— Il s'agit d'un meurtre, c'est-à-dire... un décès subit, en tout cas, mais le problème, c'est que l'hôpital d'Ullevål ne veut pas me dire si la personne en question est morte, ou s'ils ont réussi à la sauver.

— Les pioblèmes sont faits pouï êtye iésolus, Veum, rétorqua le responsable de police-secours sans songer que si tel était le cas, il aurait dû consulter un orthophoniste depuis des années. Pouvez-vous m'expliquer ça encoye une fois ?

— Par le menu : un dénommé Preben Backer-Steenberg s'est effondré à Bislett il y a une heure et demie, après avoir terminé le marathon d'Oslo. Il a été évacué en ambulance. Tout ce que je sais, c'est que j'ai de bonnes raisons de croire qu'il a été empoisonné, que quelqu'un a ajouté une cochonnerie dans sa bouteille de XL-1 pendant qu'il courait.

— Vous avez la bouteille, Veum ?

— Non… le médecin l'a peut-être emportée.

— Le médecin dans l'ambulance ?

— Il y avait un médecin à Bislett, un participant !

— Vous savez, ce n'est pas exceptionnel que les gens se tiouvent un peu mal apyès un effoï payeil !

— Backer-Steenberg ne s'est pas trouvé mal, il a été assassiné ! Et il y a un lien avec le meurtre d'Oslo Plaza, jeudi, sur lequel l'inspectrice principale Bergsjø enquête. C'est pour ça que j'ai demandé à lui parler.

— Un instant, Veum, un instant. Je piends note !

— Pour le nom, c'est bon ? V-A-RRRR-G. » J'espérai que pour l'écriture, il n'aurait pas de difficultés.

« Il y a un numéyo de téléphone où on peut vous joindye ? »

Je lui donnai celui de Thomas — « pour encore une heure » — puis celui de Marit Johansen, « dans le courant de la soirée, et demain matin.

— On vous contacteïa. Meïci d'avoye appelé », conclut le responsable de police-secours sur le même ton que si je lui avais parlé d'un panneau de signalisation tombé à terre.

Je terminai de m'habiller, nettoyai après mon passage et partis en emportant la serviette mouillée et le sac en plastique contenant mes affaires de course.

Je retournai à Bislett.

La majeure partie des concurrents avaient atteint la ligne d'arrivée depuis longtemps. Les tribunes se dégarnissaient, et le commentateur abordait lui aussi sa dernière ligne droite. La lumière était moins forte sur Oslo, les ombres s'effaçaient.

Je traversai la piste vers la tribune où Backer-Steenberg s'était effondré. Cette fois, je cherchai plus soigneusement.

Mais je ne trouvai pas de bouteille. Ceux qui l'avaient bidouillée avaient pu passer la récupérer. Le personnel du stade avait pu nettoyer les lieux. Ou quelqu'un l'avait emportée. Dans ce cas, j'espérais qu'il n'en goûterait pas le contenu.

La sono invita les participants à un bal des ampoules à l'hôtel SAS. Mais je ne me laissai pas tenter. Je n'avais pas grand-chose à fêter. Et j'avais un autre rendez-vous.

Chapitre 32

Un placard *Playtime* en grandes lettres brillantes dominait la fine bande de trottoir dans le petit moignon de rue entre Torggata et Møllergata. L'endroit portait un tout autre nom, mais on ne pouvait se méprendre sur l'attraction du moment. Il y avait déjà vingt mètres de queue, et les gens n'attendaient pas pour se voir servir une tasse de café lors d'une vente de charité de l'Indremisjon. Ici, il fallait donner de la voix pour ne pas se retrouver en queue de peloton.

Nous étions plongés dans la partie de la capitale qui disait depuis longtemps « Oui ! » à une communauté bigarrée, peinte en couleurs criardes. Si l'ambiance pouvait paraître électrique dans les parties basses de Karl Johan les soirs de semaine, ici, elle était presque à la révolution, même pour un samedi en début de soirée. Il n'y avait pas beaucoup de retraités en promenade. La plupart des gens que je voyais avaient bien moins de quarante ans, et très peu étaient seuls. Ils arrivaient en compagnie bruyante de leurs semblables, qu'il s'agisse d'âge, de couleur de peau ou de classe sociale.

À la porte, le videur en smoking discutait tout fort

avec un Pakistanais bien mis qui se voyait refuser l'entrée. « Seulement pour les membres ! Vous devez me montrer votre carte de membre ! » répétait inlassablement le videur, comme un automate.

L'atmosphère ne se détendit pas lorsque Ove Haugland doubla toute la file d'attente et entra sans rien montrer, avec moi sur les talons et un petit signe de tête à l'adresse du videur.

Au vestiaire, nous dûmes présenter nos laissez-passer, et le tapis rouge nous mena à notre table réservée. Nous avions chacun une coupe de champagne à disposition avant d'être assis. Le pouvoir des médias est inestimable, dans certains contextes.

C'était encore plus criard que je l'avais craint : peint en noir et argent, baigné dans une lumière rose d'un goût aussi sûr qu'un film d'Elvis en 1965.

La clientèle était composée d'un peu de tout, des matrones condescendantes de l'Armée du Salut basées à Ullernåsen, accompagnées de types en smoking et à la lèvre supérieure enflée, comme s'ils avaient dû traverser un essaim d'abeilles pour entrer, jusqu'à un intellectuel bambocheur de Homansbyen arborant badge de James Joyce au revers et suçons dans le cou, accompagné d'un pianiste renommé affligé d'une mauvaise estime de soi, un journaliste de télévision que l'on voyait plus souvent dans des sauteries bien couvertes qu'à l'écran, et un comédien sexagénaire sur le retour qui ne jouerait jamais *La danse de mort* de Strindberg ailleurs que dans sa vie privée, trimballant à tout hasard un souffleur d'un certain âge, bigle de surcroît. C'était une ménagerie qui forçait le respect. Goya n'aurait pas réussi à les faire plus beaux.

L'endroit ressemblait à un café réaménagé, avec

galerie et tout. La différence entre les gens attablés en bas et ceux entassés sur la mezzanine était des plus flagrante, et on avait l'impression que la file d'attente entrait par à-coups directement au niveau supérieur.

Le spectacle n'avait pas encore commencé. Il n'y avait personne sur scène, la musique déferlant des enceintes était hermétique — et bien trop forte.

« En quoi consiste l'attraction ? criai-je à l'attention d'Ove Haugland.

— Attends que la représentation commence ! » me répondit-il sur le même ton.

Je lui avais raconté ce qui était arrivé à Backer-Steenberg, et il m'avait écouté avec intérêt. De la réception du Bristol, il avait appelé Ullevål, sans réussir à contourner l'interdiction de conversation. « Mais j'ai un contact, là-bas, avait-il grommelé en revenant. Il prend sa garde à 22 heures. Je retenterai un peu plus tard. »

Nous commandâmes à manger, un plateau de fruits de mer conseillé par le serveur ; en attendant, nous continuâmes à boire du champagne.

« La course t'a esquinté la langue, Veum ? Je croyais que c'étaient les jambes qui souffraient le plus dans ces circonstances.

— Cette fois, c'était le lobe occipital, Haugland. Là où se trouve le siège de la conscience.

— Tout ce que tu aurais pu faire, c'est courir plus vite — et tu n'y es pas arrivé, manifestement.

— J'aurais pu ne pas courir. Le suivre en vélo, à la place.

— Et en hélicoptère, juste au-dessus de sa tête ? En plus, si je t'ai bien compris, c'est à Bislett que ça s'est passé.

— Dans une zone prétendument bouclée, oui. Elle devait être surveillée pendant toute la course — à en croire l'invitation. »

Il leva son verre.

« On ne devrait pas s'appeler plutôt par nos prénoms, après tout ce qu'on a vécu ensemble ? demanda-t-il avec un sourire en coin.

— Si, peut-être, répondis-je en levant ma coupe. *Skål*, Ove.

— *Skål*, Varg. »

La nourriture arriva sur la table, une espèce de partouze de crustacés dopés avec lesquels le cuisinier avait réussi à faire tout ce qu'il avait voulu. Il l'avait fait l'écume aux lèvres.

Au même instant, l'intensité lumineuse décrut. Un groupe de rock monta sur scène, dans un désordre apparent, ses membres discutant tout fort entre eux.

« Playtime *is coming !* » gronda une voix d'outre-tombe à travers les enceintes. Les musiciens empoignèrent leurs instruments, une lumière changeante monta comme si une grenade avait explosé, et quelques riffs de guitare criards et dissonants firent trembler les murs, annihilant tout début de conversation.

« Playtime *is coming* ! » répéta-t-on depuis les enceintes.

Je regardai Ove Haugland, un sourcil haussé. Il me fit signe d'attendre et d'ouvrir grandes mes mirettes.

Un rideau pailleté fut repoussé, et trois gars d'environ trente-cinq ans à l'apparence juvénile et un peu grassouillette, vêtus de blousons lamés mauves et de pantalons noirs, arrivèrent en courant sur scène. « Playtime *is here* ! »

L'un des hommes hurla : « Mesdames et mes couvercles de chiottes ! »

Le second meugla : « Mes putes et messieurs ! »

Le troisième fit un sourire désarmant. « Tous ceux qui ont payé !

— Et vous qui avez été payés !

— Nous vous souhaitons la bienvenue !

— Pour la plus grande tempête de neige de tous les temps ! » Il posa le dos d'une main contre son nez et fit semblant d'inhaler.

« Le cauchemar de toutes les mères !

— La faillite de tous les pères !

— Playtime !

— Des ballerines avec des couilles !

— Des ténors sirupeux sans !

— Des boiteux en chaleur !

— En droite ligne du marathon d'Oslo !

— Nous avons tout ça !

— Il ne nous manque rien !

— Playtime *is here* !

— Playtime *is here* !

— Playtime ! »

Je me penchai vers Ove Haugland.

« Ils sont tout le temps comme ça ? criai-je.

— Non, non ! Ce n'est que l'introduction. »

Ils se lancèrent ensuite dans un interlude composé de sketches construits essentiellement autour de personnages aveugles, sourds ou boiteux, agrémentés de quelques comptines classiques, de préférence de Margrethe Munthe, jouées de la façon la plus débridée qui soit par le groupe de rockeurs hystériques.

« Est-ce que tu essaies de me faire comprendre quelque chose ? braillai-je par-dessus la table.

— Détends-toi et profite, Varg ! C'est de la culture ! Attends voir… »

L'un des présentateurs avança sur scène, un micro à la main.

« Mesdames et mes assassins !

— Catins et lettrés ! » embraya le second.

Le troisième se dirigeait vers le rideau.

« Nous avons la joie de vous présenter à tous…

— … le premier invité de la soirée…

— … la réponse de la littérature norvégienne à Madonna !

— Celle des féministes à Henry Miller ! »

Le rideau se retira, et les trois présentateurs tombèrent à genoux en écartant les bras, comme les choristes d'une comédie musicale de série *Z*.

« Marianne Moe ! clamèrent-ils.

— Marianne Moe ! »

Le troisième présentateur se tourna vers le public.

« MARIANNE MOE — vous ! »

La femme qui descendit les marches d'un pas chancelant avait les jambes maigres et portait une robe grise un peu trop serrée pour être qualifiée d'ajustée. Elle jeta un regard perdu autour d'elle, et cligna des yeux.

Le public se leva et donna une ovation bruyante.

On fit avancer la femme sur la scène, elle fut assise sur une chaise de bar et immédiatement cernée par les trois présentateurs, installés bien plus près d'elle qu'on ne l'apprend dans les écoles de journalisme.

Le premier présentateur lui leva le micro aussi près de la bouche qu'il était possible sans qu'elle l'avale.

« Marianne Moe, vous êtes célèbre pour avoir écrit

certains des romans les plus grossièrement érotiques de la littérature norvégienne moderne ?

— Non, je…

— Vous êtes réputée pour ne jamais avoir dissimulé vos désirs, et avoir montré quelle excitée vous êtes à travers vos publications si largement diffusées

— Non, ça…

— Vous avez dû écrire beaucoup pour…

— Quoi ?

— Je veux dire… Racontez-moi… Il a fallu que vous écartiez, je veux dire écriviez, beaucoup pour pouvoir coucher tout ça sur le papier ?

— Je crois que… Je n'ai pas…

— Elle ne l'a pas fait ! » Il se tourna vers la salle. « Vous avez entendu, les copains ? Elle n'a pas écarté les jambes plus que d'habitude ! Elle l'a dit elle-même ! Marianne Moe ! Elle n'a pas écarté les jambes plus que…

— Je n'ai pas dit…

— Oui, confiez-vous à Beate, il doit y avoir des tas et des tas de culs dans ces bouquins, non ?

— De lettres, vous voulez dire ?

— Non, de culs ! Je veux dire, il n'y a qu'à voir comment vous vous ouvrez, page après page, si l'on peut dire, un rabat ouvert après l'autre… Combien touchez-vous en bourses publiques par prestation ? Par an ?

— Je…

— Mais Marianne Moe n'est pas venue répondre à des questions débiles, les copains !

— Marianne Moe est venue parce qu'elle a promis de nous dipervertir !

— Dans le courant de la soirée, Marianne Moe a promis d'écrire une toute nouvelle…

— Et nue !

— … nouvelle érotique, qu'elle présentera pour vous, mes maquereaux, juste avant minuit !

— Euh, je ne crois pas…

— Elle ne croit pas que ça sera aussi long, les copains ! Elle a déjà commencé ! Elle ne va pas tarder à venir ! Marianne Moe, les copains, allez-y à fond — je veux dire, dans vos applaudissements. Elle vient, les copains ! Elle va revenir ! »

La jeune écrivaine remonta les marches en trébuchant sous les ululements du public debout. Si elle avait eu une queue, elle l'aurait planquée entre ses pattes. Par-dessus son épaule, elle nous lança un regard nu, comme si elle avait été violée.

Un goût rance dans la bouche, je me tournai de nouveau vers Ove Haugland.

« Qu'est-ce que c'est que *ça*, nom de Dieu ?

— Ce sont les temps nouveaux, Varg ! Voilà, c'est ça, la nouvelle ère !

— Tu trouves ça drôle ? »

Il secoua la tête.

« On fait un break, les copains ! cria-t-on depuis la scène.

— On sort boire un canon !

— Et aider un peu Marianne Moe…

— … à se mettre en jambes !

— Mais on va revenir, les copains !

— Ne vous en faites pas !

— Playtime *is coming back* !

— Playtime *is coming*…

— … *back !* »

Le groupe termina dans un crescendo sombre. Sous un tonnerre d'applaudissements, les acteurs abandonnèrent la scène. Puis la lumière se ralluma doucement, comme si l'éclairagiste ne savait pas trop si nous oserions nous regarder en face.

Ove Haugland se leva.

« Je vais réessayer Ullevål.

— Demande-leur d'envoyer une cargaison de Valium pour un usage collectif pendant la pause. »

Quand il fut parti, je regardai autour de moi. Le public était ivre d'enthousiasme, certains en transpiraient sous les bras. De profonds décolletés étaient secoués de hoquets, et le pianiste de renom laissait courir ses doigts depuis longtemps.

Je commandai à boire au serveur, un whisky double sans un seul gramme de glace.

Je me sentais mal. Ça pouvait être la course, bien sûr. Ou ça pouvait être autre chose.

Depuis la table voisine, une femme avait posé sur moi un regard plein de ventouses. Elle avait les jambes largement écartées, et sa jupe était plus courte qu'une lettre d'amour signée Adolf Hitler. Une jarretière lui barrait la cuisse à mi-hauteur : un poste-frontière affichant clairement que vous pouviez passer quand l'envie vous en prenait.

Elle m'avait presque hypnotisé pour me faire descendre de mon siège et ramper sous sa table quand Ove Haugland revint, l'air sombre.

La femme assise à la table voisine leva les yeux au ciel, et d'un geste de main méprisant, elle fit comprendre sans aucune ambiguïté à quel endroit elle nous situait dans le paysage sexuel.

Ove Haugland tira sa chaise et s'assit. Les ailes de son nez étaient blanches.

« Preben Backer-Steenberg est mort à 19 h 28 ce soir, sans avoir repris connaissance. »

Quand vous enfoncez une tige en acier dans une prise électrique, vous prenez une décharge. Ça n'aurait pas dû me surprendre. Mais j'eus quand même l'impression de prendre un coup de jus.

« On… t'a dit à quoi était due la mort ? demandai-je au bout d'un moment.

— Défaillance cardiaque.

— Défaillance cardiaque ! Mais…

— Mais il n'a rien dit sur la cause de cette défaillance. Si on considère qu'il venait de courir un marathon…

— Ce n'est pas la course qui l'a envoyé dans l'autre monde, Ove !

— Ah non ? Qui est-ce, alors ?

— Axel Hauger. D'une façon ou d'une autre, il y a un rapport avec ce dont on a parlé hier.

— Le chantage ?

— Qui a eu une conséquence fatale, oui.

— Le problème, c'est que… Axel Hauger n'existe pas, Varg.

— Il n'existe pas ? Les renseignements ont son numéro. Je suis allé chez lui ! Je sais où il habite.

— Ce que je veux dire, c'est qu'il n'existe pas dans les archives. J'ai même vérifié avec la Suède, puisque tu m'as dit qu'il parlait une espèce de mélange norvégien-suédois. Mon contact là-bas ne l'a pas trouvé, elle non plus. Mais je t'ai eu un rendez-vous !

— Ah bon ? Quand ça ?

— À Stockholm, mardi à midi ; appelle pour convenir de l'endroit quand tu arriveras.

— Comment s'appelle-t-elle ?

— Brita-Helén-Törnquist.

— Elle pique[1] ?

— Oh oui. Surtout si tu la dragues.

— Je ne prévoyais pas de…

— Non ?

— Et Thorbjørn Finstad ? Tu as trouvé autre chose sur lui ?

— Ça ne va pas te plaire, Varg. »

La lumière décrut, et un murmure plein d'expectative emplit la pièce.

« Ou peut-être bien que si, en fait !

— Allez, accouche ! De quoi parles-tu ?

— Playtime, Playtime, Playtime, susurra un baryton dans les enceintes.

— Il est à Ullersmo, ce n'est pas faux.

— Playtime… *is coming*… Playtime… *is coming… back !*

— Oui, et donc ?

— Mais il s'est si bien comporté qu'il a obtenu une permission. »

L'orchestre monta sur scène, la lumière se mit à faseyer.

« Tu n'es pas en train de me dire…

— Si !

— Mesdames et mes larves !

— Éponges et bâtons merdeux !

— Playtime *is back !* Playtime *is back !* Playtime is…

1. Törnquist : branche d'épines.

— Il est en perm, maintenant, Varg. Ce soir !

— … *back !*

— Depuis quand… et pour combien de temps ?

— Depuis hier matin… jusqu'à demain soir ! »

Je fermai les yeux et encaissai le coup. L'interlude était terminé, cela ne faisait aucun doute.

Chapitre 33

Cette fois, ils ne vinrent pas seuls. Les trois présentateurs descendirent en dansant l'escalier d'entrée, entourés du groupe de danseuses le plus miteux que j'aie jamais vu, une espèce de version dépeignée des Folies Bergères. Elles tenaient si mal le rythme qu'on les eût virées sous les huées même dans une petite rue derrière la place Pigalle. Aussi grassouillettes que des bourres de poils et mobiles que des ours en peluche, attifées de tricots moulants déchirés aux coutures sur des collants filés, elles n'en déchaînèrent pas moins l'enthousiasme assourdissant et les acclamations sans retenue du public.

« Mes bielles et mes roues motrices !

— Goupilles et objets émoussés !

— Nous vous demandons d'accueillir chaleureusement…

— Le ballet des boules !

— Le plus pur et beau…

— Elles ont toutes leur certificat de santé à jour !

— Pas malades de la peste !

— Pas malades de ce-que-vous-savez !

— Le ballet des boules ! L'unique et douteux…

— Le ballet des boules ! »

Et le ballet des boules dansa, en suivant des schémas invisibles créés par un chorégraphe aux abonnés absents, sur les notes d'instruments de nouveau malmenés par le groupe.

Mais rien ne couvrait les présentateurs.

« Mais ce n'est pas notre seul nouvel invité, les copains ! Voici le second invité de la soirée ! »

Deux d'entre eux coururent écarter le rideau, tandis que les filles levaient les yeux au ciel, plissaient la bouche en cul-de-poule et faisaient signe d'approcher.

Un homme portant une veste de velours vert bouteille, un jean et une guitare autour du cou apparut en haut des marches.

« Notre invité suivant, les copains ! Le rockeur chrétien du Vestland ! Le prêtre qui a pissé contre le vent ! Børre Baldersheim !

— Oui, ça va être un beau bordel ! » ajouta un autre.

Børre Baldersheim se fraya un chemin jusqu'au pied de l'escalier, entouré de jambes féminines et de mains envahissantes qui montaient très haut et descendaient très bas. Il se cramponnait à sa guitare comme un naufragé en haute mer à une bouée de sauvetage, ce qui était bien le cas. La Reeperbahn[1] n'avait qu'à bien se tenir.

« Qu'est-ce qui pousse des gens comme ça à se montrer dans un truc pareil ? criai-je à Ove Haugland.

— Si on te demande, tu diras que tu l'ignores ! Un

1. Rue de Hambourg aussi connue et emblématique que la rue Saint-Denis à Paris.

besoin perverti de relations publiques ? Le fait qu'ils n'aient jamais appris à dire non ? Ou que les commanditaires de *Playtime* sont foutrement doués pour convaincre les gens ?

— Børre Baldersheim, notre pasteur bien-aimé, l'homme à la touffe, le pilori des gratteux, trompette de Notre-Seigneur sur terre… »

Je me penchai en avant.

« On peut aller discuter ailleurs ?

— Tu ne veux pas voir Marianne Moe ?

— On peut… on peut sortir pisser, au moins ?

— Ensemble ?

— Oui ?

— Toi et moi, Varg ? »

Je me levai et partis vers le vestiaire. En me retournant, je vis qu'il me suivait.

Dans le fond de la pièce, le son était peut-être encore plus infernal, déformé jusqu'au méconnaissable par un écho délirant.

J'entrai dans des toilettes aux murs blancs et bien laqués. Les miroirs évoquaient des fenêtres sur un monde neuf et plus pur, et le bruit de la salle était réduit à une musique de fond pour le murmure dans les tuyaux et les jets réguliers dans les urinoirs.

Je sortis mon stylo-plume et y allai de mon écriture, non pas sur le mur mais à proximité immédiate.

Ove Haugland se livra au même rituel à côté de moi.

Puis j'allai aux lavabos et me lavai soigneusement les mains avant de me rincer à l'eau glacée, visage compris.

J'attrapai une serviette en papier et m'essuyai aussi

minutieusement que si j'avais passé la soirée dans une maison close.

Je regardai Ove Haugland.

« Dans quelle merde tu m'as amené, Ove ? »

Il me lança un coup d'œil en biais.

« Tu n'as pas encore compris ? C'est… je voulais te montrer… la mentalité de l'époque, Varg ! Tu ne le vois pas ? Nous sommes les saints des derniers jours ! C'est la chute de l'Empire romain, seconde partie !

— Et on en regarde la bande-annonce depuis le premier rang ?

— Nous vivons une période charnière, admets-le ! Nous sommes à un tournant dans l'histoire où tout est permis, d'une certaine façon… possible, en tout cas.

— Là, pas de problème. J'ai déjà le mal du pays, et de ses maisons de prière. »

Il approcha.

« Les années 70, c'étaient celles des Maoïstes, les années 80 celles de la vague de droite, qui nous a tous rejetés sur la côte dans les années 90, les membres en petits morceaux et la nuque brisée. À qui appartiendront les années 90, Dieu seul le sait.

— Les orthodoxes, de part et d'autre de la ligne médiane. Ils ont déjà commencé à brûler des églises. Tu es devenu nihiliste, Ove ?

— C'est *véritablement* une époque en cours de mutation. Les grands pouvoirs se disloquent, on trace de nouvelles frontières nationales, l'heure est à de nouvelles coalitions.

— Je vois, et la nouvelle ère migratoire a commencé depuis longtemps. »

Il se tourna brusquement.

« Oui, et alors ? ! Que veux-tu y faire, Varg ? Exclure le reste du monde ?

— Est-ce que j'ai…

— Créer une Festung Norwegen, un parc national pour Allemands en camping-car et Anglais qui auront le droit de pêcher le saumon ? D'où ils pourront envoyer des cartes postales typiques ? "On s'éclate en Norvège ?"

— J'ai parlé d'exclure quelqu'un ? » Je tendis un doigt vers la sortie. « Ce que tu vois là-dedans, Ove, c'est tout autre chose qu'une remise à zéro des compteurs historiques. C'est une civilisation en pleine déconfiture, la recherche perverse qu'a la société d'abondance d'un renouvellement constant de ses besoins d'excitants, un besoin de divertissement sans mesure. Et il est adapté à un monde où l'argent, c'est le pouvoir, et où la vie n'a plus de valeur propre. La vie publique, comme celle des deux victimes crucifiées là-dedans, ou la vie privée, comme celle de Mons Vassenden. Ou de Preben Backer-Steenberg. Ou…

— OK, OK, OK ! On y retourne — pour le grand final — pour que tu puisses avoir la confirmation de tes plus sombres pressentiments ?

— Je ne sais pas si j'en aurai les tripes.

— Tu es en forme. »

Il me tint la porte pour sortir. Nous passâmes le sas sonore du vestiaire et revînmes dans la salle. La femme assise à la table voisine nous lança un regard plein de mépris, comme pour souligner qu'elle savait parfaitement ce que nous cherchions et ce que nous étions allés faire aux toilettes. Un serveur arriva à petits pas pour remplir nos verres de vin. J'avais l'impression que nous en avions besoin.

Sur la scène, le prêtre du rock jouait les dernières notes d'une chanson dont personne n'entendait les paroles, assourdies qu'elles étaient musicalement par le groupe et textuellement par le ballet des boules, qui l'accompagnait à contretemps avec une strophe remaniée des Beatles : « *We love you, yeah, yeah, yeah, we love you…* »

Le bonhomme avait les pieds cloués au sol. Les choristes rampaient comme des rameaux d'algues autour de ses cuisses et de son bas-ventre. La voix tremblante, il leva les yeux vers un ciel devant lequel il espérait ne jamais avoir à comparaître.

Les inévitables présentateurs arrivèrent en bondissant des coulisses.

« Nibards et godemichés !

— Bottes de brocolis et animaux en rut !

— En bref — les copains ! — poussez un assourdissant allélu…

— … y'a que toi, t'es le meilleur !

— … pour Børre Baldersheim ! »

Les choristes et deux des présentateurs portèrent presque le rocker vestlandais abasourdi, le fils perdu des maisons de prière, pour lui faire passer le rideau de fond, pendant que la lumière se concentrait sur le protagoniste restant.

« Et maintenant, les copains, le clou de la soirée, le sommet de cette nuit, pour ne pas parler de climax ! Ce que vous avez tous attendu… elle est revenue nous lire sa nouvelle histoire érotique — on va laisser toutes les métaphores de côté et s'adresser aux organes. Mesdames et messieurs — l'écrivaine Marianne Moe ! "Neuve et nue !" Oui, c'est le titre, donc, mes… sieurs. »

Deux présentateurs énergiques firent passer le rideau à Marianne Moe. Elle tenait un bloc-notes à la main. Son regard ébloui parcourut la salle à toute vitesse, comme une balle de ping-pong, comme si elle y cherchait de l'aide.

Un cri de loup s'éleva du public, car derrière Marianne Moe, dans une espèce de figure de paon façon Folies Bergère, le ballet des boules avait pris place, et elles n'avaient pas perdu leur temps. Exception faite d'un string minuscule, elles étaient nues comme des vers, et les postures qu'elles prenaient avant le numéro final de Marianne Moe ne laissaient pour ainsi dire rien à l'imagination.

« Marianne Moe ! Vous nous avez écrit une nouvelle, en l'espace de…

— Non, je… » Sa voix était faible, désemparée. « Je ne sais pas si je p-peux…

— Si vous pouvez ? ! meugla le présentateur. Vous pouvez depuis que vous avez… en tout cas bien avant d'avoir eu le droit ! Vous avez tant couché — sur le papier — que vous nous avez montré à tous de quoi vous êtes capable ! Que vous puissiez ! Vous ne pouvez pas nous décevoir ! Marianne Moe ?

— Oh non, je… »

D'un simple geste, le présentateur interrompit la musique. Un silence total s'abattit dans la salle.

Les autres présentateurs se figèrent. Le public retenait son souffle.

Marianne Moe promena autour d'elle un regard terrorisé, comme le confirmand le moins vaillant de la paroisse au moment de passer le grand oral. J'eus peur qu'elle ne puisse pas lire le moindre mot sur son bloc, tant la main qui le tenait tremblait.

« Je... ce sont seulement quelques mots que j'ai jetés comme ça, je n'avais pas prévu de... »

Les pieds de ma chaise raclèrent le sol quand je la repoussai, et je me levai. Puis me penchai vers Ove Haugland.

« Je ne reste pas pour écouter ça ! lui feulai-je en pleine poire. Je me taille !

— OK, Varg, OK !

— Dis-moi juste une chose, avant : à ton avis, où est Thorbjørn Finstad ?

— Chez lui, j'imagine. Regarde dans l'annuaire. À Aud.

— Et où Svein Grorud est-il planqué, d'après toi ? »

Il écarta les bras. « Dans son chalet ?

— Il en a un ?

— Sais pas.

— Tu peux faire les recherches pour moi ?

— Oui, appelle-moi lundi ! »

Les occupants des tables à proximité nous firent comprendre que nous devions nous taire. Un serveur allait chercher le videur. Sur scène, Marianne Moe cherchait toujours les mots adéquats.

« Varg... »

Je hochai la tête. « Tu restes ?

— Oui. »

Le videur arrivait vers nous.

« Où est-ce qu'on se voit la prochaine fois, Ove ? À Sodome ou à Gomorrhe ?

— Quelque part entre les deux, je suppose.

— On y est ! »

J'eus le dernier mot ce coup-ci également.

C'était un videur bien élevé. Il me raccompagna jusque sur le trottoir.

Il y avait toujours des gens qui faisaient la queue dehors. Ils s'amassèrent immédiatement autour de l'entrée, dans l'espoir de parvenir à la place qui venait apparemment de se libérer.

Je secouai la tête, inspirai profondément et tournai un regard aveugle vers le ciel nocturne. Puis je remontai Møllergata et mis le cap sur Stortorvet. À l'angle, je passai devant une Ford Escort rouge ornée d'une queue de renard sur la lunette arrière. Je m'arrêtai quelques secondes pour jeter un coup d'œil à l'intérieur. Elle était vide. Je regardai autour de moi, sans voir personne. Alors je poursuivis mon chemin, une impression désagréable dans un coin de mon crâne.

Je sentis les pas précipités avant de les entendre, et je n'étais pas complètement retourné que le tranchant d'une main m'atteignit à l'épaule.

« Vieux porc ! » cria quelqu'un avant qu'un poing entre en contact avec le côté de ma mâchoire, m'empêchant de répondre à la remarque.

Des étincelles jaillirent devant mes yeux, et je titubai vers le mur tout en essayant de me protéger de la suite de l'attaque.

Je les regardai en coin. Ils étaient quatre, à la peau mate, vêtus de blousons de cuir noir et de jeans délavés.

Clic !

La lame d'un couteau à cran d'arrêt scintilla.

L'un d'eux, un petit tas de muscles et de nerfs à moustache noire et membrane synoviale bien blanche, me cracha les mots : « Vieux porc ! Vieux porc ! » Il fit remonter un genou entre mes cuisses, et la douleur me traversa le bas-ventre.

L'un d'eux cria quelques mots dans une langue que

je ne compris pas, et tous regardèrent vers Stortorvet.

Un autre groupe arrivait à pas lourds, au son de leurs épaisses bottes noires. Hormis cela, la panoplie était la même : blouson de cuir et jean. Ils étaient blancs comme les anges de Dieu, et ils faisaient tournoyer au-dessus de leurs têtes rasées des battes de baseball d'une cinquantaine de centimètres. Leurs cris auraient fait pâlir Mike Tyson, et poussé Attila et ses Huns à revoir leur itinéraire. Moi, en tout cas, j'étais terrorisé.

Le jeune devant moi me cracha au visage, avec passion, avant de me repousser contre le mur et de suivre ses copains qui fonçaient vers Youngstorget.

L'autre groupe passa à toute allure, comme un train de marchandises égaré. Seul le dernier de la file prit le temps de s'arrêter, sans doute pour reprendre son souffle. Il me releva du trottoir sur lequel j'allais m'effondrer et gueula : « Les bicots t'ont fait quelque chose ? On va leur péter la gueule ! On va les repousser de l'autre côté de la rivière, chez eux, et même encore plus loin, si les flics n'arrivent pas ! Tu es des nôtres, ou… ? »

Je n'avais même pas la force de répondre par la négative ou j'avais peur de me faire taper dessus une fois encore. Sans attendre, il reprit sa course, une énergie nouvelle dans la batte. Je titubai jusqu'au bord du trottoir, une main en l'air, et réussis à articuler le mot de passe pour entrer au paradis : « Taxi ! Taxi… »

Chapitre 34

Les médecins de garde d'Oslo sont le thermomètre qui montre en permanence l'état de santé de la ville. À en juger par les gens qui me précédaient dans la file d'attente au cours de l'heure et demie qu'il me fallut pour être reçu, il n'était pas brillant.

Un frêle trentenaire avait dû se trouver pris dans un corps-à-corps avec un ours féroce. L'un de ses bras paraissait ne plus tenir que par un fil, et les tessons qui avaient naguère été des verres de lunettes évoquaient une mâchoire autour de ses yeux. Il pleurnichait comme un petit enfant.

Un type en caftan blanc et turban vert fit son entrée sur une civière. Il appuyait les deux mains sur son ventre, où une tache rouge qui s'étendait progressivement révélait que, s'il ne serrait pas assez, toute sa tuyauterie sortirait.

Un jeune en blouson de cuir, qui semblait en avoir vu de toutes les couleurs, n'était plus du tout en état de se lever. Son visage donnait l'impression que quelqu'un s'était amusé à faire des allers et retours au rouleau compresseur dessus.

Finalement, le choix se réduisit à moi et une femme

d'un certain âge que l'on avait malmenée pour lui voler son sac à main dans la file d'attente des taxis devant la gare centrale, tandis qu'elle revenait de chez sa fille, à Lørenskog. Elle avait perdu deux dents, et le choc avait complètement décoloré son visage.

Je laissai la galanterie prendre le dessus et lui permis de passer devant, un sourire crispé sur les lèvres. Je souffrais le martyre, de la tête à l'entrecuisse. Je boitais d'une jambe : l'un de mes agresseurs avait atteint un muscle déjà rendu vulnérable par le marathon.

Quand ce fut enfin mon tour, j'entrai à moitié plié en deux dans la salle d'examen, les mains refermées sur mes parties sensibles comme si elles étaient faites de la porcelaine la plus fine et que je refusais de m'en défaire.

L'odeur d'éther se fit plus nette.

La jeune femme médecin me fit un sourire tout professionnel par-dessus ses verres de lunettes rondes. En m'indiquant sa table d'examen, elle jeta un coup d'œil à la fiche que j'avais remplie à l'accueil.

« Aha, Berguénois ?

— Oui, mais ce n'est pas pour ça que je viens.

— Sûr ? »

Je m'assis au bord de la table, aussi prudemment que sur une planche à clous. Le docteur se leva et vint vers moi, éclaira mes yeux, palpa mon visage, posa le bout des doigts sur ma mâchoire inférieure et contrôla que mes clavicules étaient là où il fallait.

« Vous pouvez ouvrir votre chemise ? »

Je m'exécutai, et elle m'examina le haut du corps, avec une attention toute particulière pour les côtes.

« Mmm. Pouvez-vous enlever votre pantalon et

vous allonger ? » Puis, voyant que j'hésitais : « Le pantalon et ce qu'il y a dessous. »

Je m'allongeai sur la table et essayai de tendre les jambes.

« Je suis un peu courbaturé. J'ai couru le marathon, aujourd'hui.

— Je vois. C'était si dur que ça ? »

Elle referma ses doigts frais autour de mes bourses. Et serra doucement. Je gémis, les larmes jaillirent, et je sentis la sueur perler sur mon front.

« C'est douloureux ? »

Je hochai la tête.

« Vous allez prendre pas mal de volume, à ce niveau.

— Ce n'est pas le but ? répliquai-je avec un sourire plein de courage.

— Pas si bas. »

Elle mit un terme à la consultation.

« Mais c'est tout à fait temporaire. Elles encaissent les choses les plus incroyables.

— J'avais remarqué.

— En tout cas, estimez-vous heureux de ne pas devoir courir le marathon demain… Rhabillez-vous. »

Elle se rassit au bureau et nota quelques mots sur la carte, puis rédigea une ordonnance.

« Vous avez eu de la chance. Ils ne sont pas légion, ceux qui rentrent chez eux en à peu près bon état d'une collision avec l'Oslo *by night*. Vous n'avez rien de cassé, mais je vous prescris des antalgiques, et un infirmier va vous nettoyer et vous panser le visage. Vous voulez porter plainte pour agression ?

— Pas maintenant. Je vais voir la police demain, de toute façon. »

Elle leva la tête et me regarda. « Ah oui ?

— Oui. Il faut qu'on cause. Pas des trucs importants, juste deux ou trois décès inopinés.

— Pas plus mal que vous ne vous soyez pas ajouté à la liste, alors.

— Non… Merci. »

Je fus orienté vers le box voisin, où un assistant fit disparaître la mauvaise herbe de mon visage, vaporisa un désinfectant dessus et couvrit les massifs avec des branches de sapin, en prévision de l'hiver. En ressortant, j'étais tapissé de pansements, et ma peau brûlait comme une saucisse que l'on venait d'épicer en ayant forcé sur le poivre.

En sortant du poste de garde, je passai devant le monument à Krohg, un autre de ces édifices commémoratifs orné d'un lion, comme si les rues en étaient pleines.

Je m'arrêtai pour attendre un taxi. Il était 3 heures du matin. Il restait encore un moment avant que l'aube ne verse ses deux cachets dans notre verre et le fasse mousser. On ne pouvait encore compter que sur des boissons noir d'encre.

Le taxi arriva. Un sikh peu loquace de Mysen me conduisit comme un paquet express jusqu'à Hovseter, où je contresignai une requête du poste de garde et lui offris l'un de mes célèbres sourires en guise de pourboire.

J'entrai dans l'appartement et me glissai dans le couloir et le salon pour ne pas la réveiller. Mais quand j'arrivai dans la pièce, elle m'y attendait, de la gîte dans le regard. Elle en était à la moitié de sa seconde bouteille de vin blanc.

Elle leva les yeux vers moi et sursauta.

« Oh, mon Dieu ! Qu'est-ce qui s'est passé ? ! »

Puis elle partit d'un rire nerveux, tout en haut de la gorge.

« Je ne pensais pas que c'était *si* dangereux de courir le marathon !

— Oslo la nuit. Ça, c'est dangereux. »

Elle me prit la main.

« Assieds-toi, et raconte ! »

Je m'assis, et elle tomba à côté de moi. Je me tortillai, mal à l'aise ; j'avais l'impression d'être installé sur un ballon de football à moitié dégonflé.

« Qu'est-ce qui s'est passé ? »

Je la regardai. Elle portait une discrète tenue de soirée chemisier bleu et jupe noire courte. Mais son visage n'était pas maquillé. Ses lèvres étaient presque indécentes de nudité, comme si elles avaient été exposées à une forte usure. Le ballon de football était plein de gravillons.

Je lui parlai de *Playtime* et d'Ove Haugland, du spectacle et de ce qui m'avait attendu à la sortie.

« Une Ford Escort rouge avec une queue de renard sur la lunette arrière ? ! s'exclama-t-elle au bon moment.

— Oui ? Ça te dit quelque chose ?

— Je... » Son regard vacilla. « Je n'en ai pas vu une comme ça, en bas, il y a quelques jours ?

— Ici ? Devant l'immeuble ?

— Je... je crois. »

Elle ne fit pas d'autre commentaire. Son regard était lourd, comme s'il supportait davantage qu'une bouteille et demie de vin.

« Et toi ? demandai-je. Tu as passé une bonne soirée ? »

Elle regarda un point très loin derrière moi.

« Il n'est pas venu. Il a dû être empêché. J'ai l'habitude, ajouta-t-elle avec un sourire amer. C'est comme ça, quand on s'en tient à des… connaissances qui ne disposent pas complètement de leur temps. Mais j'ai été draguée par un autre. » Elle me regarda. « J'ai arrêté quand ça allait encore, *no hard feelings.* »

Elle passa doucement une main sur ma joue, en frissonnant nettement chaque fois qu'elle rencontrait un pansement. Puis elle prit ma main entre ses doigts chauds, sans se départir de son expression pensive, comme si elle imaginait un tout autre visage que le mien.

« Tu vas te coucher seul ?

— Oui, je…

— Je pose la question, rien de plus !

— Oui, merci, répondis-je avec un sourire déconfit. De toute façon, je ne peux pas proposer grand-chose d'autre qu'un voyage tronqué en ballon, pour le moment, alors… merci. »

Elle se leva.

Quand elle fut partie, je me couchai sur le côté et m'endormis sans avoir quitté mes deux chaussures. L'une d'elles seulement passa la nuit devant le canapé, comme le symbole misérable d'une vie boiteuse, un pied dans le quotidien et l'autre dans la tombe.

Chapitre 35

Le lendemain matin arriva comme un cambrioleur habile. Quand j'ouvris les yeux, il avait filé avec toutes mes forces. Je me sentais comme un compte plombé par un gros découvert.

Le parfum de café et de pain grillé m'attira vers la cuisine. Elle s'était fendue d'un véritable petit déjeuner, ce jour-là, et le sourire avec lequel elle m'accueillit était plus large que les Nordmarka et plus ouvert que le Maridal.

« Bonjour !

— Tu crois ? »

Je regardai par la fenêtre. Un ciel pâle et fade cachait le soleil. Les collines alentour étaient paisibles et apparemment harmonieuses. Il ne devait y avoir qu'en moi que les ronds-points étaient saturés, que les conducteurs écrasaient leur avertisseur dans des rues bondées et que les autoroutes annonçaient le Jugement dernier et la mort.

Je regardai la première page du journal, et tombai sur une colonne titrée *Marathon d'Oslo : un participant mort.* Le texte expliquait qu'un concurrent de quarante-trois ans, originaire d'Oslo, avait trouvé la mort, vraisemblablement d'une défaillance cardiaque, après avoir couru les quarante-deux kilomètres de la veille. Pas la moindre allusion à un acte criminel.

Je tournai mon attention sur le petit déjeuner.

Un œuf, c'est un objet rassurant, une espèce de vie primitive, cellule et soleil dans la même construction. Le beurre fait penser à du soleil fondu, figé dans une forme particulière, le résultat inévitable d'étés chauds. Le pain que vous rompez, c'est la nourriture que la terre elle-même vous offre, en épis ouverts. Les rondelles de tomate et de concombre ont la rotondité qui symbolise l'origine de toute religion, inspirée par le soleil. De la sorte, un petit déjeuner parfait invite à un mélange de prière et de méditation, quelles que soient vos convictions.

Elle m'observait depuis l'autre bout du continent.

« À quoi penses-tu ?

— Pour le moment, j'essaie de ne pas penser.

— Ça fait mal ?

— Ce n'est pas la première fois que j'essaie.

— Je voulais dire… tes blessures.

— Ah. Comme on peut s'y attendre, le lendemain. C'est plus sourd, mais plus tangible, aussi. Je crois que je vais prendre des antalgiques.

— Aujourd'hui, j'imagine que tu peux te tenir tranquille ?

— Je… »

À cet instant, le téléphone sonna. Elle alla décrocher.

« Oui ? Oui. Oui, il est ici. Je vous le passe. » Elle revint. « C'est la police. »

Je poussai un soupir. Puis sortis à pas raides dans le couloir, où se trouvait le téléphone.

« Allô ? Ici Veum.

— C'est Anne-Kristine Bergsjø. Je viens de trouver un message de police-secours. Vous auriez affirmé que le décès survenu hier pendant le marathon a un rapport avec l'affaire de l'Oslo Plaza.

— Oui.

— Vous verriez un inconvénient à passer au poste nous expliquer plus précisément ce que vous entendez par là ?

— Oh que non. Mais ça va peut-être prendre un moment. J'ai ramassé une jolie déculottée, hier au soir.

— Que voulez-vous dire ? On vous a attaqué ?

— Oui.

— Vous avez déposé plainte ?

— Non, je pensais voir ça avec vous. Puisqu'on est déjà de vieux potes.

— Ça ne dépend pas de mon service. Sauf si… Ça aussi, ça serait lié ?

— Ça ne m'étonnerait pas.

— On envoie une voiture vous chercher ?

— Non, non, je ne suis pas si mal en point. Je suis là dans une heure, si personne ne me retient.

— Alors j'envoie une voiture, Veum. Donnez-moi l'adresse. »

Il ne servait à rien de discuter. Je retournai tant bien que mal dans la cuisine, terminai mon petit déjeuner dans une concentration moindre avant d'aller dans la salle de bains me faire une idée un peu plus précise de mes blessures.

La lumière était crue, impitoyable. J'avais l'allure d'un cratère de bombe coloré en bleu et vert. Ce que j'avais entre les cuisses aurait fait rougir un hippopotame, et l'un de mes pieds me donnait l'impression d'avoir cavalé quarante-deux kilomètres sans chaussures ni chaussettes sur du gravillon bitumé.

Je m'aspergeai le visage d'eau froide, me déshabillai et pris une douche prudente. Quand j'eus terminé, des agents en uniforme attendaient déjà à la porte.

« Vous avez vos gilets pare-balles ? » demandai-je sur le même ton assuré qu'un ministre des Affaires religieuses en plein concert de heavy metal.

Je passai à la cuisine, où Marit Johansen feuilletait le journal.

« Je m'en vais. Tu restes ici ?

— Je ne sais pas. J'irai peut-être me promener.

— Avec… ?

— Non, répondit-elle d'un sourire crispé. Aujourd'hui, il se promène dans la campagne d'Oslo, avec sa famille.

— Je vois. Alors j'appelle plus tard ? »

Elle hocha distraitement la tête, de nouveau tournée vers son journal. « Pas de problème. »

Les agents se servirent du gyrophare pour traverser la ville, comme pour arriver à temps à un match de football. L'hôtel de police était silencieux, éteint. Seules quelques fenêtres allumées trahissaient qu'il y avait de la vie à l'intérieur en ce dimanche.

Les deux agents m'accompagnèrent jusqu'à la porte du bureau de l'inspectrice principale. L'un d'eux se vit congédier sur-le-champ. L'autre resta, pour assister à l'entretien.

Anne-Kristine Bergsjø était en tenue de sport, comme si elle aussi prévoyait d'aller se promener dans la campagne proche : un pull en laine rouge et blanc à motifs olympiques, plus fendu que ce qu'autorisait n'importe quel règlement en matière d'uniforme, des knickers bleus, et des chaussettes de randonnée.

Elle me gratifia de son étrange sourire, en serrant ses lèvres fines qui se recourbaient aux extrémités avec une chaleur des plus réservée.

Elle ne perdit pas de temps en bavardages futiles.

« Alors, Veum… Je vous écoute.

— Vous m'avez reconnu, donc. Vous n'allez pas faire de commentaire indiquant que vous ne pensiez pas que c'était si dur de courir le marathon ?

— Je sais que ce n'est pas si dur. Racontez-moi ce que vous avez sur la patate.

— Merci de votre participation, du fond du cœur.

— Je vous en prie, répondit-elle sur un ton aigre-doux.

— Cet Axel Hauger, dont je vous ai parlé jeudi, vous avez pu le joindre ? »

Elle leva les yeux au ciel.

« C'est à vous que j'ai demandé de parler, Veum. »

Voyant que je ne répondais pas, elle s'écria avec colère :

« Non, on n'a pas pu le joindre. Il est en Suède pour quelques jours. Mais on a parlé à sa femme, et il nous appellera dès son retour.

— En Suède ?

— Oui.

— Vous avez demandé à sa femme si…

— Non. On pensait que vous pourriez le faire à notre place.

— Gardez votre ironie pour un dimanche plus sympa, Bergsjø.

— Alors, que vouliez-vous me dire de beau sur Axel Hauger ?

— Pourquoi croyez-vous qu'il devait aller en Suède ces jours-ci ? »

Elle se leva d'un coup, derrière son bureau.

« Je vous donne le choix, ici et maintenant : ou bien vous videz votre sac, ou vous passez le reste du week-end en préventive ! »

L'agent hocha la tête. Il adhérait à cent pour cent, et se ferait une joie de me flanquer dans une cellule dès que l'occasion se présenterait.

« C'était une question rhétorique ! Une façon de raconter. Je veux dire...

— Allez !

— OK, OK. J'ai surpris une conversation entre lui et sa femme.

— Où ça ?

— Quelque part... dans Markveien. Ça m'a laissé supposer qu'ils faisaient chanter Backer-Steenberg, ajoutai-je rapidement, et il était question d'une menace concernant la course à laquelle il devait participer.

— D'où sort Backer-Steenberg, dans cette histoire ?

— J'ai rencontré son avocat, Asbjørn Hellesø, et...

— Vous êtes allé voir Hellesø ?

— Oui, je...

— Je ne vous avais pas donné la consigne expresse de ne pas vous mêler de ça ?

— Non, justement. Vous pouvez aller consulter le compte rendu de...

— On n'intègre pas ce genre de chose dans les comptes rendus, Veum ! Si je ne l'ai pas déjà dit, je le fais maintenant : à compter de cet instant, vous restez loin, très loin de tout ce qui concerne cette affaire. C'est dangereux, au sens le plus concret.

— Je voulais juste dire… Asbjørn Hellesø, c'est un vieux copain d'études, et comme j'étais à Oslo… j'ai rencontré Backer-Steenberg quand j'étais avec lui, et plus tard, en entendant cette menace… Eh bien, j'ai repris contact avec Backer-Steenberg, vendredi, pour le dissuader de courir. »

Elle ferma les yeux, puis les rouvrit.

« Ça va trop vite pour moi, Veum. Pas étonnant que Hamre… Bon, mais il n'a pas suivi scrupuleusement les mises en garde, si je comprends bien ?

— Non. Il m'a invité à courir avec lui, comme une espèce de garde du corps, mais… Bon, il m'a semé.

— Je l'imagine sans mal. Le cœur léger, sans doute.

— Quand je l'ai revu à Bislett, il a levé sa bouteille, comme pour trinquer, et… je suis intimement convaincu qu'il y avait du poison dans cette bouteille. Vous l'avez retrouvée ?

— Écoutez, Veum. Pour le moment, c'est un décès très secondaire pour nous. Backer-Steenberg a été autopsié, mais on n'a pas de rapport pour l'instant. Ce qui m'intéressait, c'étaient les liens que vous aviez établis entre ce décès et celui de l'Oslo Plaza.

— Écoutez, Anne-Kristine…

— Bergsjø, si je puis me permettre.

— *Inspectrice principale* Bergsjø, il y a un rapport réel. Asbjørn Hellesø a appelé le bureau de Grorud pendant que Vassenden et moi y étions, pour convenir d'un rendez-vous concernant Backer-Steenberg. Axel Hauger a menacé Backer-Steenberg, je le *sais*. P. E. Jansson était aussi en relation avec Grorud. »

Elle secoua la tête avec indulgence.

« Alors ce lien présumé, vous le basez sur le fait qu'ils ont appelé tous les deux le même bureau il y a quelques jours ?

— Et qu'ils sont morts, depuis ! Ne perdez pas ça de vue. »

Elle me dévisagea longuement.

« J'ai l'impression que vous nous cachez quelque chose. »

Elle avait raison. Dans ma poche intérieure.

« Que vous ne nous dites pas tout.

— J'aurais peut-être dû leur demander de me fouiller ? Pour expédier la chose ? »

Elle fit un geste imprécis en direction de mon visage.

« Cette agression… vous voulez bien m'en parler ? »

Je haussai les épaules.

« Ça s'est passé dans Møllergata, hier au soir tard. Quelques jeunes étrangers, peut-être dans une Ford Escort rouge avec une queue de renard à la lunette arrière. Ils ont été mis en déroute par un groupe de nazillons.

— J'ai plus l'impression que vous avez eu le malheur de vous retrouver entre le marteau et l'enclume. On assiste à ce genre d'affrontement presque tous les week-ends dans ce quartier. Peu de chance que ça soit relié à ces affaires.

— Tout ce que je sais, c'est que je crois avoir déjà vu leur voiture.

— Celle des jeunes immigrés ?

— Oui.

— Où ça ?

— Dans Urtegata, vendredi après-midi. À l'endroit où les encaissements Grorud avaient leurs bureaux mercredi. Là où l'*inspecteur* Pedersen et moi nous sommes cassé le nez jeudi.

— Et vendredi…

— … c'était toujours aussi vide.

— Et vous pensez que ces jeunes, dans la voiture… que pour commencer, ils auraient un lien avec tout ça, qu'ils vous auraient vu dans Urtegata et qu'ils auraient pris la peine de vous suivre pour vous faire votre fête samedi soir ?

— Euh, non… Je suis presque certain que personne ne m'a suivi.

— Comment ont-ils pu savoir où vous étiez, alors ?

— Oh, ça…

— Vous voyez… Des hasards, Veum. Oubliez cet aspect de l'affaire. On en a quelques-uns dans nos archives. Si vous voulez porter plainte, vous verrez le dossier plus tard.

— Je ne sais pas si le jeu en vaut la chandelle.

— Sinon, j'aimerais en revenir à Backer-Steenberg et à un lien éventuel avec l'affaire d'Oslo Plaza.

— Écoutez. Si l'on suppose, au moins théoriquement, que Mme Hauger est bien la Merete Sjøwold que je pense avoir reconnue…

— Bon, admit-elle avec un sourire froid.

— Dans ce cas, elle était veuve du magnat de l'industrie suédois Fredrik Loewe. Backer-Steenberg et lui entretenaient des relations d'affaires très suivies, héritées de leurs pères respectifs. Armement.

— Bien, mais encore ?

— Bof… Jansson était suédois, Fredrik Loewe l'était, et Axel Hauger l'est, même s'il essaie de le dissimuler quand il est en Norvège.

— Ce n'est pas un crime d'être suédois, Veum. L'argumentation est aussi peu convaincante que celle disant qu'ils ont tous deux appelé Svein Grorud le même après-midi.

— Backer-Steenberg s'est retiré de l'armement, en 1987, sûrement pour tout miser sur le pétrole.

— Comment le savez-vous ?

— C'était dans les journaux. Il y avait peut-être de tout autres raisons à cela, des désaccords qui pourrissent encore la vie des parties aujourd'hui.

— *Peut-être*, c'est le mot-clé dans tout ce que vous dites, Veum. Dans la police, on dépend de faits.

— C'est un fait que Backer-Steenberg et Fredrik Loewe ont été en affaires.

— Mais en est-ce un que la femme d'Axel Hauger soit la veuve de Loewe ?

— Vous devriez peut-être passer un coup de fil à l'état civil ?

— Et dans le cas contraire, quel rapport y a-t-il avec… Jansson, par exemple ?

— Ça… » La réponse était d'une simplicité pénible. Elle était dans ma poche intérieure, sur une photo datant de 1986.

« Je crois que nous perdons notre temps, Veum. Si vous n'avez rien d'autre à me dire, j'ai de quoi m'occuper.

— Vous me faites savoir quand vous avez le rapport d'autopsie ?

— Si on vous le fait savoir ? » Elle lança un coup d'œil rigolard à l'agent. « On est tenus de rendre des comptes aux détectives privés, Hansen ?

— Je veux dire, s'il apparaît que…

— S'il apparaît que nous avons fait des découvertes intéressantes, il est possible que nous vous convoquions pour un nouvel entretien, Veum. Sinon, on peut espérer que vous n'entendrez plus jamais parler de nous. Si vous repensez à quelque chose que vous avez omis de nous raconter, n'ayez surtout pas peur de nous appeler. Mais il faudra que ce soient des informations concrètes, compris ? »

C'était compris. Elle était plus mordante que la neige de janvier. Et le sourire qu'elle me fit à mon départ ne lui était pas venu facilement.

Hansen me raccompagna jusque sur le trottoir.

Le soleil n'avait pas encore percé le papier de soie qui l'emballait. L'automne flottait dans l'air, amer comme des sorbes et aussi doux que de l'acide nitrique.

Je redescendis Grønlandsleiret en direction du centre. Je ne passai pas par Urtegata. Et je ne vis aucune Ford Escort rouge.

Entre le pont de Vaterland et Lilletorget, je rattrapai ce qui faisait penser à une manifestation. Qui apparut être une procession musulmane, empreinte de solennité et d'une espèce de joie simulée.

En tête du cortège, deux hommes portaient une banderole verte ornée d'un texte blanc, en arabe et en norvégien : *ANNIVERSAIRE DU PROPHÈTE MAHOMET*. Il y avait d'autres banderoles dans les rangs suivants, certaines en arabe, d'autres en norvégien. L'une d'elles affirmait : *ISLAM — CHEMIN DE LA PAIX SUR TERRE*.

Des hommes de tous âges, des patriarches à barbe blanche aux collégiens, enchaînaient les chants religieux en voix de tête. Ils portaient leurs plus beaux vêtements, et pas une seule femme n'avait pris place parmi eux.

Quelques rares Norvégiens s'arrêtèrent sur le trottoir et les regardèrent rapidement à leur passage, comme un défilé en retard pour le 17 mai, un groupe d'enfants qui n'avait pas pu attraper son car.

De Stenersgate, le cortège prit à droite dans Lybekkergata. Je poursuivis tout droit, vers la gare centrale et l'annuaire le plus proche.

Aud Finstad habitait Nesoddtangen. Je n'appelai pas pour savoir si elle ou son mari décrocherait. Je me dis que c'était mieux ainsi.

Chapitre 36

Le bac à destination de Nesoddtangen partait d'Aker Brygge. À bien des points de vue, c'était la façon parfaite de quitter Oslo. En été, vous pouviez voyager sur le pont et profiter du soleil en feuilletant le dernier journal de la journée, tandis que la ville se rétrécissait jusqu'à n'être plus qu'une silhouette réduite sur une carte postale derrière vous. En hiver, vous pouviez vous retirer au salon, faire un brin de causette avec un autre passager, lire le même journal et ne plus vous en faire pour les ralentissements et les bouchons.

En ce dimanche de septembre, le ciel était blanc et la mer grise. Les seuls passagers, hormis moi, c'était une famille qui partait dîner chez papy et mamie, un jeune homme qui arborait un bouquet de fleurs à la main et un début de mauvaise conscience sur le visage, ainsi qu'une jeune quadragénaire fatiguée au point de ne pas pouvoir entrouvrir les yeux avant que nous accostions. Nesoddlandet dressait son profil indolent, joliment estompé dans la lumière douce et empreint d'une espèce d'idylle lointaine, vraisemblablement à cause de la distance agréable qui la séparait de la ville.

Aud et Thorbjørn Finstad habitaient un manoir sinistre peint en brun et tourné vers la mer, un peu en retrait derrière une haute haie et un portail en bois qui hurla quand je l'ouvris, comme si la dernière fois ne datait pas d'hier. Devant la maison, une pelouse grignotée descendait vers un bout de plage privé. Près d'un bâtiment de bois à demi pourri, je vis une barque poreuse prudemment amarrée, mais tout l'arrière disparaissait sous l'eau. La maison était obscure et paraissait inhabitée.

L'entrée principale se trouvait du côté nord. Je grimpai quelques marches. Le panonceau à côté de la porte peinte en blanc indiquait : *Finstad.* Une sonnette occupait le centre d'une rosette métallique. Je pressai le bouton.

Il s'écoula environ une minute. Puis on entrouvrit une fenêtre à l'étage. Un visage ovale de femme apparut. Ses traits étaient secs et décharnés, sous une coiffure sombre si figée que je pensai à un cadre en bois d'ébène.

« Oui ? articula-t-elle d'une voix plate et atone.

— Je m'appelle Veum. Vous êtes bien Aud Finstad ? »

Elle parut devoir réfléchir. « Oui.

— Thorbjørn Finstad, est-ce qu'il est ici ? »

Nouveau délai de réflexion.

« Il n'habite plus ici.

— Non, je sais. Mais j'ai appris qu'il était en permission ce week-end, et je me suis dit qu'il était peut-être ici.

— … En… en permission, Thorbjørn ? Il ne vient jamais. »

Je me frictionnai la nuque. « On pourrait discuter un peu, tous les deux ?

— ... De quoi ?

— De Finstad et de ce qui s'est vraiment passé à l'époque ?

— ... Vrai-ment ? » Je commençais à me faire à ses temps d'arrêt. « ... À quelle époque ? » Ou bien elle avait la comprenette laborieuse, ou bien elle avait bu. « A-attendez une seconde ! »

Elle referma la fenêtre et disparut.

Un bon moment plus tard, j'entendis des pas à l'intérieur. La porte s'entrouvrit. La femme lança un coup d'œil par-dessus un entrebâilleur, plus vers la maison voisine que vers moi.

« Qu'est-ce que vous êtes ? Journaliste ?

— Non. Détective privé.

— Pas de la po-police, alors ?

— Non. »

En effet, elle avait bu. L'odeur douceâtre du porto flottait autour d'elle, et elle avait du mal à fixer son regard. Ses yeux étaient brun clair : des noisettes qui ont passé un peu trop de temps au fond d'un bol durant un mois de décembre beaucoup trop long.

« P-pour qui ?

— Qui m'a engagé, vous voulez dire ?

— ... Oui ?

— Un homme que vous avez peu de chances de connaître. Et qui est mort.

— Di-dites toujours. J'en connais pas mal qui ne sont plus de ce monde.

— Mons Vassenden, de Bergen.

— Non. Lui, je ne le connais pas. » Elle referma un peu la porte, décrocha l'entrebâilleur et me fit signe d'entrer, avec un nouveau coup d'œil en douce vers la propriété voisine.

Nous étions dans un hall sombre lambrissé de panneaux huilés.

« Suspendez votre manteau là-bas et entrez ici… un verre de sherry ?

— Volontiers. »

Je la suivis dans un salon grandiose, aux murs clairs et percé de fenêtres panoramiques donnant sur le fjord. Le jardin d'hiver était rempli de plantes brunes et ratatinées, comme après un été aussi sec que long, et il y avait un moment que personne n'avait nettoyé les vitres. Une délicate patine de poussière recouvrait l'ensemble, comme si c'était une pièce qu'elle n'utilisait plus.

« … Je vais… » Sans préciser davantage, elle quitta la pièce.

Je regardai autour de moi.

Les tableaux aux murs représentaient des paysages, certains du fjord au-dehors, bleu clair dans des soirées estivales lumineuses ; des barques y circulaient, emportant des gens en tenue des années 1890. Sur d'autres, je reconnus la vieille Kristiania, les industries le long de l'Akerselva et des scènes de promenade dans Karl Johan. L'un était un paysage de haute montagne, des sommets couverts de bruyère et de restes de neige.

Sur un secrétaire, je vis quelques clichés en noir et blanc d'Aud Finstad en personne, trois décennies plus tôt, évoquant les années 60 par ses postures et son maillot de bain. Sur l'une d'elles, elle posait devant le London Bridge, en jupe courte, les cheveux remontés sur la nuque, plate comme une planche à pain. Un gros plan permettait de mieux distinguer ses traits, un sourire un peu trop large dans un visage un peu trop strict ; ce tirage aussi informait qu'à cette époque, c'était le mannequin anémique Twiggy la référence.

Avec une curieuse sensation de déjà-vu, je la reconnus. La roue de la fortune s'arrêta sur son nom, et je remportai un lot. Mais lequel, je ne savais pas encore très bien.

J'entendis des pas derrière moi. Elle revenait de l'office avec un plateau sur lequel elle avait posé deux verres et une carafe d'un liquide mordoré, et je déduisis que ce devait être le sherry évoqué.

Elle déposa le tout sur une table rococo brune juste devant le jardin d'hiver, l'endroit idéal pour jouir du panorama quelle que soit la saison.

Je me tournai vers elle, et son regard me dépassa pour aller se poser sur les photos.

« Oui, c'était moi, au début de ma carrière. À son sommet, est-il apparu. »

Sa voix était exempte de toute amertume ; ce n'était qu'un constat objectif de faits avérés.

Je la regardai. Elle portait une jupe brune simple à la coupe droite, qui ne dissimulait pas qu'elle était encore plus mince que dans les années 60. Ses poignets étaient fins comme des jonquilles des prés et ses jambes rappelaient des pieds de chaise fragiles, des antiquités elles aussi. Ce qui la vieillissait par rapport à l'âge que je lui connaissais : bientôt cinquante ans.

« Vous avez été mannequin… à Londres ?

— Oui… Oui… Vous ne voulez pas vous asseoir ? »

Elle se déplaçait avec la même prudence que si elle était en cristal, et je compris qu'elle avait peur de tomber.

« Si, bien sûr. Merci. »

J'écartai l'un des fauteuils à son intention et me permis de remplir nos verres. Elle empoigna le sien à la seconde et le vida à moitié avant de paraître se rendre compte que ce n'était peut-être pas très conforme aux bonnes manières. Elle le reposa brutalement. Un sourire pâlichon balaya son visage comme une ombre.

Elle passa une main sur sa poitrine. « À l'époque, c'était important que je sois comme… je suis aujourd'hui. Nous étions toutes des clones de Twiggy, et nous étions nombreuses à Londres. Tout comme les hommes qui nous voulaient… comme ça, je veux dire. Les photographes, les créateurs de mode, les écrivains. Pour une jeune Norvégienne, atterrir cul par-dessus tête dans le Swinging London, ce n'était pas rien, je vous le garantis, euh, comment vous appelez-vous, déjà ?

— Veum. Varg Veum. En fait, on s'est déjà rencontrés à une occasion.

— Bon », répondit-elle d'une voix de robot sans paraître se demander quand ou dans quelles circonstances. Elle en avait rencontré pas mal.

« En compagnie de Merete Sjøwold.

— Merete ?

— Vous et moi, plus un type qui s'appelait Svend Høie. Vous vous souvenez de lui ?

— Svend Høie ?

— Je crois que vous étiez ensemble… ce soir-là. Merete et moi, en tout cas, c'est sûr. En avril 1965.

— Ça ne date pas d'hier.

— Merete, vous vous souvenez d'elle ?

— Oui, bien sûr.

— Quand l'avez-vous vue pour la dernière fois ?

— Je ne l'ai pas vue depuis… 1987. Mais je n'ai vu *personne* depuis 1987.

— Non, j'imagine. Vous n'avez donc pas entendu les rumeurs autour de sa mort ?

— Merete serait morte ?

— Oui ?

— Non, ça… » Une angoisse soudaine envahit son visage. « Non, je ne suis pas au courant. Je ne me rappelle pas avoir vu l'annonce de décès non plus…

— Il y en avait une, en juillet 1989.

— Oh… C'est vrai, alors ?

— Sincèrement, je n'en sais rien.

— Je ne vous suis plus très bien.

— J'ai déjà entendu ça… Mais avant 1987, vous l'avez revue ?

— Oh oui. On a jamais perdu le contact, ni quand j'étais en Angleterre ni après mon retour, quand elle vivait en Suède.

— Oui… C'est peut-être par votre truchement que Thorbjørn Finstad — votre mari, je veux dire — et le sien, Fredrik Loewe, ont fait connaissance ?

— Oui, effectivement. Nous nous sommes vus plusieurs fois dans leur maison de campagne, près de Stockholm, chez nous à Gol ou… ailleurs.

— Que du très personnel, en d'autres termes ?

— … Oui.

— Votre mari et Fredrik Loewe, ils ont travaillé ensemble ?

— Sur quoi ?

— Votre mari avait des intérêts tous azimuts ? Des tas de contacts dans la vie économique et le monde politique ?

— Mmm.

— Loewe était dans l'armement. Est-ce que votre mari a mentionné qu'il voulait s'engager sur cette voie ?

— ... Il ne parlait pas souvent de ces choses-là. »

Elle se mit à regarder droit devant elle, laissant penser que c'était par pure politesse qu'elle discutait avec moi.

Il fallait manifestement employer une méthode plus forte.

« Racontez-moi, sans détour, ce qui s'est passé entre vous, je veux dire entre vous et Pål Helge Solbakken, en 1987.

— Pål Helge Solbakken ? C'était le photographe...

— Oui.

— Ce ne sont pas les photographes qui ont manqué.

— Vous voulez dire... »

Elle fit un geste vers le secrétaire.

« Ces photos, là, ce ne sont que des photos de famille. Dans ma chambre à l'étage, les murs sont couverts. De photos de moi, en 1967 et après... jusqu'au début des années 70. Dans toutes sortes de positions et pour tous types de photographes.

— Si je...

— J'étais une poupée qui faisait "oui" de la tête, comme on l'apprenait aux mannequins. Tiens-toi comme ci, penche-toi comme ça. Souris comme ci, tiens ta main comme ça. Perds cinq kilos ici, rase-toi là, coupe tes cheveux... comme ça. »

Elle saisit son verre d'une main tremblante.

« À la fin, vous... pétez les plombs. Vous n'êtes plus vous-même. Vous n'êtes plus qu'une photo sur du papier brillant, un numéro dans un annuaire de mannequins. » Elle se passa inconsciemment une main sur l'avant-bras. « Vous commencez à prendre des cachets. Pour garder le rythme, pour vous dynamiser, puis pour vous calmer. Tant que vous êtes jeune et nouvelle dans le secteur, un visage inconnu, les missions se succèdent. Mais une année, une année, vous remarquez que les missions ont tendance à s'espacer. Le téléphone ne sonne plus aussi souvent. Dans les agences, ils regardent ailleurs chaque fois que vous venez demander s'ils n'ont pas quelque chose pour vous. Et les hommes qui appellent, ils veulent souvent... ils ne veulent plus vous prendre en photo. Tout ce qu'ils désirent, c'est avoir quelqu'un pour sortir, une escorte, ce que vous voulez, mais toujours une poupée qui fait "oui" de la tête, quelqu'un qui fait ce que le photographe demande — déshabille-toi comme ci, couche-toi comme ça, écarte les jambes comme ci, lève le menton comme ça... Vous comprenez ?

— Je comprends. »

Elle versa bruyamment une autre rasade de sherry dans son verre, sans m'en proposer.

« Celles qui ne supportent pas la pression virent et finissent dans la prostitution ; de haut vol, pour commencer, mais la chute est aussi proche que rapide. Je m'en suis sortie. J'ai rencontré un Norvégien dans un bar et je suis rentrée à Oslo avec lui.

— Thorbjørn Finstad ? »

Elle leva son verre devant ma perspicacité.

« C'était Thorbjørn, oui. Qui pêchait le poisson des abysses dans le quartier glamour de Londres. Ça a mordu plus vite qu'il s'y attendait.

— Vous vous êtes mariés ?

— Un an plus tard. Il m'a bien remise sur pieds,

j'étais encore jeune et présentable, le genre de femme qu'on emmène volontiers pour des premières à l'opéra ou au Théâtre national. Bon sang, il s'y endormait chaque fois au bout d'une demi-heure, si grand était son intérêt.

— Et…

— Et ?

— 1987. Que s'est-il passé ?

— Je le sais, moi ?

— J'espérais bien ! Vous avez témoigné devant le tribunal.

— J'étais très… Ces années-là, elles sont… si loin… Encore plus que… 1965, c'était bien ça ?

— Que s'est-il passé ?

— Pour nous ?

— Oui.

— Nous nous sommes mariés en 1974. Vers la fin des années 80, le vernis était usé. La lassitude est devenue… plus évidente. Je… » Elle agita une main devant son verre, comme pour chasser un insecte envahissant. « J'ai commencé à… anesthésier… je veux dire, j'étais tellement anesthésiée… j'ai commencé à m'anesthésier avec ces choses-là.

— Vous vous êtes mise à boire, pour dire les choses comme elles sont ?

— … Oui ! J'ai pensé… qu'il valait mieux ça que… que… Vous comprenez. Alooors… autrement dit… je n'ai pas tant de souvenirs que ça de ces années-là.

— Vous devez bien vous rappeler que vous et Solbakken… que vous avez eu une liaison !

— On… n'a pas eu de liaison.

— Mais… Il a quand même pris ces photos de vous… celles qui ont été utilisées pendant le procès.

— C'est bien ce que j'ai dit ! Des photographes, il y en a eu des tas, alors un de plus ou de moins… Mais Thorbjørn a participé.

— Thorbjørn a participé à quoi ?

— Quand les photos ont été prises.

— Quoi ? !

— Oui… Et ce n'était pas le même photographe. Je n'étais pas si à la masse que ça. C'étaient quand même des photos assez… personnelles, mais puisque Thorbjørn le voulait…

— Attendez un peu. Ce n'était pas le même photographe, avez-vous dit ?

— Pas le même que dans le journal. Sur les photos dans le journal. Celui que Thorbjørn avait… Pål Helge Solbakken.

— Quand… »

Elle tourna vers moi deux grands yeux effrayés. Les pupilles étaient grosses comme des têtes d'épingle, et je vis le sang battre dans les vaisseaux sous la peau de sa gorge.

« C'était un jour avant que… la police vienne chercher… Thorbjørn.

— Un jour avant ! Mais le meurtre a eu lieu un mardi, et votre mari a été arrêté deux jours plus tard, le jeudi. Les photos ont donc dû être prises après le meurtre, le mercredi ?

— Ah oui ? » répondit-elle sur le même ton que si nous débattions de la couleur des rideaux qu'elle prévoyait d'acquérir. « Écoutez, madame Finstad — Aud…

— Oui ? »

Elle avait été d'une beauté sculpturale, une fraîche sylphide, en avril 1965, et je la reconnus. À travers l'usure des années, les couches de patine que le temps avait déposées sur son visage, je la reconnaissais comme j'avais reconnu Merete. J'étais encore plus certain d'avoir rencontré la véritable Merete Sjøwold.

« Dites-moi, qui était l'avocat de votre mari à l'époque, en 1987 ?

— L'avo… Hellesø, si je me souviens bien ? »

Chapitre 37

Sur le bac qui me reconduisait en ville, j'essayai d'assembler les nouvelles pièces qu'elle m'avait données à celles que je possédais déjà. Mais je ne voyais pas encore de trame d'ensemble ; j'en avais une partie de plus en plus conséquente faisant intervenir des personnages impliqués dans un embrouillamini croissant d'affaires criminelles, entre 1987 et aujourd'hui. Des affaires en apparence déconnectées, mais reliées malgré tout par certaines figures importantes.

Oslo sortait de la brume de l'après-midi comme une mâchoire irrégulière. L'hôtel SAS, les deux tours de l'hôtel de ville, l'immeuble des postes et Oslo Plaza en figuraient les dents les plus proéminentes, l'hôtel de ville aspergé de chocolat, les autres avec des restes de pulpe d'orange sur l'émail grâce au soleil doré qui perçait les nuages depuis le sud-ouest.

Sur Aker Brygge, les citadins avaient envahi les terrasses de café, le portefeuille satisfait et le sourire radieux. Ils avaient de l'or dans leurs verres et des vapeurs d'ammoniaque dans l'air autour d'eux, et leur gaieté prenait un côté distant et forcé, comme s'ils étaient tous intoxiqués au mercure et ne voulaient pas admettre qu'ils venaient de passer un examen positif aux rayons X.

Je pris un repas rapide dans un snack-bar, deux saucisses dans de la baguette et deux dans une galette de pomme de terre, que je fis descendre avec une bière sans alcool dans un gobelet en plastique. Je me sentis alors assez fort pour un nouveau raid contre les couches socioprofessionnelles protégées du groupe 1, représentées par un vieil ami.

Je quittai Aker Brygge pour traverser Ruseløkka jusqu'à Lapsetorget, un nom judicieux pour le quartier vers lequel je m'acheminais[1]. C'était le territoire des esthètes. Des comédiens d'un certain âge y habitaient, à un jet de pierre du Théâtre national. C'est là qu'on trouvait les galeries d'art si élégantes que vous deviez montrer votre carte de visite pour entrer. Des veuves et des avocats à la Cour suprême y trônaient, des diplomates y passaient à toute vitesse dans leurs voitures noires et hermétiques estampillées CD. C'était une zone dans laquelle on osait à peine entrer sans avoir payé sa cotisation.

Skovveien dessine une espèce de coupe-choux déplié entre Bygdøy allé et l'église d'Uranienborg. Si vous n'êtes pas assez bien habillé, faites attention : il risque de se refermer sur vous.

Asbjørn Hellesø logeait du côté droit de la rue, dans un immeuble de la fin du XIXe siècle, orné d'encorbellements et de tours ; un beau progrès pour un prolétaire de la classe moyenne originaire de Marken, à Bergen.

Aucune forêt ne poussait plus dans Skovveien,

1. « Laps » : dandy.

mais dans les jardins devant les maisons, les roses d'automne fleurissaient comme si la rue tout entière était le lieu de réunion du festival annuel de la Belle au Bois Dormant.

La porte du bas était verrouillée. Ce qui ne me surprenait pas. J'appuyai au bouton de sonnette en regard de *Hellesø*, et sa voix ne tarda pas à se faire entendre dans le haut-parleur. Le son était mauvais comme celui d'une liaison ondes courtes douteuse.

« Qui est-ce ?

— Salut, Asbjørn ! m'écriai-je d'une voix volontairement aiguë. C'est Varg ! Je me suis dit que je devais passer. »

L'interphone grogna.

« Tu as le temps de discuter un peu ? »

Nous n'étions manifestement pas sur la même fréquence.

« De quoi ?

— Oh, de tout et rien…

— Je ne crois pas avoir…

— … et de l'affaire Finstad. »

Il y eut un instant de silence. Puis :

« Bon, bon, OK ! Vieux coucou… »

La serrure grésilla, et je poussai la porte.

Les escaliers étaient plus chouettes au palais royal, mais celui-là n'était pas à jeter. Des marches en marbre et des murs de colonnes classiques me conduisirent dans les étages. Je passai devant des portes laquées brun foncé, marquées de plaques nominatives ovales et dorées. L'écrasante majorité des noms de famille étaient composés.

Asbjørn Hellesø portait une espèce de tenue de plein air, de style anglais : pantalon de velours vert sombre, cardigan à motifs, chemise beige à carreaux et cravate audacieusement rayée de rouge, vert et gris.

Nous traversâmes une entrée oblongue et mal éclairée dont les parois étaient couvertes de livres, pour entrer dans une sorte de fumoir, à en juger par le brouillard qui y flottait. Devant la fenêtre aveugle, il avait un grand bureau marron. Un beau lampadaire coiffé d'un abat-jour large éclairait un salon bas en cuir. Un cigare allumé attendait dans un gros cendrier noir de la taille d'une poêle à frire. À côté, je vis un verre de whisky *on the rocks*. Une pile impressionnante de journaux norvégiens, suédois, danois et anglais était posée sur le sol devant le confortable fauteuil qu'il avait dû occuper.

Il ouvrit un réfrigérateur intégré dans la paroi de tek et versa des glaçons dans un verre, attrapa une bouteille de Glenfiddich dans l'armoire vitrée à côté et commença à remplir le verre.

« Un whisky, Varg ?

— On dirait, répondis-je en prenant le verre qu'il me tendait.

— Assieds-toi.

— Merci. »

Le rembourrage soupira quand je m'installai, surtout de bonheur, semblait-il.

Je regardai l'avocat.

Il avait l'air fatigué. Ses cheveux étaient en bataille, son charme irrespectueux poussé à tel point que les bords s'effritaient, et le léger manque de synchronisation dans ses mouvements trahit que ce n'était pas son premier verre de whisky de la journée.

Il se laissa tomber dans son fauteuil, prit son verre et fit tinter les glaçons. Puis il but une gorgée et se mit à contempler ce qu'il avait dans la main, comme un tube à essai dans lequel il aurait observé une réaction intéressante.

« C'est l'enfer quand ça s'arrête, Varg !

— Euh… Quand *quoi* s'arrête ? »

Il me regarda pile au-dessus du rebord de son verre, comme s'il visait.

« Je pensais à Preben, bien sûr. Pauvre Anne-Trine, et les gosses… Tu étais censé veiller sur lui, non ?

— Il m'a semé. »

Il reposa durement son verre, leva les mains et se frictionna les yeux.

« Mais à quoi ça sert… de parler !

— Vous auriez peut-être dû m'écouter plus tôt…

— Qu'est-ce que tu veux dire ?

— Il n'aurait pas dû courir. Tu étais présent lors de sa rencontre avec Hauger, deux jours plus tôt. Ça…

— Une rencontre d'affaires. Il n'y a pas eu de menaces à ce moment-là.

— Non, peut-être pas. Mais aux toilettes, entre Backer-Steenberg et lui.

— Nous n'étions pas intimes… au point que Preben me confie ce qu'on lui balançait aux chiottes, Varg.

— Ah non ?

— Non.

— Qui est cet Axel Hauger, en réalité ? De quel genre d'affaires parle-t-on ?

— Axel Hauger ? » Il pencha la tête en avant, en arrière et sur les côtés, comme pour étirer sa nuque. « Un Suédois lambda qui a fait son trou sur le marché norvégien de la finance, une espèce de Benny Borg de l'économie, si tu me suis : un accent à couper au couteau, mais avec la place de numéro 1 en Norvège dans sa ligne de mire.

— Et quel genre d'affaires était-ce ?

— Finance. Prêt et emprunt. Transactions. Bourse et change. Que du très classique. Preben sur son terrain, toujours hardi dans ses investissements, un peu trop, de temps à autre, à en croire son comité de gestion. C'est pour ça que j'étais présent, comme une sorte de boulet à sa cheville, pour éviter qu'il prenne un coup de délire.

— Le risque était réel ?

— Pas tant que j'étais là.

— Mais ce Hauger… Comme je vous l'ai dit, j'ai surpris un bout de conversation. Il prétendait tenir Backer-Steenberg, pouvoir l'obliger à payer ; sinon, il y aurait… des ennuis à l'horizon. Tu n'as aucune idée de ce avec quoi il tenait Backer-Steenberg ? »

Il fit un vague geste des bras.

« Dans ce milieu, Varg… ça peut être plein de choses, de la fraude fiscale à presque rien. Tu es dans une zone d'ombre juridique, où un seul avocat suffit rarement. Tu as besoin d'en avoir toute une batterie. En tout cas, Preben n'a pas eu l'air de prendre la chose au sérieux.

— Il aurait peut-être dû ? Tu as pu en savoir plus sur la cause du décès ?

— Non, non. J'ai discuté avec la sœur d'Anne-Trine. Anne-Trine était complètement ravagée. Elle est de Bergen, tu savais ?

— Oui.

— On a parlé d'une défaillance cardiaque, mais… Il n'aurait jamais dû participer à cette course, Varg !

— Il n'était pas assez bien entraîné ?

— Oh si, je crois. Mais quel intérêt ? Qu'est-ce que vous essayez de vous prouver… quarante-deux kilomètres dans les rues quel que soit le temps, avec…

— Combien de temps… Depuis quand étais-tu son avocat, Asbjørn ?

— Depuis le début des années 80. 82 ou 83. Pourquoi ?

— Je vais te poser une question. As-tu connaissance d'une rencontre, en mars 1986, entre les quatre personnes suivantes : Preben Backer-Steenberg, Thorbjørn Finstad, le magnat de l'industrie suédois Fredrik Loewe… et un autre Suédois, Pär Elias Jansson ? »

Il secoua lentement la tête.

« Non. »

Puis il se leva, alla chercher sa bouteille de whisky et se resservit. Il m'interrogea du regard et me resservit à mon tour quand je lui fis comprendre que je ne refusais pas, et reposa la bouteille sur la table entre nous.

« Les noms, ils te disent quelque chose ?

— Certains. Mais pas ce… comment l'as-tu appelé ? Jansson ?

— Oui. Un ancien policier. Une espèce de Svein Grorud à la suédoise. Sur la photo, Backer-Steenberg lui donne une enveloppe.

— La photo ?

— Oui, euh… un cliché que j'ai vu d'eux. »

Il se pencha lourdement en avant.

« Tu as vu une photo d'eux ?

— Oui ? »

Il se redressa avant de se renverser dans son fauteuil.

« Non, c'était bizarre, que tu… ta façon de le dire. Continue…

— Bien sûr, il pouvait y avoir de l'argent dans l'enveloppe, c'était peut-être un prêt peu avouable, pour ne pas dire sur le marché parallèle, que Backer-Steenberg remboursait. »

Il haussa les épaules.

« Bon… et alors ?

— Nous savons que Jansson a pris contact avec Grorud il y a moins d'une semaine, ainsi qu'avec Hauger, vraisemblablement. Pourrait-il y avoir des choses intéressantes dans la relation entre Hauger et Backer-Steenberg ?

— Je… Pfff ! Qu'est-ce que j'en sais, moi ?

— Fredrik Loewe, tu le connaissais ?

— Mouais, si on veut. Preben et lui ont eu des intérêts communs, jusqu'à ce que Preben revende ses parts.

— À qui a-t-il revendu ?

— Je ne me rappelle pas. C'est retourné en Suède, si ma mémoire est bonne.

— Tu as déjà rencontré la femme de Loewe ?

— Non. Non, jamais. Loewe est mort, je ne sais pas si tu… il est mort dans un accident de voiture.

— Sa femme aussi… sans doute.

— Ah ? Oui, c'est possible. »

Je bus une gorgée de mon verre. Les Écossais ont le don d'extraire le miel de l'eau des marais et de l'épicer par une fermentation assez longue. Le whisky s'étala comme de la bruyère sur ma langue, une lande dans la brise d'une fin de journée d'automne ; seuls les glaçons rappelaient le mois de novembre.

« Mais Thorbjørn Finstad… lui, tu le connaissais bien ? Tu l'as défendu.

— Défendre quelqu'un, ça ne veut pas obligatoirement dire que tu le connais.

— Non, évidemment. L'affaire, tu t'en souviens ?

— Bien sûr. Elle n'avait rien d'extraordinaire. Un crime passionnel norvégien comme il y en a des tas.

— Des tas ? Et les photos qui ont été montrées pendant le procès ?

— Celles de Mme Finstad ? Eh bien ? Au lieu de les prendre en flagrant délit, il a trouvé des photos d'eux. Le schéma de réaction a été le même.

— Des photos de Solbakken et Mme Finstad ensemble ?

— Ensemble ? ! » Il se leva et alla vers sa table de travail. « C'est Solbakken qui a *pris* ces photos. Elle, elle était *dessus.* »

Il déverrouilla un tiroir, le sortit complètement du meuble et le posa dessus. Puis il plongea la main dans la cavité ainsi dévoilée, et j'entendis le son d'un compartiment intérieur. Sa main remonta, enserrant une grande enveloppe jaune.

Avec un mouvement un peu lourd, il se redressa. Il laissa le tiroir où il était, ouvrit l'enveloppe, en sortit une poignée de photos et revint s'asseoir. Enfin, il me tendit les clichés, un par un.

La description n'était pas erronée. Solbakken n'était pas sur une seule des photos. Rien ne prouvait que c'était son doigt qui avait appuyé sur le déclencheur. Pour sa part, Aud Finstad était la cible de doigts et d'autres membres.

Les clichés avaient été réalisés dans une chambre, devant un grand lit, mais Aud Finstad se trouvait rarement dessus. La position favorite la faisait s'appuyer sur les montants du lit, jambes bien écartées et derrière tourné vers le photographe. Elle avait la tête légèrement de biais et regardait l'objectif, le regard voilé, mais sûrement pas de désir. Une autre photo la montrait dans la même position, mais photographiée de devant. C'était peut-être la seule façon de mettre ses seins en valeur, car sur un autre cliché la représentant assise par terre devant le lit, comme sur une plage, ils n'étaient pas plus gros que deux piqûres de moustique. Sur l'unique photo d'elle sur le lit, allongée sur le dos, sa poitrine était aussi plate que celle d'un petit garçon ; mais ses genoux étaient tellement écartés que la distinction mâle-femelle ne faisait pas l'ombre d'un doute.

Elle était bien trop maigre. Ses cuisses n'étaient pas beaucoup plus épaisses que mes avant-bras, son cul ressemblait à deux poings serrés autour d'une barre fixe, et on pouvait compter ses côtes. Son sexe faisait penser à une volaille plumée et incisée pour en extraire les organes.

La série entière avait un côté froid et dépourvu de tout érotisme. Elle était exactement comme elle me l'avait décrit quelques heures auparavant : tiens-toi comme ci, regarde là, ouvre la bouche, pense à quelque chose de bon… C'était un pantin à qui le type derrière l'appareil avait imposé diverses positions, sans la regarder une seule fois dans les yeux. Si c'étaient des exemples de l'art pictural de Pål Helge Solbakken, sa disparition soudaine n'avait pas privé le monde de la photo d'un de ses plus grands maîtres.

« Tu aurais apprécié de voir ta femme sur des images comme ça, Varg ?

— Pas avec aussi peu de chair sur le corps.

— Oh, ta gueule !

— En quoi ces photos révélaient-elles que c'était Pål Helge Solbakken qui les avait prises ?

— Elles étaient dans une enveloppe marquée du nom de sa société.

— C'est tout ? »

Il secoua la tête. « Le lit… Les photos ont été prises dans la chambre de Finstad. Quand il a découvert les clichés, il a confronté sa femme, et elle a craqué… tout avoué… Solbakken et elle avaient eu une liaison, et ça — ces photos — c'était juste pour s'amuser.

— Bon.

— Finstad est un homme plein de tempérament. Il a sauté dans sa voiture et il est venu voir Solbakken en ville, pour lui faire sa fête, comme il a dit… Solbakken a résisté…

— Pas inconcevable…

— Une résistance un peu trop virulente…

— Je vois.

— … et Finstad est allé un peu trop loin. Il est parti en laissant Solbakken dans son atelier, apparemment mort. L'autre ne s'est jamais réveillé. Il est mort des suites de ses blessures.

— Pas jojo.

— Les crimes passionnels le sont rarement, Varg. J'en ai vu quelques-uns.

— Et c'était bien un crime passionnel, alors ?

— Pourquoi cette question ? Qu'est-ce que ce serait d'autre ?

— Je te le demande parce que je reviens de chez Aud Finstad. Elle dit n'avoir jamais entretenu de relation avec Solbakken.

— Quoi ? !

— Solbakken a été tué un mardi. Elle affirme que ces photos ont été prises le mercredi, la veille de l'arrestation de Finstad, et que Finstad était présent. Que c'était lui qui voulait que ce soit… comme ça.

— Finstad ? Enfin, Varg ! Cette fille est tellement camée qu'elle n'a pas conscience de ce qu'elle dit. Des comptes rendus juridiques attestés disent exactement le contraire.

— Assez camée pour qu'on puisse lui faire dire n'importe quoi, y compris devant un tribunal ?

— Varg, où veux-tu en…

— Est-ce que Finstad connaissait Solbakken ?

— Non, rien ne l'a jamais laissé supposer.

— Comment sa femme a fait sa connaissance, alors ?

— Ils avaient lié conversation dans une exposition de photo, si je ne… oui.

— Mais Solbakken avait déjà photographié Finstad.

— Ah ?

— À peu près un an plus tôt, en mars 1986. La photo dont je t'ai parlé, avec entre autres Backer-Steenberg.

— C'est Solbakken qui l'a prise ?

— Pour reprendre tes méthodes de documentation : elle était dans une enveloppe portant le nom de sa boîte. Qui t'a demandé de te charger de l'affaire Finstad ? Backer-Steenberg ?

— Mou-non. Il m'a appelé en personne.

— "Mou-non" ? Qu'est-ce que c'est que ce dialecte ? Tu n'es pas sûr ?

— Comment veux-tu que je sois sûr ? Ça fait quelques années, Varg !

— En effet. Cinq et demie, précisément. »

Nous nous fusillâmes du regard. Les photos d'Aud Finstad dessinaient une hélice irrégulière sur la table devant nous. Nos deux verres étaient pour ainsi dire vides, les glaçons avaient fondu. Nous devions ressembler à deux vieux jouisseurs à qui il ne restait plus beaucoup d'autres joies dans la vie que l'alcool et les photos cochonnes.

Je me sentais déprimé, irritable. Quelque chose clochait. L'histoire me faisait penser à un parallélogramme biscornu dont je n'avais pas encore réussi à calculer la surface.

« Tu es toujours son avocat, non ?

— À Finstad ? »

Je hochai la tête.

« Il m'appelle quand il a besoin d'aide, oui.

— Tu savais qu'il était en permission, ce week-end ? »

Il haussa les épaules.

« Je sais qu'il a pu obtenir quelques week-ends de liberté. Rien ne permet de redouter une récidive dans ce cas. Le meurtre de Pål Helge Solbakken était un acte isolé, aussi tragique pour lui que pour la victime. Il a bousillé sa propre vie en même temps.

— Tu sais où il va, quand il est libre ?

— Non.

— Il n'est pas allé voir sa femme… Ils sont toujours mariés ?

— Je n'ai pas entendu dire qu'ils ne l'étaient plus.

— Et tu n'as aucune idée de qui il va voir ?

— Non, j'ai dit !

— Écoute, Asbjørn… j'ai un service à te demander.

— Oui ?

— Je veux que tu me fasses entrer… que tu arranges un rendez-vous pour que je puisse aller le voir. Demain.

— Aller voir Finstad ? À Ullersmo ? Je ne veux pas…

— Je l'exige, Asbjørn !

— Et qu'est-ce qui te donne le droit de…

— Sinon, je vais voir les journalistes pour leur répéter ce que m'a dit Aud Finstad. Sur ce mardi et ce mercredi, si tu vois ce que je veux dire.

— OK, OK, OK ! Je vais appeler. Ce doit être une affaire en cours. Appelle à mon bureau demain matin, tu sauras.

— N'oublie pas ! »

Ses lèvres remuèrent, comme s'il venait de faire une mauvaise expérience gustative.

« Maintenant, je crois que tu devrais y aller, Varg. Je n'apprécie pas beaucoup ton ton. Notre amitié, elle n'a pas seulement rouillé, elle est complètement tombée en morceaux. J'espère ne plus jamais revoir ta gueule de roublard.

— Oh, tu en vois de beaucoup plus roublards que moi, chaque jour à la Cour suprême, je parie. »

Il se leva, traversa la pièce et ouvrit la porte. Et s'immobilisa, la main sur la poignée, un regard éloquent posé sur moi.

Je me levai et allai vers lui.

« Quand tu en auras marre de ce que tu fais ici, Asbjørn, je connais un endroit où le poste de portier est vacant. En enfer.

— *Au revoir*[1] !

— Et c'est là que le bât blesse ! »

Nous échangeâmes un grognement, comme deux boxeurs qui se croisent dans la file d'attente du Vinmonopol.

Il me raccompagna jusque sur le trottoir et claqua vigoureusement la porte derrière moi, comme le point bruyant d'une phrase aussi longue que désagréable.

1. En français dans le texte.

Chapitre 38

J'appelai Ove Haugland à son numéro personnel depuis la cabine à côté du kiosque Narvesen de Ridervolds plass.

Sa voix était grumeleuse.

« Varg ? Tu n'es pas encore rentré… à la maison de prières ?

— J'ai bien failli aller plus loin que ça.

— Où ça ?

— Avec des ailes dans le dos.

— Tu veux dire que…

— Je n'avais pas tourné le coin de Møllergata que j'avais un groupe de boules sur le dos.

— Fichtre ! Comment ça s'est passé ?

— Comme tu l'entends, j'ai survécu. J'ai été sauvé par les troupes d'assaut de Satan en personne.

— Hein ?

— Une meute de nazillons à la batte légère. Ils les ont mis en déroute.

— Eh bien…

— On n'est pas toujours sauvé par qui on voudrait…

— Tu peux le dire. Est-ce que je peux… en parler dans un article ?

— C'est pour ça que j'appelais. Mais… après l'agression, je suis allé au poste médical de garde, et… pour dire les choses clairement, je ne me déplace plus aussi facilement. Une cuisse me fait souffrir et j'ai une citrouille prête à exploser entre les jambes. Et je ne demande pas mieux que d'être à Ullersmo, demain, pour tailler une bavette avec Thorbjørn Finstad. Je peux te le dire : cette conversation, c'est de la dynamite… pour toi aussi.

— Tu veux dire que je suis convié ?

— Non. Pas tout de suite. Mais si tu pouvais me prêter une voiture… Tu en as une, non ?

— Le journal en a mis une à ma disposition, oui… Pas de problème, mais il faut que tu passes la chercher maintenant ; dans une heure, je serai parti pour l'aéroport.

— Ah ?

— Un saut de puce à Bruxelles. Je rentre mardi matin.

— Je prends un taxi. »

Ove Haugland habitait dans un immeuble banal peint en jaune, tourné vers Voldsløkka.

Il m'attendait au pied du bâtiment, une valise dans une main et une clé de contact dans l'autre.

Il leva sur moi un regard étrange tandis que je m'extirpais laborieusement du taxi.

« Tu as pris une jolie rouste, si je comprends bien…

— Tu n'as parlé à personne de l'endroit où nous devions aller hier au soir ?

— Moi ? Pas que je me rappelle. Tu ne veux pas

dire… qu'ils t'attendaient ? Que c'était après toi qu'ils en avaient ?

— Mmm. Peut-être. En tout cas, je suis passé devant une Ford Escort rouge avec une queue de renard à la lunette arrière juste avant d'être attaqué. Et cette voiture, je l'avais déjà vue !

— Quel rapport ça aurait avec tout ce dont nous avons discuté ?

— En un mot comme en cent : je n'en sais rien ! Est-ce que Svein Grorud a pu les embaucher, à ton avis ?

— À propos… J'ai trouvé des choses sur lui. Je veux dire… il a effectivement un chalet quelque part près d'Øyeren, où il taquine le poisson et la foufoune à ses heures perdues, dit-on.

— Tiens donc ?

— Regarde. » Il tira une feuille A4 pliée en quatre de sa poche intérieure. « J'ai demandé à quelqu'un qui y est allé une fois de me faire un croquis.

— Merveilleux.

— Mais si tu y vas… fais attention, Varg ! Il a peut-être des armes là-bas. »

Je jetai un coup d'œil à la carte, la fourrai dans ma poche et hochai la tête.

« Merci !

— Bon. Je suis garé là-bas. Je me suis dit que tu pouvais tout aussi bien me descendre à Fornebu. Comme ça, tu prendras la voiture en main par la même occasion. »

C'était une Toyota Corolla GLi pourpre, au front bas, portant le logo du journal en lettres agrandies sur chacun de ses flancs. La discrétion n'avait jamais été le fort de la maison.

Je reculai le siège d'un cran et rectifiai la position du rétroviseur intérieur. Abstraction faite d'une modernisation générale, les instruments autour du volant étaient les mêmes que dans ma version bien plus populaire de 1984. Il me fallut cent mètres pour la connaître.

Je remontai à Tåsen et pris le périphérique en direction de Fornebu.

Je racontai à Ove Haugland mes visites chez Aud Finstad et Asbjørn Hellesø, et l'essentiel de ce qu'ils m'avaient dit. Au-dessus de nous, les avions volaient de plus en plus bas, comme pour essayer de savoir de quoi nous parlions. L'atterrissage se fit en commun, eux sur la piste derrière les clôtures, nous sur le parking à l'extérieur.

Quand je déposai Ove Haugland, il repassa la tête dans la voiture :

« Appelle-moi mardi pour me faire savoir ce qu'a dit Finstad.

— Si tout va bien, mardi, je suis à Stockholm.

— Ah oui, merde. Quand tu seras rentré, alors.

— Qu'est-ce que je fais de la voiture ?

— Gare-la devant mon immeuble... il y a un emplacement réservé, avec le numéro d'immatriculation. Laisse la clé à l'accueil du journal.

— Bon voyage à Bruxelles, alors. Ne nous dénonce pas avant le moment opportun.

— Remonte les stores et regarde où tu es, Varg.

— Sur le parking du plus petit aéroport au monde, si tu omets celui d'Oulan Bator. Qui ne doit pas être beaucoup plus petit !

— Saute dans le train et regagne tes pénates, en disant que tu n'es jamais venu !

— Tu connais la chanson, toi aussi ? Il n'y a donc pas que *Playtime* dans ta tête ? »

Nous aurions pu continuer ainsi à l'infini, mais il eut pitié, probablement pour que je ne réduise pas sa voiture à l'état d'épave sous le coup de la colère : il me laissa le dernier mot cette fois encore.

Je quittai le parking et mis le cap vers la ville. Le véhicule parcourait les routes comme un gobe-mouches, un centimètre et demi au-dessus de l'asphalte, bourré d'énergie. Via Vækerøveien, je me glissai dans Hoffsjef Løvenskiolds vei et me permis de garer la voiture sur le bateau de la résidence de la vénérable Mme Sjøwold, même sans permission.

Je remontai l'allée de graviers jusqu'à la porte principale de la grande maison en pierre de taille, sonnai et attendis.

Elle ouvrit au bout de quelques minutes. Ce jour-là, elle était en noir, avec un collier de perles blanches autour du cou. Ses lèvres discrètement maquillées laissaient échapper un très léger parfum de menthe poivrée.

Elle me regarda avec une condescendance amicale, comme un commis de bureau lui apportant un message de son mari dans l'autre monde.

« Oui ? C'était... ?

— Veum. Je suis venu vous voir...

— Je me rappelle. Que voulez-vous, aujourd'hui ? »

Je regardai derrière elle, vers l'intérieur de la maison.

« Je n'ai pas le temps, répondit-elle aimablement. Je reçois quelques amies. Nous jouissions d'une tasse de café et d'un verre de liqueur.

— Eh bien, je ne vais pas vous déranger longtemps.

En fait, j'avais une seule et unique question, madame Sjøwold. Pourquoi m'avez-vous dit que votre fille était morte ? »

Un voile sembla tomber sur ses yeux.

« Merete ? Elle l'est.

— Elle l'est ? »

Elle ne répondit pas. Elle cligna des yeux, comme si elle pensait à tout autre chose.

« Vous savez que ce n'est pas vrai, madame Sjøwold.

— Mais… vous avez vu… Je vous ai montré… l'avis de décès, quand même.

— Son amie, Aud… vous vous souvenez d'elle ?

— Oui ?

— Elle ne savait pas que Merete était morte.

— Ah ? » Puis elle parut se ressaisir. « Pour moi, elle est morte !… Jeune homme.

— Et voilà. On approche de la vérité. Elle n'est pas véritablement morte, mais pour vous, elle pourrait tout aussi bien l'être ? »

Une dame d'un certain âge apparut dans l'entrée.

« Snefrid ? Tu es là ? Qu'est-ce qui se passe ?

— Je reviens de suite, Élise. Rentre, va. Ce n'est que… » Elle agita une main. « Ce n'est que Veum, ce bon Veum, qui vient toujours me rappeler ce dont je n'ai pas envie de me souvenir.

— Pourquoi, madame Sjøwold ? Qu'est-ce qui vous a fait rompre de façon si définitive avec votre fille ?

— Et c'est vous qui me posez la question, Veum ?

— Oui, c'est moi.

— Alors, Veum… vous n'êtes pas digne de votre mission. Je ne peux plus vous considérer comme une personne adulte, et je… je ne parle qu'aux adultes. »

Sur ce, elle me claqua la porte au nez.

J'aurais pu glisser un pied dans l'entrebâillement, bien entendu, et poursuivre la discussion ainsi. Mais Élise et ses autres copines seraient peut-être sorties me flanquer des coups de pied dans les tibias en me mitraillant le visage de macarons et en aspergeant ma chemise de liqueur de menthe. Et ça, je n'aurais pas apprécié. Je préférais l'aquavit.

Chapitre 39

Marit Johansen jouait une espèce de reprise de vendredi soir quand j'entrai dans le salon. Il y avait du vin rouge dans son verre, une bouteille débouchée sur la table, un livre sur ses genoux et un CD de Schubert dans le lecteur.

À mon arrivée, elle baissa le son à l'aide d'une télécommande, referma son livre et posa sur moi un regard grave.

« Assieds-toi, Varg. Il faut que je te parle. »

Elle poussa un verre vide dans ma direction, le remplit de vin et reposa précautionneusement la bouteille. Ses yeux étaient rouges, sa peau transparente, et sa main tremblait nettement.

Je la regardai.

« Que s'est-il passé ? »

Elle fit un effort manifeste pour se maîtriser.

Je lui passai doucement une main sur la joue.

« Tu as pleuré.

— C'est ma faute s'ils t'ont attaqué.

— Tu veux dire…

— Il s'appelle Amir.

— Eux… qui ?

— C'est une question de… jalousie.

— Ça aussi ? »

Le vin rouge avait laissé une nuance bleutée sur ses incisives. Schubert entrait dans une phase sans lune, avec des basses sans fond au violoncelle.

« Je l'ai compris quand tu as mentionné la voiture. Je lui ai parlé. Ça ne se répétera pas.

— C'était quelqu'un que tu connais, alors ? »

Elle fit un sourire triste et hocha la tête.

« Je vais tout te raconter, dans la mesure du possible. On a grandi ensemble, à Bøler. Après le collège, on est devenus… amants. On était dans la même classe pour les cours de commerce et de secrétariat. Quand on a eu terminé l'école, il a commencé à travailler dans le magasin de son oncle, une épicerie dans Lakkegata. J'ai trouvé quelques petits boulots avant de démarrer à l'agence d'intérim, et… nos chemins se sont séparés. Il ne l'a jamais encaissé.

— Vous étiez vraiment ensemble ?

— Mmm, acquiesça-t-elle. Pendant quatre ans, presque cinq. Il a été terriblement blessé. Il s'en est pris à moi.

— Physiquement ?

— Non, non. Il a dit qu'il vivait notre séparation, le fait que je le plaque, comme… que c'était à cause de sa couleur de peau. Mais ce n'était pas le cas ! Pendant toutes les années que j'ai passées avec lui, je n'ai pas pensé une seule seconde à sa couleur de peau, pour moi, il n'a jamais été que… Amir, un mec avec qui j'avais grandi. Je lui ai même trouvé… Il s'est retrouvé dans les ennuis avec quelques potes, ils ont été accusés d'avoir désossé une voiture, pour revendre les pièces… après. Je lui ai trouvé un avocat, qui a pu le faire libérer.

— Un avocat ? Et qui ?

— Asbjørn Hellesø.

— Mais dis-moi… il n'y a pas d'autres avocats, dans ce patelin ?

— Il est président de l'agence d'intérim. Un temps, j'ai été représentante des employés. En plus, on me l'a recommandé !

— Bon… passons. Cette rupture, elle remonte à combien de temps ?

— Huit ou neuf ans ! Et il n'a toujours pas renoncé. Je lui ai dit et répété qu'il ne devait pas le prendre personnellement, mais c'est fini, pour toujours, il n'y aura plus jamais rien, il doit se trouver quelqu'un d'autre. La dernière fois que je lui ai parlé, je lui ai dit clairement que *moi*, j'avais rencontré quelqu'un, qu'il devait arrêter de me torturer… Tu comprends ?

— Je comprends.

— Il a dû te prendre pour… » Elle s'interrompit. « Pour l'autre. S'ils t'ont attaqué en ville, c'est parce qu'ils avaient dû te voir venir ici. Ils t'ont suivi et ont choisi de se venger sur toi… sur moi… sur nous tous ! Tu comprends ?

— Oui, oui, je comprends.

— Mais s'il te plaît, Varg, ne donne pas son nom à la police. Il est déjà fiché. Je suis allée lui parler aujourd'hui, et je crois qu'il a fini par comprendre son erreur. Il ne manquait plus que ça… l'agression. »

Ses yeux débordèrent tout à coup, et ses lèvres se mirent à trembler sans qu'elle n'y pût rien.

Je passai une main prudente sur les blessures de mon visage.

« Ça n'aura pas été en vain, en tout cas.

— Non. »

Elle tendit une main, la passa sur ma figure et l'arrêta à l'angle entre mon cou et mon épaule. Puis elle m'attira vers elle.

Elle se décomposa dans mes bras. Ses sanglots étaient longs et profonds, et elle était secouée de ce qui ressemblait à des convulsions.

Je la tins tout contre moi, comme un petit enfant, en lui caressant le dos.

« Là… là, ce n'est pas grave, c'est fini, maintenant, Marit… Hmm ? »

Elle pleura longtemps. Un barrage avait cédé quelque part en elle, et les masses d'eau libérées étaient énormes. Quand elle se calma enfin, elle tourna vers moi un visage trempé de larmes et s'étira pour m'embrasser.

Ce fut un gros baiser au vin rouge, aigre-doux et aussi juteux qu'une pêche contre les lèvres. Il se planta comme un ruisseau de printemps entre mes jambes, et une réaction un peu vive me fit me plier en deux de douleur.

« Oh, pu-putain… ! »

Elle se redressa et me regarda avec effroi.

« Ça fait si… Je ne voulais pas… »

Je serrai les dents à m'en faire péter les molaires, et réussis à extirper des excuses tourmentées : « On ne peut rien contre les réflexes pavloviens. C'est un bazar pas possible à cet endroit.

— Tu devrais peut-être poser un sachet de glaçons dessus… suggéra-t-elle en accompagnant son propos d'un geste de la main.

— Je ne serai pas d'une compagnie de rêve, en tout cas. »

Son visage, ses yeux et sa bouche étaient toujours très près, à tel point que j'avais du mal à fixer mon regard.

« Je pensais à ce que tu as dit l'autre soir. Sur le baiser. Tu envisagerais de m'envoyer encore une lettre ? Une longue ?

— Je ne sais pas si j'ai assez de pognon pour le timbre. »

Elle approcha encore un peu. « Je paierai.

— Mmm ?

— Alors si je te préviens à l'avance en te disant que dans un instant… »

Ses lèvres étaient à cinq millimètres des miennes. Je percevais la chaleur de sa peau, son haleine parfumée au vin rouge, l'impact physique de ses paroles comme des bulles d'air contre ma bouche.

« … dans un tout petit moment… »

Quand les yeux sont aussi près, c'est dans l'espace qu'on regarde. On n'a pas besoin de les fermer pour naviguer entre les étoiles.

« … que maintenant… »

Mais un scaphandre autonome aurait eu son utilité.

« … je t'embrasse. »

Des lèvres comme des pétales de rose couverts de rosée, une pointe de langue comme un bourdon humide voletant de-ci, de-là, la sensation des pores de sa langue comme du pollen contre la mienne, et une chaleur qui monte lentement dans le corps, comme des cercles dans un étang en pleine forêt, de nuit. Antalgique, calmant, rafraîchissant.

Longtemps.

Si longtemps que je crus que tout était terminé, que le temps s'était arrêté et que les dimensions n'existaient plus.

Svupp.

« Et on ne fait pas d'enfants comme ça », murmura-t-elle.

Nos regards se croisèrent, comme deux hirondelles aux ailes trempées de pluie, et nous nous retirâmes bien gentiment pour nous cacher derrière nos verres. Nous bûmes en silence, aussi étourdis que si nous avions bu de l'hydromel.

Schubert s'était tu, mais le monde recommençait à bouger. Dans ma tête, un air de Jerome Kern avait commencé à ronronner : « *A fine romance...* »

« C'était bon ? demanda-t-elle avec un sourire en coin.

— Mmm.

— Tu as toujours besoin de ce sachet de glaçons ?

— Je crois que je vais prendre un bain, plutôt.

— Et tu ne veux toujours pas que je... vienne te frotter le dos ?

— Je ne crois pas que ce soit... très malin.

— Bon. Ne viens pas dire plus tard que tu n'as pas eu ta chance.

— Non.

— Et avant ton départ, rappelle-moi de te rédiger un extrait de casier judiciaire à rapporter à ta copine de Bergen. Ou est-ce que tu t'arrêtes au baiser, avec elle aussi ?

— Euh, non. Mais ça fait une éternité qu'on se connaît.

— "Mais ça fait une éternité qu'on se connaît" », parodia-t-elle. Puis elle se leva. « Alors je vais me préparer avant, et tu auras la salle de bains pour toi tout seul… après. » Elle alla vers la porte.

« Euh… Marit ?

— Oui ?

— Merci. »

Je lui fis un sourire, et elle para vivement avec l'un des siens.

« C'est libre ! Bonne nuit ! » cria-t-elle quelques minutes plus tard.

Je vidai mon verre de vin, allai dans la salle de bains et ouvris les robinets de la baignoire avant de me déshabiller précautionneusement.

Pendant que l'eau coulait et que les tuyaux chuintaient, j'entendis, très loin, qu'elle composait un numéro sur le poste dans l'entrée. Mais je ne savais pas qui elle appelait, et je n'entendis pas ce qu'elle dit.

Chapitre 40

Je démarrai tôt le lendemain matin.

Après avoir appelé le bureau de Hellesø, j'y passai pour y récupérer deux lettres : une lettre de recommandation à l'intention de la direction de la prison, confirmant qu'il m'engageait pour un entretien avec Thorbjørn Finstad, et un courrier personnel pour Finstad dans une enveloppe cachetée. La signature sur le sauf-conduit était assurée et caractéristique, à l'encre vert foncé.

Je suivis l'E6 jusqu'à Kløfta et la prison d'Ullersmo.

Le journal d'Ove Haugland ne s'embarrassait pas d'épaves. Le véhicule traversa le paysage ouvert et large comme sur un coussin d'air.

Dans le temps, le trajet au nord d'Oslo avait été assez sinueux, sur une route qui coupait la rue principale de tous les patelins entre la capitale et le Brumunddal. À présent, on pouvait enclencher le pilote automatique, s'installer bien confortablement dans son fauteuil et se retrouver à Lillehammer avant d'avoir eu le temps de dire ouf. On ne voyait plus que restos routiers et stations-service. C'était la réponse norvégienne aux plaines de l'Ouest. Ici, on avait le chapeau de cow-boy dans l'âme.

Le temps s'était amélioré, il y avait du soleil dans les virages, mais Kløfta était comme elle avait toujours été : un carrefour bien trop gros avec bien trop peu de rues secondaires.

Ce ne fut pas une mince affaire de franchir les murs hauts de sept mètres autour d'Ullersmo. Mais la lettre de Hellesø aida, même si j'eus l'impression qu'ils la levaient à contre-jour pour contrôler le filigrane avant de l'accepter. Entre les murs, ils avaient leurs propres plaines, avec terrain de sport et piste de course, bâtiments de détention et petites maisons. Pour que je ne m'égare pas dans le secteur, un fonctionnaire me guida dans l'un des bâtiments, jusqu'à la salle de visite.

C'était une petite pièce chichement meublée, comme celles où les avocats venaient s'entretenir avec leur client. Elle ne contenait qu'une table et deux chaises en bois rembourrées, plus un troisième siège contre l'un des murs.

Un surveillant fit entrer Thorbjørn Finstad et prit place sur le troisième fauteuil, avant de se mettre à regarder dans le vague devant lui. Il ne fit rien d'autre de toute la séance, comme un élément du mobilier.

Finstad portait des vêtements en jean, une chemise bleu clair et un pantalon complètement délavé. Il était costaud, mais plus mince que ce à quoi je m'attendais.

L'époque où l'on rasait les détenus à leur arrivée était révolue. Finstad avait une belle barbe grise, ses cheveux lui tombaient sur les oreilles et dans la nuque. Je le reconnus instantanément, mais pas d'après la photo de 1986.

En entrant, il m'avait lancé un regard aux aguets avant de prendre place à la table sans paraître vouloir me serrer la main, comme s'il craignait que je fasse entrer des miasmes du monde extérieur. Il avait toujours l'air sceptique.

« Qu'est-ce que vous voulez ? »

Je lui tendis la lettre qu'Asbjørn Hellesø m'avait donnée à son intention. Il la parcourut et releva la tête :

« Je lis que je suis supposé répondre à vos questions, dans les limites du raisonnable. Mais rien ne précise pourquoi.

— Il s'agit d'une affaire sur laquelle je travaille, et votre nom est apparu plusieurs fois.

— Et Hellesø vous envoie ici, comme ça. Je…

— Pas comme…

— … vais probablement devoir me dégoter un autre avocat.

— … ça. »

Nous nous regardâmes un moment.

« Qu'est-ce que ça veut dire ? Vous l'avez forcé ?

— Je l'ai persuadé, répondis-je en secouant doucement la tête.

— Vous êtes bien conscient que je peux refuser de vous parler ? » demanda-t-il brutalement.

Je hochai la tête.

« Je peux me lever et m'en aller à n'importe quel moment. J'ai fait une connerie, j'ai été condamné, et je purge ma peine.

— Je comprends… parfaitement.

— Vous trouvez peut-être que "faire une connerie", ce n'est pas la bonne façon de le dire, hein ? » ajouta-t-il avec une fougue étonnante.

Je secouai de nouveau la tête.

« Il appartient à chacun de choisir librement les termes qui lui semblent convenir pour l'occasion.

— Vous êtes juriste, vous aussi ?

— Non, je suis…

— Parce que vous avez le même discours !

— … détective privé.

— Oh merde, un de *ceux-là* ! C'est Aud qui vous a lancé à mes trousses ?

— Non, c'est…

— Elle n'a aucun droit ! Elle a eu ce qu'elle pouvait exiger, et elle n'a rien à… c'est terminé entre nous, *for ever* !

— Vous étiez en permission le week-end dernier, Finstad ?

— Oui, et elle n'a rien…

— Où l'avez-vous passé ? l'interrompis-je en haussant le ton.

— C'est une question privée, qui ne regarde absolument personne !

— Mais vous êtes toujours mariés ?

— Ouais ! Pour des raisons économiques. On n'est pas encore tombés d'accord sur un partage équitable des… biens. Dès que ce sera fait, on se dira ciao !

— Bon, mais ce n'est pas pour discuter de votre vie de couple que je suis venu, Finstad.

— Ah non ? » Il commençait à se calmer. « OK. On finit peut-être par perdre patience, quand on vit dans un endroit comme celui-là. Je suis désolé. Allez, dites voir ce qui vous amène !

— Vous connaissiez Backer-Steenberg ? »

Le regard vigilant fut immédiatement de retour.

« Oui ?

— Preben Backer-Steenberg.

— Je vois de qui vous parlez, oui.

— Vous avez appris qu'il était mort ce week-end ?

— Mort ?! Non. » Il avait l'air réellement effrayé. « Comment ?

— Pendant le marathon d'Oslo.

— Alors… c'était un accident ?

— Une défaillance cardiaque », a-t-on dit.

Ses épaules tombèrent un peu.

« Eh bien… » Il secoua vaguement une main, « Backer-Steenberg et moi, on a été en relation dans les années 80. Je bossais pas mal, comme entrepreneur. Il… a participé au financement de certains projets.

— En Suède aussi ?

— En Suède ?

— Ce projet avec Loewe. Fredrik Loewe.

— Oui, je… » Il cligna des yeux. « Sur quelle affaire enquêtez-vous, d'ailleurs ? »

Je baissai le ton.

« J'ai vu une photo… de vous, Backer-Steenberg, Loewe et une torpille suédoise répondant au nom de P. E. Jansson… prise en 1986, par Pål Helge Solbakken. N'essayez pas de le nier. Que la réunion a bien eu lieu, je veux dire. »

Il n'était plus question de se lever et s'en aller. Je le tenais, et je vis la sueur perler sur son front.

« Je n'essaie pas de nier quoi que ce soit ! Je… J'ai gagné pas mal de pognon pendant ces années-là, dès la fin des années 70. Backer-Steenberg m'a donné quelques tuyaux sur des placements juteux. L'usine d'armement de Fredrik Loewe, entre autres…

— Lejon Vapen ?

— Oui… Nous avions des intérêts communs, c'est aussi simple que ça.

— Mais Backer-Steenberg s'est retiré et a revendu ses parts.

— Pas à ce moment-là. Ç'a dû arriver plus tard… après 1987. »

Il baissa subitement les yeux vers la table, comme s'il avait honte rien qu'à l'évocation de la date, comme si 1987 était une année qu'il aurait bien aimé voir disparaître des registres.

« Que s'est-il passé pendant cette réunion, Finstad ?

— Quelle réunion ?

— Celle de 1986, dont j'ai une photo. Backer-Steenberg donne une enveloppe à Jansson… »

Son regard parcourut les murs derrière moi, comme si la scène y était projetée sur grand écran.

« Je… je ne me souviens pas, pas exactement. Il faut bien que vous compreniez… il s'est passé des choses plus importantes dans ma vie, depuis ! »

J'attendis sans répondre.

Il écarta les bras.

« Il… il devait être question d'une espèce de transaction, un mouvement de titres…

— De l'argent noir ? Ou seulement gris ? »

Il ne répondit pas.

« Argent de la drogue ? Ou vente pyramidale ?

— Nous ne touchions pas à ça, répondit-il sur un ton las. On s'en tenait scrupuleusement aux règles… ce qui nous laissait quand même une jolie marge de manœuvre !

— Je veux bien le croire. C'est pour *vous* qu'on a créé les règles, n'est-ce pas ? »

Il fit un mouvement imprécis de la tête et des bras.

« Ces propriétés que vous avez rachetées à Backer-Steenberg, dans Urtegata, à la fin de l'hiver 1987…

— Oui ? me devança-t-il avec un regard plein de défi.

— Ça s'est fait à un prix très sympa, non ? »

Il ne répondit pas.

« Presque un service entre amis, hein ? poursuivis-je. Et six mois après seulement, vous les avez transmises à votre femme. Pour des questions d'héritage… ou autre chose ?

— C'était plus pratique, puisque je me retrouvais ici.

— Mais le montant, il n'était pas élevé, vous le reconnaissez ? »

Il joignit les mains sur la table, comme un prédicateur de parodie en visite dans un salon dépouillé.

« Il y avait autre chose ?

— Oui, il y avait autre chose, Finstad. Concernant l'autre événement de 1987. Entre vous et Pål Helge Solbakken.

— Je viens de vous le dire, Veum : le jugement a été rendu, je purge ma peine. Il n'y a pas à revenir là-dessus. »

Je me penchai de nouveau vers lui.

« Et si je vous dis que je sais que ça ne s'est pas passé exactement comme vous l'avez exposé, que me répondez-vous ? »

Pendant un dixième de seconde, son regard vacilla sur le côté, vers le surveillant silencieux. Celui-ci était impassible, comme s'il écoutait une longue conversation radiodiffusée émise par une station invisible et reçue par un récepteur dans sa tête. Pas le moindre mouvement ne trahissait qu'il écoutait notre discussion.

Puis Finstad me reprit dans sa ligne de mire.

« De quoi parlez-vous ? demanda-t-il sur un ton glacial.

— Je parle des photos que Pål Helge Solbakken a prétendument prises de votre femme, et de la liaison qu'il aurait eue avec elle.

— Prétendument ?

— Votre femme en parle autrement… aujourd'hui.

— Alors vous lui avez parlé !

— J'ai dit le contraire ?

— La pocharde ! Elle va pren… Et qu'a-t-elle dit, pour se couvrir ?

— Qu'elle n'a jamais entretenu de liaison avec Pål Helge Solbakken, et qu'il n'a jamais fait de photo d'elle. C'est un autre photographe qui s'en est chargé, sur votre demande et en votre présence !

— Elle va… je vais appeler… Je ne dis plus un mot ! Je veux que Hellesø vienne, sinon, je ne dis même plus…

— Elle a dit que les photos avaient été prises après le meurtre de Solbakken.

— Quoi ? ! Mais c'est… c'est ridicule ! Vous devez vous rendre compte par vous-même combien c'est idiot !

— Pas si on parle de fabrication de preuves, Finstad. Un mobile évident.

— Un mobile évident ? Que voulez-vous dire ?

— Que… ces photos ont été prises après le meurtre pour vous donner une raison de l'avoir commis, déguisé en crime passionnel. En France, vous auriez même eu une réduction de peine ! Vous seriez peut-être un homme libre, à l'heure qu'il est !

— Mais pourquoi je…

— Parce que vous aviez une autre raison de buter Solbakken.

— Et quelle serait-elle ?

— Que faisiez-vous chez Trude Solbakken vendredi, Finstad ? *Vendredi dernier ?*

— Chez… ?

— Oui, je vous ai croisé dans l'escalier ! Vous ne me reconnaissez pas ?

— Non, je… commença-t-il avec un regard vide.

— Je sortais de l'immeuble, vous y entriez.

— Oui, je me rappelle avoir croisé quelqu'un qui… » Son visage reprit vie. « Vous voulez donc dire que… que ce serait le contraire ? Que c'était Trude et moi qui… avions une relation, et que c'est *pour ça* que je… ? » Il souriait presque, comme si tout cela n'était qu'une farce.

Je penchai la tête sur le côté.

« Dites-moi simplement ce que vous êtes allé faire chez Trude Solbakken. »

Il se renversa lourdement sur son siège, posa les mains à plat sur la table et me regarda droit dans les yeux.

« Ce n'est pas un secret. Tout le monde le sait.

— Pas moi.

— Non… peut-être pas vous. Trude… Elle est venue me voir, environ six mois après la condamnation, ici, à Ullersmo. Elle a demandé à me parler. Plus tard, elle a dit qu'elle voulait… qu'elle voulait y voir plus clair dans tout ça, savoir qui j'étais, pourquoi j'avais réagi si violemment, ce que je savais de… comment je pensais que la relation entre Aud et son mari avait été. Des choses comme ça… Elle ne filait pas le parfait amour, elle non plus.

— Ah non ?

— Et puis elle est revenue, plusieurs fois, et une espèce de contact s'est établi entre nous, nous… Quand j'ai commencé à avoir des permissions, on se voyait… dehors. »

Je l'observai. Il avait presque l'air gêné.

« Le reste, c'est personnel, Veum.

— Je comprends. Je conclus donc qu'une relation est apparue entre vous. Entre le meurtrier et l'épouse de la victime.

— Ce n'est pas si simple ! Nous sommes tous des victimes…

— Peut-être. Et votre femme ne déroge pas à la règle, dirait-on. J'en reviens aux photos. Quels photographes connaissiez-vous, à l'époque ? »

Il ferma ostensiblement les yeux. Puis les rouvrit.

« J'ai dit que je ne voulais plus faire de commentaire… sans que Hellesø ne soit présent.

— C'est mon boulot de découvrir ce genre de chose.

— Alors allez, au boulot ! répliqua-t-il en agitant vigoureusement une main.

— Et si je demande à Trude ?

— Je vous en prie ! Elle ne sait rien de… ça. On a vidé nos sacs. On est quittes.

— Puisqu'il y a tant de choses sur lesquelles vous ne voulez rien dire, que pensez-vous d'une question plus générale ?

— À quoi faites-vous allusion ? demanda-t-il avec un regard mauvais.

— D'une certaine façon, vous symbolisez une espèce de mutation — d'aucuns parleraient de délabrement — au sein du mouvement ouvrier. Dans les années 50 et 60, vous faisiez partie des incontournables, avec un avenir prometteur. Suppléant au parlement, vous jouiez un rôle important au parti travailliste d'Oslo ; au début des années 60, on parlait souvent de vous comme candidat potentiel à divers postes de ministre. Dans les années 70, vous avez cherché de nouveaux partenaires de travail, peut-être attiré dans l'errance politique par la phalange de l'AKP, à gauche ? D'un coup, vous vous êtes retrouvé de l'autre côté de la table. C'était avec *vous* qu'ils devaient parlementer, vos vieux potes du mouvement syndical. C'était *vous* qui renvoyiez et congédiiez, en vous en mettant toujours plus dans les fouilles. Pendant qu'on démantelait Torggata Bad, vous étiez dans votre jacuzzi de Nesoddtangen, comme un roi Midas fier de sa carte du parti. Vous n'avez jamais regardé derrière vous, Finstad ? Vous ne vous êtes jamais vu dans un miroir ?

— Le monde n'a pas le même aspect aujourd'hui qu'en 1960, Veum.

— Oui, merci… et à qui la faute ? Je suis le seul à supposer que dans quelques années, le 1er Mai sera la journée commémorative des directeurs de banques et de compagnies d'assurances dont le parachute aura été insuffisant ? Que sont devenues les nobles pensées du mouvement travailliste des années 30 ? Elles ont servi de remboursement au plan Marshall ? C'est pour ça qu'on paie, aujourd'hui encore ?

— Vous êtes pathétique, Veum.

— Alors je ne suis pas le seul.

— Surtout quand vous devez monter à Ullersmo pour déverser vos frustrations politiques sur quelqu'un qui n'a plus la moindre influence.

— Non, je sais. Parce que vous vous êtes retiré. Pas en 1987, quand vous avez supprimé Pål Helge Solbakken. Non, bien avant. Vous avez signalé le passage de Vålerenga à Lyn, et vous ne les avez pas loupés, eux non plus. Mais c'est vous qui payez la facture ici… pour tous les autres.

— Et pour qui ?

— C'est aussi ce que j'aurais aimé savoir, Finstad. »

Je levai quatre doigts devant son visage. De l'index de l'autre main, je les repliai l'un après l'autre.

« Fredrik Loewe est mort dans un accident de voiture en 1988. » Doigt suivant. « Pär Elias Jansson a été balancé du dix-huitième étage de l'Oslo Plaza, jeudi dernier. » Et le troisième. « Preben Backer-Steenberg est mort samedi. »

Il resta le dernier doigt.

« Il n'y a plus que vous, Finstad. À votre place, je demanderais à quelqu'un de goûter vos plats, à partir d'aujourd'hui. Et je ferais attention à mes actes et aux endroits où j'irai pendant mes permissions. »

Chapitre 41

Tout près de Kløfta, on trouve l'un des plus gros restaurants routiers du pays. À en juger par les couleurs à l'intérieur et le niveau d'efficacité au comptoir, il aurait pu être situé à Dallas, dans le Texas. Pour éviter toute faute de goût, je commandai des œufs au bacon, un café et des beignets en couronne.

La serveuse en uniforme orange n'avait pas de patins à roulettes mais, hormis ce détail, la rapidité avec laquelle elle m'apporta ce que j'avais demandé et le sourire radieux qu'elle me servit en accompagnement auraient convenu à quiconque considérant la Norvège comme le cinquante et unième État.

J'avais pris mon guide N.A.F.

Svein Grorud possédait un chalet à Øyeren où, à en croire mes sources, il pêchait le brochet pendant ses week-ends de détente et traquait la bécasse pendant la saison du bikini. Devais-je prendre le risque d'aller le voir, si c'était là qu'il se trouvait ? L'apprécierait-il, ou avait-il déjà le fusil à la main ? Au cas où, devais-je me conduire en vrai montagnard et faire savoir au préalable où j'allais ?

Après avoir mangé, je décidai de tenter le coup.

Je pris l'E6 jusqu'à Skedsmo, bifurquai vers Lillestrøm. Mais avant d'y arriver, je passai sur les terres de l'équipe de foot concurrente de Vålerenga. Puis je pris la nationale 120 depuis Strømmen, à l'ouest d'Øyeren.

J'étais sur la terre de Nod, le pays à l'est des Østmarka, une espèce de no man's land géographique. Le paysage ressemblait à s'y méprendre à ce que vous trouviez de l'autre côté de la frontière suédoise : de grandes collines allongées, de petits lacs grouillant de perches, de brochets et d'anguilles, des pâturages couverts d'arbres épars et des fermes utilisant des machines agricoles bien trop grosses. Hormis la couleur des panneaux et la peinture rouge des petites cabanes au bord du fjord de l'autre côté de la frontière, on pouvait tout aussi bien être dans le Värmland que dans l'Akershus.

J'étudiai le semblant de carte qu'Ove Haugland m'avait remise, pris un raccourci vers la mer quelque part entre Rælingen et Flateby et garai la voiture devant un portail marqué *PROPRIÉTÉ PRIVÉE*. Je me conformai à l'interdiction, puisque ça concordait avec ma carte, et descendis vers la mer en longeant le mur de pierre par l'extérieur.

Le paysage était doré. De part et d'autre du fjord, les champs luisaient en jaune pâle sous le soleil qui baignait le tout d'une atmosphère conciliante et faisait passer même les maisons les plus décrépites pour des édifices dignes d'être classés.

Le chalet de Svein Grorud n'avait pas besoin d'un coup de peinture de camouflage. Il était bien entretenu et venait d'être traité au brou de noix. Les volets et la tranche du toit étaient peints en rouge. Les volets intérieurs étaient fermés, et aucune fumée ne sortait de la cheminée. Rien n'indiquait que le chalet soit habité.

Pourtant, j'approchai prudemment, comme d'un blockhaus dans la forêt vierge. Mais aucun canon de carabine ne sortit par les meurtrières dans les murs. Personne ne m'invita à rester où j'étais.

J'arrivai sain et sauf à la porte. Elle était bien fermée, encastrée dans un cadre d'acier boulonné et clos de l'extérieur. S'il y avait du monde à l'intérieur, ils devaient posséder les talents d'Houdini ; un impératif aussi pour celui qui essayait d'entrer.

Je regardai autour de moi. Du bois fraîchement coupé était rangé sous un petit abri, en piles soignées. Dans un coin de la remise, je vis le matériel de pêche, plusieurs nasses et seines. En bas, entre les roseaux au bord de l'eau, un petit youyou en plastique échoué était arrimé à un bloc de béton. Le bateau était à moitié plein d'eau. Rien n'attestait que quelqu'un l'ait utilisé au cours de ces dernières semaines. Je quittai les lieux, retournai à ma voiture, repris la nationale en direction de Strømmen et remontai Strømsveien vers Oslo. De grandes zones industrielles trahissaient l'origine d'une partie des déchets produits par Oslo, tandis que des immeubles borgnes construits dans des quartiers bien trop densément peuplés révélaient d'où venait la main-d'œuvre.

À Ulven, je pris Store Ringvei, et le quittai à Tåsen. Je garai la voiture à l'endroit indiqué et lui donnai une petite tape amicale sur le capot avant de m'en aller. Elle avait moins d'éraflures dans la laque que le journal qu'elle vantait.

Je pris le bus à Tåsen pour descendre dans Uelands

gate, tournai dans Waldemar Thranes gate et passai le pont dit « Sannerbrua ».

L'escalier était toujours aussi peu éclairé, mais je pus lire *Solbakken* sur la plaque près de la porte. Cette fois, personne n'ouvrit lorsque je sonnai.

Je me mis à piétiner sur place, en proie à une soudaine agitation. Je regardai l'ampoule qui pendait du plafond. Elle retourna mon regard à l'instar d'un œil de cyclope, comme si elle essayait de deviner ce que je fabriquais.

Je sonnai de nouveau. Aucune réaction.

Je collai l'oreille à la porte et criai : « Ohé ? Il y a quelqu'un ? »

Je n'entendais rien.

Je posai enfin la main sur la poignée, appuyai et poussai. La porte était ouverte.

Je franchis rapidement l'entrée tout en longueur, le rideau de bambou et débouchai dans le salon clair aux murs garnis de photos.

Trude Solbakken était allongée au beau milieu de la pièce, les cuisses écartées et un genou plié, dans une position des plus encourageante.

Mais elle était complètement habillée, et elle n'était pas là pour émoustiller quelqu'un. Elle était là parce qu'elle était morte.

Chapitre 42

Lors de notre dernière rencontre, elle m'avait donné l'impression d'être une fille saine et robuste, du genre qui survit à presque tout. Mais ça, elle n'y avait pas survécu.

Son visage était bleu, sa langue évoquait un foie gâté entre ses lèvres, et elle avait de vilaines taches mauves sur la gorge. La cause du décès ne faisait pas l'ombre d'un doute.

Je me penchai en avant pour lui prendre le pouls, un automatisme à contretemps. Sa peau était froide et rigide, et je ne pus éviter de voir qu'elle avait des traces de chair et de sang sous les ongles. Le meurtrier avait laissé sa carte de visite, cette fois.

Je me redressai et cherchai le téléphone. Le combiné n'était plus sur sa base.

Je le saisis dans un mouchoir et composai le numéro de la police. Puis je le reposai, comme je l'avais trouvé.

Il n'y avait pas loin entre Grønland et Sannergata. Ils furent à la porte avant que j'aie pu y réfléchir. Mais j'étais certain d'une chose : Thorbjørn Finstad n'avait pas eu les mains griffées.

Anne-Kristine Bergsjø avait les contours de la bouche tout pâles, et le regard qu'elle me lança promettait un peu de tout sauf de bonnes surprises.

« Qu'est-ce que vous foutez ici, Veum ?

— Je suis venu lui parler. La porte n'était pas verrouillée.

— Alors vous êtes entré, comme ça ?

— Je n'aurais pas dû ?

— Si vous soupçonniez quelque chose du genre, vous auriez dû appeler la police.

— Je ne soupçonnais rien du tout !

— Alors vous entrez, tout bonnement, et… vous découvrez des choses ?

— En tout cas, ça, je ne l'ai pas fait, répondis-je sans grand enthousiasme. Elle a des fragments de peau sous les ongles… Regardez ! » Je levai mes mains devant elle.

« Non, je ne m'attendais pas à ce que vous soyez si bête que ça, Veum. Assez bête pour nous appeler et nous le raconter après, je veux dire. »

Un homme en civil, affublé d'une moustache fine et d'un nœud papillon, se redressa à côté du cadavre et regarda Bergsjø.

« Au moins vingt-quatre heures. Le corps est roide depuis un moment.

— Procédez à l'autopsie. Le plus tôt sera le mieux. »

Il retroussa la lèvre supérieure et se brossa pour ainsi dire sous le nez avec sa moustache, comme une espèce de préliminaire au processus de nettoyage avant de s'y mettre.

« À vos ordres. »

Elle se tourna vers l'un des T.I.C.

« Vous avez pris toutes les photos ? Est-ce que quelqu'un peut appeler une voiture pour elle ? »

Le type hocha la tête et sortit transmettre la consigne.

Le moustachu suivit en adressant un salut mesuré à Anne-Kristine Bergsjø, mais c'était une déclaration d'amour spontanée en comparaison du coup d'œil qu'elle m'envoya quand je pris la parole :

« Je sais qui est venu la voir ce week-end.

— Et qui ?

— Thorbjørn Finstad. »

Je me dis qu'il valait mieux taire que j'étais allé moi-même voir Thorbjørn Finstad à Ullersmo quelques heures plus tôt.

« Comment le savez-vous ? demanda-t-elle d'une voix crispée.

— Parce que je l'ai croisé dans l'escalier la dernière fois que je suis venu.

— Quand était-ce ? voulut-elle savoir en levant les yeux au ciel.

— Vendredi. »

Elle poussa un gros soupir et se tourna de nouveau vers Trude Solbakken. L'activité s'intensifiait autour de nous. J'eus un peu la sensation de me trouver dans l'œil du cyclone, le seul endroit parfaitement paisible, pour une raison inconnue.

« Quel âge avait-elle, à votre avis ? »

Je haussai les épaules.

« Quarante et quelques. »

Elle serra les lèvres, et il ne resta plus qu'un trait fin, un horizon stérile sur un monde affreux.

Je lui saisis doucement l'avant-bras.

« Vous devez l'arrêter avant qu'il ne frappe de nouveau ! »

Elle fit un pas de côté et se tourna vers moi, en se libérant discrètement de ma prise.

« Arrêter qui ?

— Svein Grorud !

— Oubliez, répondit-elle d'une voix à peine audible.

— Oublier ? »

Elle se détourna, rejoignit quelques agents et indiqua plusieurs endroits dans la pièce en donnant ses instructions.

L'un des policiers traçait à la craie le contour du corps de Trude Solbakken. Il produisait le même son déchirant que s'il sciait de l'os. Un autre était occupé à ranger le téléphone dans un sac en plastique, sans avoir raccroché le combiné. Un troisième notait les noms et numéros de téléphone inscrits sur une poignée de Post-It collés sur un tableau en liège au-dessus de la commode où s'était trouvé le téléphone.

Les consignes données, elle se posta à l'autre bout de la pièce. Je la rejoignis, bien décidé à lui laisser un souvenir éternel.

« Pourquoi oublierais-je ? »

Elle me retourna le même regard glacial.

« Depuis quand sommes-nous obligés de vous tenir au courant ?

— Vous êtes tenus d'informer le public !

— Et le public, c'est vous ? Pas dans les affaires de meurtre, ajouta-t-elle d'une voix sifflante. Pas avant que la mise en examen ne soit signifiée, en tout cas.

— Vous l'avez arrêté, alors ? Où l'avez-vous trouvé ?

— C'est mon dernier mot, Veum ! Il en sort encore un de votre bouche… et je vous flanque en préventive, c'est clair ?

— Pourquoi ?

— J'ai un joli menu vous concernant, ne vous inquiétez pas ! »

Torleif Pedersen entra. Elle haussa le ton.

« Ah, Torleif, quelle bonne surprise. Tu peux prendre le relais ici ? Je redescends au poste planifier la stratégie. »

Il hocha la tête et me lança un regard mauvais.

« Qu'est-ce qu'il fait là, lui ?

— C'est lui qui l'a trouvée.

— La bonne personne au bon endroit, hein, Veum ?

— Et au bon moment, semble-t-il. »

Deux jeunes hommes en blouse blanche apparurent à la porte, chargés d'un brancard.

Anne-Kristine Bergsjø parcourut la pièce du regard et leur fit un signe de tête.

« Vous pouvez l'emmener. Au médico-légal, immédiatement. Docteur Henriksen. »

Nous les regardâmes étendre un drap et une couverture en laine sur le sol. Ils déplacèrent Trude Solbakken dessus et l'enveloppèrent dans le drap. Puis ils la posèrent délicatement sur le brancard, comme pour ne pas la réveiller.

Il ne resta que le contour de son corps, dessiné à la craie sur le sol, comme un monument funéraire des plus éphémère.

Anne-Kristine Bergsjø me regarda.

« Que veniez-vous faire ici, en réalité, Veum ? me

demanda-t-elle avec un mélange de colère et de frustration.

— Lui poser deux ou trois questions.

— Sur quoi ?

— Je voulais lui demander si elle savait que les photos de nu que son mari aurait prises d'Aud Finstad en 1987, qui avaient servi de pièces à conviction pendant le procès, avaient été prises *après* le meurtre de Solbakken. Et si quelqu'un avait réussi à prouver qu'Aud Finstad et son mari avaient eu une liaison. Et quand elle avait rencontré Thorbjørn Finstad pour la première fois. »

Elle regarda Torleif Pedersen.

« Tu comprends de quoi il parle ? C'est toi qui te souvenais de cette affaire.

— Je me souviens des pièces à conviction, oui, acquiesça-t-il. Mais que les photos aient été prises après le meurtre, ça…

— Non, parce que c'est nouveau. C'est Aud Finstad qui me l'a dit hier matin.

— Vous êtes allé la voir, elle aussi ? aboya Anne-Kristine Bergsjø.

— Elle… » Je lui fis un sourire désarmant. « On se connaissait… depuis longtemps. On s'est rencontrés à une soirée, en 1965.

— *1965 ?*

— Alors on a papoté un peu… de nos vies, depuis.

— Qu'est-ce qu'on fait de ce gars-là ? demanda-t-elle à son collègue.

— Je m'en vais ! répondis-je très vite. Ce soir. Par le train.

— Dieu soit loué ! Vous rentrez à Bergen, je suppose.

— Euh… non. J'ai un rendez-vous à Stockholm, demain matin.

— À Stockholm ? Quel genre de rendez-vous ?

— Avec une journaliste. »

Elle avait l'air de plus en plus sceptique. « Pour parler de quoi ?

— Je… je ne peux pas le dire. »

Elle se tourna de nouveau vers Torleif Pedersen.

« Qu'est-ce qu'on en fait ? On le coffre ?

— On a suffisamment de choses contre lui pour ça ? demanda-t-il, l'air peu convaincu.

— Suffisamment ? m'immisçai-je. Vous avez quelque chose ? »

Elle m'ignora. « Non, peut-être pas. » Puis elle me reprit dans sa ligne de mire.

« Mais si je vois un seul mot dans le journal, Veum…

— Dans le journal ? Ce n'est pas moi qui vais lui raconter des choses. C'est le contraire.

— Et si vous tombez sur des informations susceptibles de jeter une lumière nouvelle sur ce qui s'est passé — ici, et par le passé — vous nous appelez, immédiatement. C'est d'accord ?

— C'est d'accord. Je peux m'en aller, alors ? »

L'air las, elle me fit signe de déguerpir.

Je m'estimai heureux qu'ils ne m'aient pas fouillé. S'ils avaient trouvé la photo dans ma poche intérieure, ils ne se seraient pas contentés de me mettre au trou. Ils auraient aussi paumé la clé de la cellule, et n'auraient jamais dit à personne où je me trouvais.

Chapitre 43

« À Stockholm ? Ce soir ? » s'écria Marit Johansen. Elle était pâle, elle avait les traits tirés et elle semblait aussi désemparée que la veille au soir, sinon plus.

« Je prends le train de nuit. C'est le moins cher. Il s'est passé… autre chose ? »

Elle secoua violemment la tête et regarda ailleurs, comme pour éviter de croiser mon regard.

« Pour la suite, je ne sais pas. Mais je poursuivrai sûrement jusqu'à Bergen. » Je posai la clé sur le plan de travail de la cuisine. « En tout cas, je crois que je n'en aurai plus besoin.

— Tu peux, si tu veux.

— J'ai bien compris. Mais je ne veux pas t'exposer à plus de… »

Elle tourna la tête vers moi.

« Il y a eu un autre décès. »

Elle ouvrit grands les yeux et porta automatiquement une main à sa bouche.

« Non ! Qui ?

— Trude Solbakken. La femme d'un photographe qui a pris… ou *n'a pas* pris — des photos qui… C'est trop compliqué. Je m'y retrouve à peine moi-même.

— Tu penses y voir plus clair après être allé en Suède ?

— Non. Mais je pourrai peut-être rattacher quelques fils isolés.

— Je te reverrai ?

— Rien n'est impossible.

— Dans tous les cas, tu as mon numéro de téléphone.

— Je l'ai, et si jamais tu viens à Bergen…

— Oui ?

— N'hésite pas ! »

Elle m'embrassa quand je partis, sur la joue, cette fois. Ma valise me paraissait plus lourde qu'elle n'était en réalité.

Le train partait à 22 h 50. Je m'étais octroyé une couchette, et je m'endormis bien avant de passer Skarnes.

Personne ne m'importuna à la frontière, et je ne me réveillai pas avant que le contrôleur ne tape à la porte et passe la tête par l'ouverture pour m'annoncer que nous étions à une demi-heure de Stockholm.

Je remontai le store au moment où nous suivions Klarastrandsleden sur le dernier tronçon avant la Centralbanestation, et je clignai des yeux dans la lumière matinale. C'était une matinée pâle et malade, une journée dans les remous de septembre. La circulation était clairsemée, il y avait peu de monde dehors. Mais il n'était que 6 h 45. Nous entrâmes en gare à 6 h 47, comme le voulait l'horaire.

Je petit-déjeunai à la gare, puis confiai ma valise à une consigne et sortis en ville.

Je passai les heures que j'avais à tuer à me dégourdir les jambes pour récupérer du marathon. Je traversai la passerelle de Riddarholmen et poursuivis vers Gamla Stan.

Même dans la lumière du matin, Stockholm était une ville aux tons pastel. Riddarfjärden était gris-bleu et calme comme du lait oxydé. Les arbres avaient une patine de fin d'été, les flèches des églises étaient couvertes de nombreuses couches de vert-de-gris. Les hôtels particuliers le long du Norrström auraient pu se trouver en bord de Seine. En venant d'Oslo, on comprend pour la première fois à quoi ressemble une capitale. En venant de Copenhague, on devine les contours d'une concurrente. Quant à Bergen, on lui aurait trouvé un peu de place dans une boîte en carton quelque part du côté de Södermalm.

Je suivis l'étroit sillon de Västerlånggatan bordé de restaurants, d'antiquaires et de galeries d'art jusqu'à ce qu'elle débouche dans Österlånggatan, au niveau de Järntorget et s'achève derrière Storkyrkan et le palais royal. D'une cabine téléphonique, j'appelai Brita-Helén Törnquist, confirmai que j'étais arrivé et convins d'un rendez-vous.

Sur le quai de Skeppsbron, un groupe de personnes d'un certain âge quittait un car pour embarquer sur un bateau de tourisme. Pendant un instant, je me demandai si j'allais me joindre à eux, mais je renonçai et franchis le fleuve pour remonter vers Norrmalm. Je passai devant l'opéra et le parking de Kungsträdgården, où je m'arrêtai un moment pour suivre une partie d'échecs entre deux joueurs de type balkanique, qui déplaçaient des pièces grandes comme des enfants de dix ans.

Puis je mis le cap sur les cinq tours de Hötorget, comme autant de dents de troll appuyées sur l'horizon. Nous étions convenus de nous retrouver derrière celles-ci, au sud, près de la maquette de Gamle Klara, le quartier disparu, au coin de Sergels torg.

La place avait été reconstituée sous la forme d'une dépression elliptique dans le sol, une espèce de pépinière pour musiciens de rue et toxicomanes. C'était une Stockholm aussi lointaine que possible de Gamla Stan, une banlieue moderne de Los Angeles, placée au mauvais endroit par une génération d'urbanistes ratés. S'il y a un bureau d'architectes aux Enfers, c'est là qu'ils travaillent, désormais.

Elle était là à l'heure convenue, ponctuelle comme un sablier.

Brita-Helén Törnquist n'était pas de ceux qu'on fait parler, ou quoi que ce soit d'autre, avant qu'ils ne le décident eux-mêmes. Elle était petite et énergique, frémissante et trapue. Ses cheveux étaient d'un blond lumineux et sa démarche élastique. Elle pouvait donner l'impression de faire trois quarts d'heure de tennis chaque matin, mais c'était sûrement dû à son tailleur-pantalon blanc sur un chemisier de soie bleu glacier, qui mettait discrètement sa peau cuivrée en valeur. Elle semblait tout droit sortie de l'été sur l'archipel suédois, mais avec la force d'un ferry, et elle avait laissé le péché suédois dans l'océan[1]. Elle était là pour parler affaires.

Elle me serra énergiquement la main, entrouvrit un judas sur ma conscience à l'aide de ses yeux bleus perçants et regarda sa montre.

1. Allusion à un courant artistique des années 60 qui, en pleine révolution sexuelle, présentait les Scandinaves, et particulièrement les Suédoises, comme des nymphomanes.

« Je dois être à Sveavägen dans une petite heure. On va prendre un café et une *bulla* ici. OK ? »

Elle ouvrit la marche jusqu'à un troquet tout en verre, chrome et plastique, passa commande au comptoir et tendit un doigt vers une table libre pour deux personnes dans un renfoncement. « On va s'asseoir là ! »

Je suspendis ma veste à une espèce de cactus stylisé peint en rouge, et je m'étais à peine assis qu'elle ouvrit le feu.

« Veum ? Ove Haugland, qui m'a rendu certains services à Oslo, ces dernières années, vous a recommandé. Ça me suffit. Je vais vous dire ce que je sais des affaires qu'il a mentionnées, et ça restera entre nous. Vous aurez ça par oral. Si vous voulez noter, faites-le, mais je ne dicte pas, je parle. »

Le café arriva sur la table dans de hauts verres en porcelaine. Les beignets étaient fourrés de confiture, cuits dans le saindoux et couverts de sucre. D'une certaine façon, ils étaient trop lourds pour cadrer avec l'endroit où nous étions. Ils auraient plus eu leur place dans un salon rococo.

Je sortis à toute vitesse bloc et stylo-bille. Je me brûlai les lèvres dans le café quand elle démarra. Quand j'eus de nouveau l'occasion d'y goûter, il était tiède. Nous emportâmes les beignets en partant.

« Fredrik Loewe. Issu d'une famille aussi ancienne qu'honorable. Ça fait deux cent cinquante ans qu'ils sont dans l'armement, mais l'entreprise actuelle, basée sur une technologie moderne en matière d'armement, a été fondée par son grand-père, lui aussi prénommé Fredrik, en 1910. Elle s'est ensuite transmise par voie d'héritage, de père en fils.

— C'est devenu une entreprise de poids ?

— Très rapidement. Entre les deux guerres, ils ont coopéré avec Krupp, et même pendant la Seconde Guerre mondiale, ça tournait toujours à plein régime. *Principalement* pour leur propre défense, à ce moment-là.

— Principalement ?

— L'appartenance politique de son père, Wilhelm, n'a jamais fait aucun doute. Wilhelm Loewe faisait partie de la phalange de Suédois qui auraient fait interner le roi et le prince héritier norvégiens s'ils étaient venus par ici en avril 1940. Certains pensaient même qu'il fallait les renvoyer à Oslo, sous surveillance de la police.

— Ah ?

— Oui, vous ne saviez pas ? Ses accointances avec les Allemands ont aussi pas mal fait jaser après la guerre, en particulier sur le peu d'efforts que lui et son entreprise auraient consentis pour veiller à la neutralité suédoise, et sur les raisons pour lesquelles son compte en banque personnel à Zurich a tant grossi pendant ces années-là.

— On a pu se faire une idée ?

— Un travail de journaliste soigné a conduit à certaines… révélations, je dirais, en 1951 et 1952. Ce n'était un secret pour personne qu'il avait des sociétés en Allemagne et en Belgique, aussi bien avant que pendant la guerre. Le bénéfice réalisé par ces boîtes, qu'est-il devenu ? Il n'est pas arrivé en Suède, en tout cas !

— Mais ces révélations… elles ont eu des conséquences pour lui ?

— Non. La noblesse de l'argent était toujours la

plus puissante, y compris après la guerre. Mais à ce moment-là, *notre* Fredrik Loewe n'avait que onze ou douze ans. En arrivant à la tête de Lejon Vapen, ce devait être à la fin des années 60, il a connu une nouvelle ère pour les guerres locales : Vietnam, Moyen-Orient, Afrique, et les marchands d'armes faisaient de gros bénéfices. Le vieux Wilhelm avait été prudent, et il restait pas mal à faire en matière d'innovation technique. Fredrik a pu récolter ce que le père avait semé. La tête de lion de Lejon Vapen était gravée dans les canons de plein de chars blindés, dans le monde entier, pendant toutes ces années. Pendant qu'Olof Palme défilait pour protester contre la guerre menée par les Américains au Vietnam, une bonne partie du métal dans leurs bombes au napalm était produit par des entreprises suédoises. Pas toutes dans le pays, certes ; Loewe avait développé son groupement et produisait aux États-Unis, en Turquie et en Espagne. Mais le capital… il était suédois.

— Et un peu norvégien, ai-je entendu dire.

— Ce n'est pas faux. Une partie du capital en actions venait d'intérêts norvégiens, et Haugland m'a donné un nom…

— Backer-Steenberg.

— C'est ça. Fritjof Backer-Steenberg. Lui et Wilhelm avaient étudié ensemble à Berlin et à Munich, dans les années 30. Ils se sont associés en arrivant au pouvoir ; Backer-Steenberg avait donc vraiment le vent en poupe. Et puis il a sûrement revendu ses parts.

— Oui, mais c'était son fils. Preben. À la fin des années 80, si mes informations sont exactes.

— Ce n'est pas délirant. Le boom était passé. La guerre froide commençait à se dégeler, et ici le gouvernement Palme avait déjà instauré de nouvelles restrictions sur l'exportation d'armes. L'Iran, l'Irak… on leur mettait des bâtons dans les roues partout. Même depuis les entreprises à l'étranger, les livraisons pouvaient être difficiles à réaliser. La société en Espagne a été fermée après Franco, l'une des entreprises aux États-Unis a été vendue sous Carter, ce qui ne l'a pas empêchée d'armer la guérilla de droite en Amérique centrale et les exilés cubains en Floride, jusqu'au tout dernier moment.

— Les choses se sont gâtées pour Fredrik Loewe à ce moment-là aussi ?

— Sans aucun doute.

— Et… quand était-ce… en 1988 ? Il a été tué dans un accident de voiture ?

— En février cette année-là, acquiesça-t-elle.

— J'aimerais bien en savoir un peu plus sur cet accident.

— Il était on ne peut plus banal. Il faisait froid sur les routes, ce vendredi-là. C'était le week-end, lui et sa femme roulaient vers le sud, pour se rendre sur leur lieu de villégiature au nord de Nynäshamn.

— Sa femme était avec lui dans la voiture ?

— Oui… et non. C'est-à-dire, c'est justement ce qu'on a posé comme cause de l'accident, et qui a suscité pas mal de… réunions de négociation, avec la compagnie d'assurances de Loewe, après coup.

— Je suis un peu largué…

— Et c'est exactement ce qui lui est arrivé, à elle. Les deux époux se sont disputés en partant à la campagne. Pour finir, elle était dans une telle rage qu'elle a demandé à être débarquée dans une station-service. De là, elle a appelé un taxi pour rentrer au bercail. Lui a poursuivi sa route, vraisemblablement bien trop vite sur la chaussée glissante, en colère comme il était. En arrivant à Mysingen, il a fait une sortie de route. Mais comme les époux se faisaient la tronche, elle n'a pas signalé sa disparition avant le lundi matin. Ils ont appelé pour se renseigner à l'usine. Alors seulement elle s'est inquiétée et a appelé la police, qui est allée enquêter sur place. Ils ont trouvé des traces de l'accident… et l'ont retrouvé, lui, dans sa voiture, sous l'eau, assommé contre le pare-brise et mort par noyade.

— La compagnie d'assurances ne pouvait rien y redire ?

— Non. Ils ont dû essayer de jouer la provocation, mais elle avait les meilleurs avocats, évidemment. Ils n'avaient rien à faire valoir.

— On n'a jamais évoqué de piste criminelle… je veux dire, le coup sur la tête… Personne n'avait bidouillé la voiture ?

— Non. C'était une véritable sortie de route.

— Autre chose pouvait éveiller les soupçons ?

— Il y a eu des rumeurs, bien entendu, répondit-elle avec un sourire cynique. C'est toujours le cas dans ce genre de sphère. Je veux dire, des gens qui ont trop de loisir, des époux qui sont toujours à droite, à gauche dans le monde pour gagner du pognon. Environ six mois après l'accident, on l'a vue à un concert de rock, main dans la main avec son ex-beau frère, le cadet de six ans de Fredrik, Axel.

— Axel ? !

— Un an plus tard, ils se sont mariés et ont déménagé à Örebro, où s'était toujours trouvée l'une des principales usines du konzern. Et ils y habitent toujours, à ma connaissance.

— Pas impossible. Mais je les soupçonne d'avoir une filiale à Oslo. Est-ce qu'Axel Loewe aurait pu avoir l'idée de se faire appeler Axel Hauger, pour des raisons particulières ?

— Hauger ? » Pendant quelques secondes, je la vis hésiter, et je compris que son disque dur interne carburait. L'information souhaitée finit par arriver. Elle hocha la tête.

« Il a pu. Sa mère était une demoiselle Hauger. Elle était norvégienne, d'ailleurs.

— Alors autrement dit, si lui et Merete avaient réellement une liaison avant l'accident, cet affront pouvait ne pas être totalement à côté de la plaque ? »

Elle haussa les épaules.

« Mais comment prouver une chose pareille ?

— Oh, ça... Quand se sont-ils mariés ?

— L'année suivante. En 1989.

— Voilà pourquoi sa mère a publié une annonce de décès à ce moment-là. Elle n'a pas accepté ce mariage, tout simplement.

— Sa mère ? Une annonce de décès ?

— Oui, qui montrait de façon macabre qu'elle considérait sa fille comme morte et enterrée.

— Eh bien !

— Comment se porte Lejon Vapen, aujourd'hui ?

— Pas bien, je crois. J'ai entendu des rumeurs de faillite imminente. Mais ce n'est pas rare du tout en Suède, en ce moment. La flèche pointe vers le bas depuis 1986. Le pays entier est marqué par la dépression et la désillusion. On peut parfaitement dire que le meurtre d'Olof Palme a été une espèce de tournant dans l'histoire récente de la Suède, et on peut parler d'une Suède avant le meurtre et d'une tout autre après. La mort de la social-démocratie, d'une certaine façon.

— Alors ils chercheraient l'argent ?

— Sans aucun doute.

— Et l'autre point à l'ordre du jour ? Pär Elias Jansson ? »

Elle jeta un coup d'œil mécanique autour d'elle et baissa le ton.

« P. E. Jansson, c'est un dossier brûlant, Veum. Un dossier foutrement brûlant. »

Chapitre 44

Nous étions comme sous une bulle de verre. Un couple de jeunes flirtait gentiment à une petite table juste à côté de nous. Leurs rires sonnaient comme des clochettes d'argent dans la salle chromée. Juste derrière Brita-Helén-Törnquist, un type feuilletait le *Dagens Nyheter* du jour. Le journal était lourd, ça s'entendait à la façon dont le bonhomme tournait les pages. Une serveuse vint nettoyer une table abandonnée. Des assiettes tintèrent, et le son de ses talons aiguilles lorsqu'elle retourna au comptoir vitré nous piqua la peau comme des pointes d'épingles. Les bruits de la cuisine nous parvenaient à travers un passe-plat : de la viande découpée en tranches avec une efficacité presque effrayante, des glaçons qui atterrissaient dans un verre, un robinet que l'on ouvrait, de l'eau qui coulait et le crépitement d'un aliment dorant dans le saindoux. Pour nous, c'était lointain, comme les coulisses sonores d'un film que nous ne pouvions pas voir. Comme deux tourtereaux, nous n'avions d'yeux que l'un pour l'autre.

Je me penchai par-dessus la table.

« Qu'entendez-vous par "un dossier brûlant" ? »

Elle poursuivit, toujours de la même voix douce, comme si elle craignait que nous soyons écoutés.

« P. E. Jansson est une non-personne. Une *persona non grata*. Quelqu'un qu'on ne nomme jamais en bonne compagnie.

— Pourquoi ?

— Je serai brève, répondit-elle en regardant l'heure. Autant que possible. Pär Elias Jansson n'a jamais été appelé autrement que "Pojke[1]" Jansson, probablement depuis son plus jeune âge. Et lui-même ne signe jamais autrement que P. E. Jansson. Né à Ystad en 1944, son père et sa mère ont divorcé et c'est sa mère qui l'a emmené avec elle à Stockholm quand il avait six ans. Il a grandi à Söder. Sa mère gagnait sa vie en vendant des cigarettes dans un cinéma et — suppose-t-on — en offrant ses services de prostituée indépendante, sans maquereau. Autrement dit, il avait des tas d'oncles, et c'est peut-être pour ça qu'il a pris très tôt la décision d'en devenir un. Tonton Fliquet.

— Il est policier ?

— *Était*. Bon, il a grandi, a commencé à… comment appelle-t-on ça ? La musculation, puis les sports de combat… et il est entré à l'École de police. Quand il a eu terminé, on l'a mis dans les forces de l'ordre, et il s'est rapidement distingué par son zèle. Excessif, diraient bien des gens. Il a intégré un groupe de gars qui avaient vu trop de films de Dirty Harry. Ils se sont fait une jolie réputation, en partie dans l'underground, mais aussi sur la scène politique à gauche, parmi les mouvements antimilitaristes et chez ceux qui participaient aux manifestations publiques. P. E. Jansson

1. « Petit garçon », en suédois.

s'est tellement fait remarquer que la SÄPO a fini par s'intéresser à lui.

— Les troupes de sécurité ?

— Oui. Mais pas en tant que menace à la sûreté de l'État. Au contraire. Ils l'ont recruté. Il est passé à une autre activité, consistant entre autres à surveiller des groupes sociaux particuliers. Et il est devenu actif politiquement. On sait déjà qu'il a participé aux réunions d'un groupuscule à l'idéologie extrême, oui, d'extrême droite, qui avait aussi des sympathisants dans les couches les plus élevées de la société, dont — et c'est quelque chose que l'on sait — Fredrik Loewe.

— Loewe aussi appartenait à cette phalange ?

— L'héritage du père et du grand-père. La famille Loewe a toujours été très à droite.

— Je vois.

— Mais pour en revenir à P. E... Le passé l'a rattrapé d'un coup. La presse s'est intéressée à un épisode de sa vie dans les forces de l'ordre. Un type est mort pendant sa détention préventive. P. E. s'est retrouvé sous les projecteurs, l'affaire est passée devant le juge d'instruction, mais on a tout laissé tomber à cause d'un témoignage qui blanchissait Jansson. Il est apparu ensuite que ce témoin avait été acheté. L'affaire a été ressortie des cartons. P. E. risquait d'être accusé de meurtre, mais l'affaire n'est jamais allée devant les tribunaux. Elle a été abandonnée, faute de preuves, et P. E. a quitté la police. Tout le monde savait que c'était la meilleure façon de libérer un assassin, et personne n'a plus jamais voulu parler de lui. Personne dans la police, je veux dire.

— Quand était-ce ?

— En 1984. L'année suivante, il a quitté le pays… pour l'Uruguay.

— L'Uruguay ?

— Il a été engagé comme garde du corps pour un homme d'affaires allemand qui y faisait plein d'argent, un contact de Loewe. Il y est resté cinq ans, et n'est rentré qu'en 1990. C'est à ce moment-là qu'il a commencé son activité actuelle : usurier, garde du corps, surveillance lors de réunions d'extrême droite, n'importe quelle mission réclamant un caractère bigot et de la force brutale.

— En 1990, dites-vous ? »

Elle regarda de nouveau sa montre.

« Il va bientôt falloir que j'y aille.

— Mais j'ai une photo… ici… qui montre P. E. Jansson à Oslo. Elle est même datée du 2 mars 1986.

— Mais alors… commença-t-elle en écarquillant les yeux. Il aurait donc pu être en Suède au même moment. Vous avez cette photo ? »

Je sortis le cliché de ma poche intérieure et le lui tendis par-dessus la table. Elle le déplia et le regarda.

« Mais ! haleta-t-elle. Il y a aussi Fredrik Loewe ! Les deux autres… je ne les connais pas.

— Non, ils sont norvégiens. C'est Preben Backer-Steenberg, et là… un certain Thorbjørn Finstad. C'est le seul encore en vie.

— Le… Que dites-vous ? Mais P. E. Jansson, vous dites qu'il est…

— Oui. Il a été tué en Norvège, balancé du dix-huitième étage de l'Oslo Plaza, mercredi dernier.

— Vous n'êtes pas sérieux !

— Si, c'est vrai. »

Elle me regarda vivement.

« Vous avez d'autres copies ?

— Non, malheureusement. »

Elle se pencha par-dessus la table, et pour la première fois au cours de notre conversation, je remarquai ses seins. Ils n'étaient de loin pas aussi petits qu'ils en avaient eu l'air.

« Je donnerais beaucoup pour pouvoir conserver cette photo, Veum. » Avais-je trouvé le chemin des tréfonds de son cœur ?

J'inhalai son parfum, un privilège modeste.

« Mais vous n'avez pas beaucoup de temps. Et je n'ai que celle-là, lançai-je avec un petit sourire.

— Écoutez ! J'ai une idée. Dans Sveavägen, je vais voir un photographe. Si nous lui apportons la photo, il pourra en faire un double, immédiatement. Nous payons bien !

— L'argent ne m'intéresse pas. Mais ça pourrait être une garantie utile, en fait.

— Super, Veum ! On y va ?

— On y va ! »

Elle s'étira par-dessus la table, posa une main fraîche dans ma nuque et me serra rapidement contre elle. Nous nous levâmes alors en toute hâte, comme si nous venions de découvrir que notre train allait partir. Elle me saisit la main et me traîna vers la sortie, tout en glissant adroitement la photo dans son sac.

Je croyais de plus en plus à la thèse des cours de tennis. Elle était dans une forme éblouissante. Tandis que nous remontions à toute vitesse Sveavägen, comme pour arriver à temps au retour de Björn Borg, elle me fit une petite conférence politique.

« Moi aussi, je croyais que la social-démocratie scandinave était le don de Dieu à l'espèce humaine. Le système social parfait et équilibré, qui s'occupait des faibles et tenait les forts en laisse. Mais je me trompais. À un endroit, à un carrefour ou à un autre, quelqu'un faisait le mauvais choix. L'idéologie cédait la place au matérialisme. Les tracts rouges se changeaient en pubs IKEA. Alors que les étudiants et les lycéens défilaient pour le 1er Mai en brandissant la bannière rouge, les vétérans du parti zappaient sur leurs chaînes de télé pour en trouver une qui retransmettait un match de football.

— D'accord, pendant que ceux qui défilaient vantaient l'Albanie comme fer de lance du socialisme en Europe !

— Ils sont allés droit dans le fossé, Veum, comme des orphelins. Il a dû y avoir une espèce de sentiment de culpabilité, il me semble, un énorme sentiment de culpabilité diffus, qui les a envoyés dans le bourbier. Et qu'est-ce qui nous reste, après un demi-siècle de social-démocratie ? »

Elle pointa un doigt vers la rue.

« De grandes villes réduites à n'être que des machines à circulation le jour et des arènes pour combats de rue la nuit. Des jeunes qui dorment dans des containers et des cages d'escalier parce que leurs parents se droguent, sont beurrés et ne vivent de toute façon plus ensemble. Des singes rasés qui répètent le salut hitlérien en enquiquinant les étrangers et en criant "Juif ! Juif !" aux vieilles dames. Pendant que nous, qui avons survécu, quittons les villes aussi vite que nous le pouvons, l'après-midi, pour retrouver nos maisons planquées derrière une haie, avec un petit jardin en pente douce vers la rivière. Et là, on se sert un verre, on se rassemble autour du feu de camp de toutes nos chaînes de télé, on choisit l'un des cent jeux à fric qu'on nous propose en nous berçant de la certitude que ce que nous ne voyons pas, nous ne l'avons pas vu, ce que nous ne savons pas ne peut pas nous nuire, et ce que nous n'entendons pas… En bref : la nouvelle fracture sociale.

— Et il y a un remède ?

— Je ne sais pas, Veum ! Non, sincèrement… les idéologies sont mortes. Le capitalisme a triomphé. Aujourd'hui, on dirait plutôt que nous avons le choix entre deux sortes de capitalisme : l'américain et l'européen. Dans le second, on trouve au moins les vestiges des idéaux socio-démocrates.

— Vous avez une troisième possibilité. Le chaos du tiers-monde. »

Nous traversâmes Kungsgatan au vert.

« Nous vivons dans une nouvelle ère d'après-guerre, Veum. Après la guerre froide. Je crois qu'elle remettrait à l'ordre du jour les philosophes de l'après-guerre précédent. Sartre, Camus. Le monde paraît plus absurde que jamais. Les choix que nous avons devant nous sont existentiels, en somme. Et on doit les effectuer seul. On ne peut plus laisser les autres choisir pour nous. »

Elle pila. Et tendit une main vers une petite rue.

« Là, là-bas, à peu près où est garée la voiture rouge.

— Oui ? »

Elle désigna la direction opposée, de l'autre côté de Sveavägen.

« Et là-bas, au coin.

— De quoi parlez-vous ?

— Des observations sûres, documentées, pendant

les heures qui ont précédé le meurtre d'Olof Palme, d'hommes équipés de radiotéléphones portables. Aucun ne s'est fait connaître après le meurtre. La police ne savait pas de qui il s'agissait, ont-ils dit après coup. Mais vous ne trouverez pas d'indice plus sûr allant dans le sens d'une conspiration. »

Elle fit signe à un jeune homme dont la longue frange noire contrastait avec sa nuque rasée. Il portait un coupe-vent vert et deux appareils photo autour du cou.

« Sigge ! J'arrive ! »

Nous le rejoignîmes. Sigge et moi nous serrâmes la main, et elle ressortit le cliché.

Elle lui expliqua ce qu'il devait faire, et pendant qu'il posait la photo sur le trottoir et se préparait, elle me montra un point de l'autre côté de la rue.

« C'est là que ça s'est passé.

— Vous parlez toujours du... »

Elle hocha la tête.

« C'est à cet endroit précis, au coin de Sveavägen et Tunnellgatan, qu'Olof Palme a été descendu le 28 février 1986 à 23 h 21. »

Elle indiqua un morceau de rue se terminant par ce qui ressemblait à une entrée de tunnel et deux escaliers vers la butte derrière.

« Et le meurtrier a disparu là-haut. On n'a jamais su qui c'était. »

Du côté gauche de la rue, je vis une droguerie nommée Dekorima, et du côté droit, le panneau représentant un T bleu signalait l'entrée d'un tunnel. Le nom de l'une des principales compagnies d'assurances du Nord brillait sur les façades des deux côtés de Sveavägen, sans que ça ait changé grand-chose.

« Il est enterré là-haut, près de l'église Adolf-Fredrik.

— Et vous pensez donc que la social-démocratie suédoise a été enterrée avec lui ?

— En tout cas, une innocence s'est perdue, la certitude que ce genre de chose ne pouvait pas arriver chez nous. On a tous le souvenir du choc ressenti à l'époque, quand le président Kennedy a été assassiné. C'était du même acabit, une façon brutale d'ouvrir les yeux. On pensait que ça n'arriverait jamais ici, dans notre Nord paisible et ouvert à tous. Mais c'était possible. Le monde nous avait rattrapés. Stockholm est devenu notre Dallas. D'une certaine façon, c'est la ville l'assassin, insensible qu'elle est.

— Est-ce que ça aurait pu arriver à Oslo ?

— Ça aurait pu arriver dans n'importe quelle grande ville moderne, là où le pouvoir règne. »

Nous nous arrêtâmes pour ruminer ces tristes souvenirs et regarder ce qui paraissait n'être qu'un endroit comme tant d'autres dans une rue comme tant d'autres, mais où s'était pourtant déroulé un événement historique.

« Vous savez, reprit-elle, en Suède, c'est comme aux États-Unis et dans le reste du monde, avec l'assassinat de Kennedy. Demandez à n'importe quel Suédois où il était le soir en question, ou le matin quand la plupart d'entre nous l'avons appris, et il s'en souviendra.

— Oui, je m'en souviens aussi. » Dans mon salon, avec un livre sur les genoux et un verre d'aquavit dans la main. J'attendais les informations de minuit à la radio.

« C'est comme ça que naît l'Histoire, Veum. »

Derrière nous, Sigge avait fini de prendre ses photos.

« Tu es sûr de l'avoir ?

— Brita-Helén, enfin… répondit-il avec un sourire plein d'indulgence.

— Oui, je sais, mais c'est très, très important, tu sais. »

Elle se tourna de nouveau vers moi. Et me rendit la photo, solennellement.

« Merci, Veum.

— Merci à vous. »

Elle me donna une carte de visite.

« Si vous trouvez quelque chose dans cette affaire, des choses qui, selon vous, pourraient m'intéresser, appelez-moi. On doit se dépêcher, maintenant. Salut !

— Salut ! »

Ils disparurent dans une rue dont je ne lus le nom qu'après. Olof Palmes gata.

Je regardai l'heure. Elle avait débordé. Elle m'avait accordé un quart d'heure de plus que promis.

Comme pour mettre un point final à tout ça, je remontai Sveavägen sur encore un pâté de maisons et demi et entrai dans le cimetière autour de l'église Adolf-Fredrik. Je cherchai un peu et trouvai la sépulture d'Olof Palme, du côté sud de l'église. C'était une pierre toute simple gravée de la signature du Premier ministre assassiné. On avait déposé des fleurs fraîches devant la stèle.

Plus haut dans Sveavägen, à l'intersection avec Odengatan, je trouvai la bibliothèque municipale. J'y passai l'après-midi à essayer de retrouver le peu d'informations que j'avais sur la famille Loewe, Lejon Vapen et P. E. Jansson. Je ne dénichai pas grand-chose sur ce dernier, hormis quelques articles traitant de l'affaire des violences policières qui lui avait valu de quitter le corps.

Sur la famille Loewe, la lecture ne manquait pas, que ce soit dans les hit-parades de records, les répertoires biographiques et les articles de journaux au moment des grands anniversaires. Pourtant, il n'y avait pas tant de choses que ça sur Fredrik Loewe. Une photo de mauvaise qualité de son mariage, avec Merete, presque méconnaissable sous son voile. Les reportages sur l'accident de voiture ne m'apprirent rien de plus que Brita-Helén Törnquist, et je ne trouvai qu'une vieille photo de son frère cadet, Axel, alors âgé de six ans ; bien trop jeune pour que je puisse établir une ressemblance avec l'Axel Hauger rencontré à Oslo.

Quand la bibliothèque ferma, je pris le métro jusqu'à Gamla Stan, où je me fis servir dans un caveau juste à côté de Storkyrkan un plat appelé *skomakarlåda*, une espèce de steak entouré de purée de pommes de terre. Le vin donnait l'impression d'avoir été mis en bouteille du temps de Bellman, et la serveuse n'était pas une copie désagréable d'Ulla Winblad[1] : bien fournie côté décolleté et généreuse en sourires.

Je pris la passerelle au-dessus du Norrström pour retourner à la gare centrale. À la hauteur de Strömsborg, planté comme un petit château au milieu du fleuve, je me retournai pour regarder vers Gamla Stan, où les flèches de Storkyrkan et Tyska kyrkan

1. Carl Michael Bellman (1740-1795), poète suédois, et Ulla Winblad, l'un de ses personnages de prédilection, sorte de nymphe et prêtresse récurrente dans son œuvre.

évoquaient deux branches de compas contre le ciel du soir. Elles traçaient leurs cercles entre les étoiles, en une sorte de géométrie divine réservée aux initiés. Encore un mystère entier.

J'étais à la gare une petite demi-heure avant le départ du train de nuit, à 23 h 07. Je récupérai ma valise à la consigne et cherchai un point presse. En approchant du présentoir à journaux, mon regard fut attiré par la manchette d'un des quotidiens norvégiens : *SVEIN GRORUD*, lisait-on sur toute la largeur. Je regardai un autre. *RECHERCHÉ.*

J'achetai les deux et les emportai jusqu'à un banc où je m'assis pour lire.

Le premier journal présentait une grande photo de Svein Grorud, et le texte complet donnait : *SVEIN GRORUD ASSASSINÉ.* Je dépliai l'autre et lus : *RECHERCHÉ POUR MEURTRE.* Une photo de P. E. Jansson, tirée des archives policières, accompagnait le titre.

Comme en écho, j'entendis le bref commentaire d'Anne-Kristine Bergsjø quand je leur avais recommandé d'arrêter Svein Grorud. Oubliez ! avait-elle lancé. Elle le savait depuis le début. Ce n'était donc pas P. E. Jansson que j'avais vu étendu sur le toit vitré de Galleri Oslo. Donc…

Je lus rapidement les articles à l'intérieur des journaux. La seule nouvelle, c'était que la police avait donné le nom de la personne décédée d'une chute du dix-huitième étage de l'Oslo Plaza le mercredi précédent. Les soupçons étaient maintenant réels quant à un acte criminel derrière cet accident. Le reste consistait en une courte présentation de Svein Grorud et P. E. Jansson, à qui la police ne faisait que s'intéresser dans le second journal ; il n'était pas recherché. Ils savaient l'essentiel sur Svein Grorud, mais moins que moi sur P. E. Jansson, en tout cas pour le moment.

On annonça le train.

Je descendis sur le quai, trouvai ma voiture et allai jusqu'au bon compartiment. Entre Oslo et Stockholm, j'avais été seul. Mais on avait préparé deux couchettes dans le compartiment : 14 et 18. J'allais dormir sur celle du dessous, la 14.

Je déposai ma valise sur l'étagère au-dessus de la porte et me défis de ma veste. Je regardai ma montre. Onze heures.

« Couchette numéro 18, c'est ici, n'est-ce pas ? » demanda-t-on en suédois derrière moi.

Je me retournai, un sourire poli sur les lèvres.

Je n'ai aucune idée de ce à quoi ressembla ce sourire. Il me fit l'effet d'une crampe sur tout le visage.

Ce fut l'un de ces instants où tout cesse d'exister autour de vous, le temps s'arrête et la seule chose que vous entendez, ce sont les battements de votre cœur dans vos oreilles.

L'homme qui se tenait dans l'ouverture, c'était P. E. Jansson.

Chapitre 45

Je me figeai comme un petit rongeur surpris par une bête de proie. Le regard neutre de P. E. Jansson m'hypnotisait, et les cheveux se dressèrent dans ma nuque. C'était comme si ce compartiment déjà exigu se rétrécissait, et je me sentais aussi à l'aise qu'un petit garçon obèse sur la piste de danse d'un bal scolaire.

C'était lui, je n'en doutai pas une seule seconde. Mais lui, savait-il qui j'étais ?

Je me forçai à sourire de nouveau et me glissai le long des couchettes, vers le couloir.

« Je vais sortir pendant que vous vous installez. »

Il hocha la tête et s'écarta légèrement pour me laisser le passage. Je me tins aussi loin de lui que possible, comme si je craignais qu'il sente ma peur. J'avais les aisselles trempées, et la sueur coulait en grosses gouttes collantes entre mes omoplates.

Il portait une veste en cuir trois-quarts et un pantalon en nylon marron, et il voyageait léger. Tout ce qu'il avait, c'était une sacoche de médecin.

Quand il disparut dans le compartiment, je m'appuyai à la paroi et soufflai lentement, tout en regardant fixement le quai au-dehors.

Rien dans son regard n'indiquait qu'il m'avait identifié. D'un autre côté : c'était un joueur expérimenté, un renard professionnel. Avait-il pu me voir quelque part ? Et le cas échéant, savait-il que j'étais à Stockholm ? Pourquoi diable retournait-il en Norvège maintenant, quand tous les journaux du pays le donnaient « recherché » ou expliquaient que « la police s'intéressait à lui » ? Lui restait-il des missions à accomplir ? En supposant qu'il aille jusque-là. Il descendrait peut-être dès… Örebro, par exemple ?

Que devais-je faire ? Prévenir la police ?

Je regardai l'heure. Il restait une minute avant le départ du train. Trop tard.

Le contrôleur ?

Mais que lui dirais-je ? Et que ferais-je ? Allais-je être contraint de passer la nuit dans le même compartiment qu'un assassin ? Qui savait peut-être même qui j'étais ? Et que je savais qui il…

Les tout derniers voyageurs arrivaient sur le quai. On échangeait les dernières accolades. Un soldat en uniforme embrassa sa copine avec une telle intensité que je craignis de le voir disparaître entre ses lèvres.

P. E. Jansson ressortit dans le couloir. Il me fit un petit signe de tête, brandit un paquet de cigarettes et me fit comprendre qu'il allait s'en griller une entre les wagons. Il avait déboutonné sa veste. Dessous, il portait une chemise en jean bleu foncé et une cravate en cuir noir.

Je retournai à la porte et regardai dans le compartiment.

Il avait posé sa trousse sur la couchette, au pied. Je fus tenté de jeter un coup d'œil dedans, pour voir ce qu'il transportait, mais je ne pris pas le risque. D'autres voyageurs passaient à intervalles réguliers devant la porte, et la plupart regardaient automatiquement à l'intérieur.

Je ressortis. J'éprouvais une certaine lassitude engourdie, comme un condamné à mort au pied de l'échafaud.

Un coup de sifflet retentit. Une dernière porte claqua. Le train s'ébranla et se mit en mouvement.

Nous passâmes sous Kungsgatan pour filer vers l'ouest. Peu de temps après, nous avions la maison Bonnier à notre droite, avec sa tour caractéristique, et nous laissâmes le fleuve à la hauteur de Karlberg. Les lumières scintillaient comme autant d'étoiles échouées sur la partie nord du centre de Stockholm. Nous serions bientôt en rase campagne, au nord du Mälar.

Le rythme du train nous berçait, aux portes des compartiments ou dans l'allée. Certains passagers tenaient déjà leur billet prêt. D'autres avaient plongé une main dans leur poche intérieure, en une sorte de compétition officieuse pour la meilleure imitation de Napoléon.

P. E. Jansson se fraya un chemin dans le couloir. Je sentis une odeur de tabac lorsqu'il s'arrêta à côté de moi, légèrement tourné vers la porte.

« Vous allez loin ? demanda-t-il poliment.

— Ju-jusqu'à Oslo.

— Mmm. Comme moi. » Il tendit une main. « Svensson. »

La poigne était ferme.

« Ve-Ve-Wilhelmsen », bégayai-je.

Le contrôleur avait fait son apparition au bout du couloir.

« Contrôle des titres de transport ! Veuillez préparer vos billets, s'il vous plaît ! »

P. E. Jansson plongea la main dans sa poche intérieure et en tira un portefeuille noir.

Pour ma part, j'avais glissé la pochette plastique transparente contenant les billets dans une poche de ma veste.

Une espèce de paralysie mentale me tomba de nouveau dessus. Que devais-je faire ? Si je demandais à changer de compartiment, est-ce que ça ferait autre chose que des histoires ? Voulais-je risquer de révéler que je connaissais son identité ? Mais dans le cas contraire… Réussirais-je à fermer les yeux ? L'oserais-je ?

Le contrôleur approchait. Il fallait que je me décide. Comme pour constituer une espèce d'argument, je simulai une quinte de toux, sans trop savoir si elle paraissait convaincante.

P. E. Jansson posa sur moi un regard curieux. « Vous vous êtes coincé quelque chose dans la gorge ? Est-ce que je dois… ? » Il leva la main, comme pour me faire comprendre qu'il pouvait me donner des tapes dans le dos.

Je secouai la tête. « N-non m-merci… C'est un rhume qui couve. Je devrais peut-être… »

Le contrôleur était arrivé jusqu'à Jansson, qui lui remit ses billets. Quand il les eut récupérés, il entra dans le compartiment. Je m'en écartai d'une cinquantaine de centimètres, et lorsque je dus présenter mes billets, je me raclai faiblement la gorge et levai une main à ma pomme d'Adam.

« Excusez-moi, mais j'ai une vilaine toux. Ça va peut-être déranger l'autre occupant du compartiment.

Vous serait-il possible de me trouver un compartiment où je serais seul ? »

Le contrôleur mesurait dix centimètres de moins que moi, ses cheveux étaient couleur ficelle et ses lèvres molles. Il me jeta un coup d'œil rapide.

« Il n'y a rien de libre. Tout est occupé.

— Je sais que ça coûte plus cher, mais je paierai, naturellement. »

Le contrôleur m'arracha les billets de la main.

« Il n'y a rien de libre, j'ai dit ! Tenez ! »

Il poinçonna mes billets et me les rendit, l'air mécontent.

« Vous vous arrangerez de votre mieux. »

Sans autre commentaire, et sans plus me regarder, il se dirigea vers le passager suivant. Je restai planté là, mes billets à la main, comme un carnet de notes désastreux que je n'avais aucune envie de ramener à la maison.

Penaud, je rentrai dans le compartiment.

Assis sur un strapontin, P. E. Jansson feuilletait un quotidien. Il leva les yeux quand j'apparus à la porte. Je lui fis un sourire niais.

« Si vous voulez vous changer d'abord, je peux bien attendre. »

Il regarda sa montre et étouffa un bâillement.

« Oui, ce n'est peut-être pas bête. De toute façon, il faudra sûrement un moment avant de pouvoir s'endormir. Vous voulez ça, en attendant ? » Il me tendit le journal.

« Oui, merci.

— Laissez-moi cinq ou six minutes. »

Il ferma la porte, et j'emportai son journal dans le couloir.

Je le feuilletai mollement, sans réussir à me concentrer. En tout cas, je constatai que l'identification de Svein Grorud, la chute de l'Oslo Plaza et l'avis de recherche concernant P. E. Jansson n'était pas encore parvenu à cette frange de la presse suédoise.

Je lui laissai dix minutes, puis allai frapper à la porte avant de jeter un coup d'œil à l'intérieur.

Il était allongé sur la couchette supérieure, me tournant le dos. Je distinguai la manche noire d'un t-shirt d'où dépassait un avant-bras bien musclé. Il avait suspendu sa veste de cuir à une patère. Sa chemise et son pantalon étaient pliés et posés sur sa sacoche.

J'allumai la liseuse au-dessus de ma couchette et éteignis le plafonnier.

Je me défis de ma veste mais gardai ma chemise, mon pantalon et mes chaussures. Puis je m'allongeai sur le matelas, sous une couverture de laine posée négligemment, tous les muscles tendus, comme un sprinter sur la ligne de départ.

Au bout d'un moment, j'éteignis la lumière au-dessus de la couchette. Il ne resta plus que la lueur bleutée de la veilleuse pour donner des contours à la pièce, comme sur une photo sous-exposée, mal éclairée et prise de trop loin.

Le voyage au bout de la nuit avait commencé. J'espérai que nous arriverions tous deux au terminus.

Chapitre 46

J'écoutai sa respiration. Impossible de dire s'il dormait ou non.

Il ne bougeait pas, aussi immobile que s'il était plongé dans une sorte de transe. Il ne soupirait pas et ne ronflait pas, il ne faisait aucun bruit. J'eus l'impression qu'il n'était plus là, qu'il s'était téléporté dans un autre compartiment, comme si lui non plus n'avait pas envie de passer la nuit en ma compagnie.

Allongé sur le dos, je regardais droit devant moi. La journée avait été éprouvante. Mais je devais rester éveillé. Le rythme du train de nuit gagnait tout mon corps, me berçait, m'endormait…

Je sursautai. Qu'est-ce que c'était ? J'avais dormi ? Le train… !

… ne bougeait plus.

J'entendis des voix au-dehors, le son de roues en gomme sur l'asphalte, une espèce de pompe.

Dans la couchette au-dessus de moi, le silence était toujours complet, comme s'il était allongé sur un *lit de parade*[1].

1. En français dans le texte.

Je regardai l'heure. Minuit et demi.

Je m'assis et lançai un coup d'œil prudent vers la couchette supérieure. J'entendais sa respiration, à présent. Faible, mais régulière.

Je regardai par une fente le long du store. Un panneau indiquait *Västerås*.

Il y eut un léger coup de sifflet, et le train se remit en mouvement. Au-dehors, la gare s'éloigna, comme une petite rue artificiellement éclairée dans l'existence. Les gens sur le quai faisaient penser à des fantômes, irréels, décolorés.

Je me rallongeai.

Mais j'avais perdu le rythme du train, comme si ce n'était plus le bon. Je ne dormirais plus.

Vers 1 h 30, le train ralentit de nouveau. Nous arrivions dans une nouvelle gare. Je me penchai en avant et regardai entre le store et la paroi.

Un panneau passa lentement : *Örebro*.

Le quai était désert. À l'exception d'une seule et unique personne.

C'était un homme. Au moment où le train s'arrêta, il ramassa la valise à côté de lui et approcha à pas lourds, comme s'il marchait dans une épaisse couche de neige.

Pendant un instant, j'eus l'impression de rêver, que ce n'était qu'un tour joué par l'obscurité et la lumière crue.

Mais c'était lui.

Comme pour compléter notre petit comité, Axel Hauger — à moins que je ne doive me mettre à l'appeler Loewe — monta dans le train.

J'entendis sa valise taper la paroi à plusieurs reprises dans le couloir, accompagné par la litanie à peine audible que psalmodia le contrôleur d'une voix éteinte. Une porte s'ouvrit à quelques compartiments du nôtre. J'entendis le contrôleur lui souhaiter une bonne nuit, et la porte se referma.

Juste après, le train se remit en marche.

Je ne pouvais décidément pas dormir. Qu'est-ce qui se tramait ? Où allaient-ils ? Un ultime règlement de comptes au soleil couchant, mais dans ce cas — l'un contre l'autre ? Ou contre qui ? Savaient-ils que l'autre était à bord ? S'étaient-ils mis d'accord ?

Tout ce que j'avais appris ces dernières vingt-quatre heures, aussi bien sur Axel Hauger que sur P. E. Jansson, me tournicotait dans le crâne tandis que le train s'enfonçait dans la nuit, de plus en plus profondément dans les ténèbres.

À un moment donné, je m'endormis, malgré tout.

Un son faible me fit ouvrir tout grands les yeux.

Deux tentacules de seiche livide… non, deux boas constrictors en chasse dans la pénombre… non…

P. E. Jansson s'était assis dans sa couchette et laissait pendre ses jambes. Il se laissa lentement descendre, pour atteindre le sol sans me réveiller.

Je refermai à moitié les yeux, sans cesser de l'observer.

Il se maintint à la force de ses bras puissants, et se laissa descendre…

Il était en bas.

Il me regarda.

Je me contractai et serrai les poings, prêt à une contre-attaque immédiate s'il tentait quelque chose.

Mais il n'essaya rien. Il noua silencieusement ses chaussures, ouvrit la porte, sortit et referma doucement derrière lui.

Je regardai ma montre. Six heures moins dix.

Il n'allait sans doute que…

Je sentais moi-même une certaine pression dans ma vessie. Mais pas assez pour lui emboîter le pas.

Je m'assoupis de nouveau.

Quand il revint, je fus tiré de mon sommeil une fois de plus. Je me tins de nouveau aux aguets, mais il ne donna en aucune façon l'impression de me vouloir du mal. Il se défit de ses chaussures et se hissa puissamment dans la couchette supérieure.

Je fis mine de bouger dans mon sommeil, grommelai quelques sons et regardai ma montre. Six heures cinq. À en croire l'horaire, nous devions avoir passé la frontière, aussi peu douloureusement que sous anesthésie locale.

Mais ce n'était pas la seule frontière que nous venions de franchir. Le jour nous avait rattrapés. Une lumière blafarde filtrait le long du store.

Quand je m'éveillai la fois suivante, il descendait derechef. Pas aussi silencieusement, cette fois.

J'ouvris les yeux et le regardai. Il me hocha une espèce de bonjour, sans rien dire. Quand il attrapa sa sacoche sur le lit, je me redressai légèrement.

« Nous sommes déjà à Oslo ?

— Non, mais nous approchons de Lillestrøm. »

À cet instant, le contrôleur arriva devant le compartiment. Il frappa énergiquement, ouvrit sans regarder à l'intérieur et clama : « Oslo dans une demi-heure ! Oslo dans une demi-heure ! » Puis il claqua vigoureusement la porte derrière lui et poursuivit. Nous l'entendîmes répéter les mêmes mots dans le reste de la voiture, encore et encore, comme un héraut pris de hoquet.

P. E. Jansson m'adressa un petit signe de tête, sortit dans le couloir et repoussa la porte derrière lui. Juste après, le train s'arrêta.

Au bout de quelques minutes, je me levai.

Je me débarbouillai torse nu, me frictionnai le visage à l'eau froide, me brossai les dents et me repassai du déodorant, sans m'en sentir radieux pour autant.

Le train se remit en mouvement.

Je m'habillai, mais laissai la valise dans le compartiment en allant aux toilettes. Je ne vis ni Hauger ni P. E. Jansson nulle part.

Je retournai au compartiment, remontai le store et me mis à regarder dehors tandis que le train remontait le Groruddal vers la gare centrale d'Oslo.

Je ne ressortis dans le couloir qu'une fois le train à quai. Là aussi, je regardai à droite et à gauche.

Pas de P. E. Jansson. Pas d'Axel Hauger.

La plupart des passagers abandonnaient la voiture. Je pris place au bout de la file, tout en jetant des coups d'œil sur le quai. Pas de visage connu là non plus.

Le contrôleur se frayait un chemin dans l'autre sens.

Il s'arrêta devant une porte fermée. Il frappa, mais n'obtenant pas de réponse, il ouvrit avec colère et entra.

« Ohé ! Mais… ! Oh, bon Dieu ! »

Il réapparut dans l'ouverture.

Je passai devant lui, assez près pour regarder dans le compartiment.

Il n'y avait qu'une couchette. Axel Hauger était étendu dessus, un lacet autour du cou, comme une cravate nouée bien trop serré. Et il ne la dénouerait jamais. Pour lui, le train s'était arrêté pour de bon. Il ne poserait plus jamais les pieds sur aucun quai.

Chapitre 47

Je ne m'arrêtai pas. Si je m'attardais, je me retrouverais dans un cycle infini d'explications à la police. Ça resterait une affaire entre le contrôleur et la police, pour commencer.

Je remontai rapidement le quai en jouant des coudes dans la masse de voyageurs. J'avais beau tendre le cou et regarder dans tous les sens, je ne voyais toujours pas P. E. Jansson.

Je pris cinq secondes pour réfléchir. Puis passai en hâte l'entrée principale et demandai à un taxi de me conduire dans Markveien.

Une femme sortait quand j'arrivai. Je lui adressai un signe de tête, avec l'air évident de quelqu'un qui n'est pas là pour rien.

Au second, je sonnai.

À l'intérieur, je l'entendis demander dans l'interphone « Allô ? Il y a quelqu'un ? »

Je frappai impatiemment à la porte.

Elle ouvrit, vêtue d'un peignoir gris perle et les cheveux enveloppés dans une serviette éponge blanche.

« Axel, tu n'as pas… »

Je glissai le pied dans l'ouverture et poussai la porte. Elle s'interrompit et poussa un cri de surprise.

« Nom de… ! »

Elle se jeta vers moi, dans une tentative pour m'empêcher d'entrer. Je la repoussai dans l'entrée. Nos jambes s'emmêlèrent, et elle tomba à la renverse en m'entraînant sur elle. La serviette éponge se détacha de ses cheveux mouillés, et son peignoir s'ouvrit. Elle était nue en dessous.

« Au secouuurs ! » cria-t-elle.

Je refermai la porte d'un coup de pied, tandis qu'elle se débattait comme un chat sauvage sous moi.

« Au viol ! hurla-t-elle. Au v… »

J'appuyai une main sur sa bouche en essayant de la maintenir de l'autre.

« Je ne suis pas venu te violer, bon sang ! »

Elle planta ses ongles dans ma joue et tira vers le bas. J'eus l'impression qu'elle y allait au couteau.

Je lui enserrai les poignets et remontai un bras sous son menton.

« J'ai eu ce que je voulais en 1965 ! » gémis-je.

Elle tourna la tête sur le côté, comme si j'avais mauvaise haleine.

« Et jamais depuis ? »

Elle se cambra pour essayer de se libérer. Elle était forte et nerveuse, et j'eus certaines difficultés à la maintenir au sol.

« Écoute-moi, Merete ! Je sais tout ! Qui tu es, ce que vous avez fait ! Si tu ne m'écoutes pas, la police sera bientôt à la porte. Ils viendront de toute façon, mais tu seras mieux armée si tu écoutes d'abord ce que j'ai à te dire ! »

Elle se calma un instant. Le parfum de savon et de

shampooing était omniprésent, ses mamelons pointaient, et elle avait de grandes plaques rouges sur la gorge et la poitrine.

Je sentis le sang couler sur ma joue. Il formait des gouttes sous mon menton et tombait sur sa peau presque transparente.

« Tu peux me lâcher, alors ? siffla-t-elle.

— Si tu te tiens tranquille !

— Avec un violeur chez moi ?

— Ne te fais pas plus bête que tu n'es ! Je t'ai dit ce que je veux ! »

Je la relâchai prudemment, déplaçai le poids de mon corps pour ne plus l'écraser et me relevai.

Elle m'imita.

Sans se hâter, comme pour bien me montrer le peu d'estime qu'elle m'accordait, elle referma son peignoir et le serra à la taille. Elle laissa la serviette par terre.

Je la suivis comme une ombre jusque dans le salon. Elle ramassa un paquet de cigarettes et un briquet, s'installa dans un profond fauteuil, croisa les jambes, se ficha une cigarette entre les lèvres et l'alluma, en gardant sur moi un regard plein de cynisme étudié.

Je me plantai devant le fauteuil, prêt à lui barrer la route si elle essayait de se sauver.

De la main gauche, je sortis un mouchoir de ma poche et l'appuyai sur ma joue pour faire cesser l'hémorragie. Elle me regarda faire avec satisfaction.

« Nous n'avons pas beaucoup de temps.

— Que tu dis. J'ai la journée devant moi.

— Je *sais* qui tu es, Merete. Je le savais depuis le début. Toi, tu m'as peut-être oublié. Je n'ai pas dû faire une grosse impression. »

Elle approuva d'un hochement de tête, en inhalant

pensivement la fumée. Mais elle ne put cacher que la main qui tenait la cigarette tremblait.

Je regardai mon mouchoir. Il était rayé comme un zèbre honteux.

« Je sais que tu t'es mariée avec le magnat de l'industrie suédoise Fredrik Loewe, mort dans un accident de voiture en 1988, et que tu as épousé son frère cadet, Axel, un an plus tard. Je ne spéculerai pas, comme on le fait en Suède, sur ta relation avec Axel *avant* l'accident… ou sur ses circonstances réelles. »

Elle voulut serrer la bouche en une grimace de mépris, mais la lèvre ne suivit pas : elle tremblait comme si les larmes n'étaient pas loin.

« En tout cas, la situation était assez pénible pour que ta mère te renie définitivement. Pour elle, tu étais assez morte pour qu'elle publie une annonce de décès dans *Aftenposten*. »

Elle inspira violemment et ouvrit la bouche, mais se ravisa.

« Et je sais aussi que tu as hérité quelque chose de ton premier mari.

— Tiens donc ! répliqua-t-elle d'une voix crispée.

— Je ne pensais pas à la fortune. Mais à une photo. »

Son expression changea. Elle essaya de se cacher derrière un masque, une lueur d'indifférence.

« Je ne sais pas si tu sais ce que signifie cette photo, ce qu'elle implique… »

Je m'arrêtai, mais elle ne poursuivit pas.

« Une chose est claire, en tout cas, et tu as dû le savoir. Ton mari — ton premier mari — a été victime d'un chantage à cause de cette photo. Tellement d'argent, je crois, et à cause d'histoires tellement délicates que ça s'est terminé par la mort… du maître chanteur.

— Et alors ?

— Ç'a sûrement été la fin du chantage, pour cette fois. Mais à mesure que la situation financière d'Axel empirait, dans le sillage de l'économie suédoise tout entière, tu t'es dit que tu pouvais peut-être aider. En supposant qu'il n'ait pas eu vent de l'affaire plus tôt. C'est sans importance. L'essentiel, c'est que vous avez repris le chantage, ou que vous en avez lancé un nouveau, pour m'exprimer plus correctement. Contre une personne importante et très lucrative. Preben Backer-Steenberg. Avec la même issue fatale que précédemment.

— La même… qu'est-ce que tu veux dire ?

— Backer-Steenberg est mort, non ?

— Siii…

— Tu as oublié que j'étais sous votre lit et que j'ai entendu de quoi vous parliez ?

— De…

— Qu'il allait lui arriver quelque chose pendant le marathon d'Oslo. Et c'est ce qui s'est passé. »

Je menais.

« Mais… on ne peut rien prouver !

— Ah non ?

— Non ! N'oublie pas qu'Axel avait aussi des usines de chimie dans son konzern, et d'importants contrats avec l'armée.

— Tu sous-entends qu'il a utilisé un poison qui ne laisse aucune trace ?

— Je ne sous-entends rien du tout ! se reprit-elle.

— Mais ce n'est pas le seul décès.

— Tiens ?

— Svein Grorud est mort, non ?

— Oui ? Oui, peut-être bien.

— Il l'est ! Tu as lu les journaux ?

— On ne doit pas toujours…

— Et ton mari.

— Axel ? Quoi ?

— C'est lui que tu attendais, n'est-ce pas ? Pourquoi penses-tu qu'il n'est pas encore arrivé ? » Je regardai ma montre. « Il y a bientôt une heure que le train est entré en gare.

— Axel ? ! Mais je… »

Je la tenais. Elle me regardait avec une attention toute différente de celle démontrée jusqu'à présent.

« Je suis désolé, Merete. Mais il ne viendra pas.

— Il ne viendra pas ? Pourquoi ça ?

— Parce qu'il est mort. »

Elle oscilla vers l'avant, comme sur le point de perdre connaissance.

J'avançai pour la soutenir, mais elle esquiva en me faisant comprendre d'un geste qu'elle se débrouillerait sans mon assistance.

« Assassiné dans le train de nuit d'Örebro, selon toute vraisemblance par l'homme qui a tué Svein Grorud et… une autre personne.

— Une autre personne ? répéta-t-elle d'une voix sans timbre. Il y en a eu beaucoup ?

— La veuve du premier maître chanteur. Elle a été aspirée dans la tornade, comme ça arrive bien trop souvent dans ce genre de situation. »

Il y eut un moment de silence.

Je la tenais à l'œil. Elle ne craqua pas. Elle ne se mit pas à pleurer. Elle paraissait plutôt dans une espèce d'état de choc et semblait ne pas très bien comprendre ce qui s'était passé.

« Tu sais de qui je parle ? Qui est le meurtrier ? »

Elle ne réagit pas.

« P. E. Jansson. »

Elle me regarda de la même façon que si elle venait seulement de comprendre qui j'étais.

« P… E…

— Ton premier mari était en contact avec lui au début des années 80, mais je ne sais pas jusqu'à quel point il t'a mise au courant… de ces affaires.

— Je sais… qui il est. »

Je pris une voix aimable.

« À ta place, j'appellerais la police pour leur demander leur protection. La prochaine fois qu'on sonnera à la porte, ce sera peut-être la police, pour t'apprendre le décès. Mais ça pourrait tout aussi bien être Jansson.

— I-i-ici ?

— Ça ne t'est pas venu à l'idée ? Vous étiez trois de votre côté de l'échiquier. Svein Grorud est mort, ton mari est mort. Il ne reste plus que toi.

— Pas… moi.

— Quoi ? !

— Il ne m'a jamais vue. Je n'étais jamais là quand ils le rencontraient. Ce sont les témoins oculaires qu'il traque. J'aurais bien plus la pétoche à la place de la secrétaire de l'agence d'intérim. »

Un frisson glacé me parcourut. « Marit ?

— Oui, si c'est comme ça qu'elle s'appelle.

— Et merde ! »

Les choses se mirent à urger. J'allai au téléphone et composai le numéro de Marit.

Des sonneries, encore des sonneries.

Personne ne répondait.

« Merde ! »

Je composai un autre numéro, celui de la police.

« Bergsjø, est-ce qu'elle est là ? »

Oui, en réunion.

« Torleif Pedersen, alors ? ! »

Ils allaient voir.

« C'est une question de vie ou de mort ! »

Pedersen était là.

« Pedersen ? Ici Veum ! Je n'ai pas le temps d'expliquer. Envoyez une voiture dans Hovseterveien. » Je lui donnai le numéro. « Marit Johansen. Je crois que Jansson peut y être, qu'il en a après elle aussi. Si vous ne le saviez pas encore, Axel Hauger est mort. Dans le train de nuit en provenance de Suède, cette nuit. Je suis avec sa femme. Il faut envoyer une voiture de patrouille ici aussi. Elle a besoin d'une protection policière.

— Mais…

— Pas de question ! Contentez-vous de faire ce que je vous dis. On verra les explications plus tard.

— Il faudra qu'elles soient bonnes, Veum ! Vous restez où vous êtes !

— Plutôt crever ! Je vais à Hovseter ! »

Je raccrochai, appelai la centrale de réservation de taxis et demandai qu'une voiture vienne me chercher.

Avant de partir, je regardai une dernière fois Merete Hauger.

Elle était prostrée, dans ses pensées, dans une tout autre pièce que moi, une pièce dont elle pourrait mettre un moment à retrouver la porte.

« Ne fais pas de bêtise ! implorai-je. Et au nom du

ciel… n'ouvre à personne sans être parfaitement sûre que c'est la police. »

Elle ne répondit pas, et je m'en allai.

Je refermai soigneusement la porte derrière moi et descendis en courant.

Le taxi m'attendait déjà au bord du trottoir.

Chapitre 48

Le ciel matinal au-dessus d'Oslo était d'un bleu clair innocent, comme si rien de mauvais ne pouvait nous arriver.

Je demandai au chauffeur de me conduire à Hovseter aussi vite que son tacot le permettrait.

« Et on se fout des limitations de vitesse ! Je paierai la prune !

— Vous subviendrez à mes besoins pendant les deux années où je n'aurai plus de permis, par la même occasion ? répliqua-t-il froidement.

— C'est une affaire policière !

— Sûr d'être du bon côté, dans ce cas ? »

Ce ne fut pas un problème de toute façon. La circulation de la matinée était si dense qu'il n'aurait pu aller vite nulle part sans emprunter les trottoirs et les rues piétonnes.

Je faisais des bonds sur la banquette arrière. Avait-elle raison ? Pouvait-il vraiment aller voir Marit ? Et être déjà arrivé de Lillestrøm ? Que oui ! Il avait pu prendre un train de banlieue. Ou un taxi. Ou louer une voiture.

Quand nous virâmes à la hauteur du tunnel de

Smestad, j'entendis les sirènes d'une voiture de police. J'espérai qu'elle allait au même endroit que nous.

À Makrellbekken, un feu rouge nous arrêta. Une rame de la Røabane passa, en direction du centre-ville.

Le feu passa au vert, et je me penchai vers le siège du conducteur.

« Allez-y ! »

Le chauffeur poussa un grognement mécontent et accéléra avec une indolence ostensible.

Devant nous, les sirènes faiblirent. Cette voiture, en tout cas, ne respectait pas les limitations de vitesse.

Nous tournâmes à Huseby. « Là-haut ! indiquai-je en tendant un doigt.

— Je *sais* où nous allons ! »

Une lumière bleue clignotait devant l'immeuble. Une voiture de police était arrêtée en biais en plein sur la rampe d'accès.

Le taxi s'arrêta.

J'ouvris la porte. Le chauffeur se retourna vivement et m'attrapa l'épaule.

« On règle la course d'abord, mon bon monsieur !

— Ça attendra ! » répondis-je en me libérant. Je désignai la voiture de police. « Vous n'avez qu'à me dénoncer tout de suite ! »

Je courus vers l'entrée. Je constatai avec surprise que deux agents couraient dans la même direction, pendant que deux autres filaient vers le côté du bâtiment.

Je levai les yeux, vers son appartement.

Ils étaient sur le balcon, où ils effectuaient une espèce de chorégraphie désespérée, dans l'espoir d'obtenir assez de points des juges avant que leur temps imparti ne soit écoulé.

P. E. Jansson avait passé les bras autour de sa taille et la secouait dans tous les sens. Elle le frappait au visage de ses petits poings, bien trop petits pour être d'une quelconque efficacité.

Des freins hurlèrent derrière nous. Je me tournai légèrement.

Une voiture banalisée venait de s'arrêter. Anne-Kristine Bergsjø et Torleif Pedersen en bondirent.

Le chauffeur de taxi s'était planté à côté de son véhicule. Lui aussi était captivé par le drame qui se jouait là-haut.

Puis ça arriva.

Avec un cri étranglé, P. E. Jansson la lança en l'air et la fit basculer par-dessus le bord du balcon.

Elle referma les mains sur rien.

Pendant un dixième de seconde, elle parut flotter là-haut, affranchie de la pesanteur.

Avant de tomber comme une pierre, du cinquième étage.

Les deux policiers essayèrent de la réceptionner. Je partis en courant sur la pelouse, dans une tentative vaine d'arriver à temps.

Nous échouâmes tous.

Elle se replia sur elle-même en l'air, comme si elle s'était mise en position fœtale après avoir été atteinte par une balle, et elle toucha le sol sur le dos.

Nous entendîmes le craquement. Il ressemblait à un coup de fouet, une branche sèche qui casse, un bouchon de champagne qui saute avant que tout le monde présente sa flûte.

J'arrivai près d'elle. Les deux policiers essayèrent

de me repousser, mais je passai devant eux et tombai à genoux à côté d'elle.

« Marit ! »

Elle ouvrit les yeux et posa sur moi le regard vitreux d'une poupée de porcelaine.

« V-v-varg ? C'est… C'est toi ? »

Les griffures sur ma joue se remirent à brûler. C'étaient les larmes qui les irritaient.

Je me retournai et levai les yeux.

Anne-Kristine Bergsjø se tenait juste derrière moi.

Je croisai son regard.

« Appelez une ambulance !

— C'est fait. »

Derrière elle, Torleif Pedersen avait la tête levée vers les étages, comme dans l'attente qu'il en tombe d'autres.

Une nouvelle bagarre était survenue là-haut, mais Jansson avait perdu, cette fois. Les deux agents maîtrisaient la situation et le faisaient déjà rentrer dans l'appartement.

Je me redressai.

« On a plein de choses à se dire, Veum, annonça Anne-Kristine Bergsjø.

— Oui, malheureusement. Beaucoup trop. »

Je regardai Marit Johansen. Elle était nettement plus pâle. Elle respirait par à-coups crispés. Ses paupières frémissaient, comme si elle essayait de les ouvrir sans y parvenir.

Dans le lointain, j'entendis des sirènes approcher.

Les deux agents firent sortir P. E. Jansson de l'immeuble. Une paire de menottes lui maintenait les mains attachées dans le dos.

Il lançait des coups d'œil furibards dans toutes les directions. Quand son regard arriva sur moi, il plissa les yeux en me reconnaissant tout à coup. C'était réciproque, d'une certaine façon. Je me rappelais, à présent, pourquoi je le connaissais, où je l'avais vu pour la première fois.

« Le portrait-robot, murmurai-je.

— Qu'avez-vous dit ? demanda Anne-Kristine Bergsjø d'une voix tranchante.

— Le portrait-robot. Celui qu'ils ont diffusé, construit sur des témoignages, de l'homme qui a tué Olof Palme.

— De quoi parlez-vous, Veum ?

— Je parle de... Vous n'aurez qu'à lui demander quand vous l'interrogerez, demandez-lui où il était le 28 février 1986 à 23 h 21. »

Elle me regarda, ébahie.

« Vous êtes sérieux ? Vous le pensez vraiment ? »

On fit monter Jansson dans le panier à salade qui attendait. Le regard qu'il nous lança avant qu'on ne referme la porte derrière lui était plein de mépris, une haine si visible qu'elle brûlait presque la peau.

Elle fit signe au conducteur d'attendre.

L'ambulance arrivait. Deux brancardiers en bondirent, ouvrirent les portes arrière et sortirent une civière.

Ils passèrent au petit trot devant nous.

Ils eurent rapidement une vue d'ensemble de la situation. Ils constatèrent qu'elle avait le dos brisé. Avec des mouvements rapides et professionnels, ils la posèrent sur le brancard, la portèrent à l'ambulance et l'installèrent à l'intérieur. L'un des deux resta avec elle. L'autre prit place au volant.

La sirène se mit en marche. L'ambulance était déjà repartie vers la ville.

La foule des spectateurs ne bougeait pas. Ils avaient constitué de petits groupes animés, encore sous le choc de ce qu'ils avaient vu.

« On y va ? » demanda Torleif Pedersen.

Anne-Kristine Bergsjø hocha la tête. Elle me regarda.

« Vous venez ?

— Est-ce que je peux… Il faut juste que je fasse mes comptes avec le taxi, là-bas. Que je me reprenne. Il y a quelqu'un chez Merete Hauger ? »

Il hocha la tête.

« On doit la faire venir elle aussi, après ?

— Elle a pas mal de choses à raconter. Mais comme vous le savez, son mari…

— On va y aller doucement, intervint Anne-Kristine Bergsjø.

— Partez devant, vous deux. J'arrive. C'est fini, maintenant. » Je fis un signe de tête vers la voiture. « Maintenant qu'il ne peut plus nuire.

— Espérons-le », conclut Anne-Kristine Bergsjø avec un regard destiné à me faire comprendre que je ne devais plus essayer de rien lui cacher. Elle finissait toujours par savoir.

Elle donna à Pedersen la consigne de redescendre avec la voiture de patrouille, puis s'installa au volant du véhicule banalisé.

Elle fit un petit signe de tête en démarrant. Puis elle indiqua à la voiture de patrouille de passer devant, et les suivit de si près qu'elle violait toutes les règles en matière de distance de sécurité. Il devait y avoir quelqu'un pour payer ses amendes à elle aussi.

Finalement, il ne resta plus que le chauffeur de taxi et moi. Il était nettement plus neutre dans sa façon de s'exprimer.

« Il y avait… euh… la course.

— Pas encore. On continue. »

Il m'ouvrit gentiment la portière. « À l'hôtel de police ?

— Non, il faut que je voie mon avocat d'abord. » Je lui donnai l'adresse du bureau d'Asbjørn Hellesø.

Chapitre 49

Sa secrétaire m'accueillit avec son élégance froide coutumière, mais elle était un peu plus franche dans sa façon de me rembarrer. « Hellesø n'a le temps de parler à personne ! Il prépare son rendez-vous de midi. »

Je me sentis comme un authentique macho lorsque j'usai de la force pour la seconde fois en quelques heures pour passer outre une femme qui avait décidé que je resterais dehors. Mais le souvenir de Marit Johansen, le dos brisé devant son immeuble, s'était imprimé en moi. Avec une force renouvelée, je la repoussai doucement mais fermement avant d'ouvrir la porte du bureau.

Elle se mit à crier, et une avocate stagiaire à courts cheveux noirs et petites lunettes à monture verte arriva en courant d'un autre bureau.

« Tu as besoin d'aide, Lillemor ?

— On appelle la police ! »

Mais j'avais déjà ouvert la porte d'Asbjørn Hellesø. Il leva un regard hargneux de sa place devant le PC. Je me rendis compte que, même quand il était assis, c'était un homme de grande taille, avec un buste particulièrement long. À la Cour, ça devait lui conférer un certain avantage, parce qu'il pouvait toujours regarder son interlocuteur d'en haut.

« Alors, qu'y a-t-il, *à présent* ?

— Je suis venu te parler, Asbjørn. De P. E. Jansson, entre autres. Ta secrétaire propose que nous appelions la police. Tu n'y vois pas d'inconvénient ? »

Il regarda derrière moi. « Attendez un peu, madame Bang. »

Il me fit signe d'entrer, puis vint fermer la porte derrière moi.

« Je n'ai vraiment pas le temps, Varg !

— C'est aussi ce que tu as dit la dernière fois que je suis venu. »

J'attendis qu'il se soit rassis à son bureau avant de prendre place dans l'un des confortables fauteuils de cuir en face de lui. Il soignait sa clientèle, mais elle devait payer pour ça aussi.

« Je suis sérieux ! Je dois être au tribunal à midi, et je n'ai pas encore terminé ce que je… »

Il agita une main devant l'écran de son PC, où de petites lettres dansaient sur fond bleu.

« Tu improviseras. Tu dois avoir l'habitude.

— On peut en venir aux faits ? rétorqua-t-il avec un coup d'œil mauvais.

— On peut. Parce que c'est assez compliqué, et ça va prendre du temps.

— Je ne viens pas de dire que je…

— Si. J'ai parlé à Finstad. »

Il fut tout de suite sur le qui-vive.

« Oui ? Je t'ai aidé, là-dessus, non ?

— Si. Ça m'oblige à te rendre la pareille ?

— Tu as pu tirer quelque chose de lui ?

— Sur quoi ? »

Il se leva lourdement derrière sa table.

« Pour la dernière fois, Varg ! Viens-en aux faits ! Sans quoi on va faire ce que propose Mme Bang : appeler la police.

— Assieds-toi, Asbjørn. »

À ma grande surprise, il obéit sans protester.

« Je t'ai parlé d'une photo lors de notre dernière entrevue. Aujourd'hui, je sais ce qu'elle représentait, et pourquoi elle a valu la mort d'un, deux, trois, quatre, peut-être cinq personnes.

— Cinq morts ! De quoi parles-tu ?

— Entre 1987 et aujourd'hui. Et ce qui a tout déclenché, c'est un autre décès. Qui a eu lieu à Stockholm le 28 février 1986. Tu me suis ?

— Je te suis. » Il essayait de donner à sa voix un ton neutre, mais il ne put l'empêcher de trembler légèrement.

« Mais pour expliquer aussi ce meurtre, je dois remonter encore plus loin dans le temps.

— Ça me concerne ?

— Sans le moindre doute. »

Il agita une main et m'invita d'un geste impatient à poursuivre.

« L'extrême droite suédoise n'a jamais été aussi compromise que celle de Norvège, à cause de Quisling et de la guerre.

— Alors, comme ça, on est en Suède, maintenant ?

— Vers la fin des années 70, il a été de plus en plus manifeste que l'opposition hors parlement à Olof Palme et son gouvernement prenait des dimensions dramatiques. Elle bénéficiait d'un large soutien, pour partie dans la rue, chez les semeurs de trouble et les néonazis, pour partie dans l'industrie lourde où l'on pensait que les possibilités d'expansion étaient trop jugulées. Mais aussi chez les extrémistes de droite dans la police et l'armée, qui trouvaient que son prétendu rapprochement avec l'Union soviétique menaçait la sûreté de la Suède, et chez les extrémistes et terroristes des milieux immigrés, comme par exemple les Yougoslaves.

— Aurais-tu l'amabilité d'en venir aux faits ?

— Les voici. L'industrie de l'armement n'était pas contente du tout. Leur activité était régulée par des dispositions publiques strictes, qui les empêchaient par exemple de livrer des armes aux belligérants d'Iran et d'Irak, en leur causant de lourdes pertes économiques. Le pigeon d'argile, au sens premier — le symbole de la politique qu'ils détestaient si intensément — c'était Olof Palme. »

Il me regarda avec un semblant de peur dans les yeux.

« Dis-moi, tu ne vas quand même pas…

— Lejon Vapen, chez qui Preben Backer-Steenberg avait investi pas mal, était l'une de ces entreprises. À en croire mes sources, elle était au bord du dépôt de bilan. Son président et actionnaire principal était Fredrik Loewe, bien connu dans le milieu politique de la droite aristocratique — un homme qui avait de nombreuses relations. Il connaissait entre autres un certain Pär Elias Jansson, qu'il s'était chargé d'aller chercher sur son nouveau lieu de résidence, l'Uruguay, pour lui confier cette mission très particulière. »

Asbjørn Hellesø secoua lentement la tête, comme pour déplorer mon existence.

« Tu n'as pas idée de ce dans quoi tu t'aventures ! Ni du guêpier dans lequel tu fourres la main. Accepte un bon conseil d'un vieux copain : oublie tout ça, rentre à Bergen et dis que tu n'es jamais venu !

— C'est trop tard, Asbjørn. Le train à destination de l'autre côté des montagnes est déjà parti.

— Pas le dernier !

— Pour moi, si. Maintenant, ferme-la et écoute bien. Je vais faire court. Olof Palme a été abattu dans Sveavägen le 28 février à 23 h 21, pour être tout à fait exact. Il y a assez d'indices pour prétendre qu'il a été victime d'un complot. Comme par exemple toutes les observations d'utilisateurs de radiotéléphones près du lieu du crime dans les heures avant le meurtre. Mais passons. Mes suppositions, basées sur les pièces rassemblées au cours de la semaine écoulée, les voici. Un groupuscule dans lequel Fredrik Loewe était un personnage important et dont Preben Backer-Steenberg faisait très vraisemblablement partie, en tout cas sur l'aspect financier de l'opération, a engagé P. E. Jansson pour liquider Palme. Ils lui ont apporté un soutien solide, pour que rien ne rate. Et ça n'a pas raté. Après le meurtre, ils lui ont fait passer la frontière norvégienne, par exemple dans un avion personnel. Et on a donc une photo, que le photographe a datée du 2 mars, ce qu'on peut prouver grâce à un journal visible sur le cliché et peut-être à d'autres éléments. Ce que l'on voit sur cette photo, c'est aussi simple qu'incompréhensible : le règlement du meurtre d'Olof Palme. L'assassin était présent ainsi que l'architecte de ce forfait et deux… actionnaires norvégiens, dirais-je. »

Il fit un sourire pâlot.

« Je dois dire que tu as développé une imagination débordante, Varg.

— En tout cas, ça prouve qu'un homme que tout le monde pensait en Uruguay se trouvait dans ce coin du monde à ce moment précis. Et qui ressemble de façon frappante à celui que l'on connaît pour l'avoir vu sur le célèbre portrait-robot diffusé par la police. »

Il poussa un grognement mécontent.

« Mais ce n'est pas tout. Environ un an après, au printemps 1987, la photo arrive dans la boîte aux lettres d'au moins une des personnes impliquées, Loewe, et vraisemblablement aussi chez Finstad et Backer-Steenberg. Jansson est rentré en Uruguay. Finstad se charge de faire le ménage. »

Il pouffa d'un rire méprisant, mais peu convaincu.

« Au final, il tue le maître chanteur, Pål Helge Solbakken. Et pour donner à Finstad un mobile acceptable, on fabrique de faux indices d'une liaison fictive entre Solbakken et Aud Finstad, qui est trop camée pour bien savoir avec qui elle couche — ou pour qui elle pose.

— Tu prétends que Finstad s'est sacrifié pour les autres ?

— C'est peut-être ce qui fait penser le plus à une *grosse* affaire. Oui, il se pose en martyr, d'une certaine façon, parce que ce sera malgré tout de la rigolade à côté de ce que tous devront affronter si la vérité apparaît. Et sûrement pas sans compensation non plus. Aux services de la propriété immobilière d'Oslo, j'ai appris par exemple que Backer-Steenberg a cédé d'importantes possessions à Finstad, en 1987, justement, mais avant que le jugement soit rendu, et pour une somme fort raisonnable compte tenu des prix du marché à cette époque. On peut sûrement faire les mêmes observations en Suède.

— C'est un sacré décor que tu plantes, Varg. J'imagine que tu y intègres aussi la mort de Loewe. À ton avis, qui en est responsable ? La C.I.A., peut-être ?

— Prenons les choses par ordre chronologique. Une fois Solbakken hors jeu, ça se calme. Plus de photos dans la boîte aux lettres, plus de courriers du maître chanteur. La vie continue, et s'achève, pour certains. Loewe se flanque à la mer. Les circonstances de l'accident ne sont pas claires. Et d'ailleurs, ça n'a pas un grand intérêt pour notre histoire. Mais le résultat a son importance. Merete Loewe hérite de tous les biens de son mari, entre autres de cette photographie. À défaut peut-être de savoir ce qu'elle représente, elle comprend qu'elle vaut de l'or. En 1989, elle se remarie avec le petit frère de Fredrik Loewe, Axel. La chute de Lejon Vapen se poursuit. Ils élargissent leur champ d'activité, montent une société de financement en Norvège. Peut-être pour des raisons fiscales, il prend en Norvège le pseudonyme de Hauger, le nom de jeune fille de sa mère. Puis, à l'automne dernier, ils ont l'idée fatale d'essayer de redresser la barre économique de façon assez peu traditionnelle. Ils ressortent la vieille photo, choisissent Backer-Steenberg comme cible et se servent d'un collaborateur du marché parallèle, Svein Grorud, pour jouer les intermédiaires. »

Je regardai Asbjørn Hellesø. Il était figé dans une position bizarrement tordue, les yeux rivés sur mon front, comme s'il y cherchait un point marquant l'appartenance sociale. Son immobilité donnait l'impression qu'il avait été surpris dans une situation pénible, et tentait de faire croire qu'il n'était pas là.

Avant que je puisse poursuivre, il leva une main, se redressa et attrapa le téléphone. « Madame Bang… je crains que nous devions annuler cette réunion. Je serai occupé avec… ça, là, trop longtemps pour pouvoir me préparer. Appelez pour dire que je suis malade. Et appelez Helge pour lui demander de transmettre le message. Oui. Comme d'habitude. Merci. »

Il raccrocha. Le regard qu'il me décocha était plus dur qu'avant. Et nous en étions revenus au nom de famille.

« Continue, Veum.

— Backer-Steenberg réagit immédiatement. À travers ses anciens contacts, peut-être son avocat… » Je le regardai. « … il apprend que P. E. Jansson est rentré en Suède, à disposition — dans la branche de Svein Grorud. Il va le chercher, l'amène à Oslo, et les choses s'emballent. Jansson rencontre Grorud et Hauger dans les bureaux très temporaires de Grorud, probablement installés pour l'occasion. On échange des menaces. Puis Grorud va voir Jansson dans sa chambre d'hôtel. L'issue est fatale au Norvégien, qui redescend par la voie rapide, du dix-huitième étage. Mais Hauger ne se laisse pas arrêter. Il va voir Backer-Steenberg et le menace de nouveau, une menace qui se concrétise pendant le marathon d'Oslo. Un partout, en tout cas pour le match de 1992.

— En clair, tu es en train de me dire que Hauger a supprimé Preben, à cause de cette — ces — vagues suppositions ?

— "Les chiens défunts ne mordent pas", dit un ancien proverbe. C'est pire avec ceux qui sont juste enterrés. Au bout d'un moment, ils finissent par puer.

— Ce qui veut dire que…

— À ce stade, les choses se gâtent pour les uns et pour les autres. Jansson et son… comment va-t-on t'appeler ? conseiller ? — se mettent d'accord pour faire place nette.

— Laisse-moi en dehors de ça, Veum, très loin de tout ça !

— Place nette, disais-je. Ce qui veut dire que la traque de M. et Mme Hauger est devenue prioritaire, et que vous avez décidé de rabattre le caquet à Trude Solbakken aussi. Personne ne pouvait savoir ce qu'elle détenait comme information. Même Thorbjørn Finstad ne l'avait pas découvert.

— Ne m'implique pas là-dedans, j'ai dit !

— Qui était l'avocat de Finstad ? Celui de Backer-Steenberg ? Mais je n'ai pas encore terminé. Dans le train entre Örebro et Oslo, la nuit dernière, Axel Hauger a été rattrapé par son destin, toujours avec P. E. Jansson dans le rôle du bourreau. Heureusement pour moi, il ne s'est pas rendu compte que nous avions partagé le même compartiment depuis Stockholm.

— Euh… Jansson et… et toi ?

— Tiens, tu te réveilles ? Tu es sorti de ton potage ? Oui, moi aussi, je suis témoin oculaire, à présent, à la différence de Merete.

— Et alors ? »

Je regardai l'heure.

« P. E. Jansson a été arrêté il y a une heure et demie. Il est entendu par la police. J'ai bien l'impression qu'il ne va pas tarder à avoir besoin d'un avocat compétent. »

Il promena un regard inquiet autour de lui, comme si d'autres personnes dans la pièce pouvaient prétendre à ce titre.

« Mais… tu as parlé de… quatre, peut-être cinq décès. Qui est le cinquième ?

— Tu es déjà allé au bureau que Grorud avait monté ?

— Non, j'ai juste…

— Oui, je sais que tu as appelé. J'y étais quand ils ont reçu l'appel. Mais celle qui a répondu était une fille complètement en dehors de tout ça, une intérimaire. Elle a été le dernier témoin oculaire. La dernière à faire disparaître de la circulation.

— Tu veux dire… là, aujourd'hui ?

— Elle s'appelle Marit Johansen. Elle est à Ullevål et elle a le dos en morceaux parce que P. E. Jansson l'a défenestrée de son appartement, au cinquième étage. Je ne sais pas si elle survivra. À ce que j'en sais, elle est peut-être morte, à l'heure qu'il est.

— M-m-marit Johansen ?

— Ce n'était pas voulu, peut-être, que le premier innocent venu soit touché ? Hein ? Ça ne faisait pas partie des projets, ça ?

— Il n'y a pas de projets ! Je n'ai rien à… à voir là-dedans, Veum !

— Ah non ? Qui a payé tes honoraires ? Qui t'a permis de devenir ce que tu es ? Toi, Backer-Steenberg et la famille Loewe, vous représentez le mépris complet de l'être humain. C'est ce mépris que j'ai vu exposé dans l'un de ces shows de divertissement modernes à Oslo il y a quelques jours. Et qui imprègne les nouvelles villes où nous devons vivre — et qui ont envoyé les anciennes ad patres ! Si quelqu'un vous barre la route, vous éliminez, qu'il s'agisse du Premier ministre suédois ou d'une secrétaire intérimaire à Oslo. »

Il me montra ses paumes.

« Moi, je n'ai pas de sang sur les mains !

— Non, je vois ça. Ravi d'avoir fait ta connaissance, Ponce Pilate. »

Il se leva lourdement derrière son bureau.

« Je te préviens, Veum… »

Je me levai à mon tour. J'étais toujours plus petit que lui, mais debout, la différence était moins sensible.

« Tu n'as que des suppositions et des conjectures folles. Si tu répètes ces allégations hors de ces quatre murs, il ne fera pas bon être à ta place. »

Il fit le tour de sa table et vint vers moi.

« J'ai tout écrit et envoyé par la poste, à une adresse sûre. S'il m'arrive quelque chose, ça se saura un jour ou l'autre !

— Qu'est-ce qui va se passer ?

— Je veux dire…

— Je veux que tu sois bien conscient d'une chose, m'interrompit-il en baissant le ton. Un seul mot déplacé, et je te garantis que tu ne connaîtras plus un seul jour de répit, de toute ta vie. Je te conseillerais de bien regarder à droite et à gauche avant de sortir de chez toi le matin. Tu ne rentreras jamais à la maison sans le doute que quelqu'un t'y attend peut-être. Dans ce jeu, tu es un Lilliputien, Veum. Et nous, tous les autres, nous sommes les *grands*.

— Dois-je considérer ces menaces explicites comme des aveux ?

— Tu peux le considérer comme le tout dernier

service que je te rends en ami, Varg. Dorénavant, je ne veux plus te voir. Jamais !

— Jamais, c'est un peu définitif, Asbjørn. On se reverra sûrement. Au tribunal. Tu te charges de l'affaire, non ? »

J'ouvris la porte et sortis.

Mme Bang était pétrifiée derrière son bureau, comme une statue de cire. Son regard était figé, son sourire encore plus.

Un jeune homme à la peau sombre attendait sur une chaise juste à côté de la porte. Il portait un blouson de cuir noir, un T-shirt blanc et un jean clair. Son visage était maigre et sec, et il avait une moustache sombre. Ce n'était pas la première fois que je le voyais.

Mme Bang se leva et se tourna vers Asbjørn Hellesø.

« Il a dit qu'il voulait vous parler, s'excusa-t-elle. Il a insisté pour attendre. Je n'ai pas voulu déranger. »

Je passai rapidement devant elle. Le jeune leva les yeux, mais son regard vacilla. Je l'attrapai par les revers de son blouson et le relevai de force.

« Tu n'as pas promis à Marit que tu ne m'approcherais plus ? ! »

Il essaya de se libérer.

« Marit ? Marit ! Je ne connais pas de Marit ! » Il regarda Hellesø. « Je suis venu chercher mon argent ! Le paiement ! Nous en avons assez d'attendre !

— Le paiement ! répétai-je. Et pour quoi ? »

Pendant une longue seconde, nos regards se croisèrent.

Sans le lâcher, je me tournai légèrement vers Hellesø. Il était cramoisi, et sa bouche vibrait.

Je repris le jeune dans ma ligne de mire.

« C'est aussi Hellesø qui était chargé de ton affaire, peut-être ?

— Oui, c'est comme ça que je…

— Ta gueule, Kamal ! aboya Asbjørn Hellesø.

— Kamal ? Je croyais que c'était… Amir ?

— Plus un mot ! »

Je resserrai encore ma prise. « C'est ça. Plus un mot. C'est à l'hôtel de police qu'on va aller discuter, maintenant. » Je le poussai vers la porte.

« Veum ! » aboya de nouveau Asbjørn Hellesø derrière nous.

Je me tournai vers Mme Bang.

« Auriez-vous l'extrême obligeance de bien vouloir appeler la poli… »

Mon attention était ailleurs, et il en profita. Il se libéra d'un coup, glissa une jambe derrière la mienne et me fit basculer.

Je tendis la main vers l'arrière. Ce fut suffisant pour amortir la chute, mais pas pour éviter qu'une douleur sourde me traverse l'avant-bras et le poignet. Avec un vilain petit bruit sec, ma tête heurta le mur derrière moi.

À moitié étourdi, j'entendis le son d'une porte ouverte à la volée, le cri de Mme Bang et des pas précipités qui disparurent rapidement dans le couloir.

Asbjørn Hellesø fit un pas lourd en avant, comme un ours féroce, mais se ravisa.

Je me remis sur mes jambes, secouai prudemment la tête en m'appuyant au mur. La pièce tanguait autour de moi.

Je me retournai lentement vers Asbjørn Hellesø et Mme Bang.

« Qui a lâché un tram dans mon crâne ? L'un de vous deux ? »

Aucun ne répondit, et je me tournai vers la porte. Après un salut sans force, je sortis.

Je ne me sentais pas particulièrement héroïque. Et j'avais raison. Je n'étais pas un héros.

Chapitre 50

P. E. Jansson nia tout. Son expérience dans la police lui avait appris tous les trucs. Il ne lâcha rien.

Mais les traces de peau et de sang sous les ongles de Trude Solbakken furent soumises à des tests A.D.N. et le trahirent — comme les blessures sur ses mains. Une femme qui avait distribué des publicités dans les boîtes aux lettres le dimanche soir le reconnut au cours d'une confrontation : c'était l'homme avec qui elle était tombée nez à nez au moment où il quittait la maison de Sannergata. Elle aurait dû s'estimer heureuse d'être toujours en mesure de distribuer ses prospectus colorés.

Kamal Mouhammad fut ramassé par la police dans Storgata, mercredi soir tard. Jeudi matin, il reconnut qu'Asbjørn Hellesø les avait engagés, lui et ses copains, pour me faire ma fête, et que c'était Hellesø qui leur avait dit où je pouvais être. Hellesø nia tout en bloc. Ce n'étaient qu'affabulations et tissus de mensonges, tirés du néant uniquement dans le but de lui nuire. Parole contre parole, et le résultat laissait peu de doute en cas de procès. La crédibilité d'un avocat norvégien à la Cour suprême contre celle d'un immigré titulaire d'un casier judiciaire déjà assez chargé ? La réponse allait de soi.

La mort de Preben Backer-Steenberg ne put jamais être qualifiée d'homicide. Merete Loewe pouvait rentrer tranquillement en Suède y enterrer son second mari.

Assez naturellement, les circonstances de la mort de Mons Vassenden ne furent jamais complètement éclaircies. D'accord, on retrouva l'empreinte d'un pouce de Svein Grorud sur le chambranle de la porte des toilettes où Vassenden se serait pendu. Mais puisque Svein Grorud n'était pas non plus disponible, l'enquête fut gratifiée d'un niveau de priorité si bas qu'elle arriva dans la pile des affaires classées, elle aussi.

Marit Johansen survécut. Mais les pronostics étaient sombres. Son dos avait été brisé et, sauf miracle, elle resterait paralysée des pieds à la taille pour le restant de ses jours.

Je montai la voir à l'hôpital vendredi soir, juste avant l'heure des visites.

Je la trouvai dans une chambre simple, étonnamment petite au milieu de tous les appareils de surveillance auxquels elle était branchée. Une élève infirmière à la peau mate était assise à côté d'elle, un bloc dans les mains, et observait le rythme cardiaque qui se dessinait en courbes vertes sur fond noir. Elles étaient régulières, calmes.

Elle était prise dans une espèce de cuirasse de plâtre montant jusqu'à la poitrine, et recouverte d'un simple drap. Une grosse poche à perfusion transparente suspendue au-dessus du lit la nourrissait via une aiguille plantée dans son avant-bras.

Deux électrodes étaient collées sur son front par du sparadrap. Ils transmettaient ses pulsations cardiaques à un dispositif à la tête du lit, où se dessinaient des semblants de secousses sismiques sur un gros rouleau de papier.

L'élève infirmière se leva à mon arrivée. Avec un sourire timide, elle m'expliqua à quoi devaient ressembler les graphiques, et qu'il fallait que j'appelle à la moindre irrégularité.

Je hochai la tête et souris en retour, et elle me laissa seul avec la patiente, sans me demander qui j'étais. « Ça va mieux, maintenant », chuchota-t-elle en s'en allant.

Marit Johansen était étendue sur le dos, les yeux fermés. Rien ne permettait de savoir si elle avait conscience de recevoir de la visite.

Il y avait deux bouquets de fleurs sur sa table de chevet et trois sur une table roulante près de la fenêtre. Dehors, dans le parc de l'hôpital, les arbres s'étaient parés de rouge et d'or, comme s'ils avaient quelque chose à fêter.

L'un des bouquets se distinguait des autres, aussi bien par sa taille que par son exubérance. Il était fait de glaïeuls et de chrysanthèmes aux couleurs de l'automne, jaunes dans la lumière de fin de journée. Je regardai la carte qui l'accompagnait. Et reconnus immédiatement l'encre vert foncé et l'écriture caractéristique vue sur la lettre que j'avais apportée à Ullersmo.

Je levai précautionneusement la carte et lus ce qui était écrit dessus : *Bon rétablissement ! Si tu as besoin de quelque chose, appelle ! Tu auras toute notre assistance. A.H.*

Je la regardai.

Elle avait ouvert les yeux, et me contemplait d'un regard désemparé depuis son lit. Sur l'écran noir, les courbes s'affolaient.

« Salut, Marit. »

Elle remonta légèrement le coin des lèvres, en un semblant de sourire.

Je passai un doigt sur la carte du gros bouquet.

« C'est lui qui t'a fait dire où j'étais, quelle que soit l'heure, alors. Et c'est lui qui t'a demandé de me raconter l'histoire d'Amir. »

Elle inspira profondément, comme si elle avait du mal à respirer.

« Mais Amir ne connaissait pas de Marit, a-t-il dit. Il ne s'appelait même pas Amir, mais Kamal. »

Ses yeux s'arrondirent. La douleur apparut sur son visage.

« Tu lui as raconté la même chose qu'à moi concernant ce qui s'était passé chez Grorud ? Il a appelé là-bas. Il a reconnu ta voix, peut-être ? »

Elle ferma les yeux, comme pour que les sons ne lui parviennent plus.

« Mais ce n'était pas lui, ton ami secret, si ? C'était plutôt lui qui vous avait présentés, j'imagine — après un repas de direction, par exemple ? C'était pour *lui* que tu l'as fait, n'est-ce pas ? Et maintenant, nous savons tous les deux pourquoi il n'est pas venu à son rendez-vous de samedi dernier… »

Un spasme secoua le haut de son corps. Puis elle rouvrit les yeux. Les larmes en jaillirent comme des tessons de verre.

Je lui fis un sourire triste.

« Preben Backer-Steenberg, c'est ça ? Tu lui as tout

donné. » Je fis un vague geste de la main devant elle. « Même ça. »

Elle plissa la bouche comme pour parler, mais pas un seul son ne sortit. Son corps tressauta, comme un moteur qui n'arrive pas à démarrer. Sur l'écran noir, le paysage était tourmenté : une succession soudaine de hautes montagnes séparées par des vallées profondes.

J'allai rapidement à la porte et l'ouvris. « Ohé ? Est-ce que quelqu'un peut venir ? »

Une infirmière d'un certain âge, aux cheveux blond cendré et qui avait une montre agrafée à sa poche de poitrine, comme pour tous nous chronométrer, arriva avec l'élève infirmière sur les talons. « Vous êtes de la famille ? » demanda-t-elle brutalement en passant devant moi.

Elle alla jusqu'au lit sans attendre de réponse.

La jeune infirmière me regarda, puis Marit Johansen, terrorisée.

« Que s'est-il passé ?

— Je ne sais pas.

— Linda ! nous interrompit son aînée. Va chercher le médecin ! » Puis elle planta son regard dans le mien. « Qui êtes-vous, avez-vous dit ?

— Euh… un vague ami. Je m'appelle Veum.

— Vous devriez vous en aller, conseilla-t-elle sur un ton plus doux. Ça ne va pas bien. »

Je lançai un dernier coup d'œil à Marit Johansen. Elle paraissait plus paisible, à présent, après avoir de nouveau fermé les yeux pour m'exclure de son monde, vraisemblablement pour de bon, cette fois.

Je croisai le médecin et la jeune infirmière dans le couloir. Lui non plus n'était pas vieux. Il avait des cheveux blonds raides et des yeux bleu vif. Ni l'un ni l'autre ne s'arrêtèrent pour me prendre le pouls.

Je ne fis d'ailleurs pas mine de devoir m'arrêter. Je n'avais plus rien à faire ici. J'avais la réponse à ce que j'étais venu éclaircir.

Le soir même, je rentrai à Bergen, après avoir passé quelques heures en compagnie de Thomas et Mari. Je me servis du billet de retour payé par Mons Vassenden et pris le train de nuit. Mais cette fois, j'ajoutai une somme suffisante pour un compartiment en wagon-lit, seul.

En entrant dans le compartiment, je me rencontrai dans le miroir au-dessus du lavabo. Ce n'était pas beau à voir. J'avais le visage gris cendre, des traces de coups de poing et de pied, et les griffures vieilles de deux jours sur mes joues faisaient penser aux larmes très réussies d'un clown raté. À défaut de laisser mon cœur à Oslo, j'y abandonnai quand même ma santé et de la peau.

En sortant devant la gare de Bergen vers 7 h 30 le lendemain matin, je fus accueilli par une petite pluie fine, presque printanière. Un voile humide pendait sur les toits de Marken, et en tournant les yeux vers la droite, derrière l'hôtel de ville, je vis les montagnes vertes et rebondies ; mais elles aussi étaient couvertes de la pellicule mate de l'automne.

Je posai ma valise un instant, me frottai les yeux et inhalai profondément, très profondément.

Je passai l'essentiel des deux journées suivantes sous la couette, en compagnie de Karin Bjørge.

Samedi matin, une enveloppe arriva dans la boîte, avec mon nom c/o son adresse noté de mon écriture facilement reconnaissable.

Elle me regarda sans comprendre.

« Qu'est-ce que c'est que ça, Varg ?

— Mon assurance-vie. Range-la dans ton coffre à la banque. S'il m'arrive quelque chose, ouvre-la et va voir la police avec. »

Elle me regarda avec un sourire en coin, comme si elle ne me croyait pas complètement.

Quelques jours après mon retour, Mons Vassenden fut enterré. Ses deux épouses étaient dans la chapelle, assises au premier rang l'une comme l'autre en compagnie des quatre enfants, d'une belle-fille et d'un petit-fils ou d'une petite-fille. La description qu'il m'en avait donné me permit de les reconnaître. La grande qui se tenait très droit devait être Cecilie, la dentiste. La petite agitée devait avoir laissé son copain pentecôtiste à Flekkefjord.

Au moment où je quittai la chapelle, la fille qu'il avait eue de son premier mariage s'adressa à moi. Ses cheveux étaient blond-roux, ses yeux soulignés de rose. Son visage était légèrement enflammé, comme si elle était restée au solarium un peu trop longtemps en comparaison de ce que supportait sa peau fine.

« Excusez-moi, qui êtes-vous ?

— Je m'appelle Veum.

— Vous connaissiez… papa ?

— À peine. Pourquoi ? »

Elle se détourna.

« Oh, je me demandais juste… Nous ne nous voyions presque plus, ces derniers temps… Est-ce que vous pouvez me dire comment il était, en réalité ?

— Comment il était, en réalité ? » Je regardai autour de moi. Le vent du sud-ouest s'était levé et faisait voltiger les feuilles. « C'était une sorte de… héraut de l'automne.

— Hé-hé-héraut de l'automne ? répéta-t-elle, surprise. Que voulez-vous dire ?

— Quelqu'un qui prévenait de ce qui arrivait après lui. Une voix qui criait dans le désert. Quelqu'un qui connaissait les grandes villes, pour y être allé.

— J-je comprends. » Elle se détourna de nouveau.

Je grommelai quelques mots et m'en allai.

Mais elle ne comprenait pas. Je n'étais même pas sûr de bien comprendre moi-même. Et le héraut de l'automne était coi depuis longtemps, on ne pouvait donc plus faire appel à lui.

Il y a un temps pour tout. Un pour poser des questions, un autre pour admettre qu'on n'a pas obtenu la bonne réponse.

P. E. Jansson fut condamné pour le meurtre de Trude Solbakken et la tentative de meurtre sur Marit Johansen. Il ne fut pas inquiété pour les meurtres d'Axel Hauger et Svein Grorud. Il n'y avait aucune preuve convaincante.

Pendant deux jours, le procès se tint à huis clos, mais rien dans le dossier ne permettait de dire qu'on assistait à une avancée dans l'affaire non élucidée de Sveavägen.

Il fut condamné à douze ans de réclusion avec une peine de sûreté de six ans, et on l'envoya purger sa peine à Ullersmo. L'ironie du sort voulut qu'il soit enfermé dans la même section que Thorbjørn Finstad.

Il m'arrivait de les imaginer dans la cour de promenade, et je me demandais toujours s'ils se saluaient ou s'ils se croisaient sans rien se dire, comme deux parfaits inconnus.

Un silence remarquable plana autour d'Asbjørn Hellesø. J'appris qu'il était souffrant et passait quelque temps en Espagne.

Je n'en suivis pas moins son conseil. Je regardai attentivement, des deux côtés, avant de sortir de chez moi le matin, et la vue d'un type tenant un radiotéléphone me rendait toujours aussi nerveux.

Mais ainsi va la vie. On ne peut pas se payer de garde du corps contre la mort. Personne n'en a les moyens. Et on reçoit rarement une lettre d'avertissement avant que tout ne soit terminé.

La mort a de nombreux déguisements. Mais on ne les reconnaît pas tous. Pas avant qu'il soit trop tard. Ça, il me l'avait appris, en tout cas, le héraut de l'automne.

Retrouvez les enquêtes de **Varg Veum**, le privé norvégien, dans la collection **Folio Policier**

Varg Veum, ancien salarié à la protection de l'enfance de la ville de Bergen en Norvège, est devenu détective privé après avoir été remercié. Les affaires ne vont pas fort. Jusqu'au jour où un avocat de renom lui demande de suivre son épouse pour un constat d'adultère.

(Folio Policier n° 332)

«Nous avons Roar. Tu sais où tu peux le trouver. Si tu préviens les flics, on le tue.» Varg Veum n'avait pas besoin de cette nouvelle affaire de kidnapping pour nourrir son vague à l'âme. Roar n'a pas dix ans et les ravisseurs, menés par un adolescent psychopathe, n'ont plus guère de limites.

(Folio Policier n° 338)

Varg Veum voit son passé d'éducateur le rattraper. Lisa, seize ans, issue d'un milieu sans histoires, a disparu. Et avec les questions nécessaires pour la retrouver s'ouvre la boîte aux secrets. Deux familles proches qui se haïssent… Le meurtre d'un adolescent…

(Folio Policier n° 362)

Qui connaît le port de Stavanger? Que sait-on des hommes et des femmes employés sur les plates-formes pétrolières du large? Varg Veum se rend dans cette ville étrange transformée par l'or noir. Une mère d'une soixantaine d'années l'a chargé de retrouver son fils disparu. L'appartement est vide. À un détail près : dans le frigo, le corps sans tête d'une femme…

(Folio Policier n° 409)

Un tueur que l'on croyait mort continue, en toute discrétion, d'imprimer de sa signature de sang la une des faits divers. Un policier en retraite passe sous les roues d'un chauffard… Une femme tombe chez elle et se brise la nuque. La mort frappe de plus en plus fort tous ceux qui pourraient se souvenir… Varg Veum ne croit pas au hasard et encore moins à la fatalité.

(Folio Policier n° 448)

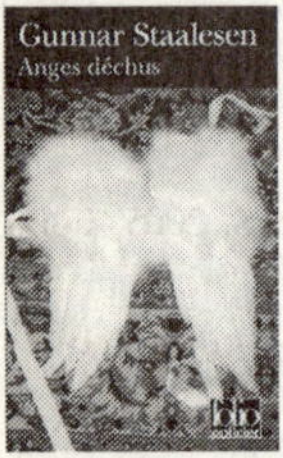

Veum, à l'enterrement d'un proche tué dans un accident, retrouve des amis d'enfance. À faire la tournée des bars avec eux, il se remémore le bon temps : Jakob, Johnny, Jan Petter et d'autres faisaient déjà partie du célèbre groupe de rock des Harpers par la suite mystérieusement dissous. Veum n'avait jamais compris. Un deuxième accident pourtant, et d'étranges silences des survivants mettent peu à peu le privé de Bergen sur une piste bien loin des charmes de la nostalgie…

(Folio Policier n° 509)

Varg Veum trouve un corps dans la piscine d'une villa. Une fillette a disparu. Des militants écologistes assiègent une usine qui polluerait avec ses déchets toxiques. Une riche famille d'industriels voit la façade de sa notoriété se lézarder pour laisser deviner des secrets insoutenables. Varg Veum est plongé au cœur d'une enquête éclatée dont toutes les pistes convergent vers un drame irrésolu vieux de huit ans. Saura-t-il survivre aux démons d'un monde moderne à la violence toujours plus diffuse ?

(Folio Policier n° 598)

DU MÊME AUTEUR

Chez Gaïa Éditions

Les enquêtes de Varg Veum

L'ÉCRITURE SUR LE MUR, 2011.

LES CHIENS ENTERRÉS NE MORDENT PAS, 2009, Folio Policier nº 607.

FLEURS AMÈRES, 2008, Folio Policier nº 598.

ANGES DÉCHUS, 2005, Folio Policier nº 509.

LA NUIT, TOUS LES LOUPS SONT GRIS, 2005, Folio Policier nº 448.

LA FEMME DANS LE FRIGO, 2003, Folio Policier nº 409.

LA BELLE DORMIT CENT ANS, 2002, Folio Policier nº 362.

POUR LE MEILLEUR ET POUR LE PIRE, 2002, Folio Policier nº 338.

LE LOUP DANS LA BERGERIE, 2001, Folio Policier nº 332.

Le roman de Bergen

1900 — L'AUBE, première partie, 2006.

1900 — L'AUBE, deuxième partie, 2006.

1950 — LE ZÉNITH, première partie, 2007.

1950 — LE ZÉNITH, deuxième partie, 2007.

1999 — LE CRÉPUSCULE, première partie, 2007.

1999 — LE CRÉPUSCULE, deuxième partie, 2007.

Aux Éditions de l'Aube

BREBIS GALEUSES, 1997.

COLLECTION FOLIO POLICIER

Dernières parutions

381. Jean-Bernard Pouy — *La chasse au tatou dans la pampa argentine*
382. Jean-Patrick Manchette — *La Princesse du sang*
383. Dashiell Hammett — *L'introuvable*
384. Georges Simenon — *Touriste de bananes*
385. Georges Simenon — *Les noces de Poitiers*
386. Carlene Thompson — *Présumée coupable*
387. John Farris — *Terreur*
388. Manchette-Bastid — *Laissez bronzer les cadavres !*
389. Graham Hurley — *Coups sur coups*
390. Thierry Jonquet — *Comedia*
391. George P. Pelecanos — *Le chien qui vendait des chaussures*
392. Ian Rankin — *La mort dans l'âme*
393. Ken Bruen — *R&B – Le gros coup*
394. Philip McLaren — *Tueur d'aborigènes*
395. Eddie Little — *Encore un jour au paradis*
396. Jean Amila — *Jusqu'à plus soif*
397. Georges Simenon — *L'évadé*
398. Georges Simenon — *Les sept minutes*
399. Leif Davidsen — *La femme de Bratislava*
400. Batya Gour — *Meurtre sur la route de Bethléem*
401. Lamaison-Sophocle — *Œdipe roi*
402. Chantal Pelletier — *Éros et Thalasso*
403. Didier Daeninckx — *Je tue il…*
404. Thierry Jonquet — *Du passé faisons table rase*
405. Patrick Pécherot — *Les brouillards de la Butte*
406. Romain Slocombe — *Un été japonais*
407. Joe R. Lansdale — *Les marécages*
408. William Lashner — *Vice de forme*
409. Gunnar Staalesen — *La femme dans le frigo*
410. Franz-Olivier Giesbert — *L'abatteur*
411. James Crumley — *Le dernier baiser*

412. Chuck Palahniuk — *Berceuse*
413. Christine Adamo — *Requiem pour un poisson*
414. James Crumley — *Fausse piste*
415. Cesare Battisti — *Les habits d'ombre*
416. Cesare Battisti — *Buena onda*
417. Ken Bruen — *Delirium tremens*
418. Jo Nesbø — *Les cafards*
419. Batya Gour — *Meurtre au Kibboutz*
420. Jean-Claude Izzo — *La trilogie Fabio Montale*
421. Douglas Kennedy — *Cul-de-sac*
422. Franco Mimmi — *Notre agent en Judée*
423. Caryl Férey — *Plutôt crever*
424. Carlene Thompson — *Si elle devait mourir*
425. Laurent Martin — *L'ivresse des dieux*
426. Georges Simenon — *Quartier nègre*
427. Jean Vautrin — *À bulletins rouges*
428. René Fregni — *Lettre à mes tueurs*
429. Lalie Walker — *Portées disparues*
430. John Farris — *Pouvoir*
431. Graham Hurley — *Les anges brisés de Somerstown*
432. Christopher Moore — *Le lézard lubrique de Melancholy Cove*
433. Dan Simmons — *Une balle dans la tête*
434. Franz Bartelt — *Le jardin du Bossu*
435. Reiner Sowa — *L'ombre de la Napola*
436. Giorgio Todde — *La peur et la chair*
437. Boston Teran — *Discovery Bay*
438. Bernhard Schlink — *Le nœud gordien*
439. Joseph Bialot — *Route story*
440. Martina Cole — *Sans visage*
441. Thomas Sanchez — *American Zazou*
442. Georges Simenon — *Les clients d'Avrenos*
443. Georges Simenon — *La maison des sept jeunes filles*
444. J.-P. Manchette & B.-J. Sussman — *L'homme au boulet rouge*
445. Gerald Petievich — *La sentinelle*
446. Didier Daeninckx — *Nazis dans le métro*
447. Batya Gour — *Le meurtre du samedi matin*
448. Gunnar Staalesen — *La nuit, tous les loups sont gris*
449. Matilde Asensi — *Le salon d'ambre*
450. Jo Nesbø — *Rouge-gorge*

451.	Olen Steinhauer	*Cher camarade*
452.	Pete Dexter	*Deadwood*
454.	Keith Ablow	*Psychopathe*
455.	Batya Gour	*Meurtre à l'université*
456.	Adrian McKinty	*À l'automne, je serai peut-être mort*
457.	Chuck Palahniuk	*Monstres invisibles*
458.	Bernard Mathieu	*Otelo*
459.	James Crumley	*Folie douce*
460.	Henry Porter	*Empire State*
461.	James Hadley Chase	*Pas d'orchidées pour Miss Blandish*
462.	James Hadley Chase	*La chair de l'orchidée*
463.	James Hadley Chase	*Eva*
464.	Arkadi et Gueorgui Vaïner	*38, rue Petrovka*
465.	Ken Bruen	*Toxic Blues*
466.	Larry Beinhart	*Le bibliothécaire*
467.	Caryl Férey	*La jambe gauche de Joe Strummer*
468.	Jim Thompson	*Deuil dans le coton*
469.	Jim Thompson	*Monsieur Zéro*
470.	Jim Thompson	*Éliminatoires*
471.	Jim Thompson	*Un chouette petit lot*
472.	Lalie Walker	*N'oublie pas*
473.	Joe R. Lansdale	*Juillet de sang*
474.	Batya Gour	*Meurtre au Philharmonique*
475.	Carlene Thompson	*Les secrets sont éternels*
476.	Harry Crews	*Le Roi du K.O.*
477.	Georges Simenon	*Malempin*
478.	Georges Simenon	*Les rescapés du Télémaque*
479.	Thomas Sanchez	*King Bongo*
480.	Jo Nesbø	*Rue Sans-Souci*
481.	Ken Bruen	*R&B – Le Mutant apprivoisé*
482.	Christopher Moore	*L'agneau*
483.	Carlene Thompson	*Papa est mort, Tourterelle*
484.	Leif Davidsen	*La Danois serbe*
485.	Graham Hurley	*La nuit du naufrage*
486.	John Burdett	*Typhon sur Hong Kong*
487.	Mark Henshaw / John Clanchy	*Si Dieu dort*
488.	William Lashner	*Dette de sang*

489. Patrick Pécherot — *Belleville-Barcelone*
490. James Hadley Chase — *Méfiez-vous, fillettes !*
491. James Hadley Chase — *Miss Shumway jette un sort*
492. Joachim Sebastiano Valdez — *Celui qui sait lire le sang*
493. Joe R. Lansdale — *Un froid d'enfer*
494. Carlene Thompson — *Tu es si jolie ce soir*
495. Alessandro Perissinotto — *Train 8017*
496. James Hadley Chase — *Il fait ce qu'il peut*
497. Thierry Bourcy — *La cote 512*
498. Boston Teran — *Trois femmes*
499. Keith Ablow — *Suicidaire*
500. Caryl Férey — *Utu*
501. Thierry Maugenest — *La poudre des rois*
502. Chuck Palahniuk — *À l'estomac*
503. Olen Steinhauer — *Niet camarade*
504. Christine Adamo — *Noir austral*
505. Arkadi et Gueorgui Vaïner — *La corde et la pierre*
506. Marcus Malte — *Carnage, constellation*
507. Joe R. Lansdale — *Sur la ligne noire*
508. Matilde Asensi — *Le dernier Caton*
509. Gunnar Staalesen — *Anges déchus*
510. Yasmina Khadra — *Le quatuor algérien*
511. Hervé Claude — *Riches, cruels et fardés*
512. Lalie Walker — *La stratégie du fou*
513. Leif Davidsen — *L'ennemi dans le miroir*
514. James Hadley Chase — *Pochette surprise*
515. Ned Crabb — *La bouffe est chouette à Fatchakulla*
516. Larry Brown — *L'usine à lapins*
517. James Hadley Chase — *Une manche et la belle*
518. Graham Hurley — *Les quais de la blanche*
519. Marcus Malte — *La part des chiens*
520. Abasse Ndione — *Ramata*
521. Chantal Pelletier — *More is less*
522. Carlene Thompson — *Le crime des roses*
523. Ken Bruen — *Le martyre des Magdalènes*
524. Raymond Chandler — *The long good-bye*
525. James Hadley Chase — *Vipère au sein*
526. James Hadley Chase — *Alerte aux croque-morts*

527.	Jo Nesbø	*L'étoile du diable*
528.	Thierry Bourcy	*L'arme secrète de Louis Renault*
529.	Béatrice Joyaud	*Plaisir en bouche*
530.	William Lashner	*Rage de dents*
531.	Patrick Pécherot	*Boulevard des Branques*
532.	Larry Brown	*Fay*
533.	Thomas H. Cook	*Les rues de feu*
534.	Carlene Thompson	*Six de Cœur*
535.	Carlene Thompson	*Noir comme le souvenir*
536.	Olen Steinhauer	*36, boulevard Yalta*
537.	Raymond Chandler	*Un tueur sous la pluie*
538.	Charlie Williams	*Les allongés*
539.	DOA	*Citoyens clandestins*
540.	Thierry Bourcy	*Le château d'Amberville*
541.	Jonathan Trigell	*Jeux d'enfants*
542.	Bernhard Schlink	*La fin de Selb*
543.	Jean-Bernard Pouy	*La clef des mensonges*
544.	A. D. G.	*Kangouroad Movie*
545.	Chris Petit	*Le Tueur aux Psaumes*
546.	Keith Ablow	*L'Architecte*
547.	Antoine Chainas	*Versus*
548.	Joe R. Lansdale	*Le mambo des deux ours*
549.	Bernard Mathieu	*Carmelita*
550.	Joe Gores	*Hammett*
551.	Marcus Malte	*Le doigt d'Horace*
552.	Jo Nesbø	*Le sauveur*
553.	Patrick Pécherot	*Soleil noir*
554.	Carlene Thompson	*Perdues de vue*
555.	Harry Crews	*Le Chanteur de Gospel*
556.	Georges Simenon	*La maison du juge*
557.	Georges Simenon	*Cécile est morte*
558.	Georges Simenon	*Le clan des Ostendais*
559.	Georges Simenon	*Monsieur La Souris*
560.	Joe R. Lansdale	*Tape-cul*
561.	William Lashner	*L'homme marqué*
562.	Adrian McKinty	*Le Fils de la Mort*
563.	Ken Bruen	*Le Dramaturge*
564.	Marcus Malte	*Le lac des singes*
565.	Chuck Palahniuk	*Journal intime*
566.	Leif Davidsen	*La photo de Lime*
567.	James Sallis	*Bois mort*

Composition Interligne
Impression Novoprint
le 25 janvier 2011
Dépôt légal : janvier 2011

ISBN 978-2-07-043747-4./Imprimé en Espagne.

173897